DESAFIANDO O DESTINO

Crônicas Veredianas – Livro 6

REGINE ABEL

CAPA
Regine Abel

ILUSTRAÇÕES
Sam Griffin
Thanomluk

Direitos Autorais © 2025

Este livro usa linguagem madura e conteúdo sexual explícito. Não se destina a menores de 18 anos.

Este livro é um trabalho de ficção. Nomes, personagens, lugares e incidentes são produtos da imaginação do autor ou são usados de forma fictícia. Qualquer semelhança com pessoas reais, vivas ou mortas, eventos ou locais é mera coincidência.

CONTENTS

ORDEM DE LEITURA

O universo das Crônicas Veredianas inclui a série Braxianos. Embora cada livro possa ser lido independentemente, com um arco de romance completo e sem suspense, para aproveitar totalmente a história abrangente, é recomendável ler as duas séries na seguinte ordem:

DESAFIANDO O DESTINO

Chega de segredos. Chega de mentiras.

Nos últimos oito anos, Tevek procurou por sua mãe e irmã desaparecidas. Mas, como uma das mentes tecnológicas mais avançadas de Guldar, ele é vigiado de perto. E como um dos líderes secretos da rebelião, ele precisa agir com cautela. Quando o Imperador o envia em uma missão urgente que lhe permitirá reunir-se com sua família, a última coisa que ele espera é cruzar novamente o caminho da deslumbrante especialista em armas Verediana que conquistou seu coração na primeira vez em que a viu.

Ashara não consegue acreditar no senso de humor pervertido da Deusa. Durante toda a sua vida, ela esperou para encontrar sua alma gêmea, e ele não só é um maldito Guldan, como também filho de um dos traficantes de escravos mais cruéis que oprimiram seu povo. E, no entanto, ele é tudo o que ela poderia desejar: inteligente, forte, heroico, deslumbrante e completamente apaixonado por ela. No entanto, sua linhagem logo se torna a menor de suas preocupações, conforme inúmeros assassinos intensificam seus esforços para eliminar Tevek e frustrar a profecia que o cerca.

À medida que cada segredo obscuro é revelado, famílias e amizades são testadas e alianças são reformuladas, Ashara será forçada a escolher entre seu companheiro e seu povo neste confronto final para desafiar o Destino?

DEDICATÓRIA

A todas as famílias multirraciais que acolhem todas as culturas que as compõem. Aos pais que adotaram crianças de diferentes origens étnicas e garantem que elas conheçam suas origens únicas e poderosas. A todas as pessoas birraciais que se orgulham de suas duas ascendências.

Toda raça tem um passado sombrio para aprender, mas também grandes conquistas para celebrar. Não deixe que os erros de eras passadas o levem a rejeitar as pessoas e a história que o moldaram. Não deixe que os outros o envergonhem por quem e pelo que você é. Suas origens não o definem, mas são as raízes que o sustentam para que você possa crescer alto e orgulhoso.

CAPÍTULO 1

TEVEK

Eu me mexi, irritado, no meu assento acolchoado na antecâmara do Senado. Quarenta minutos já haviam se passado desde o meu encontro marcado. Eu ainda não fazia ideia do motivo pelo qual me haviam convocado. Um milhão de pensamentos me passaram pela cabeça, a maioria deles remetendo ao medo profundo de que tivessem descoberto minhas atividades clandestinas.

Como um dos principais desenvolvedores de tecnologia e armas de Guldar, eu desfrutava de muito mais liberdade e privilégios do que a maioria da população, que era estritamente controlada pelo Imperador Ardrak. O velho tirânico e tolo havia virado todos os planetas contra nós, tornado a vida quase impossível para os menos afortunados em nosso planeta natal e completamente miserável para nossas mulheres. Nos últimos cinco anos, eu trabalhei com vários Guldans com ideias semelhantes para forçar mudanças em nosso planeta antes que fosse tarde demais. Nosso lobby havia se transformado em uma crescente organização rebelde. Nós buscamos derrubar o governo atual, acabar com a escravidão em Guldar e promulgar reformas abrangentes em termos de direitos humanos – especialmente os direitos das mulheres – leis de herança e relações intergalácticas.

Eu tinha sido diligente em cobrir meus rastros ao interagir com ou em nome do movimento. Com a alta visibilidade e o status da minha família, e em particular graças às crenças Guldans intolerantes de meu pai na sobrevivência do mais apto, ninguém tinha motivos para suspeitar de mim. E, no entanto, lá estava eu, convocado para comparecer perante o Alto Conselho e o próprio Imperador, sem qualquer explicação.

O fato de um único guarda me vigiar na grande antecâmara era a única razão pela qual eu ainda não havia entrado em pânico. Nenhuma algema ou qualquer outro tipo de restrição me impedia de me sentar confortavelmente em um dos poucos assentos disponíveis na área em forma de diamante. Depois de esperar vinte minutos, um escravo veio perguntar se eu precisava de algum tipo de refresco. Isso aumentou ainda mais minha trêmula sensação de alívio. Os Guldans não demonstravam qualquer consideração por criminosos ou escravos.

Meus olhos se voltaram para as grandes e ornamentadas portas de madeira da Câmara do Conselho. O símbolo luminoso e giratório acima delas indicava uma sessão em andamento. Os dois guardas de olhar feroz que as ladeavam fariam picadinho de qualquer um tolo o suficiente para tentar arrombá-la.

Assim que esse pensamento me passou pela cabeça, aqueles mesmos guardas se mobilizaram e abriram as portas imponentes. Instintivamente, eu me levantei, mas um único olhar furioso do guarda solitário que me vigiava bastou para me imobilizar. Para meu choque, eu reconheci os ombros largos e a silhueta musculosa do meu pai enquanto ele saía da Câmara, escoltado por outro guarda.

Meu sangue congelou. Por uma fração de segundo, eu acreditei que eles realmente haviam descoberto minha traição e estavam avaliando a extensão do envolvimento do meu pai nessas atividades. Mas a falta de controle do meu pai, seu comportamento relaxado, porém orgulhoso, e a maneira respeitosa com que o guarda o acompanhava me garantiram que a discussão interna não o havia colocado em apuros. Isso não significava que eu estava livre de problemas.

Meu pai se virou para mim e nossos olhares se encontraram. A expressão indecifrável estampada em seu rosto, tão parecido com o meu, não revelava nada, exceto a ausência de medo. Ele assentiu em cumprimento, e eu retribuí o gesto enquanto ele se dirigia para a saída. Mais alívio me inundou. Eu queria correr atrás dele e perguntar o que me esperava lá dentro. Nossas presenças ali esta noite não podiam ser mera coincidência. Mas eu fiquei imóvel, com uma expressão indiferente.

Meu pai e eu tínhamos uma relação de amor e ódio. Embora ele sempre tivesse sido bom para mim e me proporcionado todas as oportunidades de sucesso, Doruk Siddik não era um bom homem. Como braço direito de Gruuk Vrok – o maior traficante de escravos da história de Guldar e a única pessoa a quem ele realmente foi leal – meu pai acumulou uma fortuna considerável. Isso nos tornou uma família poderosa e influente em nosso planeta.

Quando se tratava de negócios, meu pai se mostrava geralmente implacável, insensível e imparável. Seu desprezo e crueldade gratuita para com as mulheres sempre me repugnaram. Mas o fato dele ter vendido minha mãe – sua ex-esposa – como escrava quando uma parceira melhor para aumentar ainda mais seu status apareceu, causou a verdadeira ruptura entre nós. No entanto, minha mãe conseguiu escapar com minha irmãzinha, e nenhuma delas jamais foi vista novamente. Ele não fez nenhum esforço para encontrá-las, alegando que o Destino lidaria com elas da maneira que bem entendesse.

— Sen Siddik — disse o guarda solitário — o Conselho o receberá agora.

Ele gesticulou em direção às grandes portas da Câmara que estavam abertas. Eu agradeci com a cabeça e me dirigi até lá. Ele me seguiu em silêncio. Eu entrei na enorme sala, mais uma vez impressionado com sua decoração magnífica. Guldans viviam por poder e domínio. Exibir o próprio sucesso não era apenas esperado, mas exigido. Isso estabelecia a dinâmica de uma negociação. Tudo no meu planeta natal girava em torno de negócios. Nós esperávamos que aquele em posição de força sempre tentasse tirar o máximo proveito daquele em posição mais fraca.

Guldar orgulhava-se profundamente de seus avanços tecnológicos. Apenas dois outros planetas representavam uma ameaça real nesse aspecto: Veredia e Korlethea – ambos de espécies anteriormente escravizadas por nós. E esta sala exibia plenamente nossa proeza tecnológica, desde o sistema hidráulico de gravidade invertida até o complexo sistema de iluminação que podia simular a luz do dia ou incinerar um alvo específico dentro da Câmara, e o sistema holográfico hiperrealista de alta resolução nas paredes, teto e piso, que também atuava como scanners de profundidade e leitores infravermelhos. Apesar de tudo isso, a sala transmitia uma sensação de paz. As linhas puras, as cores branco e dourado-claro e a decoração minimalista com padrões intrincados apenas em locais estratégicos transmitiam uma sensação de opulência e poder.

Para minha surpresa, os doze assentos do Conselho, seis de cada lado do trono do Imperador, estavam vazios, exceto por quatro deles. Eu reconheci os Conselheiros que os ocupavam como os mais fanáticos em impor as tradições retrógradas dos Guldans, em apoiar o domínio ditatorial do Imperador sobre nosso povo e em sua determinação para que Guldar alcançasse o domínio galáctico. O principal deles, Hartuk Tellin, servia como Conselheiro e Embaixador Galáctico. Depois de ter estragado as negociações de aliança com os Braxianos e fracassado em negociar outra com os Sarenianos, eu fiquei perplexo por Ardrak não o ter rebaixado ou decapitado.

Um arrepio percorreu minha espinha enquanto eu me obrigava a manter uma expressão neutra e respeitosa. Eu olhei cautelosamente para o Imperador Ardrak, que se elevava sobre todos nós. Seus olhos negros como breu, da mesma cor de seus majestosos chifres, me examinavam com um brilho voraz que aumentava ainda mais meu desconforto. Sua juba castanho-escura, excepcionalmente longa para um Guldan, caía bem abaixo de seus ombros largos. Com a expectativa de vida média de nossa espécie de cento e quarenta anos, aos oitenta e dois anos de idade, o Imperador ainda parecia extremamente em forma e bonito. Tirando discretas rugas perto dos olhos e um fio de cabelo grisalho, ele ainda parecia estar no auge da vida. Seria por isso que ele continuava eliminando seus herdeiros assim que atingiam a maturidade?

O guarda gesticulou para que eu parasse no centro da sala circular e então saiu. Ao contrário de outros planetas, nossa Câmara do

Conselho não possuía assentos ou varandas reservadas à imprensa ou ao público. Nosso governo tomava todas as decisões sob estrita proteção do sigilo. No entanto, discretos padrões luminosos no piso branco e brilhante indicavam que assentos e talvez até mesas de trabalho poderiam se erguer do chão para receber dignitários estrangeiros em visita. No entanto, tal evento não ocorria há décadas, desde que a Coalizão Intergaláctica impôs inúmeros embargos e medidas disciplinares contra nós por nossa prática contínua de escravidão e tráfico de carne.

Eu me curvei respeitosamente ao Imperador e ao Conselho, tocando a testa entre os chifres na tradicional saudação Guldan. Eles se erguiam sobre mim em um estrado de dois níveis, com o trono do Imperador ocupando o nível mais alto sozinho.

— Bem-vindo, Tevek Siddik, filho de Doruk — disse o Imperador em voz alta. Seu sorriso irônico alongou as tatuagens que adornavam o lado direito do rosto de uma forma que o fez parecer quase selvagem — Perdoe a demora. Tínhamos muito o que discutir com seu pai.

E isso me preocupou muito. No entanto, seu tom cordial dissipou minha preocupação de ser descoberto.

— Assim como seu pai, Doruk, você contribuiu muito para o poder de Guldar — disse o Imperador — Notícias de suas últimas conquistas em viagens em velocidade de dobra chegaram até mim. Tais desenvolvimentos serão cruciais para garantir a continuidade do domínio do nosso povo quando a Grande Guerra chegar. Embora eu saiba que não lhe falta nada, se precisar de algo para prosseguir com seus avanços tecnológicos revolucionários para a glória de Guldar, basta pedir, e será seu.

— Você me honra, meu Imperador — eu disse com o nível adequado de humildade lisonjeada, enquanto engolia a bile que me subia à garganta. O espectro completo daquela tecnologia não seria colocado a serviço dele. Assim como a maioria das minhas pesquisas, eu tornei pública uma versão inferior, guardando a definitiva para os rebeldes.

— Mas você está aqui para nos servir em uma função diferente hoje — continuou o Imperador.

Ele gesticulou com a cabeça para que Hartuk continuasse em seu lugar.

— Diga-me, jovem Siddik — Hartuk disse em um tom um tanto pomposo que me fez querer dar-lhe um soco na garganta — o que você sabe sobre os Braxianos?

Eu recuei, surpreso com a mudança repentina de assunto.

— Só o que é de conhecimento geral. Eles são gigantes, imunes a poderes psiônicos negativos. Eles possuem uma força quase divina que os torna os guerreiros mais formidáveis em ambos os quadrantes da galáxia conhecida — eu disse cuidadosamente — Embora muito mais primitiva, sua cultura já compartilhou muitas semelhanças com a nossa, mas eles recentemente se curvaram à vontade do Conselho Galáctico ao proibir a escravidão em seu planeta. Seu rei, o Magnar Ravik, casou-se com uma Verediana que o convenceu a rejeitar uma aliança conosco. No entanto, de acordo com rumores não confirmados, parece que sua rainha não é Verediana, mas sim Guldan?

Eu fingi ignorância, mas sabia muito bem que Magnar Ravik havia se casado com Mercy, a única filha do antigo chefe do meu pai.

— Ela é ambos — Hartuk retrucou com desprezo — A prostituta do rei Braxiano é a filha mestiça de Gruuk Vrok com uma escrava Verediana. O pai dela é reverenciado pelo nosso povo como o maior traficante de escravos da nossa época. Você consegue imaginar o que aconteceria se a notícia de que a filha dele se voltou contra Guldar se espalhasse?

Isso encorajaria mais mulheres a finalmente dizerem chega desse abuso maldito.

Naturalmente, eu não expressei essa opinião, fingindo indignação. Se eles ao menos soubessem que nossa organização rebelde tinha sido a responsável por espalhar esses rumores e hackear a mídia Guldan, estritamente controlada, para vazar imagens de Mercy vivendo livre e fora do planeta. A menos que acompanhadas por um marido, pai ou guardião masculino, as mulheres Guldan eram proibidas de deixar nosso planeta natal.

— A memória do Comandante Vrok não deveria ser desonrada de forma tão abominável — eu disse com a dose certa de raiva — Pior ainda, isso poderia alimentar as conversas traiçoeiras sobre a emancipação de nossas mulheres e escravas. Dito isso, eu estou um tanto confuso sobre como posso ajudar nessa questão. Eu conhecia o Comandante Vrok, mas não a filha dele.

— Você certamente pode ajudar com esse assunto, mas principalmente com um assunto diferente que lhe diz respeito diretamente — interveio o Imperador Ardrak — Você sabe onde estão sua mãe e sua irmã?

Meu coração disparou no peito, e eu mal conseguia esconder a mistura de esperança e medo de que as duas mulheres mais queridas do meu coração pudessem ter sido finalmente encontradas, mas que pudessem estar feridas. O tom cruel e sádico em sua voz enquanto fazia a pergunta não aliviou meus medos.

— Não — eu respondi, balançando a cabeça esperançosamente com um nível adequado de raiva — Minha mãe envergonhou nossa casa fugindo de seu novo mestre e sequestrando minha irmãzinha no processo. Meu pai já havia arranjado um noivado muito benéfico para ela. Ouso esperar que você tenha uma pista para que possamos trazê-las de volta para casa, para que minha mãe possa ser punida por essa transgressão?

— O Embaixador Hartuk encontrou a prostituta errante — Ardrak disse com um sorriso maligno — Em circunstâncias normais, eu faria com que você e seu pai a arrastassem de volta para cá para ser açoitada publicamente e depois queimada na fogueira. No entanto, a fuga dela acabou sendo benéfica para nós. Embora eu não me importe muito com o estado em que sua mãe será devolvida a Guldar, sua irmã deve ficar completamente ilesa.

Meu coração disparou quando uma onda de alegria me inundou. Elas estavam vivas, as duas. Eu passei seis anos procurando por elas, quase acreditando que o pior já tinha acontecido.

— Sua mãe seduziu o Alto Conselheiro Braxiano, Krygor Aldriss — Hartuk disse com desprezo — Ela não só está se deitando com a fera, como também lhe deu um filho. Krygor adotou sua irmã Siona como sua. Elas agora vivem com ele em Braxia.

Obrigado, Deusa!

De todos os cenários que eu poderia ter imaginado, minha mãe, passando de escrava para se casar com um dos confidentes mais próximos do Rei Braxiano, jamais teria passado pela minha cabeça. Isso mudou tudo.

— Você quer usá-la para forçar os Braxianos a se alinharem conosco? — eu perguntei, um pouco confuso com o plano deles — Com todo o respeito, embora ela seja casada com um Alto Conselheiro, Magnar Ravik não me parece o tipo de homem que poderia ser coagido a uma aliança por meio de chantagem por uma mulher que nem é dele.

Os Conselheiros e o Imperador riram como se eu tivesse dito algo estúpido.

— Sua mãe não é o prêmio, embora pudesse servir como uma ótima ferramenta para ensinar aquele animal que ela está fodendo a demonstrar o devido respeito aos seus superiores — Hartuk disse com tanto ódio que me fez pensar que história terrível existia entre ele e o Conselheiro Krygor — Sua irmã não tem preço. Veja bem, ela chamou a atenção do Príncipe Sareniano Zerien. Ele a declarou sua alma gêmea. Krygor prometeu criá-la como a futura Rainha perfeita para o Príncipe. Eles se casarão depois do aniversário de dezoito anos dela. Aquele Príncipe miserável está bloqueando a aliança entre Guldar e Sarenia. Assim que sua mulher estiver em nossa posse, ele não terá escolha a não ser se comportar melhor.

Eu agradeci à Deusa pela minha pele mais escura, que escondia o sangue que escorria do meu rosto. Os Sarenianos eram conhecidos como uma espécie selvagem. Rumores sobre a maneira como tratavam suas mulheres eram aterrorizantes, até mesmo para os Guldans, que tratavam as suas de forma horrível.

— O Príncipe Sareniano! — eu exclamei, desta vez sem fazer nenhum esforço para esconder meu choque genuíno.

— Ele mesmo — Hartuk disse, assentindo — Ela o seduziu completamente — ele acrescentou com desdém — Siona precisa ser criada por Guldans, não por Braxianos. Se a controlarmos, quando eles se casarem, nós o controlaremos. Você precisa ir até Braxia, fingindo querer verificar o bem-estar de sua mãe e seu irmão. Você vai participar de qualquer reunião familiar sem sentido que for necessária e depois encontrará um jeito de trazê-las de volta para nós.

Minha mente vacilou. E pensar que eu temia que descobrissem minha ligação com os rebeldes! Eles provavelmente pediram para meu pai ir para essa missão, fingindo ainda ser casado com ela e, portanto, exigindo que a esposa e o filho voltassem para casa com ele. Mas isso jamais aconteceria. A reputação do meu pai como traficante de escravos sádico o precedia até o Quadrante Oriental, onde Braxia estava localizada.

Ao me nomearem, eles me dariam passe livre não apenas para deixar Guldar – que era estritamente controlado – mas também para fazer contato abertamente com os Braxianos e, por meio deles, com as Veredianas.

— Pode ser um pouco difícil, considerando que os Guldans são usados para prática de tiro ao alvo no espaço Braxiano, se os rumores forem verdadeiros — eu argumentei.

— Realmente — Hartuk disse com um gesto de desprezo — Mas você é um filho preocupado com a mãe e a irmã. Quando eu vi Siona em Sarenia alguns anos atrás, ela expressou o quanto sentia sua falta. Ela não deve ter problemas em convencer aqueles selvagens a deixarem-no aterrissar. Você tem tecnologia de infiltração de ponta. Nós contamos com você para encontrar uma maneira de se comunicar com eles para poder entrar no planeta. As frequências de comunicação deles foram transferidas para o seu comunicador.

— Muito bem, eu consigo pensar em alguns métodos. Fugir com elas, no entanto... — eu disse pensativamente. Eu não tinha intenção de fazer isso, mas precisava representar o meu papel — Eles vão vigiar cada movimento meu.

— É por isso que Hartuk lhe disse para usar qualquer desculpa de reunião familiar que você precisar para fazê-los baixar a guarda — disse o Imperador Ardrak, com desdém — Leve o tempo que precisar para ganhar a confiança deles. Mas os Braxianos em breve terão preocupações maiores do que duas idiotas Guldans. Nós estamos prestes a atrapalhar a aliança deles com as Veredianas. Já passou da hora dessas mulheres arrogantes descobrirem como Mercy desenvolveu conscientemente a tecnologia que as manteve escravizadas por duas gerações.

O choque em meu rosto fez o Conselho e o Imperador rirem. Era um riso vil, cheio de malícia.

— Os Braxianos estarão ocupados demais tentando salvar essa aliança para se preocuparem com você — continuou o Imperador Ardrak — Vamos esperar até que você chegue a Braxia para lançar nossa bomba. Enquanto isso, as Veredianas estarão lidando com mais uma traição daqueles em quem confiavam.

— Os Korletheanos? — eu perguntei.

— Sim. Duas traições – de seus pais Korletheanos e de sua irmã híbrida – devem tornar as Veredianas insensíveis aos apelos de Mercy — Ardrak disse com um sorriso cruel — Eu quero Braxia isolada para que eles não tenham escolha a não ser se curvar ao meu governo. E se você encontrar uma maneira segura de matar a Rainha e fazer com que pareça um acidente, não hesite. No entanto, esse não é o seu foco, Siona é. Traga a garota de volta e você será recompensado com majestade. Fracasso não é uma opção.

Eu abaixei a cabeça com a minha melhor interpretação de medo diante da sua tentativa de intimidação. Se eu já não estivesse planejando desertar, estaria tremendo de verdade agora mesmo. Ardrak despojaria minha família de sua riqueza e status, e poderia até mesmo me torturar ou executar. No entanto, eu precisaria avisar meu pai para fugir de Guldar "caso" eu falhasse na missão.

— Você partirá imediatamente — Hartuk disse em um tom de comando — Não levará mais de três semanas para chegar a Braxia. Exatamente daqui a vinte e três dias, nós informaremos Veredia da traição de Mercy. Certifique-se de aproveitar ao máximo a confusão.

— E quanto ao treinamento cultural antes da partida? — eu perguntei, esperando ser poupado dessa besteira de doutrinação.

— Você já passou por isso antes — Ardrak disse com óbvia irritação — Você está isento. Concentre-se na missão.

— Como desejar, Imperador Ardrak — eu respondi, escondendo minha alegria.

— Não entre em contato conosco depois de chegar a Guldar. O

sequestro não pode ser ligado a nós. Se você for pego, nós negaremos qualquer conhecimento de seus planos — Hartuk continuou — No entanto, nós reconheceremos que é seu direito querer restaurar a honra de sua família, abalada pela fuga de Hope. Essa é uma língua que os Braxianos entendem bem. Perguntas?

— Não, Conselheiro Hartuk. Eu ouvi alto e claro — eu disse com voz firme e orgulhosa — Eu devolverei minha mãe e minha irmã, e elas servirão à glória maior de Guldar.

— Boa viagem, Sen Siddik — disse o Imperador com um sorriso satisfeito — Uma grande honra aguarda sua família em seu retorno.

Eu abaixei a cabeça e toquei a testa antes de me dirigir para a saída, cambaleando quando o guarda que me esperava na porta me acompanhou. A princípio, atordoado por ele ter sido autorizado a permanecer dentro da Câmara enquanto discutíamos assuntos tão delicados, eu relaxei ao ver o disruptor de som que bloquearia qualquer som da sala em um raio de cinco metros ao redor do guarda.

Eu respondi distraidamente à despedida do guarda enquanto atravessava a antecâmara em direção ao salão de recepção e, em seguida, para fora do enorme prédio do Senado. Embora já tivesse feito planos para uma fuga rápida de Guldar, caso necessário, eu não esperava que minha partida definitiva fosse tão cedo. Uma vez que eu partisse, nunca mais poderia retornar. Eu precisava avisar os rebeldes de Guldan sobre o motivo do meu rápido desaparecimento, para que não entrassem em pânico, pensando que eu havia sido descoberto. Eu liguei para meu aerocarro com meu comunicador. Enquanto esperava que ele chegasse da garagem, digitei alguns comandos para iniciar a transferência imediata de todos os meus arquivos e dados importantes do meu computador doméstico para um servidor seguro fora do planeta, antes que fossem excluídos dos meus discos locais.

Meu aerocarro pousou alguns metros à minha frente enquanto eu enviava uma mensagem para Jorok – um líder de unidade rebelde – sobre a necessidade de nos encontrarmos na próxima hora. Enquanto me preparava para entrar no meu veículo, minha cabeça se ergueu bruscamente com a forte sensação de estar sendo observado. Uma rápida olhada ao redor da área pavimentada e aberta de desembarque em frente ao Senado não revelou nada. Quem ficaria por ali em uma noite de sábado, afinal? Ignorando a ideia, eu entrei no meu aerocarro e voei para casa.

O voo de vinte minutos passou em um piscar de olhos enquanto eu fazia mentalmente um inventário de tudo o que precisava resolver. Eu odiei que Hartuk tivesse me ordenado a partir imediatamente. Alguns dias para me preparar teriam sido o ideal. Meu instinto dizia que havia ainda mais em jogo do que eles deixavam transparecer. Eu pensei em ligar para meu pai, mas essa seria uma longa conversa que precisaria esperar. Eu ligaria para ele assim que deixasse o espaço de Guldan. O Imperador não teria motivos para suspeitar de crime por três ou quatro semanas. Seria tempo suficiente para meu pai deixar Guldar. Ele já vinha falando nisso há algum tempo, de qualquer forma.

Embora escurecidas pelo cair da noite, as luzes dançantes e cintilantes do céu dourado de Guldar continuavam a pairar sobre minhas cabeças, mas agora se juntavam a estrelas cintilantes espalhadas por elas. Eu sentiria falta dessa visão maravilhosa. Assim que cheguei à minha mansão de última geração, um enorme edifício de vidro e metal que era mais uma declaração de status do que um verdadeiro lar, eu pousei diretamente dentro da garagem.

Jorok me respondeu, dizendo que um pedido improvisado de ajuda o deixou preso pelas próximas horas. Ele entraria em contato comigo o mais breve possível. Isso significava que ele provavelmente estava levando uma escrava ou uma esposa abusada para um abrigo seguro. Como não havia leis que protegessem as mulheres e escravas Guldans dos abusos mais extremos do homem que as possuía, sempre que recebíamos uma chamada de emergência, atrasar a assistência geralmente resultava na morte da mulher ou em ferimentos físicos graves e permanentes.

Com os dentes cerrados de raiva da nossa cultura bárbara, eu entrei em casa pela porta de comunicação e subi correndo as escadas para o meu quarto. Uma rápida olhada no meu computador confirmou que os dados haviam sido transferidos e que os arquivos finais estavam sendo excluídos. Eu peguei duas malas e as joguei na minha cama. Eu estava começando a enchê-las com o essencial quando um movimento no espelho sobre a cômoda, do outro lado da cama, chamou minha atenção.

Eu mal tive tempo de me desviar antes que uma estrela cadente voasse a um fio de cabelo do meu pescoço e quebrasse o espelho. Cambaleando por quase ter minha garganta cortada, eu peguei minha arma que estava ao lado da minha bolsa. O pé do meu agressor, vindo em minha direção, me forçou a me jogar no chão e imediatamente rolar para longe do caminho mortal da lâmina brilhante de sua espada. Eu disparei minha arma enquanto me levantava com dificuldade, mas o escudo de energia do assassino Korletheano absorveu o tiro.

Eu saí correndo do meu quarto e fui para o corredor, atirando às cegas atrás de mim enquanto me dirigia para as escadas. Se eu conseguisse alcançar meu arsenal lá embaixo, destruiria aquele desgraçado. Mas eu nem consegui pôr os pés no primeiro degrau. Uma dor lancinante percorreu meu cérebro, me derrubando de joelhos. Por uma fração de segundo, eu pensei que sua lâmina tivesse aberto meu crânio. Mas quando o sangue escorreu do meu nariz, eu percebi que tinha sido um golpe psíquico. Minha visão turvou e minha cabeça parecia prestes a explodir. Enquanto lutava para me levantar, eu tentei atirar em meu agressor, mas minha mão tremia demais com a dor debilitante.

O pé do assassino atingiu meu peito com força, me fazendo cair escada abaixo. Foi uma queda feia. Eu caí no chão, com a nuca batendo com tanta força que o ladrilho quebrou com o impacto. Meus dentes rangeram e o gosto de ferro preencheu minha boca. Uma dor excruciante irradiava do meu lado. Pelo som ofegante e gorgolejante da minha respiração, eu provavelmente havia quebrado algumas costelas, que perfuraram meus pulmões. Machucado e dolorido, com os pulmões cheios de líquido, eu ergui minha arma em direção ao assassino que descia as escadas despreocupadamente. Minha arma parecia pesar uma tonelada. Com a visão turva, eu atirei novamente, mas outro violento golpe psíquico me desfez.

Sangue escorria dos meus ouvidos, olhos e nariz enquanto eu engasgava com o sangue que enchia meus pulmões. Minha cabeça ficou presa em um torno enquanto o Korletheano usava seus poderes psiônicos para esmagar meu cérebro. Enquanto eu jazia ali morrendo, a poucos metros do arsenal que continha o disruptor psíquico que me protegeria do poder do assassino, imagens da minha mãe e irmã passaram diante dos meus olhos. E ao lado delas, o belo rosto de uma Verediana que eu esperava reencontrar agora que estava livre.

Por quê? Por que um Korletheano viria atrás de mim?

Quando um véu de escuridão começou a descer diante dos meus olhos, meu agressor subitamente me libertou de seu domínio mortal. Ele proferiu palavras em Korletheano que soavam como uma maldição. Pelas janelas da frente da casa, luzes brilhantes inundavam o térreo, que antes era escuro. O som abafado de vozes do lado de fora da porta da frente fez meu suposto assassino praguejar novamente.

— Nos encontraremos novamente em breve — sibilou o assassino antes de fugir.

Segundos depois, a porta se abriu e muitos pés entraram correndo na sala.

— Espalhem-se e encontrem-no! — gritou meu pai.

Eu não me lembrava de já ter me sentido tão aliviado ao ouvir a voz dele. Minha pele formigava e eu me senti flutuando enquanto a perda de consciência se aproximava. Uma silhueta borrada que eu instintivamente sabia ser meu pai se ajoelhou ao meu lado. Algo frio se instalou em meu peito e a dor excruciante que eu sentia desapareceu de repente.

— E assim, começa a profecia — meu pai disse enquanto a escuridão me engolia.

CAPÍTULO 2
TEVEK

Eu recuperei a consciência com a sensação de que um bando de cavas havia me atropelado. Pelo menos, apesar do desconforto no peito, eu não tinha mais dificuldade para respirar. Lembranças do ataque inundaram minha mente enquanto meus olhos se abriam em pânico para olhar ao redor. Eu levei um segundo para perceber que estava no meu antigo quarto na casa do meu pai.

Uma escrava que eu não conhecia, facilmente reconhecível como uma Aveana por sua pele azul-clara, rosto élfico de queixo pontudo e cabelos brancos e prateados, veio até mim com uma expressão preocupada no rosto.

— Você está com dor? — ela perguntou — Precisa de uma injeção? Ou água?

— Não — eu respondi, com a garganta estranhamente áspera, mesmo sem ter gritado — Meu pai está aqui?

— Sim, Sen Siddik — ela respondeu com um aceno de cabeça.

— Traga-o para mim, por favor — eu disse.

— Imediatamente, Sen Siddik — ela disse com uma reverência, antes de sair apressadamente da sala.

Eu aproveitei esse tempo para fazer um inventário das minhas dores e incômodos enquanto me sentava cuidadosamente na cama antes de me virar para o lado e sentar na beirada. Minha pele formigava. Eu presumi que os nanites que trabalhavam para curar meus ferimentos fossem a causa. Embora eu ainda me sentisse machucado, os traços dos golpes que eu havia sofrido já haviam desaparecido quase completamente da minha pele. Mover meus braços para cima e para baixo não causava nenhuma dor perceptível, o que me tranquilizou sobre o trabalho maravilhoso que os nanites haviam realizado na recuperação das minhas costelas quebradas. A julgar pela extensão da recuperação que eu havia me beneficiado e pela quantidade de luz do dia que inundava o quarto pela janela, eu havia permanecido inconsciente durante a noite e até a tarde do dia seguinte.

Eu xinguei baixinho. A essa altura, Jorok estaria fora de si, preocupado por eu desaparecer horas depois de lhe dizer que precisávamos nos encontrar com urgência. O Conselho e o Imperador também ficariam descontentes com a minha ausência na noite anterior, conforme solicitado. É verdade que o ataque justificava o atraso. No entanto, eu não podia informá-los disso. Embora eu não tivesse nenhum amor ou ódio especial pelos Korletheanos, o Imperador Ardrak imediatamente exigiria medidas retaliatórias. Eu não queria ser a desculpa para uma guerra que ele ansiava por iniciar há muito tempo. Além disso, se o Conselho acreditasse que eu estava em perigo, eles me designariam uma escolta, o que tornaria minha deserção impossível.

Sem bater, meu pai abriu a porta e entrou no meu quarto, me arrancando dos meus devaneios. Ele não parecia particularmente perturbado, irritado ou comovido com a situação. Eu nunca entendi bem meu pai. Por fora, ele era um membro bonito, rico e polido, de alto escalão da elite Guldan. Por dentro, ele era uma mistura conflitante de crueldade gratuita, lealdade total, empresário astuto e babaca sádico. Curiosamente, ele também foi um pai dedicado a mim, embora não a nenhum dos meus outros meios-irmãos ou irmã.

— Como você está se sentindo? — ele perguntou enquanto diminuía a distância entre nós.

— Já estive melhor, mas vou viver... graças a você — eu resmunguei.

Eu fiquei envergonhado por ter sido tão espancado por um

oponente. Embora eu fosse, antes de tudo, um especialista em tecnologia, eu tinha excelentes armas e treinamento de combate. Eu conseguia me virar em uma batalha mano a mano, mas com um oponente psíquico, ninguém conseguia vencer a menos que se beneficiasse da proteção de um disruptor psíquico. Ainda me irritava ter me deixado ser pego desprevenido para todas as eventualidades.

— Como você sabia? — eu perguntei.

— Eu sei de tudo o que importa, sempre — ele respondeu com desdém.

Ele segurou meu rosto entre as mãos, me examinando minuciosamente. Uma parte de mim desejou se rebelar, mas eu me submeti, sabendo que aquela provavelmente seria a última vez que sentiria o toque do meu pai.

— Você deve deixar Guldar e nunca mais retornar — meu pai disse com naturalidade, antes de abaixar as mãos, aparentemente satisfeito com o que tinha visto.

Eu recuei, sentindo a estranha sensação de que ele tinha acabado de ler minha mente.

— Por quê? — eu perguntei cautelosamente.

— Porque nosso planeta natal entrará em uma guerra civil que durará pelos próximos anos, até o início da Grande Guerra — ele respondeu, com um vislumbre de tristeza atravessando seus olhos verdes. Ele passou a mão pelo chifre direito castanho-escuro, do mesmo formato e cor que o meu, enquanto me olhava como se estivesse memorizando minhas feições — Eu também vou embora. Você e eu nunca mais nos encontraremos. Eu esperei muito tempo para ver qual caminho previsto pelas Oráculos se concretizaria. Estou aliviado que seja este. O ataque de ontem à noite foi o primeiro sinal.

— O ataque contra mim? — eu perguntei, estupefato.

— Você esteve no centro de uma profecia a vida toda — meu pai se virou e olhou para o meu antigo quarto. Na parede em frente à minha mesa, ainda estava pendurado um desenho que minha irmã havia feito aos oito anos. Ela havia desenhado a si mesma, minha mãe e eu — Muitas vezes eu me perguntei se permitir que sua mãe tivesse tanta influência sobre você tinha sido um erro, sabendo o caminho perigoso que isso a levaria.

— Caminho perigoso? — eu perguntei, surpreso com a aparente mudança de assunto. Meu pulso acelerou ao perceber para onde aquilo estava indo.

— Eu sei muito bem a que atividades você tem se dedicado — meu pai disse, virando-se para mim com um brilho duro nos olhos — Sua obsessão por direitos iguais para as mulheres sempre me intrigou. Mas fomentar uma rebelião?

Eu senti o sangue sumir do meu rosto, sem conseguir ler em sua expressão estoica o que ele pretendia fazer com aquele conhecimento.

— Se você sabia, por que não me entregou, você que é tão fanático pelas práticas e costumes Guldans? — eu perguntei com um tom de desafio na voz.

Ele riu baixinho e me olhou de um jeito estranho, misturado com orgulho, confusão e o que eu só pude interpretar como autodepreciação.

— Porque a profecia dizia que se você fosse atacado no dia em que fosse enviado para se reunir com sua mãe, seria o começo do fim de Guldar como o conhecemos. Porque através de você, minha linhagem fará história. Não era como eu esperava deixar minha marca neste mundo, mas, de certa forma, é ainda melhor. E porque você é meu filho favorito — Doruk disse, dando de ombros — Não é irônico que a prole que eu valorizo acima de todas as outras me odeie mais?

— Eu não te odeio — eu disse com sinceridade — Mas suas ações dificultam que eu te ame. Por outro lado, segundo as crenças Guldans, o amor é uma fraqueza — eu acrescentei, em tom de zombaria — Por que você vendeu a mamãe como prostituta? Ela foi uma esposa boa e leal para você. Ela administrou sua casa impecavelmente na sua ausência.

Ele deu de ombros — Ela foi. Foi por isso que eu lhe dei uma boa vida durante as duas décadas em que a mantive. Mas, no fim das contas, ela havia cumprido seu propósito e estava atrapalhando minhas ambições. De qualquer forma, o destino dela a aguardava em outro lugar.

— Você quer dizer que a vendeu porque alguma profecia sugeria que ela poderia encontrar a verdadeira felicidade em outro lugar? — eu perguntei, com a voz carregada de dúvida.

Meu pai bufou — Não. Eu nunca imaginei que ela se sairia tão bem — ele disse com sinceridade — Mas ela conseguiu. E, melhor ainda, fez da nossa filha uma futura rainha. Eu estou impressionado. Na verdade, quando vendi Hope, eu não me importei nem um pouco com o que aconteceria com ela. Como eu disse, ela tinha cumprido seu propósito. Eu não guardava ressentimentos por ela, nem por ninguém, aliás.

— O que te deixou tão rígido? — eu perguntei, espantado com tamanha frieza — Por que você odeia tanto as mulheres? Por que parece sentir tanto prazer com as dificuldades delas? Essa mentalidade Guldan de tratar as mulheres como gado é repugnante. Elas são pessoas com sentimentos e sonhos, assim como nós.

— Você é tão idealista. Deveria ter sido filho de Gruuk — meu pai disse melancolicamente — Assim como você, ele permitiu que seu amor por uma mulher o consumisse e ditasse suas escolhas e seu futuro. Isso o levou à ruína. No seu caso, espero que isso o leve a um desfecho melhor.

Uma batida suave na porta o interrompeu. A escrava Aveana entrou depois que meu pai a convidou para entrar. Ela trouxe uma bandeja flutuante carregada de comida. Minha boca salivou com o aroma maravilhoso que me agradava. A escrava deixou a bandeja à minha frente, ajustando-a a uma altura confortável para que eu pudesse comer.

— Obrigado — eu disse gentilmente.

Ela me deu um sorriso tímido antes de sair silenciosamente da sala. Meu pai me lançou um sorriso um tanto zombeteiro, mas ao mesmo tempo desanimado.

— Viu como ela é respeitosa? — ele perguntou com um desprezo carregado de uma raiva latente que me deixou perplexo — Quer saber por que eu odeio tanto as mulheres? Coma e eu lhe direi.

Eu obedeci e o observei enquanto ele dava alguns passos em direção à grande janela com vista para o amplo quintal da nossa mansão.

— Assim como eu fiz com Hope, meu pai se divorciou da minha mãe quando eu ainda era criança para se casar com uma mulher diferente, que elevaria ainda mais a posição dele — ele disse com o rosto distante — Como condição para consentir com essa união, o pai da nova esposa exigiu que ele se desfizesse de qualquer outro herdeiro que pudesse ter tido do primeiro casamento. Ele aceitou. Minha mãe voltou para a casa dos pais, mas me abandonou. Ela só precisava me reconhecer, e seus pais teriam me criado enquanto procuravam um novo pretendente para ela. Mas ela não o fez. Meu pai a abusava, e eu me parecia demais com ele – um lembrete que ela não queria.

Meu coração se partiu por ele. Órfãos e moradores de rua não se davam muito bem neste planeta. Sucesso e riqueza, conquistados por qualquer meio, eram as únicas coisas que meu povo respeitava. Eu só conseguia imaginar o tipo de sofrimento que a rejeição dela o havia causado.

— Eu era uma criança quieta — Doruk continuou — Eu nunca fui mau ou exigente com nenhuma mulher da minha casa, fosse minha mãe, as criadas ou as escravas. E, no entanto, no minuto em que fui expulso, elas tiveram grande prazer em abusar de mim. Sem ter para onde ir, eu dormia nos estábulos com os animais. Eu vasculhava o lixo em busca de comida. Quando as escravas descobriam o que eu estava fazendo, começavam a despejar urina e fezes nas lixeiras para garantir que eu não pudesse me alimentar das sobras — ele se virou para me olhar, com ódio queimando nos olhos — Quando eu perguntei por que elas faziam isso comigo, elas me espancaram e soltaram os cães atrás de mim.

— Elas estavam se vingando de você pelo abuso de seu pai — eu disse, com o coração apertado pelo garoto indefeso que ele havia sido.

— Será que alguma vez fizeram isso? — ele respondeu em um tom rosnado — Eu passei o ano seguinte morando na rua, às vezes roubando e outras vezes fazendo bicos sempre que podia. Naquele dia, eu tinha acabado de completar um dia inteiro de trabalho só para ganhar um sanduíche. E três bandidos, também moradores de rua, tentaram roubá-lo de mim. Eles tinham mexido com o garoto errado na hora errada. Eu os espanquei. Alguns curiosos estavam fazendo apostas. Uma das testemunhas não apostou. Quando a batalha terminou, ele me disse para ir com ele. Ele me levou para a casa dele, me limpou, me vestiu, me deu um teto e comida, e pagou meus estudos em troca de eu jurar lealdade a ele.

— Gruuk Vrok — eu disse, adivinhando imediatamente a identidade de seu salvador.

Muitas vezes eu me perguntei como esses dois se conheceram, considerando a grande diferença de idade, e por que ele se tornou um funcionário tão leal, ascendendo ao papel de braço direito de um homem com uma abordagem tão diferente da cultura Guldan.

— Sim — meu pai disse com algo próximo à reverência — Ele me tornou rico e poderoso e me deu uma vida muito melhor do que eu jamais poderia ter esperado, mesmo que meu pai ou minha mãe tivessem me sustentado. Quanto às mulheres, eu comecei a puni-las por vingança. E então, simplesmente desenvolvi um gosto por isso.

A expressão no meu rosto deve ter dito tudo, porque ele riu, sem se arrepender.

— Eu sou 100% Guldan — meu pai disse, dando de ombros — Não me desculpo pelo que faço e pelo que gosto. Mas os tempos estão mudando. O Comandante Gruuk sempre soube disso. Ele tentou me fazer mudar de ideia, mas eu resisti. Agora, porém, o fim está próximo. Um caminho difícil se abre à sua frente, meu filho. Você precisa ser forte e seguir esse seu coração terno. Nossa família, os Siddiks, ascendeu à proeminência graças a Gruuk Vrok. Nossa lealdade à família Vrok deve perdurar através de você. Procure a filha de Gruuk, a Rainha Braxiana. Você construiu a rebelião para garantir um futuro para Guldar e, em seguida, impedir que as Veredianas destruam nosso planeta natal. Mercy será sua maior aliada para alcançar isso.

— Será que ela vai mesmo falar comigo? — eu perguntei.

— Com certeza. Você conheceu e amou o pai dela. Só por isso, você terá a atenção dela — meu pai disse, de modo presunçoso — Termine sua refeição e se vista. Eu mandei preparar sua nave. Você deve partir imediatamente e não retornar até que a Grande Guerra esteja decidida. Se vale alguma coisa, eu sempre tive orgulho de você,

Tevek. E quando tudo isso acabar, eu ficarei ainda mais orgulhoso. Que a Deusa caminhe com você.

Minha garganta apertou enquanto eu observava meu pai sair do meu quarto. Era bem provável que eu nunca mais o visse. À sua maneira, ele tinha acabado de me dizer que me amava. Eu queria ter dito o mesmo a ele.

CAPÍTULO 3
ASHARA

Mercy nunca parava de me impressionar. Eu estava debruçada sobre algumas das tecnologias mais recentes que ela vinha desenvolvendo em Braxia. Embora parte do seu trabalho fosse reservado exclusivamente para o seu novo povo, que precisava urgentemente se equiparar ao resto da galáxia em termos tecnológicos, ela continuou a desenvolver armas e sistemas de defesa exclusivos para as Veredianas.

Eu fiquei particularmente entusiasmada com o novo vírus corrosivo que ela havia projetado, que corroía o casco de uma nave como ácido. A amostra que ela havia enviado seria suficiente para armar cada um de nossos mísseis e torpedos. Como a arma era um vírus, bastava lançar alguns nanites infectados em um grupo de nanorrobôs virgens para que o comando se espalhasse. Devido à natureza particular desse vírus, Mercy havia feito um trabalho maravilhoso ao detalhar como manusear os invólucros dos mísseis para impedir que o vírus consumisse nossas próprias naves.

Embora eu comandasse o Tempest – nada menos que um cruzador de batalha – meu primeiro amor e especialidade continuavam sendo o design e o desenvolvimento de armas. Muitas vezes eu me arrependi de que Mercy agora vivesse no Quadrante Oriental, do outro lado da galáxia. Trabalhar ao lado dela teria sido fenomenal. Mas seu casamento com o Rei Braxiano nos trouxe a aliança mais inesperada e altamente benéfica com os Guerreiros mais fortes do universo conhecido.

Depois de enviar minha animada resposta em vídeo para Mercy, que levaria algumas horas para chegar, considerando a distância extrema entre nós, eu me preparei para ir para a área de engenharia. Eu precisava discutir a modificação dos projéteis e invólucros para suportar essa nova tecnologia. Assim que eu me aproximava da porta do meu escritório, o interfone tocou.

— Ashara, você é necessária na ponte — disse Jezaya, com a voz cheia de tensão.

— Estou a caminho — eu disse, me virando. Eu deixei a amostra na minha mesa e corri para a porta dos fundos que dava acesso à ponte.

— Nossas varreduras de longo alcance estão recebendo um sinal de socorro — Jezaya disse da cadeira da Oficial de Comunicações.

— Na tela — eu disse, enquanto me acomodava na cadeira de Capitã.

Segundos depois, a tela se encheu com um rosto Guldan que eu nunca imaginei que veria novamente – um rosto que me assombrava estranhamente desde a primeira vez que o vi. Seus próprios olhos se arregalaram ao nos ver... ao me ver. A mesma expressão de espanto podia ser vista nos rostos das minhas Irmãs que guarneciam o convés, e ainda mais no de Leya, uma das poucas Korletheanas servindo a bordo dessa embarcação.

— Nós recebemos seu pedido de socorro — eu disse, orgulhosa por minha voz não revelar nada do choque que eu senti ao vê-lo — Qual é a sua situação?

Como se em resposta a essa pergunta, uma explosão abalou a nave de Tevek. Ele estremeceu de dor. Embora eu não tenha visto nenhum ferimento visível na tela, o Guldan segurou o flanco como se suas costelas tivessem sido feridas.

— Estou sendo atacado por assassinos Korletheanos. Eles têm mais armas do que eu — Tevek disse — Solicito ajuda imediata. Estas são as minhas coordenadas.

— Recebido — Jezaya disse, virando-se para me olhar com curiosidade.

Korletheanos? O que eles poderiam querer com ele?

— Estamos a caminho — eu respondi, gesticulando com a cabeça para Genovia, nossa piloto — Traçar rota, velocidade máxima.

— Estou indo na sua direção — Tevek disse — Obrigado.

Outra explosão abalou sua nave e a conexão foi encerrada. Eu não consegui dizer se a explosão havia desativado seu sistema de comunicação ou se ele o havia encerrado deliberadamente. De qualquer forma, isso poderia se tornar um pesadelo diplomático do qual eu poderia prescindir. Infelizmente, Lee estava de férias em Xelix Prime com seu companheiro e filhos. E Kamala estava em Veredia, assumindo o papel de Lee em sua ausência.

— Todas as guerreiras, para as suas naves — eu disse pelo interfone — Estamos indo em uma missão de resgate — então eu me virei para Leya, uma ex-Agente Imperial Korletheana — Alguma pista? — eu perguntei.

Ela balançou a cabeça, seus longos cabelos castanho-escuros, lisos e esvoaçantes, balançando em torno de seu belo rosto oval — Com a guerra civil em curso em Korlethea, nenhum agente deveria estar tão longe de casa — Leya disse, pensativa — Eu, particularmente, não consigo pensar em nenhum motivo para eles perseguirem esse Guldan em particular. Afinal, ele salvou muitos do meu povo.

Eu assenti lentamente. Nós tínhamos encontrado Tevek apenas uma vez enquanto Leya, e mais de dois mil Korletheanos haviam desertado para se juntar a nós. Uma série de naves de guerra Guldan lançaram um ataque surpresa contra nós e muitos dos Agentes Imperiais Korletheanos tentaram capturar os desertores. Sem o aviso improvisado de Tevek, os Guldans teriam nos pegado de surpresa e causado baixas massivas antes que pudéssemos revidar.

Nós saímos de dobra a uma curta distância do local da batalha. O caça Guldan de nível militar de Tevek era facilmente reconhecível. Esta nave de combate rápida e poderosa, com capacidade de dobra, não deveria ter dificuldade em se manter em uma situação de combate direto. Seu atacante o perseguia em algum tipo de caça bastardo, originalmente de fabricação Korletheana, mas aprimorado com tecnologias estranhas que sem dúvida vinham do mercado negro. Os sistemas de propulsão de Tevek haviam sido atingidos, o que explicava por que ele não conseguia ultrapassar seu perseguidor ou se esquivar de metade de seus ataques. De qualquer forma, Leya estava certa – este não era um Agente Imperial Korletheano oficial.

— Todos a postos de batalha. Caças em posição! Protejam a nave Guldan! — eu ordenei pelo interfone — Jezaya, contate os Korletheanos.

Eu não precisei ver ou ouvir minhas Irmãs a bordo dos caças para saber que elas estavam chocadas por estarmos defendendo um Guldan. Mas, com seu profissionalismo habitual, elas não me questionaram e seguiram em frente.

— Eles não estão respondendo — Jezaya disse enquanto a nave Korletheana disparava outra salva contra a nave de Tevek.

Seus escudos de defesa entrariam em colapso a qualquer momento. A julgar pelos danos em seu casco e sistema de propulsão, os Korletheanos de alguma forma o pegaram de surpresa e desferiram alguns golpes certeiros antes que Tevek conseguisse se proteger.

— Continue chamando-os — eu ordenei — Leya, dê alguns tiros de advertência.

Sem dúvida sentindo que a presa estava prestes a escapar por entre os dedos, os Korletheanos dobraram a intensidade do ataque, disparando alguns mísseis EMP seguidos por uma saraivada de torpedos de fótons. Com o escudo enfraquecido de Tevek, os pulsos eletromagnéticos dos mísseis só precisavam explodir perto dele para que o escudo se rompesse. O ataque de torpedos quase certamente finalizaria o serviço. Nossos postos de batalha imediatamente lançaram os mísseis defensivos.

— Escudo estelar! — eu ordenei aos caças.

Mas essa ordem não foi necessária. Nossas Irmãs, tendo avaliado corretamente a situação, posicionaram-se de cada lado da nave de Tevek. Um feixe luminoso disparou de suas respectivas naves, conectando-as em um escudo de energia mais ou menos hexagonal. Os poucos mísseis e torpedos que sobreviveram aos mísseis defensivos morreram no escudo estelar – que não havia sido nomeado por seu formato.

— Respondam, seus desgraçados, antes que eu exploda seus escudos — eu rangi entre os dentes.

Eu não queria matar um Korletheano, considerando a semi-aliança que ainda existia entre nosso povo. Mas, dada a escolha entre ele e Tevek, não havia dúvida de quem eu salvaria.

Como se em resposta ao meu comentário, nossa tela se iluminou com o rosto de um Korletheano deslumbrante. Ele tinha pele morena clara, lábios pecaminosamente carnudos, olhos da cor da areia do deserto e cabelos negros, longos, lisos e sedosos, através dos quais as pontas de suas orelhas pontudas apareciam.

— Afastem-se, Veredianas — sibilou o belo homem — Por que diabos vocês protegem um Guldan? Ainda mais o filho de um dos traficantes de escravos mais implacáveis que abusou de nosso povo!

— Tevek Siddik não é responsável pelas ações de seu pai — eu respondi com frieza — Ele é amigo de Veredia. Cesse seus ataques imediatamente.

— Não posso fazer isso — o homem respondeu em tom imperioso.

— Vocês estão em menor número e com menos armas — eu respondi, com naturalidade — Continuem com essa loucura, e não teremos escolha a não ser abatê-los.

Leya fez um gesto discreto em minha direção, pedindo permissão para falar. Eu pisquei em concordância.

— Glabius — Leya disse ao homem — não sei em que negócio obscuro você se meteu, mas, a julgar pela sua nave, você não está em uma missão oficial sancionada pelo Quórum. Você já foi um dos agentes mais respeitados da Agência Imperial. O homem que você está perseguindo salvou sua vida e a de muitos de nossos irmãos quando você tentava nos matar depois que desertamos.

— Um gesto pelo qual sou grato — Glabius admitiu — Mas não muda nada na minha missão. Este Guldan é uma ameaça ao Império, às nossas alianças e ao curso da história como um todo. Ele deve morrer. O Quórum perdeu o direito de determinar nosso futuro. Eles estão tão ocupados com batalhas internas pelo poder que estão ignorando os avisos dos Destinos. Nós salvaremos Korlethea de si mesma e da ameaça iminente que este homem involuntariamente representa. Não é nada pessoal.

— Vocês e seus jogos idiotas de Destino — eu sibilei — Você assassinou um dos seus por causa dessa bobagem, quando uma solução muito mais simples poderia ter resolvido o problema. Você pode ser escravo da sua obsessão em tentar controlar o Destino, nós o desafiamos e fazemos nossas próprias regras. Você vai se render. Eu não vou deixá-lo assassinar um homem bom pelo que pode ou não acontecer com base na visão de alguma Oráculo aleatória. Ataque-o novamente e morra.

No entanto, o assassino não se deixou enganar pelas minhas táticas de distração. Eu esperava mantê-lo falando por tempo suficiente para que Tevek entrasse no hangar da nossa nave. Sozinha, a nave de Glabius não tinha poder de fogo suficiente para nos causar qualquer dano digno de nota.

— A morte não é nada se um desastre for evitado — Glabius respondeu com um estoicismo que teria sido admirável se não fosse o fanatismo subjacente que alimentava sua convicção.

— Não seja tolo, Glabius — Leya retrucou — Não desperdice sua vida desnecessariamente. Você não pode vencer esta batalha. Viva para lutar outro dia.

Glabius parecia pronto para atacar de qualquer maneira. Uma figura feminina entrando na tela me assustou e o deteve.

— Kenara — Leya disse após silenciar nossa comunicação com a nave inimiga — Ela é uma Oráculo procurada, parte de um grupo rebelde fanático em Korlethea.

O jeito como Glabius virou levemente a cabeça em direção a Kenara, como se estivesse ouvindo algo, me indicou que ela estava falando telepaticamente com ele. Eu odiava não possuir telepatia como nossos pais Korletheanos e os jovens Titãs.

Glabius estreitou os olhos e pareceu hesitar antes de tomar uma decisão. Cerrando os dentes, ele lançou um olhar severo para Leya.

— Você falhou com seu povo uma vez e traiu seus juramentos — Glabius disse à sua antiga colega — E agora, você está prejudicando ainda mais o futuro do seu planeta natal. Certifique-se de se redimir enquanto há tempo. Se não o fizer, Morktar estará atrás de você e dos outros desertores. Até a próxima, Verediana — ele acrescentou para mim antes que a tela escurecesse.

— Jez, use o raio trator para trazer a nave de Tevek mais rápido e envie uma equipe médica para o hangar da nave.

— Entendido — Jezaya respondeu.

— Que porra está acontecendo? — eu perguntei a Leya — Alguma pista?

A mulher esguia cruzou os braços sobre o peito e franziu os lábios enquanto ponderava — O que posso dizer com certeza é que eles voltarão. Há uma facção radical de Korlethea que se autodenomina Guardiões do Destino. Eles são fanáticos determinados a garantir um futuro específico para Korlethea que nos veja como a espécie dominante em ambos os quadrantes da galáxia conhecida. Se eles acreditam que a existência de Tevek atrapalha isso, vão querer eliminá-lo a qualquer custo. No entanto, acho que a questão é mais profunda do que isso.

— Ah? — eu disse, inclinando a cabeça para o lado.

— Glabius disse que "Morktar" cairia sobre mim e os outros se não matássemos Tevek — ela continuou, pensativa, com a testa franzida — Morktar é o apocalipse Korletheano, o fim do nosso mundo e da nossa espécie como a conhecemos. Glabius e seu grupo acreditam que o efeito dominó de algo que Tevek fará pode trazer esse resultado. Eles irão até o fim para impedir que isso aconteça.

— Os Oráculos e Videntes de Veredia já falaram de algo assim? — eu perguntei, me sentindo um pouco nervosa.

— Não — Leya disse, balançando a cabeça — Eu não ouvi nada que, mesmo remotamente, sugerisse que nosso planeta natal estivesse em perigo. Ou, pelo menos, se nossas Oráculos viram isso, acreditam que outros desfechos mais positivos provavelmente ocorrerão.

— Se eles estão tão inflexíveis que ele deve morrer, por que eles foram embora? — eu perguntei.

— Kenara viu outra maneira de matá-lo — Leya disse — Eles voltarão, desta vez com poder suficiente para derrubar nosso cruzador de batalha. Eu gostaria de saber qual é a janela de oportunidade.

— O que você quer dizer? — eu perguntei.

Leya descruzou os braços e deu alguns passos em direção à nossa piloto Genovia para dar uma olhada no mapa estelar.

— Como você sabe, as Oráculos enxergam futuros possíveis, enquanto os Videntes enxergam futuros inevitáveis — Leya explicou — Com futuros possíveis, uma série de eventos, às vezes aparentemente insignificantes, pode fechar uma janela, mas abrir outra. A visão de uma Oráculo sobrevive dentro de uma linha temporal limitada até que um certo marco seja alcançado, tornando essa parte do futuro inalterável. Eles têm até um certo momento antes que Tevek faça algo que torne sua morte irrelevante, porque esse futuro já estará selado. Precisamos descobrir quando isso acontecerá e mantê-lo vivo até lá.

— Se e quando Glabius atacar novamente, nós não teremos escolha a não ser matá-lo — eu alertei — Isso será um problema para você e os outros Korletheanos a bordo?

Leya se enrijeceu e ergueu o queixo — Nós fizemos uma escolha quando desertamos de Korlethea. Somos cidadãos de Veredia agora. Se você nos pedisse para fazer algo moralmente questionável ou ilegal, teríamos um problema. Mas Glabius e sua equipe, por mais que tenham sido antigos amigos, estão trilhando um caminho sombrio. Eles foram avisados. Qualquer que seja o destino deles, será obra deles mesmos. Nosso dever é seu.

Eu senti meu rosto suavizar enquanto sorria para ela, aliviada. Fazia cinco anos que os Korletheanos se juntaram a nós, mas foi só nos últimos dezoito meses que realmente baixamos a guarda em relação a eles e lhes demos papéis cada vez mais proeminentes e sensíveis em nossa sociedade. Afinal, seu povo havia tentado matar nossas crianças e erradicar nossa espécie para impedir o surgimento de uma nova geração de Titãs. Eu gostava muito de Leya. Ela merecia o comando de sua própria nave. Com o tempo, eu a via conseguindo isso.

— Ótimo. Você fica com a ponte, minha amiga — eu disse suavemente — Eu vou dar uma olhada no nosso convidado.

Ela sorriu e assentiu, o brilho de gratidão em seus olhos castanhos não passando despercebido. Ao descer da ponte e me dirigir ao hangar da nave, eu tentei me convencer de que a palpitação incomum em meu coração não se devia ao fato de que eu encontraria pessoalmente o belíssimo homem de cabelos prateados e olhos azuis que me tirou o fôlego na primeira vez em que o vi. No entanto, por mais atraente que Tevek fosse, e apesar de ser tecnicamente – pelo menos supostamente – um dos raros mocinhos de sua espécie, ele continuava sendo um Guldan. Nós não éramos compatíveis.

Isso não significa que você não possa ter uma brincadeira gostosa com ele antes de mandá-lo embora.

Meu rosto esquentou enquanto os pensamentos inapropriados me cruzavam a mente. Eu nunca fui do tipo despreocupado. Essa reação a um completo estranho era bastante incomum. Afastando meus pensamentos errantes, eu me concentrei novamente na tarefa em questão. Eu precisava saber o que diabos estava acontecendo, informá-lo de que havíamos encontrado sua mãe e que poderíamos colocá-los em contato. Depois, eu precisava informar Kamala e o Conselho Vearediano sobre possíveis problemas. Se as suposições de Leya se provassem corretas – e eu acreditava que eram precisas – sem a devida proteção, os dias de Tevek estariam contados.

Quando as grandes portas de metal do hangar da nave se abriram diante de mim, todo pensamento racional – se não a capacidade de pensar em si – fugiu da minha mente. Eu fiquei paralisada, horror e descrença me inundando enquanto minha nuca começava a formigar com o que eu sabia, sem sombra de dúvida, ser a manifestação da Sintonização.

— Não pode ser — eu suspirei enquanto olhava para a personificação da perfeição masculina.

Que tipo de jogo cruel a Deusa estava jogando? Depois de todos esses anos de espera, ela finalmente colocou minha alma gêmea diante de mim: um Guldan, a única espécie com a qual eu jamais poderia acasalar.

CAPÍTULO 4
TEVEK

E u mal conseguia me lembrar de como respirar. Sua beleza estava me roubando as funções mais básicas. Ela assombrava todos os meus pensamentos desde o dia em que a vislumbrei, o que não fazia o menor sentido. Eu nunca fui do tipo superficial. Embora nossa espécie não rivalizasse com a beleza dos Sarenianos ou Veredianos, nós tínhamos muitas mulheres lindas em Guldar. Nenhuma jamais me afetou como ela.

Ela tinha olhos e cabelos negros como o pecado, uma boca em formato de coração que prometia os maiores prazeres ou os mais atrozes tormentos, um nariz empinado e maçãs do rosto salientes que lhe davam um ar de nobreza. Como todas as Veredianas, seu corpo poderia muito bem ter sido esculpido pela própria Deusa. Esbelta, com pernas para dias e seios generosos, ela possuía uma cintura fina que se alargava nas curvas perfeitas de seus quadris. O uniforme de couro preto e colante que ela e as outras Veredianas usavam parecia feito para enlouquecer um homem de luxúria. E, no entanto, não era o desejo que me deixava entorpecido e formigando, mas a vontade irracional de ouvi-la dizer meu nome.

Meu sorriso de gratidão endureceu em meus lábios ao ver o olhar que ela me lançou. Choque, descrença e algo perturbadoramente semelhante à indignação tomaram conta de suas belas feições enquanto ela me olhava. O que poderia ter provocado essa reação? Ela sabia das minhas origens antes mesmo delas virem me socorrer. No entanto, ela rapidamente se recompôs. O sorriso amigável que ela me presenteou e a expressão preocupada em seu rosto enquanto se aproximava com um andar felino quase me deram uma chicotada.

— Aqui está Ashara — disse a encantadora curandeira chamada Thesala enquanto olhava para a bela mulher que me hipnotizou.

— Sen Siddik — disse Ashara, parando muito longe de mim — bem-vindo a bordo do Tempest. Eu sou Ashara Marres, capitã desta embarcação.

— Por favor, me chame de Tevek — eu disse, adorando a textura naturalmente sensual da sua voz — Sen Siddik é meu pai.

Ela ergueu uma sobrancelha e franziu os lábios — Então me chame de Ashara — ela disse despreocupada, antes de se virar para Thesala, que ainda me examinava com um scanner portátil — Ele não deveria estar deitado na maca flutuante?

— Eu disse a ele para fazer isso, mas ele diz que está bem, apesar dessas leituras que mostram que danos parcialmente curados em alguns de seus ossos fraturaram novamente — Thesala disse com uma ponta de sarcasmo.

Meu rosto esquentou. Eu realmente sentia a dor latejante nas costelas e sofri algumas quedas feias após o ataque surpresa. No entanto, meu orgulho estava muito mais ferido do que meu corpo. Eu tinha sido espancado pela segunda vez consecutiva por um assassino, nas duas vezes porque ele me pegou de surpresa. Depois de tantos anos sonhando em conhecer Ashara pessoalmente, a última coisa que eu imaginava era implorar por ajuda depois de levar uma surra.

Eu pigarreei — Eu posso ir até a sua enfermaria por conta própria — eu disse — Não está tão ruim assim.

A mesma expressão nada impressionada tomou conta dos belos rostos de Ashara, Thesala e das guardas que me cercavam. Eu me senti como se tivesse voltado a ser um garotinho sendo repreendido pela mãe por fazer ou dizer algo completamente estúpido.

— Sério, vocês, homens, precisam parar com essa besteira de

parecer machão — Ashara disse, balançando a cabeça para mim — Isso não está impressionando ninguém. Não tem problema nenhum em se machucar durante uma batalha. Por favor, deite-se na maca.

— Eu lhe asseguro, eu realmente não...

— Não foi um pedido — Ashara interrompeu em um tom que não admitia discussão.

Seu olhar severo deixou claro que qualquer outro argumento meu não seria bem recebido. Uma reação tão estranha vinda de uma mulher me deixou atordoado. Em Guldar, nenhuma mulher ousaria comandar um homem ou enfrentá-lo como Ashara havia acabado de fazer. Era perturbador, mas incrivelmente sexy.

Contendo a vontade de insistir, eu obedeci, sem querer alienar meus socorristas. Embora a maca estivesse na altura perfeita para eu me sentar e depois deitar, eu precisei de toda a minha força de vontade para realizar uma tarefa tão simples sem gemer de dor. Mesmo fingindo não precisar, eu fiquei extremamente grato por Thesala segurar a parte de trás da minha cabeça e partes do meu corpo para me ajudar a descer.

— Viu? Não foi tão ruim — Ashara disse em tom de brincadeira.

Era melhor do que não tão ruim. Agora que eu não estava de pé, a intensidade da tontura e da dor que eu estava sentindo realmente se fez sentir. Eu nunca admitiria em voz alta, mas me deitar foi uma delícia.

— Como está a nave? — Ashara perguntou a uma das guardas, sem esperar que eu respondesse.

— Machucada — respondeu a guarda — mas nossas varreduras a consideram estável o suficiente para não ser uma ameaça.

— É seguro — eu disse, me forçando a esconder meu descontentamento por ter minha nave escaneada. Foi uma ação sensata e responsável da parte delas, mas, como rivais tecnológicos, nossas duas espécies protegiam zelosamente nossas respectivas inovações — Eu não teria entrado no seu hangar se ele estivesse instável — eu murmurei.

— Que bom ouvir isso, mas é melhor prevenir do que remediar — Ashara disse, impassível — Vamos te dar um curativo antes que eu te leve ao interrogatório.

Mais uma vez, a infeliz mulher não me deu chance de responder e simplesmente se virou. Os sorrisos irônicos das outras mulheres deveriam ter me irritado, mas eu me senti estranhamente entretido. Por mais que me envergonhasse admitir, meu olhar se concentrou no traseiro perfeitamente redondo de Ashara. Deusa, deveria ser ilegal uma mulher ser tão perfeita. Sua trança única, insanamente longa, que caía até as panturrilhas, balançava de um lado para o outro em contraponto ao movimento sensual de seus quadris enquanto ela caminhava.

Embora todas as Veredianas tivessem cabelos muito longos, geralmente até a base das costas, apenas as da raça Guerreira os deixavam crescer até as panturrilhas ou tornozelos. Eu já tinha ouvido falar da arma letal que aquela trança se tornava quando coberta com uma armadura de celesium. Eu sempre esperei ter o privilégio de um dia testemunhar isso em primeira mão.

A maca flutuante a seguiu com um zumbido muito discreto. Thesala e duas das guardas nos acompanharam. Com muita relutância, eu desviei o olhar da silhueta deliciosa de Ashara para examinar os arredores. Deitar-me em uma maca tornou mais difícil para mim desfrutar plenamente daquele vislumbre exclusivo do interior de uma nave Verediana. O que essas mulheres conseguiram realizar depois de sobreviverem à extinção e escaparem de quase setenta anos de escravidão era inacreditável.

Eu não fazia ideia de que tipo de placas de metal cinza-claro – quase brancas – cobriam as paredes. A iluminação embutida no teto parecia brilhar através do metal. Meus olhos experientes levaram um momento para identificar os sistemas de comunicação, câmeras, sistema de sprinklers e detectores de movimento habilmente dissimulados. Eu não conseguia observá-los com atenção suficiente da minha posição para avaliar a extensão de sua capacidade. Uma coisa ficou bem clara: não haveria como escapar desta nave se elas decidissem me fazer prisioneiro.

A ida à enfermaria não demorou nada. Eu me perguntei se o número significativo de Veredianas que cruzamos nos corredores que encontramos no caminho foi pura coincidência ou se elas tinham inventado uma desculpa para se esconder nas redondezas e dar uma olhada no Guldan. No entanto, ao mesmo tempo em que esse pensamento me passou pela cabeça, eu o descartei. Embora descaradamente arrogante em relação às minhas habilidades técnicas e de pesquisa, minha vaidade não chegava ao ponto de esperar que as Veredianas se esforçassem para ver alguém da minha espécie. Afinal, elas nos odiavam com razão.

Nós entramos em uma ala médica impressionante. Apesar de possuir todos os equipamentos de última geração, tudo parecia sem uso. Os suprimentos médicos visíveis, especialmente desinfetante e analgésicos, pareciam estar completamente cheios. Ou a médica responsável era extremamente rigorosa em manter os recursos sempre abastecidos, ou elas nunca os usavam. Eu suspeitei da última opção.

Minha maca flutuante pousou em cima de uma mesa de exame. Para minha surpresa, a maca se partiu ao meio, cada metade deslizando para o lado, deixando-me deitado diretamente sobre a almofada da mesa de exame. As duas metades da maca flutuaram em linha reta à minha frente e se juntaram novamente depois de saírem da mesa, antes que ela flutuasse para longe, sem dúvida para o seu local de armazenamento.

Para minha agradável surpresa, Ashara entrou na enfermaria conosco e foi se encostar em um balcão, bem na minha frente. Nossos olhares se encontraram, e o brilho insondável de seus olhos me engoliu. Nenhum pensamento coerente girava em minha mente. A mulher me hipnotizava, me fazia esquecer de tudo que não fosse ela. As mãos de Thesala em meu peito, abrindo minha camisa, me assustaram, eu estava tão perdido em Ashara. Eu mal reprimi a vontade de dar um tapa na mão da curandeira, me sentindo constrangido e culpado por outra mulher me tocar em sua presença. Mas apenas um sorriso irônico se formou nos lábios de Ashara, como se ela soubesse da turbulência emocional que ela provocava em mim.

— Há alguma condição especial que eu deva saber? — Thesala me perguntou enquanto abria as duas abas da minha camisa, expondo meu peito, antes de colocar suas palmas quentes sobre ele.

— Não — eu respondi, enquanto avaliava a dor que sentia — Eu fui atacado há três dias pelo mesmo assassino na minha própria casa, antes de partir de Guldar. Eu sofri uma queda bem forte escada abaixo, que mexeu com minhas costelas. Ele também mexeu com a minha cabeça usando golpes psíquicos. Tenho tido fortes dores de cabeça desde então.

Meu olhar se voltou para Ashara, que nos observava estoicamente, aparentemente imperturbável pelas mãos da Irmã em mim. Mas os olhos de Thesala estavam fixos à frente, sem enxergar nada.

— Sim, estou vendo os danos persistentes — Thesala disse — E isso explica o inchaço no seu cérebro. Você teve muita sorte. Mais alguns instantes e você teria sofrido uma hemorragia cerebral grave. Há muitos outros ferimentos, alguns mais antigos. Eu posso curar todos eles, mas será necessário um tratamento de três dias para que você se recupere totalmente sem esgotar seu organismo.

— Ok — eu disse, curioso sobre como ela iria proceder.

Voltando a se concentrar em mim, Thesala simplesmente colocou as palmas das mãos sobre minhas costelas machucadas, e um calor maravilhoso começou a me invadir. A dor, que antes era maior do que eu imaginava, começou a desaparecer imediatamente. Quando ela levantou a mão, uma sensação de formigamento persistiu por alguns segundos.

— Respire fundo e me diga se sentir algum desconforto — ela ordenou.

Eu obedeci, temendo a dor nos pulmões e nas laterais do corpo que eu já esperava sentir, mas não senti nada.

— Deusa! — eu sussurrei, extasiado. Eu conhecia os poderes insanos das curandeiras Veredianas. Mas nunca imaginei que fossem tão mágicos.

— Pode me chamar de Thesala — a curandeira disse, provocando, antes de colocar as mãos em cada lado do meu rosto enquanto Ashara bufava.

Eu mordi a língua para não responder com algo inteligente. Era assustador estar cercado por mulheres que não eram extremamente submissas ou se acovardavam na presença de um homem. Poucas mulheres Guldans adultas ousariam fazer essa piada. Embora fosse totalmente inofensiva, alguns dos nossos homens teriam interpretado como se ela estivesse zombando dele – o que ela fez de um jeito meio bonitinho – e a punido de acordo.

Mas minhas análises sobre a confiança e o comportamento das Veredianas foram por água abaixo no minuto em que Thesala começou a injetar seus poderes de cura na minha cabeça. A pressão que estava quase esmagando meu cérebro desapareceu instantaneamente. Eu não tinha percebido o quão doloroso tinha sido até agora. O alívio e o prazer quase físico que eu senti com seus cuidados me fizeram gemer involuntariamente, meus olhos revirando.

A risadinha suave de Thesala revelou o quanto minha reação a agradou, embora uma ponta de timidez também tenha transparecido. Logo, seu tratamento terminou e ela tirou as mãos do meu rosto. Eu abri os olhos com vontade de agradecê-la, mas foi no olhar de Ashara que eles se encontraram. A expressão em seu rosto fez meu sangue subir à virilha. Ela se recompôs tão rapidamente que eu quase me perguntei se tinha imaginado. Mas sua expressão estava gravada em minha mente, clara demais para ser fruto da minha imaginação.

Minha reação ao toque de Thesala provocou essa resposta?

Sem dúvida, meu rosto deve ter mostrado uma expressão sensual diante de tamanho alívio. Será que isso a excitou? Será que a mesma atração ardente que ela despertou em mim também a assolava?

Ashara se virou para Thesala, com uma sobrancelha erguida, afirmando sua pergunta não formulada.

— Eu cuidei dos ferimentos mais graves — Thesala disse a Ashara — Ele pode ir para os aposentos por enquanto, mas precisa comer, pois eu usei muitas de suas reservas para curá-lo. Ele sofreu vários ferimentos em um curto período de tempo. Eu gostaria de vê-lo mais duas vezes para que ele recupere 100% sem que isso cause um grande impacto em seu corpo.

— Excelente, obrigada — Ashara disse.

— Sem problemas — respondeu a curandeira com uma piscadela.

— Obrigado — eu disse em resposta.

Era estranho não ser o centro das atenções e ser comentado quase como se eu não estivesse presente. Eu nunca tinha sido alvo de tal tratamento. E, no entanto, quantas vezes nossas mulheres já haviam enfrentado situações semelhantes? Eu me senti bobo ao perceber como as coisas provavelmente seriam diferentes vivendo fora da minha bolha em Guldar.

— O prazer é meu — Thesala disse com uma voz cantada que mais uma vez soou como uma provocação.

Sem dizer mais nada, a curandeira saiu da sala, me deixando com Ashara e as duas guardas. Eu me sentei na beira da mesa de exame em que estava deitado.

— E agora? — eu perguntei, feliz que minha voz firme não revelasse a incerteza que eu sentia.

— Agora você tem duas opções — Ashara disse, cruzando os braços sobre o peito e encostando-se na borda do balcão — Considerando nosso primeiro encontro há alguns anos e o fato de você ser filho de Hope, nós queremos acreditar que você não tem más intenções para conosco. No entanto, este não é um risco que eu esteja disposta a correr, pois todas as almas desta nave são minha responsabilidade.

— Compreensível — eu disse cautelosamente.

— Portanto — Ashara continuou — você pode optar por se submeter voluntariamente a um teste de leitura de mentes. Não é invasivo, o que significa que não vamos bisbilhotar quaisquer segredos que você possa ter. Ephedra simplesmente fará algumas perguntas e lerá suas respostas para determinar se você está sendo honesto ou não. Passe por isso e você poderá se mover quase livremente pela nave. Caso contrário, terá que permanecer em uma área de quarentena até chegarmos ao destino onde o deixaremos.

Eu me remexi, inquieto, na mesa de exame. Eu odiava a ideia de alguém vagando pela minha mente. No entanto, ficar em quarentena não era uma opção aceitável. Eu não tinha más intenções. Se o teste fosse realmente realizado como ela havia dito, eu passaria com louvor. Recusar ou discutir poderia me fazer parecer suspeito. Sem a ajuda delas, minhas chances de chegar a Braxia são e salvo eram mínimas. Além de precisar da ajuda delas para impedir que os Braxianos explodissem minha nave no minuto em que detectassem minha presença, eu suspeitava fortemente que meu amigo Korletheano não havia terminado de me assediar.

— Dizem que as Veredianas são honradas — eu disse em um tom neutro — Eu confio em você para se ater a essas perguntas e avaliar se sou uma ameaça, sem aproveitar a oportunidade para violar minha privacidade.

Por algum motivo, eu esperava um comentário sarcástico da parte dela, não que seu rosto se suavizasse daquele jeito. Minha disposição automática em me submeter à avaliação delas claramente me rendeu alguns pontos. A Deusa sabia que eu precisava de cada um que conseguisse.

— Não abusaremos da sua confiança — Ashara respondeu em um tom amigável.

Ela se virou para uma das duas guardas, outra bela mulher de cabelos castanho-claros, quase loiros, presos naquela trança única insanamente longa. Seus olhos verde-amarelados eram hipnóticos enquanto ela caminhava a curta distância em minha direção.

— Olá. Meu nome é Ephedra. O teste será curto e indolor. Eu farei uma série de perguntas em voz alta, e você as responderá mentalmente. Eu extrairei a resposta da sua mente. Sempre que possível, limite-se a um simples sim ou não. Perguntas?

— Não — eu respondi, ignorando o leve aperto no peito. Apesar da genuína ausência de malícia da minha parte, eu não consegui evitar o nervosismo diante da possibilidade de fracassar.

Como esperado, Ephedra levou a palma da mão à minha bochecha. As Veredianas precisavam do toque para que seus poderes psiônicos funcionassem. No entanto, corria o boato de que sua geração mais jovem – chamada de Titãs por causa de seus poderes ainda maiores – possuía uma habilidade secundária que não exigia toque. Isso era assustador.

— O ataque foi uma armação para nos enganar e fazer com que o resgatássemos? — Ephedra perguntou.

Minhas sobrancelhas se ergueram diante da pergunta direta e brutal. Por algum motivo bobo, eu esperava que ela me ajudasse a entender.

— *Não* — eu respondi mentalmente.

— Você tem alguma má intenção em relação às pessoas nesta nave?

— *Não.*

— Você está considerando, planejando ou pretendendo realizar algo a bordo desta nave que seja prejudicial de alguma forma para esta tripulação, para as Veredianas em geral ou para qualquer um de nossos aliados atuais?

— *Não.*

— Você é uma ameaça para nós?

Desta vez, eu hesitei. Com uma pergunta tão ampla, minha resposta poderia ser interpretada de inúmeras maneiras. Ephedra franziu a testa levemente quando demorei a responder. Eu lancei um olhar de lado para Ashara, que se endireitou de sua posição inclinada e descruzou os braços. A tensão crescente em seu rosto refletia a que a guarda estava me sondando.

— *Pessoalmente, não sou uma ameaça para vocês ou seus aliados atuais – pelo menos para aqueles que conheço. Eu não tenho intenção de lhe fazer mal de forma alguma. No entanto, minha presença pode ser interpretada como uma ameaça se o assassino que me persegue continuar seus ataques enquanto eu estiver a bordo.*

A maneira como os ombros de Ephedra relaxaram ao ler meus pensamentos aliviou o peso que começava a esmagar os meus. Ela sorriu e abaixou a mão.

— Obrigada — ela disse antes de se virar para Ashara — Ele está pronto.

Para minha surpresa, Ashara não fez esforço algum para esconder seu alívio. Ela acenou para as duas guardas que se retiraram. Minha pele imediatamente se arrepiou ao me ver sozinho com ela.

— Obrigada por não ter sido reprovado nesse teste — Ashara disse com naturalidade — A alternativa teria tornado as coisas extremamente estranhas.

— Eu só posso imaginar — respondi provocativamente.

— Mais do que você imagina — ela disse misteriosamente — Você não é um homem fácil de encontrar.

— Você estava me procurando? — eu perguntei de forma sugestiva enquanto cruzava o olhar com ela.

A expressão no rosto dela gritava para eu não me precipitar. Eu sorri, mas continuei olhando para ela com curiosidade.

— Dois anos atrás, um de nossos aliados encontrou sua mãe e sua irmã — Ashara disse — Nós estamos procurando por você desde então para reuni-los como retribuição pela ajuda na nebulosa.

Meu peito se aqueceu ao ouvir essas palavras, ao mesmo tempo em que meu coração afundou ao perceber todo o tempo que havia sido desperdiçado porque eu não havia dado a elas uma maneira de me contatar com segurança.

— Que momento estranho — eu disse, agradecido — Eu descobri o paradeiro delas há apenas três dias. Eu estava a caminho de Braxia quando aquele assassino começou a me perseguir.

Ela recuou um pouco, surpresa — Como você descobriu?

Eu hesitei — É uma história um pouco longa. Prefiro discuti-la em particular com você — eu disse cautelosamente.

Ashara estreitou os olhos para mim, mas felizmente não discutiu. Embora eu não tivesse motivos para temer qualquer maldade de suas companheiras de tripulação, eu não queria discutir meus assuntos pessoais onde ouvidos indiscretos pudessem bisbilhotar.

— Então, por que aquele assassino está atrás de você?

— Eu não faço ideia — respondi com sinceridade — Há três dias, depois de descobrir o paradeiro da minha mãe e da minha irmã, eu fui para casa me preparar para a partida. Enquanto fazia as malas, o mesmo assassino me atacou dentro de casa. Sem a intervenção do meu pai e dos seus homens, eu não teria sobrevivido, o que explica os ferimentos persistentes que a sua curandeira encontrou antes. Foi então que meu pai revelou que há uma profecia ligada a mim. Ele não entrou em detalhes, apenas afirmou que eu precisava deixar Guldar e não voltar até que a Grande Guerra fosse resolvida.

Ashara assobiou entredentes, impressionada — Você sabe escolher seus inimigos — ela disse, provocante — É óbvio que os Korletheanos não vão ceder. Eles são fanáticos por profecias. E aquele intolerante em particular acredita que você precisa ser morto antes de fazer algo que impactará para sempre o futuro do planeta natal deles.

Eu estremeci, imaginando que porra poderia ser. Eu não tinha planos específicos para os Korletheanos. Meu único objetivo era garantir que meu próprio planeta sobrevivesse e prosperasse após o fim da Grande Guerra.

— Devemos presumir que ele conhece seu destino.

Eu assenti lentamente — Uma Oráculo ou um Vidente sem dúvida o informou — eu reconheci.

— À primeira vista, sua nave levará pelo menos um ou dois dias para ser totalmente consertada, supondo que você nos permita ajudá-lo com isso — Ashara disse.

Eu imediatamente enrijeci, o que a fez sorrir. Eu não duvidava que elas tivessem as habilidades técnicas para ajudar a consertar minha nave, a julgar pela impressionante nave em que estávamos voando. No entanto, minha nave de caça era uma nave muito avançada, de nível militar, com algumas das tecnologias mais recentes em que eu vinha trabalhando. Mesmo no meu planeta natal, eu relutava em deixar alguém mexer nela. Até definirmos melhor a relação entre as Veredianas e os rebeldes Guldans, eu não estava muito disposto a deixá-las ter um vislumbre muito próximo de nossas capacidades de combate.

— Ou podemos simplesmente ajudá-lo com o casco, se preferir — Ashara disse, despreocupadamente — Quanto menos ajuda você aceitar, mais tempo ficará preso aqui. Ou podemos deixá-lo em uma das estações espaciais mais próximas, se desejar, e onde você poderá dedicar seu tempo aos reparos.

Meu estômago embrulhou ao ouvir essas palavras. Enquanto eu permanecesse com elas, minhas chances de sobrevivência aumentariam muito. Me deixar em uma estação espacial era praticamente uma sentença de morte garantida. Eu precisava jogar minhas cartas direito: sem me humilhar, mas também sem me sentir confiante demais.

— Eu posso pensar em um destino pior do que ser forçado a ficar com as lendárias Veredianas por alguns dias — eu disse, provocando.

Ashara bufou e gesticulou para a porta com a cabeça — Venha. Como parece que você ficará aqui por um tempo, vou levá-lo aos seus aposentos. Ao longo do caminho, eu mostrarei os lugares que você poderá usar sem supervisão.

Eu mal consegui me conter de fazer uma careta. Estar "supervisionado" me lembrou da escola primária. A porta se abriu diante de nós e saímos para o corredor, mas na direção oposta àquela em que havíamos chegado.

— Esta é a sala holográfica — Ashara disse, indicando um grande conjunto de portas no lado direito do corredor — Não há restrições de acesso. Apenas certifique-se de que ela não está reservada caso decida usá-la. Quando o fizer, bloqueie um período máximo de duas horas por vez, que você pode renovar ao final desse período se ninguém mais precisar. Há mais quatro salas holográficas na nave. Mas esta é a mais próxima dos seus aposentos.

Eu assenti, com imagens de cenários que eu adoraria vivenciar com ela passando pela minha cabeça. No caminho, ela me mostrou a academia e o depósito de suprimentos para qualquer coisa, desde toalhas, escovas de dente e pilhas extras. Ao nos aproximarmos do refeitório, suas portas se abriram e uma mulher Korletheana saiu segurando uma xícara. O leve vapor que subia acima dele indicava alguma bebida quente.

Eu sabia da aliança entre as duas espécies. No entanto, considerando a guerra civil que continuava a assolar Korlethea desde que tantos de seu povo desertaram para se juntar às Veredianas, eu me perguntava como isso havia afetado o relacionamento deles. Para minha surpresa, depois de me olhar de cima a baixo com indiferença, os olhos da mulher ficaram levemente desfocados enquanto ela olhava ao redor da minha cabeça, e ela subitamente enrijeceu. Um ar de puro choque – para não dizer horror – tomou conta de suas feições atraentes, e sua cabeça se virou bruscamente em direção a Ashara.

Minhas costas se enrijeceram com uma terrível sensação de inquietação. O que ela tinha visto que a perturbou tanto? Ela encarou Ashara, que balançou a cabeça discretamente como se dissesse "deixa pra lá". O olhar de simpatia, senão de pena, que a Korletheana lançou a Ashara antes de passar por nós me surpreendeu. Eu observei a mulher se afastar por cima do meu ombro.

— O que aconteceu? — eu perguntei, mais confuso do que nunca.

— Nada com que você precise se preocupar — Ashara disse com desdém — O nome dela é Leya, e ela é minha Segunda Oficial. Quando eu não estou por perto, a palavra dela é a lei, a menos que Jezaya – minha Primeira Oficial – esteja presente.

Mudando de assunto, indicando que este já havia sido encerrado, Ashara acenou para as portas por onde Leya havia entrado.

— Esta é a cafeteria. Ela fica aberta 24 horas. Para café da manhã, almoço e jantar, há um bufê disponível onde você pode escolher qualquer coisa, ou pode pedir à la carte, ou escolher algo de um dos replicadores — ela explicou — Em noites tardias e em horários estranhos, você pode pedir de um dos droides, usar os replicadores ou preparar um sanduíche em uma das unidades de resfriamento.

Ela continuou andando enquanto eu assentia distraidamente. Meus pensamentos estavam presos na reação da Krletheana ao me ver – ou melhor, ao ver minha aura, ou minha luz, como costumavam chamá-la. Nós passamos pelo grande conjunto de portas que Ashara indicou como sendo a entrada para os dormitórios de hóspedes. Quase no começo, ela parou em frente a uma porta e me pediu para registrar minha biometria para configurar a fechadura.

Para testar se tudo estava configurado corretamente, ela me fez abrir a porta. Eu fiquei de queixo caído ao ver o quarto espaçoso e convidativo que me foi designado. Eu estava acostumado com naves espaciais bastante simples e funcionais. Branco, vários tons de cinza e bege eram geralmente as cores dentro das várias naves em que eu havia viajado. Os corredores brancos e cinzas que eu havia encontrado até então me levaram a esperar o mesmo no quarto, mas não aquela explosão de cores.

Uma parede azul-escura destacava o quarto, que de resto era branco. Tons de vermelho-escuro, azul-claro e amarelo nos lençóis, travesseiros e decorações de parede faziam com que o ambiente parecesse mais um apartamento luxuoso do que um alojamento de nave. Apesar disso, a decoração permaneceu minimalista o suficiente para que o quarto não ficasse desorganizado, mas ao mesmo tempo aconchegante e convidativo. Além da cama enorme encostada na parede, uma pequena sala de estar ocupava o lado direito do quarto, e uma mesa para duas pessoas ficava bem em frente a uma janela enorme com vista para o vazio.

— Estas duas portas levam ao armário e à sala de higiene — Ashara explicou — A tela gigante está conectada à nossa rede sem fio. Você pode acessar uma vasta base de conhecimento, assim como uma variedade de entretenimento. Não é uma rede aberta. Por motivos de segurança, se você desejar estabelecer comunicações de longo alcance, precisará solicitar uma linha segura.

— Parece justo — eu respondi, ainda impressionado por ter sido recebido como um convidado de honra em vez de um prisioneiro.

— Por favor, fique à vontade. Ephedra virá em breve para levá-lo à sua nave, para que você possa pegar as roupas, os produtos de higiene e outros itens necessários durante a sua estadia. Eu tenho algumas coisas para resolver e depois voltarei com comida para nós dois. Parece que você ficará preso aproveitando a minha companhia no jantar — Ashara disse em tom de brincadeira.

— De alguma forma, estou ansioso por uma tortura tão terrível — eu disse com um sorriso sedutor.

Ashara bufou novamente e balançou a cabeça como se eu fosse um caso perdido. Eu sorri quando ela se virou, seus quadris sensuais balançando em contraponto à sua longa trança enquanto saía dos meus aposentos. Meu peito apertou enquanto eu olhava para a porta fechada. Eu finalmente estava conseguindo tudo o que queria: reencontrar minha mãe e minha irmã, me livrar de Guldar e, finalmente, conhecer, pessoalmente, a mulher que havia se tornado minha obsessão. E, no entanto, tudo agora estava mais complicado do que nunca.

Eu olhei para a tela gigante, xingando internamente por não conseguir usá-la para estabelecer uma comunicação por vídeo com os rebeldes. Eu havia planejado fazer uma parada na base rebelde localizada na Lua de Mexxes. Mas isso não era mais uma opção, não com o assassino no meu encalço. Eu não poderia contatá-los sem justificar tal ligação para Ashara. Por mais que eu confiasse nela, revelar a existência dos rebeldes não era uma decisão minha. Muitas vidas dependiam do nosso sigilo. Eu só podia esperar que o Korletheano não soubesse da localização deles e, melhor ainda, ignorasse a existência deles – o que era uma possibilidade remota.

Todas as minhas esperanças estavam depositadas em Mercy. Como Verediana e Guldan, ela poderia se tornar a maior aliada da nossa causa. Considerando que ela havia dado aos seus dois filhos o sobre-nome do pai, isso só podia significar que ela guardava um certo orgulho de sua herança Guldan. Se os assassinos não chegassem à base rebelde antes da nossa chegada a Braxia, eu acreditava que ela me ajudaria a alertá-los.

CAPÍTULO 5
ASHARA

Minha mente ainda girava ao pensar que a Deusa havia escolhido Tevek como minha alma gêmea. Todos aqueles anos eu esperei, torcendo e rezando para que minha vez chegasse, e este era o meu prêmio? Claro, ele havia salvado nossos amigos na nebulosa nos avisando sobre as naves Guldans furtivas se aproximando. É verdade que ele nos deu a lista de compradores de Gruuk, o que nos permitiu libertar todas as nossas Irmãs restantes ainda escravizadas. E sim, ele era filho de Hope, que agora estava casada com um de nossos aliados mais fortes. No entanto, os Guldans tinham problemas demais.

Mas, Deusa, ele é tão bonito!

Eu precisei de toda a minha força de vontade para não me jogar em seus braços e deslizar meus dedos pelas mechas sedosas de seu cabelo branco-prateado, de uma cor imaculada como neve recém-caída. E aqueles lábios, carnudos e pecaminosamente tentadores. Aqueles olhos hipnotizantes, como um céu azul-claro, pareciam ver até o fundo da minha alma. E seus chifres grossos e castanho-escuros que se curvavam sobre sua cabeça, com suas pontas cruéis apontando para cima, lhe davam uma aparência tão durona. Eu nunca pensei que pudesse me excitar com um Guldan, e ainda assim lá estava eu, pulsando por toda parte. Eu não era uma mulher baixa, mas ele era mais alto que eu. Seus ombros largos e corpo musculoso me deixavam com as pernas bambas.

Eu não entrei no meu escritório pelo deque para evitar Leya e, em vez disso, usei a entrada dos fundos. Como Korletheana, ela tinha o poder de ver auras, que eles frequentemente chamavam de luz de uma pessoa. Isso lhes dava informações sobre as intenções de alguém, boas ou más, e seu estado de espírito atual. Mas, acima de tudo, permitia que eles vissem em que frequência a alma de alguém vibrava. Segundo eles, duas pessoas poderiam se apaixonar se suas almas vibrassem na mesma faixa de frequência. Eles chamavam isso de Sintonização. Mas sua verdadeira alma gêmea vibrava exatamente na mesma frequência que você, em perfeita harmonia.

Eu não tive dúvidas de que perceber que Tevek e eu estávamos em perfeita sintonia provocou a reação de Leya no corredor. Até mesmo agora, a pena em seus olhos quando eu fiz sinal para ela abandonar o assunto ainda me incomodava. Eu não queria ver mais nada disso até resolver toda essa confusão. Por enquanto, eu precisava relatar a situação para Kamala. Eu precisava me apressar, pois Tevek logo estaria me esperando para voltar com o jantar.

Eu liguei para Kamala pelo comunicador de vídeo. Para meu alívio, ela não só estava disponível como respondeu quase imediatamente. Por mais que odiasse estar no comando, sentindo que a posição Lee era demais para ela, a Comandante fez um trabalho fenomenal. Não importava quantas vezes a elogiássemos, a incerteza ainda podia ser vista de vez em quando em seus olhos. Felizmente, ela conseguia esconder isso das massas. Eu simplesmente a conhecia bem demais para me deixar enganar. Porém, isso a impulsionou se esforçar mais e a fez se destacar ainda mais.

Eu contei a ela um breve resumo do que havia acontecido. Ela franziu a testa, concordando com nossa suposição de que o assassino não desistiria.

— Ele tinha uma Oráculo a bordo — eu disse — Ela o fez recuar.

— Só porque há outro caminho para pegá-lo — Kamala disse sem hesitar — Eu vou perguntar a Xevius sobre o assassino e sobre aquela Oráculo. Tenho certeza de que ele terá mais informações para nos dar.

— Tevek quer ficar a bordo até terminar os reparos. O que eu faço depois disso? — eu perguntei, me esforçando para não deixar transparecer a ansiedade na minha voz — Acredito que os Korletheanos o pegarão antes que ele chegue a Braxia se o deixarmos terminar a viagem sozinho.

— Eu concordo — Kamala disse em um tom firme — Krygor jamais nos perdoaria se descobrisse que o primogênito de sua esposa sofreu um crime porque o abandonamos enquanto ele estava sendo caçado. Escolte-o até Braxia. É melhor prevenir do que remediar. Eu designarei uma equipe diferente para patrulhar seu setor.

Enquanto meu coração disparava ao vê-la confirmar o curso de ação que eu queria tomar em primeiro lugar, ansiedade e tristeza também me atormentavam. Sendo uma observadora habitual – ainda mais por ter se casado com um empata – Kamala rapidamente percebeu que algo estava errado.

— O que foi? — ela perguntou em voz baixa — Você parece distraída, até mesmo perturbada.

Minha garganta apertou e meus ombros caíram — Eu me sinto perdida, Kam — eu disse com a voz trêmula, o que imediatamente provocou uma expressão alarmada no belo rosto de Kamala — Não sei se consigo cumprir esta missão com ele a bordo.

A raiva imediatamente se estampou em suas feições — Ele ousou dar em cima de você? — ela perguntou com a voz dura — Eu me lembro bem do jeito que ele olhou para você naquela primeira vez na nebulosa. Se ele for burro o suficiente para não...

— Não é bem assim — eu interrompi, me sentindo ao mesmo tempo irritada e enganada pela injustiça daquilo tudo — Tevek é minha alma gêmea. Eu senti o formigamento da Sintonização no minuto em que as portas do hangar da nave se abriram.

O queixo de Kamala caiu, e seus olhos se arregalaram antes de se encherem da mesma simpatia – para não dizer pena – que havia enchido o olhar de Leya antes.

— Por que raios a Deusa faria isso comigo? — eu perguntei com raiva — Não há futuro possível para nós.

— Isso não é verdade — Kamala disse com uma voz gentil — Quer dizer, olhe para mim e para o Xevius. Quais eram as chances de acabarmos juntos, e de isso dar certo apesar de todos os obstáculos que nos separavam?

— É verdade — eu admiti, com a voz ainda carregada de amargura — Mas nós não os odiávamos como odiamos os Guldans. E mesmo que consigamos resolver essa parte, eu quero filhos. Isso nunca será possível com ele sem me matar.

Kamala abriu a boca para responder, mas o som de uma mensagem recebida a distraiu. Ela olhou para a tela do computador e xingou.

— O que foi? — eu perguntei, minha curiosidade despertada por uma reação tão incomum.

— Melena acabou de me informar que recebemos uma solicitação de comunicação de longo alcance de um Sareniano — Kamala respondeu, preocupada.

— O QUÊ?!

— O quê? — Kamala murmurou — Por que diabos coisas malucas sempre acontecem quando Lee está fora? E por que tinha que ser nosso primeiro contato com os Sarenianos?

— Não brinca — eu disse.

— Fique aí — Kamala disse com uma leve carranca no rosto — Eu vou incluí-lo. Duas cabeças pensam melhor do que uma neste caso.

— Ok — eu disse, deixando de lado meus pensamentos deprimentes sobre Tevek para me concentrar no drama atual.

Segundos depois, o rosto de um homem de tirar o fôlego apareceu na tela. Os Sarenianos eram considerados a espécie mais bela da galáxia conhecida, mas também predadores ferozes. Por muito tempo, eles também foram rotulados como estupradores implacáveis. No entanto, as interações recentes de Krygor com eles revelaram uma imagem bem diferente da espécie, que parecia demonstrar, em vez disso, um enorme respeito pelas mulheres.

— Saudações, Comandante Kamala — o homem disse com uma

voz ronronante que me arrepiou — E para você, Capitã Ashara. Meu nome é Faolen Velkis, Caçador do Império Sareniano.

Eu mal consegui conter o choque. Eu reconheci o nome do Caçador como pertencente ao homem que havia sequestrado Krygor, Hope e sua filha e os levado à força para Sarenia. Os eventos que se seguiram provaram que ele não era o inimigo que havíamos presumido inicialmente. Mesmo assim, precisávamos ter cautela ao lidar com ele e seu povo. Também me pareceu uma coincidência extremamente estranha que ele tivesse aparecido no mesmo dia em que reencontramos o filho de Hope.

Eu sempre me perguntei como ele seria, mas não esperava um rosto tão nobre, com sua pele azul-clara, olhos azul-escuros, longos cabelos negros e pequenos chifres posicionados na cabeça quase como uma coroa. Eu conseguia entender por que qualquer mulher ficaria hipnotizada por seu povo, mesmo sem usar suas habilidades de controle mental.

— Saudações, Caçador Faolen — Kamala respondeu, sem demonstrar em seu rosto o que sentia — Como podemos ajudar?

Eu não tinha dúvidas de que ela também reconheceu o nome dele. No entanto, me incomodava que ele soubesse o meu. Ao contrário de Lee e Kamala, que eram figuras proeminentes da nossa espécie, eu sempre me mantive mais nas sombras.

— Eu estou a caminho do Quadrante Ocidental — Faolen disse em um tom factual — Peço humildemente permissão para pousar em seu planeta natal quando chegar, daqui a cerca de uma semana. Eu trago informações vitais tanto para as Veredianas quanto para os Xelixianos.

— É mesmo? — Kamala perguntou com a mesma curiosidade que borbulhava dentro de mim.

— Sim. Devido à sua natureza sensível, prefiro não discutir o assunto online — Faolen disse — Esta mensagem é destinada ao seu Conselho e ao Embaixador Xelixiano em seu planeta natal.

— Muito bem — Kamala disse — Em vista dos seus termos amigáveis com nossos aliados Braxianos, permitiremos que vocês pousem em vez de se encontrarem em território neutro. Isto é, supondo que concordem em seguir nossos protocolos de segurança, que eu comunicarei em breve.

— Tenho certeza de que não terei problemas em obedecer — Faolen disse em um tom quase provocador — Você também deve saber que os Guldans designaram uma missão para o filho da companheira do Conselheiro Krygor.

Eu fiquei tensa ao ouvir essas palavras. Uma missão? Tevek havia sido evasivo sobre como descobriu a localização de sua mãe, mas não mencionou nenhuma missão. Será que ele nos enganou?

— Como você sabe disso? — Kamala perguntou, sem fazer nenhum esforço para esconder a suspeita em sua voz.

— Nossa missão é estar cientes de tantas coisas quanto possível sobre as pessoas e espécies de interesse — Faolen respondeu misteriosamente.

No entanto, o brilho travesso e quase cruel em seus olhos me fez pensar que havia muito mais do que ele jamais admitiria.

— Tevek partiu muito mais tarde do que o esperado — Faolen continuou, sério — Receio que algo tenha dado errado e atrasado sua agenda. Ele não é um inimigo. Caso o encontrem, peço humildemente que não o ataquem e que até lhe ofereçam proteção, se necessário. Temos motivos para acreditar que ele é um desertor.

Meu coração saltou no peito. Se, assim como Xevius, ele fosse efetivamente um desertor, as chances de um futuro entre nós aumentariam significativamente, embora não abordasse alguns dos outros sérios desafios de uma união com alguém de sua espécie.

— Não temos nenhuma desavença com esse homem — eu disse casualmente, mantendo em segredo que já o havíamos resgatado — O simples fato dele ser filho de Hope já basta para desejarmos ajudá-los a se reunir.

Eu também não mencionei que tínhamos uma dívida com Tevek. Eu não conhecia o Sareniano o suficiente para lhe confiar qualquer conhecimento que tivéssemos no momento, e seu desejo de vir ao nosso planeta natal para fazer alguma revelação me incomodava. Esse tipo de declaração geralmente trazia muita dor para alguém ou para muitas pessoas.

— Fico feliz em saber — Faolen disse, aliviado — Estou ansioso para conhecê-las pessoalmente. Estarei aí em uma semana.

— Boa viagem — Kamala disse antes de Faolen desligar. Ela me encarou com a mesma confusão que eu — Que porra foi essa?

— Seu palpite é tão bom quanto o meu — eu disse, franzindo a testa — Mas o momento parece um pouco conveniente demais. Também me parece estranho que ele queira falar com os Xelixianos, mas não tenha mencionado os Korletheanos.

— Concordo — Kamala disse — Algo suspeito está acontecendo. Sei que há algum tipo de desavença entre os Sarenianos e os Korletheanos. Xevius sempre foi vago sobre isso, mas isso remonta a séculos. No entanto, há de fato muitas pessoas demonstrando interesse no filho de Hope. O que eu realmente quero saber é em qual "missão" Guldar o enviou? Tevek não mencionou nada sobre isso?

— Não — eu respondi, mais perturbada por ele ter me escondido isso do que jamais admitiria — Quando perguntei como ele descobriu a localização de Hope e Siona, ele se tornou bastante evasivo e disse que explicaria mais tarde, em um ambiente mais reservado. Eu vou jantar com ele logo após terminar esta ligação. Eu estava planejando fazer uma pergunta séria, mas este pedido inesperado de Faolen me dá ainda mais tópicos para questioná-lo.

Kamala assentiu — Ótimo. Descubra tudo o que puder e me mantenha informada. Eu vou mandar uma mensagem para a Lee para avisá-la da tempestade que está por vir.

— Farei isso — eu disse, me sentindo um pouco sobrecarregada.

— Ash — Kamala disse com aquela voz doce e de irmã mais velha que sempre usava quando sentia minha angústia — não pense demais na situação. Leve Tevek para Braxia e veja como as coisas se desenrolam. Não o exclua. A Deusa não comete erros. Se ela o escolheu para você, ela teve seus motivos. Você pode ter um caminho desafiador pela frente, como Xevius e eu tivemos. Mas, no final, vai dar certo. Meu companheiro morreu em meus braços — Kamala disse, com uma expressão assombrada passando pelo rosto — E, no entanto, aqui estamos, cinco anos depois, com ele ao meu lado, nossos dois filhos prosperando e um terceiro a caminho.

— Eu não posso ter filhos com ele — eu sibilei, sentindo dor e uma forte sensação de perda perfurando meu coração.

— Confie na Deusa, Ash — Kamala reiterou com uma convicção que ressoou em mim — A Sintonização não mente.

— Obrigada, Kam. Eu vou me lembrar disso — eu disse, desejando que ela estivesse na minha frente para que eu pudesse abraçá-la. Eu sempre invejei o laço de sangue entre ela e Aleina, que compartilhavam o mesmo pai. Junto com Mercy, as duas mulheres eram meus modelos e as irmãs mais velhas que eu desejava ter — É melhor eu voltar e alimentar minha fera antes que ela morra de fome.

Kamala bufou — Faça isso, Capitã. O destino aparentemente quer mexer com o seu homem. Ele vai precisar de toda a sua força para enfrentar isso.

— Ugh. Obrigada por me lembrar — eu murmurei.

Ela riu e acenou para mim antes que a tela escurecesse. Respirando fundo, eu me levantei e saí para encontrar minha alma gêmea.

CAPÍTULO 6

ASHARA

P arada em frente à porta dos aposentos de Tevek, eu girei os ombros para aliviar um pouco da tensão que apertava meus músculos. Ao meu lado, uma bandeja flutuante com pratos aquecidos integrados carregava nossa refeição. Com uma expressão estoica no rosto, eu toquei a campainha. A rapidez com que a porta se abriu me assustou. Será que ele estava acampado logo atrás da porta, me esperando? A maneira como seus lindos olhos azuis se iluminaram e seus lábios adoráveis se esticaram em um sorriso quase terno mexeu com minha cabeça. Seja lá o que o futuro nos reservasse, naquele momento eu precisava me concentrar em obter respostas.

— Entrega em domicílio — eu disse em tom de provocação.

— Meu estômago agradece. Por favor, entre — Tevek disse, acenando para que eu entrasse.

Eu sorri e agradeci com um aceno de cabeça antes de entrar de modo sensual. Não era minha intenção, mas meu corpo tinha vontade própria. Por outro lado, era justo que ele babasse por mim tanto quanto eu por ele. Eu levei a bandeja flutuante até a pequena mesa com vista para a grande janela, com uma vista deslumbrante para o espaço. Parecia um cenário romântico demais, mas eu ignorei e me sentei do lado direito da mesa. Tevek se acomodou à minha frente, com movimentos fluidos, quase felinos.

— Espero que você seja um pouco aventureiro — eu disse em tom de provocação — A refeição é da culinária tradicional Verediana. Mas não se preocupe. Não há insetos nem vermes.

Sua leve carranca diante do último comentário me fez rir. Eu não sabia por que eu gostava tanto de provocá-lo, mas não consegui evitar. Eu acenei com a mão na frente das tampas dos pratos, e todos se abriram automaticamente. O aroma delicioso que me chegou imediatamente me fez salivar. Eu havia escolhido deliberadamente uma grande variedade de pratos para lhe dar uma amostra da nossa comida, que eu sabia ser saborosa.

Os pratos Veredianos faziam um uso inteligente de especiarias aromáticas. Embora nós amássemos carne, vegetais e grãos ocupavam um lugar de destaque em nossa dieta. Os humanos consideravam o que comíamos muito saudável, pois frituras e empanados ocupavam um lugar muito baixo em nossas refeições diárias. No entanto, nós adotamos a massa deles e demos a ela nosso toque pessoal com diferentes molhos e métodos de preparo.

Ao contrário da comida Aveana, que parecia e tinha gosto de vômito, a nossa era um banquete para o paladar e para os olhos. Eu mal consegui conter a vontade de estufar o peito ao ver a expressão de surpresa agradável no rosto de Tevek enquanto ele contemplava os pratos coloridos.

— Coma à vontade — eu disse, gesticulando para a bandeja — O copo é para você – eu não bebo enquanto como.

Eu peguei um prato vazio e os talheres da bandeja flutuante, que coloquei na mesa à minha frente. Peguei uma das colheres de servir e peguei um pouco de meko – uma mistura de folhas verdes e vegetais variados cozidos com carne branca desfiada. A expressão de espanto no rosto de Tevek – rapidamente disfarçada – me pegou de surpresa. Ele, desajeitadamente, pegou o outro prato, o segundo conjunto de talheres e o copo.

Eu olhei para ele, boquiaberta, incrédula — Você esperava que eu o servisse? — eu perguntei, sem conseguir decidir se ria ou se ficava indignada.

Embora tenha balançado a cabeça, o calor que subia por suas bochechas o denunciou. Ele encheu o prato com uma pequena porção de tudo, parecendo muito desconfortável – embora não desajeitado – ao fazê-lo. A raiva que queria crescer dentro de mim se acalmou, e eu o encarei com novos olhos.

— Quantas vezes você saiu de Guldar? — eu perguntei em voz baixa.

— Muitas vezes para testar minhas naves, para conhecer certos especialistas e comerciantes de produtos raros — ele respondeu despreocupadamente.

— Deixe-me formular de outra forma — eu disse — O quanto você foi exposto a outras culturas?

Ele sorriu, entendendo aonde eu queria chegar — Basicamente nunca — ele admitiu enquanto cortava um pedaço de carne — Ao contrário dos Korletheanos, que optam por não deixar seu planeta natal, os Guldans são praticamente proibidos de fazê-lo, a menos que tenhamos um motivo válido. Era um pouco mais flexível antes, mas as regras ficaram mais rígidas nos últimos anos. Se você é um comerciante ou traficante de escravos, ou exerce uma profissão que exige que você fique ausente por longos períodos e se misture bastante com outras espécies, primeiro precisa passar por um treinamento cultural.

— Treinamento cultural? — eu perguntei, erguendo uma sobrancelha em dúvida — Por que a palavra doutrinação me veio à mente de repente?

— Porque você é muito intuitiva? — ele respondeu provocativamente antes de enfiar um grande pedaço de carne na boca.

Seus olhos se arregalaram enquanto mastigava, e uma expressão de deleite tomou conta de seu rosto. Desta vez, eu não resisti a estufar o peito, mesmo sem ter participado do preparo do prato. Mas o orgulho pela nossa herança Verediana era incutido em nós desde pequenas.

— São canelas de quosar — eu expliquei — O animal lembra um pouco um rhomak, sem as presas, e, como você pode ver, o sabor não é de caça.

— É uma delícia — Tevek disse — Agora, estou curioso sobre todo o resto.

Eu contive a vontade de interrompê-lo para que ele tivesse a chance de comer um pouco. No entanto, para minha agradável surpresa, depois de mais algumas mordidas, ele retomou de onde havia parado.

— Como um ditador de verdade, o Imperador Ardrak restringe severamente nossa exposição a quaisquer outras culturas que possam nos desviar do "caminho certo", como ele o vê — Tevek disse — Isso é especialmente verdadeiro para as mulheres, cuja educação é rigorosamente controlada. Estudos avançados são proibidos para elas. A punição por quebrar essa regra pode ser tão severa quanto a morte, dependendo da natureza dos estudos.

— Você está brincando comigo? — eu perguntei, estupefata.

Eu sabia que as mulheres Guldan viviam sob regras rígidas e sufocantes, mas nunca imaginei que chegasse tão longe.

— Quem me dera. Infelizmente, as mulheres só podem aprender coisas que as tornarão melhores esposas, melhores mães e melhores amantes — Tevek explicou, com o desgosto genuíno estampado em seu rosto me aquecendo — E sim, eu nunca me servi na presença de uma mulher. Em Guldar, isso é considerado trabalho servil, abaixo da dignidade de um homem, a menos que ele não tenha outras opções.

Ele riu baixinho, olhando para mim. Eu não conseguia ver meu próprio rosto, mas conseguia imaginar a expressão estampada nele.

— Relaxe, Capitã — ele disse, provocante — Eu não me considero acima de tarefas tão servis. Afinal, eu me alimento quando viajo.

— Mas aposto que você não sabe cozinhar nem para salvar sua vida — eu respondi, sem expressão, antes de dar outra mordida no meko.

Ele bufou e assentiu descaradamente — Eu nunca precisei — ele confessou — Eu sempre tive um exército de servos à minha disposição em casa. E enquanto viajo, meu replicador de última geração prepara o melhor prato Guldan em segundos — ele lançou um olhar de lado para a variedade de pratos na bandeja flutuante com uma expressão melancólica no rosto — Eu adoro comida... boa comida. Embora eu queira aprender muitas coisas novas para me adaptar à nova vida que estou embarcando, não tenho certeza se cozinhar estará no topo da lista. E, por incrível que pareça, minha reação anterior foi simplesmente fruto do hábito. Tudo aqui é diferente para mim.

Meu rosto se suavizou enquanto eu tentava me colocar no lugar dele. Devia ser enervante se ver de repente cercado por mulheres que eram tudo menos submissas e subservientes.

— Eu consigo imaginar. Deve ser como ser largado no meio de um espaço desconhecido, sem um mapa estelar e um sistema de navegação defeituoso — eu disse gentilmente — Mas o que você quer dizer com embarcar em uma nova vida? — eu perguntei, tentando soar casual.

O sorriso irônico de Tevek confirmou que eu não o havia enganado — Eu não tenho intenção de voltar para Guldar depois de reencontrar minha mãe e minha irmã — ele disse, com naturalidade.

Meu coração disparou. A deserção de Xevius de Korlethea e da Agência Imperial possibilitou que ele tivesse uma vida com Kamala. Tevek, fazendo o mesmo com Guldar, criava novas possibilidades para nós também.

Mas isso não resolve o problema do bebê.

— Você pretende se estabelecer em Braxia? — eu perguntei, atordoada.

— Não — Tevek disse, não prosseguindo antes de se concentrar em comer.

Eu dei outra mordida, sem desviar o olhar do seu rosto – lindo demais. Mais uma vez, eu o deixei dar algumas garfadas antes de retomar minhas perguntas.

— Como você descobriu a localização da sua mãe?

Desta vez, ele parou de comer e me encarou. Embora seus olhos não revelassem nada do que lhe passava pela cabeça, eu acreditava firmemente que Tevek estava decidindo o quão honesto queria ser comigo.

Ele limpou a boca e tomou um gole da cidra Verediana que ele serviu no copo — O Imperador Ardrak e o Embaixador Hartuk Tellin me disseram — ele disse em tom neutro.

Eu fiquei boquiaberta, incapaz de acreditar que ele tinha acabado de dizer aquilo.

— Eles queriam enviar meu pai primeiro, mas como ele se divorciou da minha mãe, não tem mais nenhum direito sobre ela — Tevek continuou, seu olhar fixo no meu, inabalável — Portanto, eles imaginaram que, se eu fosse até ela como o filho e irmão mais velho preocupado, os convenceria a me acolher. Eu devo então ganhar a confiança deles por todos os meios necessários. E quando menos esperassem, eu arrastaria minha mãe e minha irmã de volta para Guldar. Mamãe será julgada e punida por escapar, e Siona será preparada como uma pequena espiã Guldan para quando se casar com o Príncipe Zerien.

Cada palavra era como uma adaga cravada no meu peito. Sua verdade inegável as tornava ainda mais aterrorizantes.

— Como você provavelmente sabe — Tevek disse como se estivesse apenas falando sobre o tempo — o Príncipe Sareniano, e herdeiro do trono, declarou que minha irmã é sua alma gêmea. O padrasto dela, o Conselheiro Krygor, insistiu que ela seria criada em Braxia até seu décimo oitavo aniversário, quando o Príncipe Zerien poderá cortejá-la e pedir sua mão em casamento. Isso significa seis anos sendo criada para ser leal a Braxia e sob a tutela da Rainha híbrida Mercy.

— Aposto que o Imperador Ardrak odeia esse pensamento — eu disse em um tom frio.

— Com paixão — Tevek disse, entretido — Os Braxianos rejeitaram uma aliança conosco. O Príncipe Zerien também não parece muito entusiasmado com uma aliança conosco. E agora, sua futura rainha está sendo criada por eles? Nosso Imperador está determinado a doutriná-la adequadamente antes de enviá-la ao Príncipe – SE é que ele a enviará. Manter sua noiva refém é uma grande vantagem.

— Por que diabos você me está me contando tudo isso? — eu perguntei.

— Obviamente porque não pretendo fazer isso — ele disse ironicamente antes de dar outra grande garfada de comida.

Eu comi um pouco mais da minha própria comida enquanto processava o que ele havia acabado de dizer. Havia muitas coincidências: Ardrak enviando Tevek para capturar Siona, os Korletheanos tentando matar Tevek e os Sarenianos entrando em contato conosco sobre os

Korletheanos, além de quererem que protegêssemos Tevek. Eu estava começando a sentir como se as Veredianas tivessem acabado de ser jogadas em um jogo de xadrez a três entre os Guldans, os Korletheanos e os Sarenianos, e que eles estavam nos usando como peões.

Não é uma sensação agradável... de jeito nenhum.

— Por que você não vai em frente? A doutrinação deles não funcionou com você? — eu perguntei, tentando parecer despreocupada.

— Eu não recebi o treinamento "cultural" — Tevek disse, dando de ombros — Considerando que eu já passei por isso no passado, que meu pai é fanático por seus costumes Guldans, que sempre fui um cidadão "exemplar" e que expressei o nível adequado de indignação quando me informaram sobre os costumes libertinos da minha mãe, eles provavelmente não acharam necessário. Eu vou para Braxia para garantir que minha mãe está realmente bem e feliz. Francamente, você facilitou minha vida ao me resgatar.

— Como assim? — eu perguntei, genuinamente surpresa.

— A Rainha Braxiana, Mercy Vrok, é um gênio quando se trata de tecnologia — ele disse, sem fazer esforço algum para esconder sua admiração. Eu rapidamente silenciei a pontada de inveja que isso despertou em mim — Eu jamais conseguiria chegar perto o suficiente do planeta natal deles sem ser detectado e abatido. Eu tinha planejado entrar em contato com vocês, Veredianas, para pedir que intercedessem em meu favor para que eu pudesse pousar.

Eu assenti lentamente antes de encará-lo com firmeza — Nós podemos fazer isso. Mas fique avisado: se você estiver tentando nos usar para machucar Siona ou Hope de alguma forma, vai se arrepender do dia em que nos traiu.

— Não tenha medo. Sua leitora de mentes me testou — ele me lembrou — Eu só quero proteger minha mãe e minha irmã. Francamente, ter Mercy como mentora é a melhor coisa que poderia ter acontecido a Siona. Eu estou desertando de Guldar, mas a população inteira não é tão corrupta quanto o Imperador e seu Conselho. Eu ainda tenho esperança de que meu povo encontre uma maneira de ficar do lado bom da história. Eu farei o que for necessário para garantir que isso aconteça.

Naquele instante, eu soube, com profunda convicção, que ele estava de alguma forma envolvido em algum tipo de resistência ou rebelião. O fato dele ter nos alertado contra as naves furtivas Guldan que se preparavam para nos atacar na primeira vez em que nos encontramos reforçou ainda mais essa teoria. As palavras de Faolen, de que Tevek era um desertor em potencial, ecoaram em minha mente. Mas eu também acreditava que o Sareniano sabia mais do que deixava transparecer.

— Bem, quaisquer que sejam seus planos, acredito que seja mais sensato que você permaneça a bordo da nossa nave e que nós o escoltemos até Braxia — eu disse, despreocupadamente — Krygor nos cortaria a cabeça se o deixássemos ir e algo acontecesse com você. E Leya está convencida de que o assassino não vai ceder até que um certo prazo tenha transcorrido ou até que você realize uma ação específica.

Embora ele tentasse esconder, eu não deixei de notar o brilho de alívio em seus olhos.

— Eu sabia que você sucumbiria aos meus encantos irresistíveis. Mas não imaginei que funcionaria tão rápido a ponto de você já perceber o quanto sentiria minha falta se eu fosse embora — Tevek disse com uma voz suave.

Eu bufei e lancei-lhe um olhar de "por favor" — Você é bonito o suficiente, mas não deixe isso subir à cabeça. Homens atraentes são comuns no meu planeta natal, especialmente com todos aqueles Korletheanos.

— Mas eles não são eu — ele respondeu presunçosamente antes de tomar um gole de sua cidra.

— Alguém está cheio de si — eu respondi, erguendo uma sobrancelha.

— Não sou convencido, apenas confiante — ele respondeu, impassível — Acho que você é a mulher mais linda que eu já vi, e não estou dizendo isso para te bajular. Eu senti a mesma coisa na primeira vez que te vi na tela.

Meu rosto esquentou com a sinceridade de suas palavras. A

maneira prática como ele as proferiu, sem tentar obter meus favores, deu-lhes ainda mais impacto.

— Bem, eu não esperava por isso — eu disse honestamente — Mas obrigada pelo elogio. E não que eu ache que lhe deva algo em troca, mas tenho certeza de que você já sabe que é um homem deslumbrante. Devo confessar que nunca imaginei que acharia um Guldan atraente.

— O suficiente para considerar se envolver com ele?

A velocidade com que ele pronunciou aquelas palavras e a intensidade do seu olhar enquanto as pronunciava pareceram atordoá-lo tanto quanto a mim. Ele não pretendia chegar tão longe... pelo menos não ainda. Me arrepiou perceber a forte atração que ele também sentia por mim. Se ao menos as coisas tivessem sido diferentes...

— Eu jamais namoraria um Guldan — eu disse com uma voz firme, porém gentil — Além das diferenças culturais – que poderiam ser superadas com concessões razoáveis de todas as partes – nós não somos compatíveis.

— Eu discordo — Tevek disse, endireitando-se na cadeira e inclinando-se levemente para a frente, como se faz ao tentar convencer a pessoa com quem se conversa — Guldans e Veredianas são compatíveis em todos os sentidos. E, como você disse, é possível se adaptar facilmente a uma cultura diferente, se estiver disposto. Como eu mencionei antes, já estou nessa jornada.

Isso só fez meu peito apertar ainda mais. Eu não esperava que esse assunto fosse abordado tão cedo, se é que seria. Eu também suspeitava fortemente que ele também não pretendia tocar no assunto ainda. No entanto, foi bom esclarecer o assunto. Como um Guldan, Tevek não possuía as habilidades psiônicas necessárias para perceber a Sintonização. Mas isso não o impediu de sentir a poderosa atração que espécies não psiônicas geralmente chamam de amor à primeira vista. Ele se sentia extremamente – se não obsessivamente – atraído por mim e não entendia bem o porquê.

— Eu sou Verediana — eu disse com uma voz gentil — Como você bem sabe, nossa espécie só agora está se recuperando de mais de um século à beira da extinção. Todos nós precisamos nos reproduzir. Mas, além desse dever, eu anseio pela maternidade. Eu amo crianças e quero um exército delas deixando a mim e ao pai delas loucos. No entanto, gerar um filho Guldan é uma sentença de morte. Seus descendentes nascem com chifres. Pelo que entendi, os chifres do feto dilaceram o útero de mulheres não Guldans antes mesmo de chegarem à metade da gestação.

Uma expressão devastada tomou conta do rosto de Tevek. Minha garganta se apertou e eu pisquei rapidamente para conter as lágrimas que queriam brotar em meus olhos. Ele baixou o olhar para o prato vazio, fitando-o sem ver enquanto refletia.

— Veredianas já deram à luz descendentes Guldans antes — ele disse por fim, olhando para mim — Mercy Vrok é um deles.

— São duas — eu retruquei — Só duas. Ambas as mães Veredianas eram curandeiras como Thesala. Seus poderes permitiam que curassem os danos sempre que o simples movimento da criança as destroçava. Mas Maheva, a mãe de Mercy, foi a única que sobreviveu, porque Gruuk teve os melhores médicos por perto durante o parto. Apesar disso, Mercy fez um estrago nela que deixou Maheva inconsciente por três dias.

Os ombros largos de Tevek caíram, e uma expressão triste percorreu seu rosto — Bem, então eu terei que desenvolver alguma tecnologia para contornar esse problema — ele disse, provocante, embora o tom sério não me escapasse — Eu tenho a firme intenção de cortejá-la, Ashara Marres.

Eu bufei novamente para esconder o fato de que suas palavras fizeram meus dedos dos pés se contorcerem e meu estômago se revirar — Bem, Don Juan, seu namoro vai ter que esperar. Vamos levar tudo isso de volta para o refeitório, e depois podemos dar uma olhada na sua nave.

— Sim, sim, capitã — Tevek disse com uma submissão fingida que me fez rir e balançar a cabeça.

Enquanto Tevek arrumava os pratos sujos na bandeja flutuante, eu limpei a mesa. Ao mesmo tempo, eu chamei Leya pelo comunicador.

— Ei, Leya — eu disse quando ela atendeu — Eu vou ao hangar com Tevek para avaliar os danos à nave dele. Por favor, defina um curso para Braxia.

— Entendido — ela disse.

— Ashara desligando — eu disse, desligando. O brilho estranho nos olhos azuis de Tevek quando nossos olhares se encontraram me pegou de surpresa — O que foi? — eu perguntei.

— Aquela Korletheana, Leya — ele disse cautelosamente — o que provocou sua reação estranha quando ela me viu ao seu lado?

Eu fiquei tensa, sem saber como responder — Você terá que perguntar isso a ela — eu respondi, dando de ombros — Eu posso ter poderes psiônicos, mas ler mentes não é um deles.

— E, no entanto, você sabe por que ela fez isso — Tevek disse em um tom que não admitia discussão — Você não ficou atordoada. Mas queria que ela parasse. Por quê?

— Eu já respondi — eu disse com desdém, e me virei para levar a bandeja flutuante em direção à porta. Eu não suportava a intensidade do seu olhar e não queria que ele percebesse a mentira nos meus olhos.

— Ela não pareceu se importar comigo no começo, até olhar para a minha aura — Tevek disse, refletindo em voz alta — E então algo nela a chocou, como se...

Sua voz sumiu. Curiosa, eu olhei para ele por cima do ombro e o vi me encarando com uma expressão atordoada e maravilhada em seus belos traços.

— Ela olhou para as nossas auras — ele sussurrou — Ela acha que estamos Sintonizados, não é? — ele perguntou.

— Você precisa controlar sua imaginação, fazer menos perguntas e se apressar antes que eu o deixe para trás — eu respondi, sentindo um nó no estômago diante da precisão mortal de suas deduções.

Eu não estava pronta para discutir esse assunto com ele. Era tudo muito recente, muito cru e muito confuso na minha mente.

— Muito bem — Tevek diss em um tom estranho que eu não consegui classificar — Desta vez, eu concordo, mas já aviso: ainda não terminamos de discutir este assunto.

Como uma covarde, eu não respondi. Ele havia me deixado recuar, e eu aproveitaria para me recompor. Com o coração pesado, eu o conduzi para fora de seus aposentos, a caminho do refeitório, para nos livrarmos da bandeja. No entanto, meus pensamentos estavam presos em seu comentário sobre encontrar uma solução para os problemas com o bebê. Eu me repreendi pela centelha de esperança que se acendeu em meu coração. Ele era um dos cientistas e gênios do desenvolvimento tecnológico mais brilhantes de Guldar, mas gostava de máquinas e naves, não de biologia.

CAPÍTULO 7
TEVEK

E
u executei a recalibração dos sistemas da nave no piloto automático. Pensamentos sobre Ashara me invadiram a mente. Dois dias após minha chegada a bordo do Tempest, seu incrível cruzador de batalha, eu ainda estava arrasado com o comentário dela sobre nossa incompatibilidade. Mesmo que ela tivesse me enrolado com a reação de Leya ao me ver, eu tinha quase certeza de que havia deduzido com precisão o motivo disso. Ashara era minha alma gêmea. Eu podia sentir isso nos meus ossos.

Seria mentira dizer que eu estava perdidamente apaixonado por ela. Na verdade, considerando o pouco tempo que passamos juntos, ela permanecia um mistério para mim. No entanto, seu poder sobre mim transcendia qualquer compreensão. Minha obsessão por ela havia aumentado mil vezes desde que a conheci pessoalmente. Eu acordava pensando nela. Sua imagem me assombrava a cada minuto de cada dia. Minhas noites eram preenchidas com sua presença – tão próxima e, ao mesmo tempo, completamente fora de alcance. Eu ansiava pelo som de sua voz, sensual e provocante, e pelo menor toque de sua mão em meu corpo.

Mas ela estava me evitando.

Certo, talvez não. Como Capitã de uma nave tão grande, Ashara certamente tinha muitas tarefas para mantê-la ocupada. Eu só ansiava por vê-la mais, em vez dos vislumbres ocasionais quando ela aparecia para ver como as coisas estavam progredindo e se eu precisava de mais alguma coisa. Mas essas conversas eram mantidas em público, com ela se comportando educadamente e distante – a profissional perfeita.

Isso não seria possível.

Eu precisava encontrar um jeito de fazê-la passar um tempo sozinha comigo. O momento para encontrar a mulher que eu mais queria era péssimo. No entanto, assim que chegássemos a Braxia, ela iria embora. As chances de nos encontrarmos novamente seriam mínimas. Felizmente, a longa jornada até Braxia levaria pelo menos duas semanas na velocidade máxima. Eu não podia me dar ao luxo de desperdiçar um único momento. Eu quebraria suas defesas, por mais bem fundamentadas que fossem.

Até onde eu sabia, apenas três híbridos haviam nascido de mulheres não-Guldans: Mercy, uma jovem chamada Lenora que havia sido adotada pela irmã de Mercy, Aleina, e o falecido irmão de Mercy, Varrek. Engraçado como todos eles acabaram girando em torno da Rainha Braxiana. Mas o irmão dela era a chave. A mãe dele era uma mulher Xelixiana – uma espécie que não possuía poderes psiônicos. Como ela conseguiu levá-lo a termo? Eu precisava investigar. Infelizmente, tanto Varrek quanto sua mãe estavam mortos.

Uma voz suave chamando meu nome me tirou dos meus devaneios. Eu larguei meu calibrador e corri para a entrada da nave. Deanna estava parada no topo da rampa com um sorriso amigável. Como todas as Veredianas, ela era de tirar o fôlego, com um rosto angelical e um corpo que deixaria a maioria dos homens babando e com o cérebro dormente diante de tamanha perfeição. Seu cabelo castanho-avermelhado era o mais próximo de uma ruiva que eu já vi entre elas. Segundo ela, não havia uma Verediana ruiva pura.

— Desculpe incomodá-lo, Tevek — ela disse com sua voz naturalmente sussurrada — Nós concluímos os reparos no casco, se quiser dar uma olhada. Há também alguns pontos que achamos que deveriam ser reforçados, mas não ousaríamos fazê-lo sem o seu consentimento.

— Obrigado, Deanna — eu disse com um sorriso agradecido — Vocês trabalham rápido. Estou impressionado.

Ela sorriu orgulhosamente e desceu a rampa. Assim como as outras, ela usava um uniforme escuro e colado ao corpo, de tecido elástico, com o emblema dourado estilizado, em forma de fênix, dos Tuureanos – o exército das Veredianas. Seus longos cabelos, que terminavam na parte inferior das costas, indicavam que ela não pertencia à raça Guerreira. As outras duas raças das Veredianas eram Cuidadoras e Estudiosas. Como curandeira, Thesala era Cuidadora. Eu suspeitei que Deanna fosse uma Estudiosa. O padrão de belas manchas que adornavam a pele de uma Verediana, descendo pelo pescoço e formando uma linha reta nas laterais externas dos braços e pernas, identificava a que raça ela pertencia.

Minha Ashara era uma Guerreira até a medula, sensual e delicada. Isso significava que ela tinha habilidades insanas com qualquer coisa que envolvesse esforço físico, fosse combate, esportes ou trabalho de precisão. Eu precisava testar isso o quanto antes.

— Dê uma olhada — Deanna disse, me entregando um scanner antes de acenar para a embarcação.

O orgulho estampado no rosto dela e das outras duas mulheres que a ajudaram me fez sorrir. Mesmo de relance, eu pude ver o quão impecável foi o trabalho delas. Eu precisei de toda a minha força de vontade para não ficar boquiaberto. Embora eu tenha executado a varredura enquanto caminhava pela nave, eu mal verifiquei a interface. Não precisava. Minha mente lutava para assimilar o que eu estava vendo. Antes da minha chegada a bordo do Tempest, eu sempre me considerei um homem muito progressista. E, no entanto, minha reação a muitas situações ali me mostrou muito mais "doutrinado" aos costumes Guldan do que eu imaginava.

Envergonhava-me admitir que uma pequena parte de mim não acreditava que uma tripulação feminina pudesse fazer um reparo tão perfeito na minha nave – muito menos em tão pouco tempo. Não é de se admirar que o Imperador Ardrak continuasse a fazer propaganda horrível sobre as Veredianas e controlasse nossa mídia com tanto rigor. Se nossas mulheres pudessem ver o quão talentosas, inteligentes e autossuficientes as Veredianas eram, nós teríamos uma insurreição em nossas mãos – uma insurreição muito necessária, aliás.

Eu devia pedir permissão à Ashara para filmar momentos espontâneos da equipe dela trabalhando. Ela não se importaria que a rebelião compartilhasse qualquer coisa que não fosse sensível com o nosso planeta natal. Nós precisávamos intensificar nossa própria propaganda se a mudança algum dia acontecesse.

Mas isso também implicaria dizer a ela que eu sou um dos líderes da rebelião...

Isso aconteceria mais cedo ou mais tarde. Eu só precisava avisar meu co-líder Caldrik para que ele não fosse pego de surpresa.

— Este é um trabalho realmente fenomenal, Deanna — eu disse finalmente, enquanto terminávamos a inspeção do casco da minha nave — Vocês, moças, realmente me impressionam.

— Nosso objetivo é agradar — ela disse, orgulhosa — E aqui estão os pontos que achamos que precisam ser reforçados — ela continuou, apontando para o primeiro — Se um míssil atingir este local específico em um destes três ângulos — ela acrescentou, gesticulando para o movimento de um míssil se aproximando — parte do dano da explosão ficará preso sob a asa e se espalhará nesta direção, causando danos em cascata que arrancarão suas asas ou destruirão seu sistema de navegação. Reforços aqui, aqui e aqui devem reduzir significativamente a probabilidade de tal ocorrência.

Eu fiquei olhando, sem palavras, me sentindo como um completo novato sendo ensinado por um mestre. Rasgos nas asas e sistemas de navegação danificados eram problemas recorrentes com este modelo. Agora que Deanna havia apontado os pontos fracos, minha mente rapidamente calculou a distribuição e absorção dos danos. Era tão óbvio, e ainda assim nós falhamos completamente em perceber. Ela continuou me mostrando alguns outros pontos fracos que, se devidamente ajustados, aumentariam significativamente as defesas da nave.

— Eu estou sem palavras — eu admiti livremente, o que a fez sorrir — Obrigado, isso é ótimo. Eu adoraria esses reforços.

— Maravilha, vamos começar já — Deanna disse. Ela estava prestes a se virar e ir até os colegas quando parou e me lançou um olhar curioso, sem dúvida em resposta à minha expressão perplexa — O que foi?

— Eu... devo dizer que a gentileza que você e todas as outras Veredianas aqui demonstraram comigo desde a minha chegada é bastante confusa — eu disse, genuinamente atordoado — Não me entenda mal, eu sou grato por isso, mas é totalmente inesperado.

Ela sorriu e seu rosto se suavizou.

— Não preciso dizer que os Guldans não são exatamente nossa espécie favorita — Deanna admitiu — Mas você não é sua espécie. Você é Tevek, filho de Hope, e o homem que nos devolveu a lista das Veredianas desaparecidas sem pedir nada em troca. Eu estava entre as Irmãs "perdidas" que elas não conseguiram rastrear. Meu dono era um desgraçado que tornou minha vida um inferno — ela disse, com o olhar vago enquanto o ódio transparecia em sua voz ao relembrar. Ela se concentrou em mim e sua raiva se dissipou — Graças a você, eu estou livre e de volta ao meu povo, em vez de apodrecer lá e viver minha vida na miséria. Muitas na tripulação tinham mães, irmãs ou filhas que pensavam que nunca mais veriam. Mas você tornou isso possível pela bondade do seu coração. Isso nunca será esquecido. Você conquistou nossa amizade eterna.

Minha garganta se apertou ao ouvir a profundidade da emoção em sua voz. Eu sabia que elas se alegrariam ao se reunir com seus parentes. Eu também estive na mesma jornada. Mas, para mim, elas eram apenas nomes em uma lista. E agora, um desses nomes estava diante de mim, livre e feliz.

— Fico feliz por ter feito isso por você — eu disse, com a voz um pouco mais rouca de emoção — Fico feliz em ver que foi útil.

— Mais do que você imagina — Deanna disse em um tom conspiratório — Sua lista também nos permitiu libertar as gêmeas desaparecidas, que por acaso eram irmãs da Rainha Braxiana Mercy e da nossa própria Almirante Lee. Só por esse motivo, você será calorosamente recebido em Braxia. Você conquistou os favores de mulheres poderosas entre nós.

Com essas palavras finais, Deanna piscou e se dirigiu às colegas para mostrar-lhes os reparos adicionais que precisavam ser feitos no casco da minha nave. No entanto, meu cérebro permaneceu preso às suas palavras. Eu não tinha percebido que minha lista de fato me rendeu muitos pontos com Mercy. Quando eu comecei a planejar buscar a ajuda da Rainha Braxiana, eu esperava que a amizade entre nossos pais, meu sincero afeto por seu pai e o fato de ser filho de Hope a tornassem mais receptiva a me ouvir. Mas parecia que eu já tinha um pé na porta.

Entregar aquela lista às Veredianas não foi uma atitude calculada. Eu nunca prestei muita atenção à escravidão. Para mim, isso sempre foi um fato da vida, de acordo com a crença dos Guldans na sobrevivência do mais apto. Mas quando meu pai vendeu minha mãe, isso me forçou a encarar a situação com outros olhos. A angústia que eu senti ao me perguntar sobre os maus-tratos a que minha mãe e minha irmã estavam sendo submetidas enquanto eu não conseguia encontrá-las me fez entender o quão errado tudo aquilo era. Aquela lista foi minha maneira de reparar a dor que meu pai infligiu ao longo de décadas de trabalho como traficante de escravos. Eu só esperava poupar outra pessoa da dor que eu suportei.

Mas agora, isso me deu uma vantagem que eu pretendia aproveitar.

Eu voltei para dentro da nave para terminar as recalibrações, meus olhos verificando as horas com frequência. Depois de uma eternidade, Ashara finalmente apareceu para verificar como as coisas estavam progredindo. Eu saí correndo assim que ouvi sua voz sensual.

— Olá, Capitã — eu disse com um sorriso.

Ela fixou seus olhos negros e insondáveis em mim com uma expressão indecifrável — Ei, você — ela disse com aquele sorriso profissional e miserável que vinha me dando nos últimos dias.

— Sua tripulação está fazendo milagres com minha nave. Eu não tenho palavras para agradecer por você permitir que consertassem o casco — eu disse com genuína gratidão, enquanto as mulheres estufavam o peito.

— Eu disse que elas eram fodas — Ashara disse, presunçosa — Elas poderiam ajudar muito mais, sabia?

Eu sorri, sem cair na isca da sua indireta nada sutil — Eu cuido do resto. Mas gostaria de falar com você, se puder me dar um minutinho.

Ela ergueu uma sobrancelha inquisitiva. Eu fiz um gesto para que entrasse na nave. Ela obedeceu, com uma curiosidade indisfarçável estampada em seu belo rosto. Eu a segui para dentro e fechei a porta atrás de nós. A vontade selvagem de empurrá-la contra a parede e reivindicar sua boca me invadiu tão repentinamente que eu mal consegui me conter para não me jogar nela. Só a Deusa sabia qual era a expressão estampada em meu rosto, mas minha fome raivosa devia ter transparecido. Uma réstia de medo percorreu o rosto de Ashara, rapidamente substituída por um desejo que ecoava o meu.

Eu nunca me imaginei me aproximando dela. Em um momento, eu estava parado perto da porta, ardendo de tesão; no outro, eu segurava sua trança em punho, bem na altura da nuca. Inclinando sua cabeça para trás, meus lábios reivindicaram os dela possessivamente. As palmas das mãos de Ashara pousaram em meus flancos, suas unhas cravando-se em minha carne enquanto minha língua exigia entrada. Seus lábios se entreabriram, acolhendo minha invasão. Um rosnado vitorioso subiu pela minha garganta enquanto eu devorava sua boca. Deusa, ela tinha um gosto fresco como a água da nascente do Monte Ojarak, doce como uma mazberry, e era mais inebriante que o vinho Dantoriano mais forte. Eu queria me afogar nela.

Meu braço livre envolveu sua cintura fina e pressionou seu corpo contra o meu. Ela se derreteu contra mim enquanto eu inclinava sua cabeça para o lado para aprofundar o beijo. Seu gemido suave fez meu sangue correr para a virilha. Ashara enrijeceu de repente. Ela puxou a cabeça para trás, interrompendo o beijo. Suas mãos soltaram meus flancos, movendo-se para o meu peito para me empurrar para trás.

— Ashara — eu sussurrei, minha voz ficando mais rouca devido ao desejo.

— Pare, Tevek. Por favor — ela disse com a voz trêmula.

Ela não conseguia me olhar nos olhos. Enquanto eu ainda segurava sua trança, eu podia forçá-la a me encarar. Se eu fizesse isso, eu sabia, sem sombra de dúvida, que ela sucumbiria novamente. Eu ainda ansiava por ela e queria fazê-la se render a mim. Mas ela não era uma mulher qualquer com quem eu queria me deitar. Ela era minha companheira e a futura mãe dos meus filhos. Quaisquer obstáculos que se interpusessem entre nós, nós os superaríamos. Eu queria que Ashara viesse até mim de boa vontade. A ideia de que ela se ressentiria de mim ou de si mesma por se render ao seu desejo porque eu a pressionei antes que ela estivesse pronta era insuportável para mim.

Reunindo cada gota da minha força de vontade, eu a soltei. O alívio em seu rosto me convenceu de que eu havia tomado a decisão certa.

— Você e eu, é inevitável, Ashara — eu disse com uma voz suave, tentando ignorar a pulsação dolorosa em minhas entranhas — Eu esperei muito tempo para te encontrar novamente e verificar se o que senti era real. Agora, eu sei disso sem sombra de dúvida. Eu não vou te pressionar, mas também não vou te deixar negar que fomos feitos um para o outro, apesar dos obstáculos em nosso caminho. A Deusa não comete erros.

Um arrepio violento percorreu Ashara, e seus lábios se abriram em choque enquanto ela me encarava. Eu estreitei os olhos, surpreso com sua reação. E então me dei conta.

— Alguém mais te disse a mesma coisa — eu imaginei — Quem? Leya?

O rosto de Ashara se fechou, e ela deu um passo para trás para aumentar a distância entre nós — Foi por isso que você me trouxe aqui? — ela perguntou com a voz controlada.

Eu apertei os lábios, sem querer realmente mudar de assunto — Não — eu disse por fim — Só estou te deixando escapar porque não era minha intenção que isso acontecesse – embora eu não me arrependa nem por um instante. Só saiba que nós continuaremos esta conversa em um ambiente mais apropriado.

Para minha surpresa, em vez de me calar como eu esperava, Ashara relaxou e assentiu em concordância. Isso me roubou as palavras por um segundo. Sentindo-me constrangido, eu passei os dedos pelo meu chifre direito, desejando que fosse a mão dela que o segurava.

Eu pigarreei — Na verdade, eu te trouxe aqui para pedir permissão para estabelecer uma comunicação de longo alcance — eu disse.

Ela se animou com curiosidade.

— Eu gostaria de fazer uma chamada de vídeo com a Mercy — eu disse, com naturalidade.

Ashara recuou, arregalando os olhos em choque — Por quê?

— Para discutir um assunto pessoal com ela — eu respondi, sem me comprometer — Como você provavelmente sabe, nossos pais eram amigos muito próximos. Eu tenho assuntos particulares para discutir com ela.

Ashara assentiu lentamente, com a curiosidade aguçada — Eu posso pedir para Jezaya estabelecer uma comunicação segura com seus aposentos, mas estamos longe demais de Braxia para uma ligação direta. O atraso será absurdo.

— Não com a minha tecnologia — eu disse, presunçoso — Espere aí — eu acrescentei antes de ir buscar um amplificador de sinal. Ao retornar com ele, não pude deixar de sorrir diante da sua expressão desconfiada — Sim, você precisará conectá-lo ao seu sistema. Sim, eu entendo que você o testará exaustivamente para garantir que ele não representa uma ameaça à sua nave. Mas vá em frente, eu terei o maior prazer em compartilhar essa tecnologia para que as Veredianas possam usá-la para seus próprios propósitos. Considere isso um agradecimento por me salvar e me garantir uma passagem segura para Braxia.

Meu sorriso se alargou ao ver o brilho ganancioso em seus olhos. Como todos os fanáticos por tecnologia, a perspectiva de ter acesso a um aparelho novo e altamente avançado a deixava empolgada. No lugar dela, eu também estaria. E isso era outra coisa que tínhamos em comum.

— Jezaya e eu vamos dar uma olhada — ela disse, falhando miseravelmente em esconder seu entusiasmo.

— Obrigado — eu disse.

Ela assentiu e se dirigiu para a porta. Quando passou por mim, eu segurei sua mão. Ela se virou para me olhar, assustada.

— Eu não tinha planejado me jogar em você daquele jeito — eu disse me desculpando.

Seu rosto se suavizou e ela me deu um sorriso gentil — Eu sei. Você não fez nada que eu não permitisse.

Ela apertou minha mão de leve antes de soltar a dela. Um sorriso brotou em meus lábios enquanto a observava sair.

~

E u me remexi nervosamente na cadeira enquanto esperava Ashara transferir o comunicado de Mercy para os meus aposentos. Quando éramos crianças, nós nunca nos conhecemos. Embora nossos pais fossem próximos, o meu era um babaca com as escravas. Pelo que eu sabia, as Veredianas odiavam meu pai. Pelo que eu sabia, Mercy também odiava.

Minha tela finalmente apitou com uma comunicação. Eu respirei fundo, me endireitei e atendi a chamada. A imagem deslumbrante da Rainha Braxiana preencheu a tela. Embora suas feições fossem diferentes, Mercy e Ashara possuíam a mesma pele dourada, olhos negros como breu e cabelos negros e longos, trançados em uma única trança. Os chifres graciosos de Mercy eram uma versão menor dos de seu pai, com as mesmas marcas elegantes. Mas seu belo rosto era idêntico ao de sua mãe. As marcas Veredianas ao longo de seu pescoço, ombros e ao longo de seus braços expostos pela regata sem mangas combinavam com as marcas de Guerreira da minha mulher.

— Saudações, Rainha Mercy — eu disse com o que esperava ser o nível adequado de deferência.

Ela bufou e fez um gesto de desprezo com a mão — O título é Dagna em Braxia — ela explicou — Aqui não se usa Rainha. Mas, por favor, me chame de Mercy. Você verá que eu sou bastante informal, exceto com pessoas que me irritam e que precisam ser colocadas de volta em seus devidos lugares.

A expressão travessa e irreverente em seu rosto me fez gostar dela instantaneamente. Mais uma vez, ela me lembrou Ashara. Elas quase poderiam ser irmãs.

— Então, Mercy — eu disse com um sorriso amigável — Seria uma honra se você me chamasse de Tevek.

— Com prazer, Tevek, filho de Hope. Embora eu reconheça claramente as características do seu pai em você, você também herdou muito da sua mãe. Ela e sua irmã são moças adoráveis — Mercy acrescentou.

Uma onda de emoção me invadiu — Elas estão bem? — eu perguntei com muito mais entusiasmo do que pretendia.

Em Guldar, isso teria levantado grandes suspeitas. No entanto, isso tocou positivamente Mercy. Sua expressão se tornou mais acolhedora e seu sorriso se alargou ainda mais, com tanto carinho que encheu meu coração de alegria.

— Elas estão muito felizes — ela confirmou, para meu grande alívio — Krygor pode ser uma fera, mas está perdidamente apaixonado pela sua mãe. Ela é uma ótima companheira para ele e uma mãe maravilhosa para sua irmã e seus filhos recentes.

Eu assenti, sem surpresa com a notícia, considerando que Hartuk já havia me contado isso, sem mencionar que minha mãe havia se casado novamente e ainda estava em idade fértil.

— Você tem outra irmã mais nova que espero que você receba com carinho.

A maneira como ela disse essas palavras com uma ameaça mal disfarçada arrancou-me um sorriso divertido.

— Sim, Mercy — eu respondi, provocante — Como eu poderia me ressentir de minha mãe me dar outra irmã? Mesmo que ela tivesse dado à luz um menino, eu construí minha própria riqueza e conquistei meu próprio status. Um filho homem não ameaçaria nenhuma possível herança – não que eu precise ou me importe com uma. Uma filha é uma ameaça ainda menor. Minha única preocupação é o bem-estar da minha mãe e da minha irmã. Saber que elas estão felizes, seguras e amadas é tudo o que importa.

Mercy assentiu com ar de aprovação.

— Se me permite a ousadia — eu acrescentei cautelosamente, esperando não exagerar — devo dizer que sua semelhança com sua mãe é incrível. Você é a mistura perfeita dos seus pais.

Mercy arqueou as sobrancelhas — Você conhece minha mãe?

— Conhecer talvez seja um pouco forte. Familiarizado seria mais preciso — eu corrigi — Quando eu era mais jovem, meu pai costumava me levar à nave do seu pai, a Revenant. Eu sempre via Maheva, embora geralmente à distância. Certa vez, ela me curou. Quando criança, eu era bastante aventureiro, até imprudente. Naturalmente, eu acabei caindo de um penhasco e sofri alguns ferimentos graves. Embora os curandeiros Guldans tenham conseguido me curar, eles disseram que eu ficaria com a perna esquerda mancando para sempre. A única solução era amputá-la e substituí-la por uma prótese.

Mercy riu baixinho — Eu só consigo imaginar como seu pai gentilmente mandou eles se foderem e te levou até minha mãe.

Eu ri — Se foderem é bem preciso, mas garanto que não houve gentileza alguma na forma como ele disse isso — eu respondi com um sorriso.

— Seu pai nunca foi de medir palavras. Quando está descontente, ele não faz mistério. Ai do tolo que tentar enganá-lo — Mercy disse em um tom estranho.

Eu estreitei os olhos para ela, sentindo que havia uma história ali — Você viu isso em primeira mão. Espero que não tenha sido você quem sofreu, certo?

Ela sorriu e recostou-se na cadeira. Eu não conseguia ver bem a sala em que ela estava sentada, pois a câmera estava muito perto. Mas o assento de couro vermelho-escuro em que ela estava sentada exalava luxo.

— Pode-se dizer que sim, até certo ponto — Mercy disse — No entanto, o grosso da ira dele era direcionado a outra pessoa. Veja bem, eu só conheci seu pai pessoalmente uma vez. Ele não fazia ideia de que eu era meio Verediana. Nem preciso dizer que isso o chocou profundamente, especialmente porque meu pai o nomeou meu Guardião após sua morte.

Meus olhos quase saltaram das órbitas ao ouvir essas palavras — Meu pai era seu Guardião?

Em Guldar, uma mulher precisava pertencer a um homem, fosse seu pai, seus irmãos, um parente do sexo masculino, um cônjuge ou, na falta de todos os anteriores, um Guardião. Como seu único irmão, Varrek, havia falecido algum tempo após a morte de seu pai, ela precisava pertencer a outro homem ou ser entregue como Tutelada do estado, que também herdaria toda a sua riqueza.

— Era. O choque dele foi tão grande quanto o meu, e o seu agora mesmo — Mercy disse, divertida — Sinto muito dizer que não gosto muito do seu pai. Doruk é a personificação de tudo o que eu odeio na cultura Guldan. Mas, apesar de tudo isso, sou grata a ele por sua lealdade inabalável ao meu pai. Como você pode imaginar, no momento em que me viu, tudo o que ele conseguia pensar era na fortuna que poderia ganhar vendendo uma híbrida tão rara quanto eu.

Eu assenti — Foi esse mesmo o pensamento que me passou pela cabeça.

— Mas meu pai o confiou como meu Guardião — Mercy continuou com um sorriso irônico — Apesar de todos os seus defeitos, Doruk nunca traiu meu pai. Quando eu fui reivindicar minha herança, o desgraçado do tabelião Mestre Belduk fez tudo o que estava ao seu alcance para roubá-la de mim. Seu pai o forçou a obedecer e garantiu que tudo fosse resolvido a meu favor ali mesmo. Sem a ajuda dele, eu não só teria perdido toda a minha herança, como provavelmente teria sido casada com algum Guldan ou vendida àquele pagasse o maior lance.

Embora eu tivesse problemas com meu pai, uma parte de mim sempre o amaria também. E ouvir isso aqueceu meu coração mais do que eu jamais admitiria.

— Meu pai e eu temos um relacionamento interessante — eu disse em tom de deboche — Mas, apesar de tudo, fico feliz que ele tenha agido corretamente com você. Da última vez que o vi, ele me disse que nós, Siddiks, éramos devotados à sua linhagem. Era nosso dever apoiá-los e protegê-los, fosse qual fosse a causa ou necessidade.

Mercy recuou, uma expressão perplexa se formando em seu rosto — Por que ele diria isso?

Eu contei a ela a história que ele me contou sobre o pai dela tê-lo poupado de uma vida de miséria, dando-lhe, em troca, a riqueza e o status que ele jamais poderia ter sonhado. Uma emoção poderosa percorreu a Rainha Braxiana, que não fez esforço para escondê-la enquanto eu descrevia a gentileza que seu pai demonstrou a um órfão faminto.

— Meu pai adorava o seu. Ele sempre dizia que eu deveria ter sido filho de Gruuk e Varrek deveria ter sido filho dele — eu disse com uma voz gentil — Tenho que dizer que eu concordo.

— Você conheceu meu irmão? — ela perguntou com a voz rouca.

— Nós estudamos na mesma escola — eu disse — Ele era a mente científica mais brilhante que eu já conheci. Eu tive até a honra de trabalhar em alguns projetos com ele. No entanto, nossas personalidades não poderiam ser mais diferentes. Ele era muito... radical em suas crenças Guldans, assim como meu pai. Enquanto eu sempre fui mais despreocupado com elas, como seu pai.

— Quando você chegar aqui, terá que compartilhar algumas histórias sobre Varrek comigo — Mercy disse, emocionada — Eu gostaria de tê-lo conhecido melhor.

— Será uma honra — eu disse, abaixando a cabeça — Falando do seu irmão, eu tenho uma pergunta ousada que talvez você possa responder para mim.

Ela inclinou a cabeça com uma expressão curiosa.

Eu pigarreei — Eu sei que a mãe dele era Xelixiana — eu disse cautelosamente. Mercy assentiu — Além da sua mãe e de outra curandeira Verediana, ela é a única mulher não Guldan que, segundo se sabe, conseguiu dar à luz um filho Guldan e sobreviver. Você sabe como ela conseguiu esse feito?

Os olhos de Mercy se arregalaram e seus lábios se abriram em compreensão — Você se apaixonou por alguém que não é Guldan?

Eu me mexi na cadeira. Aquilo foi extremamente constrangedor. Não só eu não era do tipo que revelava meus assuntos particulares, como também não tinha certeza de como ela reagiria ao meu interesse por uma Verediana.

— Ashara é minha alma gêmea — eu soltei, esperando não ter me enganado — Ela está relutante em explorar um relacionamento comigo por causa de problemas de compatibilidade. Como você sabe, filhos são extremamente importantes para suas Irmãs. Se eu pudesse demonstrar a ela que poderíamos ter filhos com segurança, acredito que ela estaria mais aberta a um futuro entre nós, apesar dos outros obstáculos que, sem dúvida, teríamos que superar.

Mercy me encarou com uma expressão estranha. Pelo jeito como ela observava minhas feições, eu não conseguia dizer se ela estava tentando avaliar a sinceridade do meu compromisso com uma vida com Ashara ou avaliando o quão brutal ela seria em rejeitar meu pedido.

— Existe um jeito — ela finalmente admitiu — No entanto, não existe um tratamento universal. Fhara – a mãe de Varrek – usou um tratamento que eu preparei especialmente para ela.

— Você fez esse tratamento?! — eu exclamei, com os olhos quase saltando das órbitas.

— Sim — ela disse em um tom um tanto seco — Há muitas coisas que eu fiz que as pessoas ficariam chocadas se descobrissem.

Mais do que você imagina, minha pobre Mercy.

— E... você seria capaz – e estaria disposta – a fazer uma para Ashara? — eu perguntei cautelosamente.

— Naturalmente — ela disse sem hesitar — No entanto, isso só a protegerá durante a gravidez. Para o parto, ela precisará da assistência de uma curandeira Verediana, ou pelo menos de uma equipe médica muito qualificada, com equipamento médico de ponta. Além disso, por favor, entenda que, se você quiser ter uma vida com uma Verediana, e especialmente ter filhos, você não poderá voltar para Guldar. Você sabe o que aconteceria com eles.

— Isso não será um problema — eu respondi firmemente — Eu não tenho intenção de retornar a Guldar. Pelo menos não antes do fim da Grande Guerra. Há muito que eu desejo discutir com você quando chegar a Braxia. Por enquanto, saiba que o Imperador Ardrak e o Embaixador Tellin me enviaram até minha mãe.

O rosto de Mercy imediatamente se endureceu de desconfiança. Eu resumi brevemente a missão que me haviam atribuído. Embora irritada com minhas palavras, elas não a surpreenderam.

— Você também deve saber que há um movimento rebelde que busca derrubar a ditadura de Ardrak e levar nosso mundo natal a costumes mais atuais, incluindo a abolição da escravidão e a emancipação de nossas mulheres — eu acrescentei cuidadosamente.

— E você faz parte disso — Mercy disse, com naturalidade.

— Sim.

— Qualquer ajuda que você precisar é sua — Mercy disse sem hesitar.

Eu fiquei de queixo caído. Eu esperava ter que convencê-la. Mas isso superou minhas expectativas de receber apoio dela.

— Não fique tão surpreso, Tevek. Apesar de tudo, eu sou meio Guldan, e meu pai me criou para ter orgulho da minha herança, apesar das falhas. Há uma razão para eu ter dado aos meus dois filhos o sobrenome do meu pai. Eu quero ver nossa linhagem continuar e quero que Guldar encontre seu lugar no lado certo da história após a Grande Guerra.

— Exatamente o que eu pensei — eu respondi, com a alegria brotando em meu coração. Com uma aliada tão poderosa, a rebelião conseguiria progredir significativamente.

— No entanto, embora eu possa ajudar de todas as maneiras possíveis, preciso agir com cautela — Mercy alertou — Como você pode imaginar, minhas Irmãs Veredianas não têm muito amor pelo nosso povo.

— Sim — eu respondi, ficando sério — Mercy, tem uma coisa que eu preciso te avisar.

Ela ficou tensa, e meu tom de voz deixou claro que ela não gostaria do que aconteceria a seguir.

— O Embaixador Hartuk me informou que ele revelaria às suas Irmãs sua participação na criação dos disruptores que impediram que elas e os Korletheanos usassem seus poderes para escapar dos complexos de seu pai.

Mercy estremeceu e engoliu em seco. A ausência de choque em seu rosto me fez coçar a cabeça. Claramente, ela já esperava por isso.

— Bem, eu sempre soube que esse momento chegaria mais cedo ou mais tarde — ela disse, resignada — Você sabe quando?

— Eles pretendem fazer isso depois que eu chegar a Braxia — eu disse — Eles acham que isso criaria distração suficiente para que eu pudesse sequestrar minha mãe e minha irmã enquanto você e o Conselho Braxiano estão ocupados tentando resolver a situação.

— Obrigada pelo aviso — Mercy disse com o rosto endurecido pela determinação — Vamos nos preparar adequadamente. O Embaixador vai se arrepender de ter nos traído mais uma vez.

Eu assenti — Eu não vou te segurar mais. Muito obrigado por

reservar esse tempo para falar comigo. Estou ansioso para conhecê-la pessoalmente.

— O prazer foi todo meu, Tevek. Sua mãe e sua irmã ficarão em êxtase em vê-lo — Mercy disse com um sorriso — Boa viagem.

Depois que ela desligou, eu fiquei sentado ali, olhando para a tela escura. Uma parte de mim se regozijava com a esperança que Mercy oferecia a Ashara e a mim. Mas outra parte percebeu que uma grande mudança de poder estava prestes a ocorrer. Todas as conspirações e maquinações políticas logo chegariam ao auge. Eu só podia rezar à Deusa para que acabássemos do lado certo.

CAPÍTULO 8

ERYON

E u andei de um lado para o outro na sala, me sentindo o mais
angustiado que estive em décadas. O mesmo pânico consumia
Venya, Xevius e Killian. Em cerca de uma hora, um Sareniano desem-
barcaria em Veredia para discursar com o Conselho Verediano e os
Embaixadores Xelixianos. O fato de nós, Korletheanos, não termos
sido convidados dizia muito. Pior ainda, nós só soubemos disso há
alguns minutos, embora estivesse agendado há uma semana. Como
Oráculo, Venya imediatamente analisou o futuro para ver os possíveis
resultados daquela reunião. A maioria deles não era um bom presságio
para nós.

— Killian, você viu alguma coisa sobre as potenciais consequências para o nosso povo? — eu perguntei.

Ele não era apenas um dos nossos principais Videntes, como
também suas visões tendiam a ser politicamente inclinadas, enquanto
as minhas geralmente se concentravam em eventos muito mais distantes, muitas vezes anos, se não décadas, no futuro.

— Nada além de batalhas em Guldar — Killian disse, desanimado
— Parece que eles serão lançados em algum tipo de guerra civil ou
grande agitação dentro de algumas semanas.

Normalmente, isso seria de grande interesse para o meu povo. Cada

Oráculo e Vidente concentraria seus esforços tentando prever uma linha do tempo clara e o desenrolar dos eventos em torno desta notícia. Com o conhecimento avançado assim adquirido, nós poderíamos determinar se uma intervenção de nossa parte seria benéfica para o nosso povo. Mas, naquele momento, nós tínhamos um problema maior para resolver.

— O momento não poderia ter sido pior — Xevius disse, a tensão endurecendo seus ombros largos — Depois de todo esse tempo, as Veredianas começaram a nos atribuir papéis mais sensíveis tanto no governo quanto no exército. Elas se sentirão traídas e exigirão respostas.

— Nossos papéis na sociedade delas são a menor das nossas preocupações — eu respondi bruscamente — Nossas companheiras, nossos filhos e os Titãs devem ser nosso foco principal.

— Você acha que eu não estou ciente disso? — Xevius sibilou.

Ele passou os dedos pelos longos cabelos loiro-dourados, que lhe caíam até a cintura. Meu coração se apertou por ele. Ele havia se sacrificado tanto pela vida com Kamala. Como uma das líderes de seu povo, como ela reagiria a essa revelação? Eles tinham dois filhos pequenos e um terceiro a caminho.

— Os Titãs não precisam mais de nós — Xevius continuou, com um nervo pulsando na têmpora — Nós os ensinamos o suficiente para que consigam se virar sem nós. Nós precisamos fazer com que eles e o resto das Veredianas ouçam a razão.

— Devemos avisar Korlethea? — Killian perguntou.

— Não — eu disse em um tom que não admitia discussão — As Veredianas já se sentirão traídas o suficiente sem que façamos isso ainda por cima. Elas podem ver isso como traição. De qualquer forma, esse momento de acerto de contas sempre foi inevitável. Korlethea se virará sozinha. Nós precisamos nos concentrar em nossas famílias. Nossas vidas estão aqui agora. Temos que lutar para preservar o que construímos nos últimos anos e reconquistar a confiança deles.

— Venya, o que você vê? — Killian perguntou.

— Uma conversa com o jovem General que determinará nosso destino — Venya disse, com os olhos desfocados — Eu vejo vários caminhos. Apenas dois nos trazem esperança. Precisamos convencê-lo e aos seus conselheiros da nossa boa-fé e do nosso valor para o seu povo. Se tivermos sucesso, ele poderá nos salvar. Caso contrário, que a Deusa tenha misericórdia de nós.

Assim que ela disse essas palavras, nós ouvimos uma batida na porta do escritório do Templo dos Oráculos nos assustando. Não havia serviços de previsão sendo oferecidos àquela hora.

— Eles chegaram — Venya disse com uma voz estoica, embora eu pudesse sentir seu medo latente. Eu fiquei sem fôlego ao perceber a quem ela se referia — Entrem — ela gritou.

A porta se abriu, revelando meus três netos mais velhos, dados a mim por minha querida filha legítima, Amalia. Meu sangue gelou quando eles entraram com rostos sérios, diferentes dos rostos alegres e afetuosos que costumavam exibir para mim e Xevius. Depois de fechar a porta atrás de si, eles pararam a uma curta distância dentro do quarto, com seus olhares pesados sobre nós antes de examinarem o ambiente.

Depois que as Veredianas nos concederam este terreno em seu novo planeta natal, nós construímos um templo idêntico ao grande Templo de Ylia em Korlethea. O acesso do público era restrito à câmara dos fundos, que servia tanto como escritório quanto como sala de meditação. O amplo espaço ostentava tons pastéis suaves, com predominância de tons bege e terrosos, como era tradição em nosso planeta natal.

Três escrivaninhas ocupavam a parede dos fundos, e uma série de esteiras espalhadas pelo chão da sala octogonal permitia que as Oráculos meditassem e invocassem visões. As paredes eram telas retráteis para criar um ambiente tranquilo e propício a transes mais profundos. Elas podiam ser abaixadas no solo – total ou parcialmente – para revelar as grandes janelas com vista para a deslumbrante vista da capital, Haven.

Como de costume, Vahleryon ficou no meio, ladeado por sua irmã gêmea Zharina à direita e sua gema Rhadames à esquerda. Mas eles não eram mais crianças. Aos treze anos, poucos dias antes dos quatorze – com Rhadames sendo um ano mais novo que os gêmeos – os filhos de Amalia pareciam jovens adultos.

Apesar da minha altura de 1,93 m, Vahleryon já estava quase cara a cara comigo. Eu não duvidei por um minuto que ele igualaria, talvez até superasse, a altura do pai, de 2,00 m, quando atingisse a maturidade plena. Embora usasse o cabelo até a lombar como um Korletheano, as heranças Xelixiana e Verediana de Vahl eram inegáveis. Ele tinha os ombros largos e o corpo musculoso do pai, a pele morena da mãe, assim como as marcas da raça Guerreira dela ao longo do pescoço e dos braços. Se não fosse por seu crihnin – as cristas ósseas em forma de chevron na testa – e suas íris alargadas, da mesma cor roxo-escura de seu pai, Vahleryon poderia se passar por um Vetrediano puro-sangue.

O mesmo se aplicava à sua gema, Rhadames, exceto pelos olhos azuis elétricos e covinhas que ele herdou de seu próprio pai, Lhor – o segundo companheiro de Amalia. Zhara era a única dos quatro filhos de Amalia a ter a pele cinza-prateada Xelixiana sobre uma versão mais delicada do crihnin. Fora isso, ela era a cara da mãe, até os olhos amarelados salpicados de verde.

Mas, naquele exato momento, não havia nenhuma brincadeira nos olhares dos meus netos enquanto pousavam em nós, e mais particularmente em mim. Além de ser avô deles, eu fui o primeiro Korletheano que eles conheceram. Portanto, a culpa por guardar esse segredo recairia diretamente sobre mim. Por que os outros teriam considerado importante falar quando eu, seu próprio parente consanguíneo, não o fiz?

Eu me preparei para o que viria a seguir.

— Na última hora, desde que a Tia Kamala anunciou a chegada iminente de um Sareniano, todos os Korletheanos da cidade praticamente entraram em pânico — Vahl disse em um tom descontraído, já mais profundo apesar da pouca idade — E aqui estão vocês, os líderes não oficiais deles, parecendo igualmente aflitos. Nós gostaríamos de ouvir a sua versão da causa de tanto medo antes de ouvir do Sareniano.

— O que te dá tanta certeza de que ele está aqui para dizer algo sobre nós? — eu perguntei, ganhando tempo e tentando organizar meus pensamentos.

— Porque eu vi — Zhara disse como se fosse evidente — Mas a

visão terminou antes que eu pudesse obter os detalhes dos crimes que ele alega que vocês cometeram contra o nosso povo.

Meu peito se apertou. Eu daria qualquer coisa para estar em qualquer lugar, menos ali. A ideia das crianças me odiando por eventos sobre os quais eu não tinha controle me destruía por dentro. Ainda assim, pela primeira vez, eu fiquei feliz por Zharina não ser uma verdadeira Oráculo. Assim como sua mãe, ela herdou uma capacidade limitada de previsão sobre a qual não tinha controle, ao contrário de uma verdadeira Oráculo que podia invocar visões quase à vontade. No entanto, as delas eram apenas possibilidades do que poderia acontecer. Mas com minha neta, a visão dela vinha por livre e espontânea vontade, como acontece conosco, Videntes. E tudo o que ela via sempre se realizava. Teria me arrasado se ela soubesse da nossa traição por meio de uma visão.

— O Sareniano está aqui para revelar eventos que ocorreram há mais de trezentos anos, mas que tiveram um efeito permanente – trágico em alguns casos – para muitas espécies ao longo de múltiplas gerações — eu disse, escolhendo as palavras com cuidado — Eu não vou me aprofundar na história completa dos eventos; vocês saberão deles em breve. Eu só posso dizer que, três séculos atrás, cientistas Korletheanos chamados Colonizadores realizaram experimentos com Veredianos, Xelixianos e Sarenianos, entre outros, para aprimorar essas espécies e, por sua vez, aprimorar a nós mesmos.

— O que deu origem aos Titãs Korletheanos — Rhadames disse.

— Correto — eu respondi com um aceno de cabeça — Depois de perceberem o erro que tinham cometido, os Colonizadores tentaram desfazer o que haviam feito a todos eles. Eles introduziram uma toxina naqueles planetas para "matar" os genes de Titã naquelas espécies. E por algumas décadas, pareceu ter funcionado. Mas então coisas que eles nunca esperavam aconteceram. No caso dos Veredianos, a erupção solar que destruiu seu planeta natal original. Infelizmente, as radiações da erupção solar tiveram uma reação grave com a toxina, que causou a morte de todos os seus homens e tornou suas mulheres quase estéreis.

— *Vocês* causaram isso?! — Zhara exclamou com raiva e indignação, suas mãos delicadas cerrando-se em punhos ao lado do corpo.

— *NÓS* não causamos nada disso — Venya interveio — Nenhum de nós sequer havia nascido quando essa tragédia ocorreu. A mesma coisa aconteceu em Xelix Prime quando começaram a usar aqueles pesticidas e fertilizantes geneticamente modificados. A reação com a toxina causou o surgimento da Mácula. Ambos os eventos ocorreram há mais de cento e cinquenta anos. Eu nasci quando a Guerra dos Titãs começou em Korlethea. Eryon, Killian e Xevius nasceram perto do fim dela.

— Vocês podem não ter causado isso — Vahl admitiu — mas sabiam. Por que não se manifestaram?

— Confessar não teria mudado nada — eu disse, desanimado — Todas as visões só diziam que isso levaria a uma guerra sangrenta.

— Confessar poderia ter ajudado a encontrar uma cura mais cedo — Vahl sibilou — Você sabe quantos guerreiros do meu pai morreram no auge por causa daquela doença miserável? Nós quase perdemos nosso papai e o tio Ghan para ela!

— Isso não resolveria nada, filho — eu disse em um tom suplicante.

— Vocês poderiam pelo menos ter tentado — Rhadames disse em um tom seco.

— Na verdade, não acreditávamos que fosse possível — Venya disse — Nenhuma visão jamais viu uma cura.

— E, no entanto, ela existe — Rhadames retrucou — Parem de se esconder atrás dessas malditas visões para justificar seus erros. Centenas de milhares, se não milhões, de pessoas morreram por causa do que seus ancestrais fizeram. Você deve *sempre* fazer o que é certo. Não é isso que vocês têm nos ensinado tão firmemente nos últimos anos?

Meu sangue congelou. Eu nunca tinha visto Rhadames tão bravo. Ele sempre foi o garoto calmo e controlado que mantinha os outros dois sob controle. Aquilo não estava indo nada bem.

— Diga-me, tio Xevius — Vahl disse em um tom gélido — durante a Grande Guerra, se uma de nossas frotas estiver prestes a ser destruída e nenhuma visão mostrar que ela será salva, você a abandonará?

Xevius se mexeu, revelando involuntariamente seu desconforto por estar sendo colocado naquela situação – uma rara demonstração de fraqueza para ele.

— De acordo com as regras de combate Korletheanas, se uma tentativa de resgate pudesse causar mortes muito maiores do que aquelas atualmente em risco, sem uma visão positiva de sucesso, nós os abandonaríamos — Xevius disse.

— Ele não te perguntou sobre a estratégia Korletheana — Zhara disse em um tom áspero — O que você faria?

— Eu seguiria as ordens de Vahl — Xevius respondeu, mantendo o olhar fixo na minha neta.

— E se eu não estiver por perto para dar ordens e você tiver que tomar a decisão? — Vahl rebateu.

— Eu faria o que fiz quando o Quórum solicitou que eu assassinasse você e seus irmãos, mas escolhi fazer o que era certo — Xevius respondeu.

Eu não sei dizer se suas palavras acalmaram as crianças, pois elas apenas voltaram seus olhares para mim, aparentemente esperando que eu respondesse à mesma pergunta.

— Eu faria a mesma coisa que fiz quando desafiei Korlethea para vir até vocês e Amalia — eu disse, esperando que eles percebessem a sinceridade na minha voz — Eu seguiria meu coração.

— Diga-me, Killian, se você fosse um Verediano que tivesse acabado de descobrir esse segredo que vocês estavma escondendo — Rhadames disse — o que você faria com os Korletheanos que vivem entre nós? E não minta.

— Eu iria bani-los, provavelmente atacá-los e começar uma guerra com Korlethea ou exigir reparação — Killian disse casualmente.

Eu precisei de toda a minha força de vontade para não ficar boquiaberto com ele nem dar um soco na cara dele. Mas, pensando bem, era exatamente isso que ele iria fazer. Mentir para as crianças poderia ter piorado as coisas. Mas esses não eram os pensamentos que eu queria incutidos em suas mentes jovens.

— É isso que devemos fazer então? — Zhara perguntou.

— Vocês não devem sempre agir de acordo com seus desejos — Xevius lembrou — Seu instinto pode dizer uma coisa, mas a razão deve ditar suas ações. Vale a pena mencionar que nossos ancestrais tentaram se redimir e encontrar curas tanto para os Veredianos quanto para os Xelixianos, mas era tarde demais.

— Eles não se esforçaram o suficiente — Vahl retrucou — Vocês se protegeram enquanto o povo da minha mãe e do meu pai sofria. Vocês deveriam ter dito a verdade.

— As coisas não são tão simples assim — eu disse.

— Sim, elas são — Vahl respondeu.

Sem dizer mais nada, ele se virou e saiu, seguido pelos irmãos. Eles não bateram a porta atrás de si. Mesmo assim, o leve som dela se fechando ressoou como um trovão em meus ouvidos.

Enquanto os outros comentavam que isso não tinha corrido bem, um único pensamento ficava ecoando na minha mente: nós estávamos ferrados.

CAPÍTULO 9

KAMALA

E u nunca tinha visto os Korletheanos tão agitados. Assim que a nave de Faolen pousou em nosso hangar, o nível de agressividade deles disparou. Eu troquei um olhar inquieto com Khel. Seus olhos refletiam a mesma preocupação que me atormentava. Como General dos Sentinelas – as forças militares Xelixianas de elite em Veredia, dedicadas principalmente aos esforços de manutenção da paz em nome do Conselho Galáctico – ele não deveria ter sido convidado para esta reunião. Mas nós valorizamos muito sua opinião, pois ele havia sido nosso primeiro aliado no início de nossa jornada rumo à liberdade. Sua Gema, Lhor, que era o Embaixador Xelixiano oficial em Veredia, também nos acompanhou.

Não pela primeira vez, eu me perguntei se não ter contado ao meu companheiro antes sobre a chegada iminente de Faolen havia sido um erro. Se eu soubesse que ele ficaria tão perturbado, provavelmente teria contado. Infelizmente, depois de fazer o anúncio público algumas horas antes, meu turbilhão de responsabilidades tornou impossível para mim ter a conversa privada que ele desejava. Embora não tivesse nada a fazer ali no hangar da nave, Xevius estava de plantão ao lado de sua tia Venya e Eryon do outro lado dela.

Meu estômago se revirou de apreensão. Eu acreditava que qualquer coisa que o Sareniano pretendesse revelar hoje teria um impacto profundo no futuro relacionamento entre Veredianas e Korletheanos. Xevius era a minha vida, o pai dos meus dois filhos e daquele que eu estava esperando. Eu rezei à Deusa para que nada que Faolen dissesse colocasse em risco a vida que meu companheiro e eu lutamos tanto para ter juntos. Isso me destruiria.

Faolen era ainda mais impressionante pessoalmente do que na tela. No entanto, enquanto descia a rampa, seu rosto não demonstrava o charme travesso com que nos presenteou durante nossa ligação. Seu andar fluido e predatório combinava com a expressão selvagem em seu rosto enquanto encarava os Korletheanos. Tentando quebrar a tensão e redirecionar a atenção do Sareniano para mim, eu dei alguns passos em sua direção com um sorriso acolhedor.

— Saudações, Faolen — eu disse com uma voz educada, mas calorosa — Bem-vindo a Veredia.

Eu pressionei a palma da mão contra o coração e acenei em sua direção, no gesto tradicional das Veredianas para estranhos e pessoas com quem não tínhamos um relacionamento próximo. Toda a agressividade se dissipou de suas feições ridiculamente bonitas, e ele sorriu para mim com o tipo de charme que poderia ter me hipnotizado se meu Xevius não tivesse me arrebatado completamente. Para minha surpresa, eu percebi que o que eu inicialmente havia tomado por uma capa em suas costas era, na verdade, o apêndice que os Sarenianos desenvolviam ao atingir a maturidade, aos cinquenta anos. Ele atuava tanto como asas, permitindo-lhes planar e surfar nas correntes de ar, quanto como nadadeiras, permitindo-lhes nadar mais rápido.

— Obrigado por me permitir falar com seu povo — Faolen disse gentilmente — É lamentável que nosso primeiro encontro ocorra nessas circunstâncias. Mas espero que este seja o primeiro de muitos reencontros muito mais felizes e o início de uma amizade entre nossos povos.

Xevius bufou. Eu me enrijeci e virei a cabeça bruscamente para encará-lo. Que porra tinha dado nele? Ele sabia que não devia se comportar de uma maneira que pudesse ofender os enviados políticos do nosso planeta natal. Korletheanos não deviam interferir na política Verediana.

— Você tem algo a dizer, Korletheano? — Faolen disse com um tom de desprezo na voz.

— Você não pode confiar nele, Kamala — Xevius disse, embora seu olhar permanecesse fixo no Sareniano — Ele pode usar sua compulsão em você e nos outros, e plantar o que quiser em suas mentes.

Eu mal consegui conter um sobressalto. Suas palavras continham uma verdade inegável. Os Sarenianos possuíam uma habilidade insana de controle mental. E Faolen, em particular, a usou contra Hope para sequestrá-la, Siona e Krygor, a fim de trazê-los para Sarenia. Embora toda aquela confusão tivesse sido resolvida pacificamente no final, eu não fazia ideia de quais segundas intenções – se é que havia alguma – o haviam trazido ali.

— Meu povo e eu não temos más intenções com as Veredianas — Faolen sibilou para Xevius antes de se virar para mim, com o rosto suavizando — Prenda-me. Eu não me importo.

Eu recuei e troquei um olhar preocupado com Lavenia, a líder do nosso Conselho. Como Veredianas, nós odiávamos impor algemas psíquicas a qualquer um depois de termos sido submetidas a elas durante toda a nossa vida nos complexos de reprodução de Gruuk.

— Nós temos outras maneiras de contornar possíveis ataques psíquicos — eu ofereci.

— Eu insisto — Faolen disse em um tom que não admitia discussão — Eu quero que não haja qualquer dúvida sobre a veracidade das minhas palavras. Eu não darei aos Korletheanos a menor desculpa para considerarem um crime.

Eu estremeci com o ódio que transbordava de sua voz. Qualquer esperança que eu tivesse de que o que ele tinha a dizer não ameaçasse meu futuro com Xevius desapareceu naquele instante. Faolen queria sangue – sangue Korletheano. Relutantemente, eu acenei com a cabeça para Larissa – uma das guardas e meia-irmã de Amalia. Sem dizer uma palavra, ela se dirigiu ao posto de guarda na entrada do hangar da nave para recuperar um colar disruptor psíquico semelhante aos que haviam sido usados nos Korletheanos nos complexos de reprodução. Ao contrário das gerações anteriores de Veredianas como eu, cujos poderes psiônicos exigiam toque, Korletheanos, Sarenianos e Titãs possuíam poderes puramente mentais que não podiam ser contidos por algemas de pulso e luvas disruptoras.

Apesar de sua bênção e insistência em que colocássemos uma, uma sensação de náusea me revirou as entranhas quando eu peguei a coleira de Larissa e a coloquei em volta do pescoço de Faolen. Seu sorriso gentil enquanto ele levantava seus longos cabelos negros para facilitar minha tarefa aliviou um pouco da minha culpa.

— Agora, isso te satisfaz quanto à nossa segurança? — eu perguntei ao meu companheiro.

Xevius franziu os lábios, visivelmente descontente. Ele assentiu rigidamente, mas a centelha de tristeza que passou pelos seus olhos partiu ainda mais meu coração. Eu engoli em seco e me virei para Faolen.

— Se você me seguir, eu o levarei até a sala de audiências para que você possa compartilhar sua mensagem conosco — eu disse a Faolen, me forçando a sorrir com uma atitude calma.

— Kamala — Eryon gritou — embora não tenhamos sido formalmente convidados, com sua permissão, eu gostaria de comparecer em nome dos Korletheanos.

Eu lancei um olhar de lado para Faolen. Afinal, era a reunião dele.

— O Vidente pode comparecer — Faolen disse com uma alegria quase maliciosa, o que aumentou ainda mais meu desconforto — Eu não tenho problema em falar a minha verdade na cara deles.

— Você tem sua resposta — eu disse gentilmente para Eryon.

Ao sairmos do hangar, eu lancei um olhar significativo para Larissa. Nós tínhamos trabalhado juntas por tempo suficiente para que palavras muitas vezes fossem desnecessárias para ela entender o que eu queria. Nesse caso, eu queria que os Tuureanos – nossas forças militares – estivessem em alerta máximo caso as coisas dessem errado.

Uma curta caminhada nos levou do hangar da nave até a sala de audiências de um dos complexos de convenções de Veredia. Este, adjacente ao hangar da nave e a apenas uma nave auxiliar do nosso espaçoporto, frequentemente servia como local para eventos com estrangeiros. Isso nos permitia limitar o número de pessoas de fora autorizadas a circular pelo nosso planeta e acessar nossa área central, onde a segurança era mais flexível.

Eu aproveitei a oportunidade para fazer as apresentações e terminar logo essa parte. Nós tínhamos mantido esta reunião entre os três membros do Conselho – Lavenia, Zenavia e eu – Khel e Lhor, e agora Eryon. Para minha surpresa, quando entramos na sala de audiências, Zenavia já estava lá dentro conversando com os três filhos mais velhos de Khel e Lhor: Vahl, Zhara e Rhadames.

— Filho? — Khel perguntou, lançando um olhar questionador para Vahl.

— Em nome dos Titãs, nós solicitamos permissão para comparecer — Vahleryon disse calmamente — Zenavia diz que não tem objeções, desde que nosso convidado também não se oponha.

— O famoso Grande General — Faolen disse com um sorriso amigável entremeado por uma ponta de admiração — É uma honra conhecer você e seus irmãos. O Príncipe Zerien ficará com ciúmes. Ele deseja muito conhecê-los.

Vahleryon sorriu. Embora seu rosto permanecesse amigável, as pontas de suas presas aparecendo entre os lábios indicavam que a presença do Sareniano havia despertado seus instintos territoriais. Algum tempo atrás, ele poderia ter atacado Faolen primeiro e perguntado depois. Nossos jovens Titãs percorreram um longo caminho mantendo a raiva constante que borbulhava dentro deles sob controle, graças ao meu companheiro e seus colegas Korletheanos.

— Estou ansioso por esse dia — Vahl respondeu.

— Quanto ao seu pedido, eu ficaria feliz em convidá-lo para esta reunião — Faolen continuou, com o rosto assumindo uma expressão séria — Você e seus irmãos, acima de todos os outros, devem estar cientes do que eu tenho a dizer.

— Já sabemos o que é — Vahl disse com a mesma voz calma e neutra — Só queremos ouvir a sua versão.

As sobrancelhas de Faolen se ergueram e ele lançou um olhar impressionado para Eryon, que ergueu o queixo em desafio. Isso só confirmou ainda mais que se tratava mesmo dos Korletheanos. Khel e Lhor franziram a testa e olharam para os filhos com uma expressão preocupada.

— Vamos prosseguir — eu disse, gesticulando para que todos tomassem seus lugares.

Normalmente, um painel se sentava em frente à sala retangular para se dirigir à plateia, que comportava até duzentas pessoas naquele espaço menor. Para as circunstâncias, nós adicionamos uma mesa de frente para o painel para Faolen. As crianças e Eryon foram buscar cadeiras na área da plateia, abaixo da plataforma levemente elevada em que nos sentávamos. As crianças alinharam suas cadeiras ao longo da parede perto da saída, enquanto Eryon foi se sentar sozinho no lado oposto da sala. Isso também não era um bom presságio.

Assim que todos se acomodaram, eu liguei a gravação de áudio e vídeo da reunião.

Faolen não se sentou, mas ficou de pé ao lado da mesa, de frente para nós.

— Primeiramente, eu quero agradecer a todos por terem se dado ao trabalho de me receber tão rapidamente. Há muito tempo, os Sarenianos desejam estabelecer uma relação amigável com o seu povo. Lamento que o primeiro contato tenha ocorrido comigo trazendo notícias desagradáveis — Faolen disse — Um vento de mudança está soprando. Alianças serão quebradas, novas serão forjadas e lados serão escolhidos. Os eventos que ocorrerão nas próximas semanas terão um enorme impacto no resultado da Grande Guerra que se aproxima. Esperamos que, quando esses eventos ocorrerem, estejamos do mesmo lado.

Ele se virou para olhar para as crianças, uma expressão estranha passando por suas belas feições antes de se virar novamente para nós.

— Eu vou direto ao ponto — Faolen continuou — Como vocês podem imaginar pela recepção nada calorosa que os Korletheanos me deram, minha revelação os preocupa. Resumindo, trezentos anos atrás, os Korletheanos usaram nossas três espécies, assim como os Braxianos e os Dantorianos, como cobaias para experimentos na esperança de aprimorar ainda mais a sua. Mas as coisas não funcionaram exatamente como eles queriam. A princípio, seus esforços para se passar por deuses deram aos Xelixianos sua velocidade insana, um segundo veneno e a característica de gema. Para os Veredianos, foram seus poderes psiônicos baseados em toque, sua velocidade e suas três raças. Para os Braxianos, foram suas habilidades berserker e sua resistência natural a poderes psiônicos negativos, e os Dantorianos se tornaram empáticos e ganharam suas habilidades de voar. Nada mal, não é?

Eu assenti. Embora eu odiasse descobrir que tínhamos sido usados como ratos de laboratório, o resultado final tinha sido extremamente benéfico para todas as espécies envolvidas. Como aconteceu trezentos anos atrás, meu companheiro, Eryon, e os outros não podiam ser responsabilizados por essas ações – não que alguém fosse reclamar de verdade. Mas meu instinto me dizia que eu não gostaria do que mais Faolen diria.

— Só que, para os Sarenianos, isso mudou completamente nossas vidas — Faolen continuou, com a voz endurecida — Nós costumávamos ser uma espécie anfíbia pacífica que vivia principalmente debaixo d'água. Mas não mais. Embora ainda nasçamos na água, não podemos mais viver permanentemente lá sem nos afogar. A adaptação a uma nova vida em terra foi traumática, mas nós a aceitamos, especialmente porque isso nos abriu a possibilidade de interagir mais com outras espécies. No entanto, essa não foi a única coisa que eles mudaram. Eles aprimoraram nossas habilidades naturais de caça, transformando-nos em predadores sanguinários, constantemente cheios de raiva.

Eu me mexi desconfortavelmente na cadeira, meu olhar se voltando rapidamente para as crianças que estavam atentas a cada palavra sua. Um rápido olhar para Eryon o mostrou com a cabeça levemente abaixada, olhando para o chão com uma expressão preocupada. Eu me preparei para o que viria a seguir.

— Além disso, eles nos concederam controle mental e a capacidade de ver auras — Faolen disse — Meu povo se transformou em animais irracionais, movidos por seus instintos mais básicos. Como os poderes de controle mental dos nossos homens são mais fortes do que os das nossas mulheres, eu vou deixá-los adivinharem o que se seguiu. Foi um banho de sangue. Uma mulher que sobrevivesse a um ataque só seria atacada por outro homem. Aquelas cujas mentes não se rompiam com repetidas manipulações contra a sua vontade, muitas vezes morriam sob a violência com que os homens as tomavam. Muitas morreram, dilaceradas por homens concorrentes que lutavam para reivindicá-la. Nós quase enfrentamos a extinção.

Lavenia e Zenavia ofegaram, e eu cobri a boca com a mão, horrorizada com as imagens que me passaram pela cabeça. Eryon, com uma expressão de dor no rosto, mantinha o olhar baixo. Ele não foi responsável por aquelas ações, mas a culpa pelo crime de seus ancestrais claramente o atormentava.

— Quando perceberam o que tinham feito, os Korletheanos tentaram consertar as coisas, mas rapidamente jogaram a toalha — Faolen disse com ódio, enquanto encarava Eryon — Interagir conosco havia se tornado perigoso demais para o próprio bem-estar deles. Para eles, nós éramos uma espécie primitiva de qualquer maneira. Ninguém lamentaria nossa extinção. E aqueles filhos de prostitutas doentes nos deixaram para morrer. Mas nós prevalecemos. E então eles fizeram o mesmo com vocês — ele acrescentou, seu olhar penetrante no meu.

Minha respiração ficou presa na garganta e meu peito se apertou. Eu já sabia o que ele ia dizer, mas não queria aceitar.

— Em sua sede de poder e de estabelecer um domínio permanente sobre todas as outras espécies, cada avanço que eles desenvolviam em nossa espécie, introduziam na sua própria — Faolen disse com desprezo — Exceto pela combinação da velocidade e dos venenos dos Xelixianos, das variadas habilidades psiônicas e da visão noturna dos Veredianos, e das habilidades de caça, tendências predatórias e naturezas violentas dos Sarenianos em sua própria espécie, que criaram uma mistura muito ruim.

— Os Titãs — Khel disse, com a expressão séria escondendo uma raiva borbulhante. Ele também, sem dúvida, já havia adivinhado o que mais Faolen nos revelaria.

— Correto — Faolen disse, assentindo — Quando perceberam, os Titãs já estavam se tornando um problema para eles. Enquanto trabalhavam para eliminar essas características em sua própria espécie, eles tentaram reverter o que haviam feito com as espécies com as quais fizeram experimentos para evitar que desenvolvessem Titãs também. Eles espalharam uma toxina em todos os grandes corpos d'água de nossos respectivos planetas para garantir que todos na população recebessem "a cura" de uma forma ou de outra.

— Não pode ser — Khel sibilou entre dentes, enquanto Lhor olhava horrorizado para Faolen.

Lavenia pressionava a mão contra o peito enquanto Zenavia olhava boquiaberta para o Sareniano, incrédula.

— Isso deixou o gene "Titã" adormecido em nossas espécies, sem dúvida, mas também mexeu com nossos sistemas imunológico e reprodutivo — Faolen disse, com as mãos cerradas ao lado do corpo — Era como um barril de pólvora esperando apenas a faísca que desencadearia uma reação em cadeia de destruição. Para os Veredianos, a explosão solar que destruiu seu planeta natal foi a faísca que tornou a toxina fatal para seus homens e tornou quase impossível para suas mulheres engravidarem. Para os Xelixianos, foram os fertilizantes e pesticidas que vocês usaram em seus pomares de ryspak que reagiram com a toxina e infectaram sua população com a Mácula.

Raiva, fúria e uma incrível sensação de traição explodiram dentro de mim. Linhagens inteiras extintas, gerações condenadas à escravidão e sofrimentos sem fim por incontáveis abortos espontâneos e natimortos. Eu me lembrava muito bem do desespero de nossos antepassados enquanto contávamos os anos até nossa espécie se tornar uma nota de rodapé na história. A mesma fúria queimava dentro de Khel, Lhor e minhas Irmãs do Conselho. Lhor quase morreu devido à Mácula. Gerações inteiras de Xelixianos foram dizimadas, e seus homens morreram antes dos quarenta anos. Tudo isso porque alguns filhos de Gharah, sedentos por poder, não demonstraram consideração por espécies que consideravam inferiores.

Meu coração se partiu em um milhão de pedaços. Por mais de oito anos, Eryon esteve conosco e nunca disse uma palavra. Meu próprio companheiro Xevius escondeu esse segredo de mim. O que mais eles estariam escondendo?

— Nem precisamos perguntar se alguma parte da história dele é verdadeira — Khel disse a Eryon com uma voz tão gélida que me arrepiou — Todos esses anos que você passou sob o meu teto, vendo meu povo morrer, e não disse nada.

— Não teria adiantado nada — Eryon disse em um tom suplicante — Meu povo tentou desfazer o que fizeram. Nossas mentes científicas de ponta participaram tanto das equipes médicas galácticas que tentaram encontrar uma cura para a Mácula quanto para os problemas Veredianos. Mesmo depois da morte do último homem Verediano, nós continuamos buscando uma cura para seus problemas de fertilidade. O que não piorava sua situação simplesmente falhava. E nenhuma de nossas Oráculos jamais encontrou um caminho que nos permitisse melhorar as coisas. Então, nós paramos.

— E esconderam seu crime enquanto continuávamos a sofrer com suas consequências — Faolen retrucou.

— Tudo aconteceu antes do nosso tempo — Eryon disse energicamente — Aqueles que cometeram esses crimes estão mortos e enterrados há muito tempo.

— Os Sarenianos têm *kaa*? — Vahleryon perguntou com uma voz calma, seu olhar roxo escuro, idêntico ao de seu pai Khel, pousado diretamente em Faolen.

— Eu não sei o que é isso — Faolen respondeu, com um pouco de sua raiva diminuindo enquanto se dirigia ao jovem.

O olhar severo de Vahl voltou-se para seu Avô. Eryon engoliu em seco.

— Sim, eles têm isso — Eryon respondeu.

— Devo então entender que os Korletheanos não os ensinaram a usá-lo depois do que fizeram com eles? — Vahl perguntou, com a voz endurecendo.

— Não — Eryon disse com uma expressão de dor.

Uma parte de mim quase se alegrou com a dor e a vergonha que ele sentiu naquele momento, enquanto a outra sentia o coração partido por ele. Eryon adorava os netos e havia dedicado toda a sua vida a eles.

Mas ele os estava perdendo. Eu não conseguia nem começar a imaginar como Amalia reagiria quando tudo fosse revelado a todos.

— Por que não, porra? — Vahl disparou.

— Vahleryon — Khel disse em um tom de advertência.

Eu nunca tinha ouvido nenhuma das crianças usar uma linguagem tão áspera com qualquer adulto, muito menos com o próprio Avô. Meu desconforto cresceu exponencialmente, agora que eu havia percebido a profundidade da raiva fervilhante de Vahleryon. Os Titãs haviam se tornado tão habilidosos em conter sua fúria que nos enganaram, levando-nos a supor que não eram mais bombas-relógio capazes de causar um caos indizível se explodissem.

Vahleryon sustentou o olhar do pai. Embora tenha abaixado levemente a cabeça em sinal de deferência, ele não baixou os olhos – o garoto não ia se desculpar. Ele voltou o olhar para Eryon, suas íris roxas tão escuras que quase se confundiam com suas pupilas dilatadas.

— Como o Sareniano disse, o povo dele se tornou violento demais — Eryon disse em tom de desculpas — Aproximar-se deles era muito arriscado.

— Nós éramos violentos — Vahl respondeu.

— Vocês são meus netos, descendentes da minha única filha legítima — Eryon disse apaixonadamente — Eu teria atravessado o fogo para ajudá-los a superar sua raiva.

— Mas os Sarenianos não eram família, então foram abandonados para apodrecer e se autodestruir — Vahl respondeu amargamente.

Naquele instante, eu finalmente compreendi. Quando Eryon chegou até nós, Vahl estava em um estado de fúria tão constante que temíamos diariamente que ele matasse seu pai, Khel, a quem considerava um Alfa intruso em seu território. O garoto tinha pavor de perder o controle e se odiava pelos pensamentos violentos que não paravam de surgir em sua mente. E agora, ele se colocava no lugar de uma espécie inteira que precisava desesperadamente da mesma assistência que seu Avô lhe concedeu, salvando sua alma e a vida de incontáveis outros no processo. E, no entanto, essa assistência lhe foi negada.

— Ninguém tinha um apego forte o suficiente a eles para arriscar suas vidas e ensiná-los — Eryon disse.

— O que é *kaa*? — Faolen perguntou.

— É um poço psiônico dentro de nós que, quando usado corretamente, pode ajudá-lo a alcançar a paz interior — Rhadames explicou
— Mas funciona como um músculo que você precisa treinar e
fortalecer.

— E quando você domina essa habilidade, você pode extinguir
instantaneamente sua própria fúria ou a fúria de outra pessoa com um
simples toque — Zhara acrescentou.

— Eu lhe ensinarei antes de você partir — Vahl disse.

— Eu agradeceria muito — Faolen disse com um sorriso gentil e
grato.

— Nós somos gratos por você ter aberto os nossos olhos. Mas por
que revelar tudo isso agora? — eu perguntei.

— Antes, não havia sentido — Faolen disse — Primeiro, estávamos ocupados demais reconstruindo nossa sociedade de forma a
garantir que nossas mulheres nunca mais fossem machucadas e que
nenhuma outra espécie arrogante e sem coração nos tratasse como
cobaias primitivas. Quando alcançamos um nível tecnológico competitivo e começamos a explorar o Quadrante Oriental, descobrimos que os
Korletheanos estavam espalhando boatos sobre nós, manchando nossa
reputação para que outras espécies nos evitassem e nos desacre-
ditassem.

— Não eram mentiras — Eryon argumentou.

— Seu povo pegou alguns incidentes infelizes, pelos quais os
culpados foram punidos, e acusou toda a nossa espécie de serem mons-
tros — Faolen retrucou antes de se virar para mim — Mas o que realmente nos motivou a agir foi que os Korletheanos não estão mais se
isolando. Todos os planetas se tornaram ativos na cena política, e o
Conselho Galáctico está se tornando mais ousado e despótico. Todos
estão forjando alianças, e nós queremos garantir que vocês tenham
todas as informações necessárias antes de fazerem suas escolhas finais.

Ele se virou para olhar para as crianças, algo parecido com admiração e deferência brilhando em seus olhos azuis enquanto ele examinava suas feições.

— Uma Grande Guerra está chegando. Sedentos de poder como

sempre, os Korletheanos tentam controlar o jovem General e o futuro da galáxia.

— Isso é mentira! — Eryon exclamou, levantando-se com um salto — Nós estamos protegendo ele e os outros, treinando-o em todas as disciplinas de que precisará e dando-lhe todas as ferramentas para garantir que ele seja o maior General da história, não o monstro que poderia se tornar.

— O maior pelas suas regras, não pelas dele — Faolen retrucou com a voz entrecortada — Sua espécie está cansada de manipular nossos destinos. Sarenia não ficará de braços cruzados, sendo vítima das ambições Korletheanas novamente. Nós estamos escolhendo nossas alianças. Queremos ficar ao seu lado, General Vahleryon. Queremos lutar ao lado dos Veredianos e Xelixianos. Através de Siona e do Príncipe Zerien, uma aliança Braxiana também está florescendo entre nosso povo. Nosso Imperador Nemrox deseja iniciar discussões semelhantes com Veredia e Xelix Prime. Aliás, depois que eu partir daqui, eu levarei esta mesma mensagem ao seu planeta natal, General Praghan — Faolen disse, olhando para Khel — E então, eu irei para Dantor.

Quando ele parou de falar, eu troquei um olhar com minhas Irmãs do Conselho, depois com Khel e Lhor. Era muita coisa para digerir e não podia ser simplesmente varrida para debaixo do tapete. Uma mensagem silenciosa passou entre nós antes que eu olhasse novamente para o Sareniano.

— Obrigado por esta revelação esclarecedora, Faolen Velkis — eu disse com uma voz surpreendentemente controlada, apesar da angústia que me partia o coração. Eu nem queria pensar na conversa que teria mais tarde com meu companheiro — Como você fez uma longa jornada até Veredia, permita-nos oferecer-lhe alojamento temporário, comida, spa e entretenimento para que possa relaxar antes da próxima etapa da sua jornada. O Conselho tem muito a discutir. Nós responderemos à manifestação de interesse do Imperador Nemrox o mais breve possível.

— Agradeço a hospitalidade — Faolen disse com gratidão.

Enquanto eu pedia a Larissa que o acompanhasse para fora, meu olhar se deteve no Sareniano e nos três Titãs. As crianças lhe deram um sorriso gentil e inclinaram levemente a cabeça em um gesto respeitoso de despedida. Ao mesmo tempo, eles deixaram a sala de audiências sem lançar um único olhar ao seu Avô.

Naquele instante, apesar da raiva que eu ainda sentia, meu coração se partiu por Eryon.

CAPÍTULO 10

ASHARA

Eu olhei, atordoada, para a tela escura do meu monitor enquanto a gravação que Kamala me enviou chegava ao fim. Nós suspeitávamos que Faolen teria algo terrível a revelar, mas eu jamais imaginaria isso. Eu liguei para Kamala, grata pela atualização tecnológica fornecida por Tevek. Uma semana depois de nossa viagem a Braxia, já havíamos deixado o Quadrante Ocidental e entrado no Oriental. Com a grande distância, uma ligação direta não faria sentido com o atraso tão grande.

— Sinto muito, querida — eu disse, quando o rosto aflito de Kamala apareceu na tela — Como você está?

— Está uma bagunça, Ash — Kamala disse com a voz desanimada — Nós vamos convocar uma conferência planetária em alguns dias. Lee está voltando para Veredia. No momento, o grande debate entre o Conselho e os Xelixianos é o que fazer com os Korletheanos que vivem entre nós e trabalham a bordo de nossas naves e com os Sentinelas.

Eu não gostei do que o último comentário insinuou.

— A conferência é uma boa ideia — eu disse, pensativa — Peça a todos que assistam à gravação o mais rápido possível. Isso lhes dará os próximos dias para se acalmarem e refletirem antes de uma votação ou decisão ser tomada durante a conferência.

Kamala bufou — Você parece o Lhor. Embora esteja profundamente magoado com esta notícia, Lhor pede calma e que evitem reações ásperas — Kamala disse com uma impotência que me fez querer abraçá-la — Mas Khel está lívido. Ele se sente traído por Eryon e todos os outros refugiados Korletheanos. Estranhamente, ele é o que menos se irrita com meu companheiro.

Ela sempre odiou esse lado de gerenciamento de crises de sua função. Kamala era uma lutadora, não uma mente política. Dê a ela um alvo para destruir, e ela estará em seu elemento.

— Por que culpar ainda mais Eryon? — eu perguntei, confusa.

— Porque Xevius nos conseguiu as raízes de vryer poucas semanas após o primeiro encontro — Kamala explicou — Mesmo guardando o segredo, ele fez algo para consertá-lo.

Eu franzi a testa, perturbada por essa linha de pensamento — Isso é um pouco injusto — eu argumentei — Sim, Xevius fez algo a respeito porque ainda era cidadão legal de Korlethea e, portanto, tinha acesso a coisas que Eryon não tinha mais como pária. Mas lembre-se de que nós só descobrimos a raiz de vryer como uma possível cura para a Mácula porque Eryon se ofereceu voluntariamente como cobaia para a pesquisa do Dr. Minh em busca da cura. Ele tentou. E depois que Aleina engravidou e percebemos que precisávamos de um soro derivado do sangue Korletheano, Eryon deu tudo o que pôde, sem prejudicar a própria saúde. Ele efetivamente ajudou a curar nossas duas espécies.

Eu não sabia por que me senti tão apaixonada por defendê-lo desde o início. Afinal, eu também me senti traída. Mesmo assim, minhas palavras pareceram ter um efeito reconfortante em Kamala.

— Você levantou alguns pontos muito válidos — Kamala disse, a tensão se esvaindo dos ombros — Agora, eu me arrependo de tê-la enviado nessa missão Braxiana. Os próximos dias poderiam ser bons para alguém com um pensamento equilibrado entre nós. Embora Aleina tenha amolecido bastante desde seu casamento com Ghan e se tornado mãe, você sabe a fera raivosa que ela se torna sempre que alguém menospreza as Veredianas. Eu temo o que ela dirá quando chegar aqui. Suas palavras pesam muito para o nosso povo. E se a votação decidir pela prisão ou expulsão e banimento dos Korletheanos do nosso planeta natal?

— Isso não vai acontecer — eu disse com firmeza — Não pode acontecer. Não podemos prendê-los como criminosos. Eles não cometeram os crimes, apenas mentiram por omissão. Mas você pode culpá-los? Quer dizer, pelos dentes de Gharah, eles tinham acabado de desertar e fugir de casa. Nós éramos tudo o que eles tinham. Você acha mesmo que eles teriam colocado isso em risco revelando esse passado sombrio?

— Eu ouço suas palavras — Kamala disse — No entanto, no minuto em que divulgarmos o vídeo de Faolen para a população, eles ficarão furiosos e assustados. Alguns provavelmente ficarão paranoicos. Pessoas assustadas fazem coisas estúpidas.

— Nós somos Veredianas — eu retruquei — Nós não cedemos ao pânico. E, acima de tudo, esses Korletheanos são nossos pais, nossos companheiros e os pais dos nossos filhos. Haverá dor, mas eles não nos desejam mal. Valena e as outras leitoras de mentes se certificaram disso testando cada desertor Korletheano que desejava se estabelecer em Veredia conosco. Nossas Irmãs confirmaram que nenhum deles nos desejava mal ou que não tinham vindo para nos espionar. Eles deixaram seu lar para se reunir conosco. Não tomem decisões precipitadas. Todos precisam relaxar e deixar que as cabeças mais frias tomem as decisões. E isso vale para você e Xevius também. Aquele homem te venera.

Kamala engoliu em seco e seus olhos se encheram de lágrimas — Nós ainda não conversamos — ela disse com a voz um pouco trêmula — No entanto, fico feliz que você e eu tenhamos tido essa conversa primeiro. Você tem um jeito maravilhoso de colocar as coisas em perspectiva. Mas tantos inocentes morreram de uma forma horrível. E se eles tivessem falado antes?

— Nós nunca saberemos — eu admiti — Eryon diz que as

Oráculos não viam outro caminho com um resultado melhor. Eu não duvido das palavras dele. Nós...

Um aviso disparando no monitor do meu computador me interrompeu. Eu xinguei em voz alta ao ouvir a confirmação de que Tevek estava fazendo uma varredura completa.

— Kam, me desculpe, mas aconteceu um imprevisto. Preciso ir — eu disse em tom de urgência.

— Claro — Kamala disse com um leve ar preocupado — Mantenha-me informada.

— Farei isso — eu disse antes de encerrar a comunicação.

Eu me levantei em um salto e saí correndo do meu escritório pela saída da ponte. Por uma fração de segundo, eu hesitei quando meu olhar cruzou com o de Leya. Apesar da revelação que Kamala havia acabado de compartilhar, eu ainda confiava minha vida à Korletheana. Nós precisaríamos abordar essa questão abertamente, mas agora não era o momento.

— Leya, você fica com a ponte até um novo aviso — eu disse sem diminuir o ritmo.

— Entendido — ela respondeu, embora seu olhar – e o de metade da tripulação no convés – me seguisse com curiosidade.

Eu saí da ponte em disparada e, meio andando rápido, meio correndo, até o hangar da nave. Quando as portas se abriram diante de mim, meus olhos se fixaram no caça Guldan na extremidade direita da enorme sala. Apenas um punhado de Veredianas, espalhadas pelo hangar, ainda trabalhava na manutenção, reparo e atualização da nossa frota atual.

Seguindo direto para a nave de Tevek, eu subi a rampa em quatro passadas largas. Como eu queria pegá-lo em flagrante, não o avisei da minha entrada e corri silenciosamente para o pequeno convés. As portas se abriram imediatamente diante de mim com um chiado suave. Assustado, Tevek virou a cabeça para olhar o intruso por cima do ombro.

— Que porra você pensa que está fazendo? — eu perguntei em um tom gélido, minha mão pairando perto do meu cinto de armas.

Eu queria acreditar que ele me pouparia da necessidade de sacar minha arma. Seu choque deu lugar a uma estranha mistura de mágoa e descrença quando minha mão pousou na arma. Ele hesitou e então gesticulou com a cabeça em direção ao console.

— Olhe para o radar — ele disse com a voz tensa — Eu não estou rastreando sua nave, mas realizando varreduras de longo alcance. Vê esses sinais? Tenho quase certeza de que estamos sendo seguidos por mais de uma nave.

— Nós também estamos escaneando — eu disse, e o alívio que sentia por ele não estar nos sondando se transformou em preocupação com um possível ataque iminente — Não detectamos nada.

— Você também não me detectou enquanto eu estava bem ao lado da sua nave na nebulosa — Tevek me lembrou, de forma factual — Sua tecnologia Tuureana é impressionante, mas não infalível — ele acrescentou, desta vez em um tom de provocação — Pelos meus cálculos, nossos perseguidores estão a cerca de dois dias de distância. Mas não se preocupe, eu compartilharei este algoritmo de rastreamento com você. Eu tenho algoritmos ainda melhores. Aqui está.

— Muito gentil — eu murmurei sarcasticamente quando meu comunicador disparou.

Eu encaminhei a mensagem para Jezaya com uma breve nota sobre o que procurar depois que ela confirmasse a segurança do rastreador em nossos sistemas. Eu guardei meu comunicador no bolso e olhei para Tevek, que se levantou antes de mim. Eu nunca tive problema em me desculpar pelos meus erros, mas as palavras me faltavam enquanto eu tentava me redimir por ter presumido o pior no minuto em que o alerta soou.

— Eu sou mesmo — Tevek disse, dando um passo à frente e invadindo meu espaço pessoal — Eu deveria ser devidamente agradecido por mais um ato de gentileza, apesar da sua falta de fé em mim.

Eu bufei e dei um passo para trás — Era meu dever vir investigar atividades suspeitas a bordo da minha nave.

— Você deveria ter pensado melhor — Tevek disse em um tom de desdém enquanto avançava em minha direção.

Eu continuei recuando e discutindo até que ele me prendeu com as costas pressionadas contra a parede.

— Chega de papo furado — Tevek disse em um tom resmungão, com uma ponta de raiva transparecendo na voz — Você quer me "agradecer" tanto quanto eu quero. Você pode estar evitando responder às minhas perguntas com sinceridade, mas nós dois sabemos que somos almas gêmeas. Então, o que vamos fazer a respeito? Achei que tínhamos conseguido um avanço alguns dias atrás. Mas não, você voltou a se esconder e a me evitar. Eu nunca imaginei que você fosse uma desistente.

— Eu não sou de desistir! — eu exclamei, magoada com a acusação — Almas gêmeas ou não, um relacionamento entre você e eu seria repleto de desafios intransponíveis.

— Nada é intransponível — Tevek sibilou, seu corpo rijo pressionando o meu contra a parede — Sim, nós temos desafios, mas isso não é motivo para simplesmente desistir. Nós os enfrentaremos juntos. A Deusa nos uniu por um motivo. Onde há vontade, há um jeito.

Eu queria me afogar nas profundezas de seus olhos azuis profundos, da cor de um oceano ao entardecer, logo antes que tons avermelhados começassem a riscar o horizonte. Eu não havia desistido de nós, eu estava avaliando o que um futuro com ele significaria. O primeiro, e mais doloroso, era aceitar que eu nunca teria filhos para mim. O segundo era tentar me conformar com o fato de que eu me separaria das minhas Irmãs para me estabelecer onde Tevek escolhesse.

Veredia não estava pronta para receber Guldans, muito menos agora com o drama envolvendo os Korletheanos – que, na verdade, eram nossa família. Mas Tevek também não queria se estabelecer no meu planeta natal. Ele também guardava alguns segredos. Se minhas suspeitas sobre seu envolvimento na rebelião se confirmassem, seu segredo fazia ainda mais sentido.

— Eu não estou me escondendo — eu respondi, com as palmas das mãos apoiadas em seu peito e meu olhar firme — Eu estou me conformando com o que terei que sacrificar para ter uma vida com você.

Tevek recuou levemente, sem esperar por aquela resposta. Uma expressão estranha surgiu em seu rosto, e então um sorriso floresceu em seus lábios generosos.

— Você não precisa se sacrificar tanto quanto pensa, Ashara — ele disse gentilmente, sua mão segurando minha bochecha esquerda e acariciando-a com o polegar.

— Eu sei — eu disse — Nós poderíamos adotar. Eu só queria ter o meu próprio...

Tevek riu baixinho, me interrompendo — Nós teremos nossos próprios filhos – e um monte deles também. Eles terão meus chifres, sua beleza e essas mesmas deliciosas marcas Veredianas no seu pescoço.

— Isso não é possível — eu argumentei com a testa franzida.

— Eu disse "onde há vontade, há um jeito", não foi? — Tevek disse provocante, seus lábios roçando os meus — Lembra do Varrek, o irmãozinho da Mercy?

Meu cérebro congelou. Como eu pude me esquecer daquele monstro?

— Vejo que sim — Tevek continuou em um tom triunfante — A mãe dele não era uma curandeira Verediana, e mesmo assim ela o deu à luz.

Sua mãe, Fhara Zirthen, não só sobreviveu, como também ajudou Varrek a comandar as Casas de Sangue em Xelix Prime. Ela era a prova de que realmente havia um jeito! O sorriso presunçoso de Tevek se alargou enquanto meu rosto se iluminava com uma esperança renascente. Nós ainda tínhamos outras questões para resolver, incluindo descobrir qual método Fhara havia usado para não ser despedaçada pelo feto, mas que poderíamos trabalhar juntos.

— Eu acabei de te encontrar de novo — Tevek disse contra meus lábios — De jeito nenhum eu vou te perder. Vocês, Veredianas, desafiam o Destino há gerações, desde que aquela explosão solar destruiu o seu mundo. Todos os planetas em ambos os quadrantes da galáxia conhecida desistiram de vocês, achando que já estariam extintos. E, no entanto, aqui está você, prosperando. Desafie o Destino novamente, desta vez comigo.

Nós tínhamos superado todos os obstáculos que se ergueram em nosso caminho ou que nos eram lançados. Eu era uma lutadora. Ele era o homem que a Deusa havia escolhido para mim. A hora de eu começar a lutar por ele e por nós havia chegado. Minhas mãos deslizaram do seu peito até a sua nuca, e então meus dedos afundaram nos fios sedosos de seu cabelo branco-prateado. Eu fechei os punhos antes de puxar seu rosto para a curta distância entre nós e reivindicar seus lábios.

Eu não era uma mulher submissa, mas Tevek era definitivamente um dominante. Eu não o desafiei, pois ele imediatamente assumiu o beijo que eu havia iniciado. Embora odiasse a ideia de alguém tentar me controlar ou ditar minhas ações, eu não tive problema em me entregar ao abraço poderoso do meu companheiro.

Meu companheiro...

O pensamento era quase tão doce quanto o gosto dele, enquanto eu apreciava como a textura áspera de sua língua acariciava a minha em uma dança sensual que me fez agarrar-me a ele e sentir as pernas bambas. Como se tivesse percebido, Tevek deslizou as mãos para trás e me levantou, me apoiando contra a parede enquanto minhas pernas envolviam sua cintura. Eu adorava a forma dominante com que sua boca me reivindicava e a possessividade de suas mãos enquanto começavam a percorrer meu corpo.

Um calor invadiu meu estômago quando sua mão grande pousou sobre meu seio esquerdo, apertando e massageando até meus mamilos endurecerem e doerem. Sua palma subiu até meu pescoço antes de se apertar em volta dele – não o suficiente para me sufocar, mas o suficiente para despertar uma sensação de perigo que me fez pulsar em todos os lugares certos. Ainda me segurando pelo pescoço, ele inclinou minha cabeça para o lado enquanto aprofundava o beijo. A pressão em minha garganta então desapareceu quando as pontas de seus dedos deslizaram primeiro sobre as marcas Veredianas ao longo da curva do meu ombro, antes de suas unhas rasparem suavemente as marcas ao longo dos meus braços.

Um tremor violento me percorreu, e eu gemi em sua boca enquanto uma onda de prazer explodia dentro de mim. Com vontade própria, minha pélvis pressionou contra ele, e a espessura que eu sentira através de suas calças endureceu ainda mais contra meu núcleo ardente. Com uma risada triunfante, Tevek interrompeu nosso beijo e enterrou o rosto no meu pescoço, lambendo e chupando os pontos escuros das minhas marcas Veredianas. Elas eram um sinal claro da minha crescente excitação. Quanto mais escuras ficavam, mais sensíveis e erógenas se tornavam ao menor toque.

Eu joguei a cabeça para trás com um gemido estrangulado, e minhas mãos se fecharam em volta dos seus chifres e os puxaram. Desta vez, Tevek gritou, o som rosnado e bestial enquanto sua cabeça se levantava bruscamente para me olhar com uma luxúria selvagem estampada em seu rosto. Ele tomou meus lábios em um beijo apaixonado, esmagando-os quase dolorosamente enquanto esfregava sua virilha contra a minha. Cada movimento de seu eixo grosso através do tecido massageava meu pequeno nódulo intumescido da maneira certa, enviando faíscas elétricas pela minha região inferior antes que se espalhassem por todo o meu corpo.

Embora ele tenha feito eu subir rapidamente ao topo, meu aperto em seus chifres se intensificou enquanto eu continuava a puxá-los. Seu rosnado ronronante só atiçava o inferno que ardia dentro de mim. Assim como nossas marcas Veredianas, os chifres de um Guldan podiam ser muito erógenos – não o chifre em si, mas suas raízes e a carne ao redor de sua base. Puxar os chifres ou aplicar pressão com os polegares ao redor da base agia da mesma forma para eles como ter nossas marcas tocadas enquanto estavam escurecidas.

Meu orgasmo me atingiu com tudo, e eu quase perdi o controle sobre ele. O corpo de Tevek me mantinha contra a parede e minhas pernas o envolviam frouxamente, impedindo-me de cair. Enquanto eu voava nas asas do êxtase, as mãos de Tevek se fecharam sobre os globos do meu traseiro, seus dedos cravando-se quase dolorosamente em minhas bochechas enquanto ele acelerava o ritmo e a força com que esfregava seu membro duro contra meu núcleo ardente.

Em meu estado de névoa, eu presumi que ele estivesse buscando sua própria libertação, mas quando comecei a me recuperar do meu êxtase, Tevek diminuiu o ritmo enquanto acariciava e beijava minhas marcas para prolongar meu prazer. Esse vislumbre de como ele seria um amante generoso foi bastante excitante. A frente de suas calças ainda esticava, delineando o formato impressionante de seu membro, que se esforçava contra ela quando ele me colocou de volta em pé.

Eu não pretendia deixar as coisas chegarem a esse ponto. E, no entanto, não me arrependi. Eu passei a última semana tentando me conformar com o tipo de futuro que a Deusa reservava para nós. Nós só tínhamos uns dez dias antes de chegar a Braxia. Eu não pretendia desperdiçá-los. Mesmo assim, eu me senti um tanto envergonhada enquanto ajustava minhas roupas.

— Você fica ainda mais linda quando se desmancha — Tevek disse, com seus olhos azuis quase negros de tão cheios de desejo. O jeito faminto com que ele me despiu com os olhos me fez vibrar de novo — Você é perfeita, minha companheira.

— Tão perfeita que eu aceitei sem retribuir — eu disse em tom de desprezo por mim mesma, enquanto lançava um olhar significativo para sua virilha.

Ele olhou para si mesmo com uma expressão divertida — Você me deu mais do que o suficiente. A primeira vez que você me der prazer, será dentro de você, quando eu te fizer minha e te encher com a minha semente. E isso não acontecerá no convés de algum caça, mas na minha cama, onde eu a farei gritar meu nome a noite toda.

— Alguém com certeza está confiante — eu disse, lançando-lhe um olhar duvidoso.

— Você precisa de uma segunda rodada? — ele perguntou, dando um passo em minha direção.

Eu lutei contra a vontade de dar um tapa na cara presunçosa dele. Sim, ele tinha me excitado como um foguete e provavelmente conseguiria de novo em tempo recorde. Isso não significava que eu estava pronta para reconhecer a extensão do poder dele sobre mim.

— Vou ter que recusar essa oferta generosa — eu disse com um aceno de mão desdenhoso — O dever me chama, e se eu não sair da sua nave logo, Leya pode enviar uma missão de resgate para descobrir o que você está fazendo comigo.

— O que a faz pensar que elas ainda não sabem? — ele perguntou, provocativo — Você falou bastante sobre o que eu estava fazendo com você.

O sangue sumiu do meu rosto e minha cabeça se virou bruscamente em direção à porta aberta do convés, enquanto uma onda de pânico me envolvia. Eu não tinha vergonha de avisar à tripulação que Tevek e eu estávamos nos tornando um casal, mas não possuía uma única célula exibicionista em meu corpo. Mas assim que o Guldan miserável começou a rir, eu percebi que, apesar das portas abertas tanto do convés quanto da entrada da nave, elas não poderiam ter nos ouvido. Como a maioria dos caças, a nave de Tevek não era pequena. Várias salas e um corredor em forma de L levavam ao convés. Nós estávamos longe o suficiente para que o barulho que fizemos mal tivesse sido ouvido a mais de alguns metros do lado de fora da sala, se tanto.

— Boa tentativa, Senhor Ronrona e Rosna — eu provoquei.

— Você gostou disso — ele respondeu, seu olhar deslizando para meus lábios.

— Talvez? — eu respondi, sem me comprometer. Na verdade, eu adorei. Só de pensar nos sons que ele tinha feito, meus mamilos ficaram eretos novamente.

— Com certeza — ele respondeu, dando mais um passo em minha direção.

Ele se inclinou para me beijar, mas eu afastei a cabeça e coloquei a ponta dos dedos em seus lábios para impedi-lo — O dever chama, Ronronador. Vou te manter informado sobre a varredura de longo alcance — eu acrescentei antes de me dirigir à porta.

— Ashara — Tevek gritou antes que eu pudesse sair. Eu olhei para ele por cima do ombro com um olhar curioso — Quando estiver de folga, passe a noite comigo.

Eu me enrijeci e me virei para encará-lo com uma expressão indignada. Claro, eu estava pronta para explorar um relacionamento com ele, mas o que tinha acabado de acontecer não lhe dava carta branca sobre mim.

Em vez de parecer envergonhado, um sorriso irônico e desagradável apareceu em seus lábios carnudos, ainda inchados pelos beijos apaixonados que havíamos trocado.

— Relaxa, Capitã. Eu não estou pedindo para transar... — ele disse em um tom de provocação, com o "ainda" implícito em alto e bom som — Encontre-me na sala holográfica. Depois, podemos jantar juntos.

Eu apertei os lábios e o examinei de cima a baixo, lutando contra a vontade de dar uma palmada naquela bunda linda dele — Tudo bem — eu disse, antes de me virar e ir embora, ignorando o quanto eu ainda formigava e latejava.

CAPÍTULO 11
TEVEK

Pela milésima vez, eu testei o cenário que Ashara e eu teríamos a qualquer momento. Desde a minha chegada no Tempest, eu passei meu tempo livre criando o ambiente, na esperança, contra todas as esperanças, de que Ashara eventualmente consentisse em "ter um encontro" comigo. Ao acordar esta manhã, eu não esperava que fosse hoje, finalmente.

A excitação borbulhava dentro de mim, misturada a um nervosismo que eu só sentia ao apresentar publicamente minha mais recente invenção. O fracasso nunca era a causa, mas sim a possibilidade de qualquer tipo de problema no restante do evento que pudesse impactar negativamente minha revelação de inovação. Embora o rótulo de egoísta não me conviesse muito bem – ou pelo menos eu queria acreditar – minha autoconfiança era inegável, e às vezes beirava a arrogância. Mas eu a merecia. O fato de ter planejado um jogo virtual com minha companheira ter me deixado tão confuso dizia muito sobre o quanto eu queria impressioná-la.

Minha Ashara...

O gosto dela ainda permanecia na minha língua. O som dos seus gemidos e de como ela gritava enquanto se desfazia continuava ecoando em meus ouvidos. Eu nunca tinha sido tão viciado em uma mulher. E, no entanto, uma parte de mim se arrependia do nosso pequeno encontro mais cedo no convés da minha nave. Minha mulher precisava saber que, além da luxúria insana que ela despertava em mim, uma atração muito mais profunda me mantinha cativado por ela. Por mais que a necessidade de devastá-la e torná-la minha me arranhasse, eu pretendia não deixar as coisas irem longe demais, pelo menos pelos próximos dias.

Em um mundo ideal, eu me controlaria por ainda mais tempo – como parece ser a norma em muitas outras espécies – mas o tempo não estava jogando a meu favor. Em Guldar, eu simplesmente teria pedido ao pai ou ao Guardião dela por ela. Com a riqueza e o status da minha família, ele ficaria ansioso para entregá-la para selar uma aliança que beneficiaria sua casa. No meu planeta natal, as mulheres não tinham voz ativa em seu futuro. Aprender rituais de cortejo estava me dando dores de cabeça. Não havia duas culturas iguais, e as Veredianas certamente não tinham manuais sobre o assunto. Eu precisava descobrir, e rápido. Quando chegássemos a Braxia, meu vínculo com Ashara precisaria ser forte o suficiente para que a perspectiva de se estabelecer comigo na base rebelde de Mexxes não a fizesse pestanejar.

Assim que esse pensamento me passou pela cabeça, o objeto da minha obsessão entrou na sala holográfica. Ashara parou subitamente após alguns passos. Com a boca entreaberta em admiração, ela olhou para o céu dourado e cintilante de Guldar, com suas nuvens tênues flutuando sob a silhueta fantasmagórica de nossa lua gigante, Khora. À nossa frente, o Planalto de Axanar se estendia de ambos os lados, mas terminava abruptamente em um penhasco íngreme a poucos metros de distância. O olhar da minha companheira percorreu as flores coloridas que despontavam ao lado das pedras cobertas de musgo e manchas verdes do planalto, que de outra forma seria rochoso.

Sem dizer uma palavra, ela se aproximou da beira do penhasco.

— Espero que você não tenha medo de altura — eu disse, provocando, para esconder meu nervosismo.

Eu não havia considerado esse aspecto. Mas, como capitã de uma nave, ela certamente havia se formado em aulas avançadas de voo em todos os tipos de embarcações e não sofria de vertigem.

— Você tá brincando? — ela respondeu, presunçosa, parando bem na beira do penhasco — Eu sou viciada em adrenalina — ela disse, olhando para a queda de quinhentos metros sem piscar.

Bem abaixo, um grande rio com águas verdes – coloridas pelo leito de corais abaixo – dividia o Vale Flanix.

— Ótimo, então você vai gostar disso — eu disse com um sorriso satisfeito.

— Você certamente despertou minha curiosidade — Ashara respondeu em um tom brincalhão — O que é isso? — ela perguntou, apontando para as árvores gigantes e magras que pareciam conter um monte de balões com suas trepadeiras.

— São árvores flanix, e o principal componente do entretenimento desta noite — eu disse, animado — Você vê o "balão" preso às videiras? — eu perguntei.

Ashara assentiu.

— São vagens de flanix — eu expliquei — O formato cônico na parte inferior contém flan, uma fruta deliciosamente doce que pode ser consumida pura, usada tanto em pratos salgados quanto doces, e para criar perfumes e certos produtos de beleza. Uma grande parte da fauna da região também depende dela para seu sustento.

Ashara franziu a testa, olhando para as árvores — Essas árvores têm pelo menos quinze metros de altura, e as vagens vão ainda mais alto. Como alguém – e especialmente qualquer criatura – pode chegar até elas?

— É aí que está a graça! — eu disse, satisfeito com sua avaliação sensata da situação — Para crescer, as árvores flanix precisam de uma área pantanosa com água bastante ácida. A maioria das espécies que se alimentam de seus frutos não sobreviveria vagando por aqui — eu disse — Como você pode ver, não há muitas criaturas visíveis, exceto por um punhado de criaturas aquáticas ou anfíbias que comem os corais que cobrem o leito do rio e o chapéu das vagens de flanix.

— O chapéu? — Ashara perguntou.

— A parte redonda que a faz flutuar — eu expliquei — À medida que a fruta amadurece, a cúpula acima dela se enche de hélio coletado pelas raízes da árvore. Quando a fruta está pronta, em vez de cair, ela se desprende do caule e voa para longe. No momento, elas não estão fazendo isso, porque eu não iniciei a simulação. Normalmente, o céu está cheio delas, como aquelas lanternas de papel que os humanos lançam para certos eventos.

— Deve ser lindo, como todo esse cenário — ela acrescentou com sincera admiração.

Isso aqueceu meu coração, e eu não consegui evitar de estufar o peito — Apesar dos muitos defeitos de seu povo, Guldar é um planeta lindo.

— Eu entendo — Ashara disse — Quando Xevius cortejava Kamala, ele também usou a sala holográfica para fazê-la visitar lugares icônicos de Korlethea que ela provavelmente nunca poderá visitar pessoalmente.

Mas você visitará Guldar um dia, se meus planos derem certo.

— Acho que o Korletheano dela não é tão ruim assim — eu provoquei — Mas o que ele fez com a mulher dele não vai ser nem de longe tão legal quanto o que estamos prestes a fazer. No entanto, você vai precisar de alguns minutos de treinamento. Vamos ver se há alguma verdade nesse talento natural da raça Guerreira Verediana com armas e atividades físicas.

— Ah, tem sim — Ashara disse com uma arrogância que eu achei sexy pra caramba — Vamos lá, Guldan, e prepare-se para se surpreender.

— Programa Tevek Flanix. Inicie as vagens, fase um — eu ordenei à inteligência artificial da sala holográfica, mantendo o olhar da minha mulher com uma expressão provocadora.

Um punhado de vagens surgiu a vinte metros de distância, no planalto, à nossa frente. Trepadeiras que brotavam diretamente do solo as impediam de voar, balançando suavemente ao vento suave.

— Vamos ver se você consegue cumprir essa promessa — eu disse, entregando a ela uma das duas armas penduradas no meu cinto — Esta é uma Boomer – a versão curta de uma arma bumerangue. Elas são feitas especificamente para vagens de flanix. Viu o cartucho? Ele contém dez discos — eu expliquei enquanto puxava um disco para mostrar a ela — No minuto em que você dispara, suas lâminas se projetam. Se você mirar corretamente, elas cortam o chapéu, e o flan descarta a maior parte, mantendo apenas duas abas para permitir que deslize até o chão. Se houver vento, ele pode voar bem longe antes de pousar. O chapéu cai no rio ou no pântano e ajuda a alimentar as criaturas que vivem aqui.

Eu coloquei o disco de volta na câmara antes de encarar as vagens flutuantes sob o olhar atento de Ashara.

— Agora vem a parte complicada. Ele é chamado de canhão bumerangue por um motivo — eu disse enquanto mirava em uma das vagens — O disco vai se mover até atingir alguma coisa, e nesse momento ele vai virar e voar de volta para dentro do cartucho pela abertura aqui — eu acrescentei, mostrando a ela a parte de trás da arma — A mesma coisa acontece com todos os discos, mesmo se você errar o alvo. O disco vai se mover até um máximo de 250 metros antes de retornar para você. Lembre-se disso se disparar vários. Você não vai querer se cortar.

O olhar que ela me lançou me prometia um mundo de dor. Eu ri, sentindo um prazer irracional em cutucá-la e provocá-la.

— Por que aparecem dois zeros aqui em cima do canhão? — Ashara perguntou.

Mais uma vez, sua atenção aos detalhes e sua curiosidade genuína me cativaram nos momentos certos.

— É o seu placar — eu respondi com um sorriso diabólico — O primeiro zero é o número de acertos reais, enquanto o segundo lhe dá uma pontuação com base na precisão do seu tiro. Cortar o chapéu da vagem o suficiente para o hélio começar a vazar é tudo o que você precisa para pontuar, mas não lhe dará tantos pontos quanto se você cortar o chapéu inteiro de uma vez.

O sorriso predatório que se abriu nos lábios de Ashara fez meu instinto competitivo fluir. Eu nunca imaginei que a perspectiva de jogar contra uma mulher pudesse ser tão emocionante. No entanto, eu não sabia exatamente o que esperar em termos dos níveis de habilidade que ela poderia atingir. Era uma vergonha admitir que uma parte de mim continuava a ter dúvidas sobre isso.

Em Guldar, as mulheres não tinham permissão para realizar esse tipo de atividade. Mas os vídeos das mulheres Tuureanas lutando me deixaram sem fôlego. De repente, me ocorreu que Ashara poderia ser uma delas. Mas como o uniforme militar delas vinha com um capacete que escondia completamente o rosto, eu jamais saberia.

— Com a Deusa como minha testemunha, eu vou esfregar o chão com a sua cara — Ashara disse com uma arrogância que me fez cair na gargalhada.

— Primeiro, prove que consegue atirar em uma vagem sem cortar o pulso com o Boomer, depois podemos conversar sobre você fazer alguma coisa comigo — eu disse, zombeteiro — Aqui, deixa eu te mostrar.

Eu atirei em uma vagem, um tiro perfeito que cortou o chapéu. Girando meu pulso e meu corpo para o lado, eu captei suavemente o retorno do disco, que entrou na câmara com um som de sucção. Os olhos negros como breu de Ashara brilharam enquanto eu repetia a demonstração mais duas vezes. Ela então tentou. Embora não tenha conseguido acertar a vagem – não que ela parecesse particularmente mirar nela ainda – eu fiquei satisfeito em ver como ela havia replicado perfeitamente o movimento do meu pulso tanto para atirar quanto para pegar. O disco bateu na lateral da arma, mas não entrou na câmara. Pelo menos ela não se machucou.

— Entendi — Ashara sussurrou para si mesma com uma expressão concentrada enquanto revisava mentalmente suas ações.

Ela pegou o disco, colocou-o de volta na câmara e disparou novamente. Desta vez, ela mirou na vagem, e meu queixo quase caiu ao ver a mira perfeita. Essa não deveria ter sido minha reação. Durante anos, ela serviu como Oficial de Armas sob o comando do Almirante Lee. Ela sabia uma coisa ou duas sobre fabricação e manipulação de armas. Ela pegou o disco quando ele retornou – por pouco. Ele fez um som alto e metálico ao atingir parcialmente as laterais da abertura antes de entrar. Ashara precisou de apenas mais quatro tentativas para acertar o disco que retornava com perfeição. Mas cada um desses quatro tiros também havia marcado a pontuação máxima por acertar as vagens.

Eu não conseguia decidir se era o espanto ou a preocupação, de que ela realmente esfregaria o chão com a minha cara que dominava dentro de mim. No final, o orgulho pela minha mulher prevaleceu. Por outro lado, os grupos estavam quase parados. Ela poderia não ficar tão confiante quando eu lhe mostrasse o segundo passo da atividade.

— Estou pronta para te dar uma surra — Ashara disse corajosamente, sem tirar os olhos de mim.

— Ainda não, meu amor — eu disse, provocando — Nós precisamos nos aproximar daquelas vagens. Suas Irmãs sempre afirmaram que as mulheres são as rainhas da multitarefa. Vamos ver o quanto isso é verdade com você — eu disse, achando graça da sua expressão perplexa.

— Programa Tevek Flanix. Inicie a Raposa Celeste, fase um — eu ordenei à inteligência artificial da sala holográfica.

— Não é possível! — Ashara exclamou, quando as criaturas gigantes e aladas apareceram a uma curta distância à nossa frente — Eu adoro raposas celestes!

Um pouco mais altas que um pônei, as criaturas exibiam uma leve semelhança com as raposas terráqueas, mas com uma pelagem bege-clara ou dourada, asas longas com penas bege e brancas, uma cauda fofa e um único chifre branco na testa.

Ashara correu para a da direita e acariciou o pelo branco e fofo em seu peito enquanto a raposa celeste estava sentada em suas patas traseiras.

— Você as conhece? — eu perguntei, estupefato. Raposas celestes só existiam em Guldar e não eram comercializadas fora do planeta.

— Sim. Nós resgatamos algumas delas em um dos complexos de reprodução de Gruuk — Ashara explicou — Eu estava entre as primeiras Veredianas libertadas dos complexos por Lee e os Tuureanos originais, muito antes de Amalia escapar para Xelix Prime. Eu consegui montá-las algumas vezes em Veredia. A população delas ainda é pequena, mas está crescendo.

— Você está falando sério?! — eu exclamei.

— Mmhmm — ela assentiu, orgulhosa.

— Se o Imperador Ardrak algum dia descobrisse que aqueles Guldans haviam tirado raposas celestes de Guldar e, pior ainda, que as

Veredianas agora as possuem e as estão criando, ele os esfolaria vivos — eu disse, rindo ao pensar na cara que Ardrak faria.

— Que pena dele — Ashara disse, em um tom de brincadeira, enquanto subia nas costas da raposa celeste e se acomodava na sela — Aqueles idiotas viraram pó há décadas. Suba — ela acrescentou, gesticulando com a cabeça para a segunda fera — Estou pronta para te dar uma surra. Ah, e como eu zero o contador? Eu não vou te dar desculpas para dizer que eu trapaceei.

Eu ri e caminhei até ela. Enquanto zerava o contador do Boomer, eu dei o comando vocal para iniciar o cenário completo e, em seguida, zerei minha própria arma. Assim que subi na minha raposa celeste, Ashara já estava alçando voo. Ela era uma beleza de se ver, seu corpo esguio se movendo graciosamente em sintonia com sua montaria. Ao longe, as árvores liberavam suas vagens, enchendo o céu dourado com um enxame de balões orgânicos.

Embora tivesse uma certa vantagem em relação aos nossos alvos, minha mulher não atirou. Ela esperou que eu a alcançasse e trocou um olhar comigo como sinal de que íamos em frente. E então Ashara disparou.

Eu esperava uma viagem tranquila e que teria que me forçar a me conter para não esmagar minha companheira com uma pontuação muito alta. Em vez disso, eu estava me esforçando ao máximo para acompanhar minha mulher. Ashara voava pelo céu dourado como se a própria Deusa tivesse descido dos céus. Muitas vezes, eu me peguei voando por aí, olhando para ela, hipnotizado em vez de tentar alcançá-la.

Quando pousamos, Ashara não só havia vencido, como também me aniquilado. Embora eu tentasse me consolar com o fato de ter me distraído um pouco, no fundo, eu não podia negar que, mesmo sem isso, ela provavelmente teria me esmagado, de forma justa e honesta. Para minha agradável surpresa, isso não me perturbou, apenas aumentou a admiração que eu sentia pela Deusa ter me abençoado com Ashara. Minha pequena Verediana não poderia ter sido um par mais perfeito.

— Eu disse que ia te dar uma surra — ela disse, provocante, dando um tapa na minha nádega direita antes de se apertar contra mim — Mas aqui está o seu prêmio de consolação — ela acrescentou, erguendo o rosto e ficando na ponta dos pés.

Eu segurei seu lindo rosto com as mãos e me inclinei para beijá-la. Embora um fogo imediatamente tenha se acendido na boca do meu estômago, nosso beijo permaneceu terno e afetuoso. Cedo demais, Ashara se afastou de mim. Eu quase a puxei de volta, mas optei por não forçar. Este primeiro "encontro" tinha que ser perfeito.

— Foi incrível — ela disse, com os olhos brilhando de prazer — Eu já participei de corridas de jet ski, mas nunca nada parecido. Você precisa tornar isso um cenário permanente para todas as minhas Irmãs.

— Seria uma honra — eu disse, sentindo meu peito aquecer ao vê-la tão contente.

— E eu estou curtindo muito esses Boomers — Ashara acrescentou, encarando a arma com uma leve carranca — Eles estão me dando algumas ideias de armas novas que terei que explorar.

— Sério? — eu perguntei, com a curiosidade a mil — Conte-me!

— Acho que não! — ela exclamou, olhando para mim com fingida indignação.

Eu ri ao mesmo tempo em que um sino ressoou pela sala, nos informando que nosso tempo na sala holográfica havia acabado.

— Vamos lá — Ashara disse, agarrando minha mão.

Para minha total surpresa – e grande alegria – ela não me soltou, mesmo quando saímos da sala na frente de três de suas Irmãs que esperavam do lado de fora pela sua vez. Seus olhos imediatamente se fixaram em nossas mãos entrelaçadas antes de olharem novamente para nós.

— Divirtam-se — Ashara disse em um tom cantado para suas colegas Veredianas, que acenaram para nós com um sorriso amigável.

Enquanto nos afastávamos, eu percebi que estava prendendo a respiração, aguardando a reação delas. A ausência de indignação ou raiva chocada em seus rostos aliviou um peso enorme que eu nem sabia que carregava. Embora Ashara estivesse finalmente se abrindo para um relacionamento entre nós, a resistência de suas Irmãs Veredianas poderia ter corroído o progresso que tínhamos feito.

— Então, quanto às armas — eu disse, ansioso para trazer o assunto de volta a uma das minhas maiores paixões — quantas delas você criou?

— Mais de cem — Ashara disse, dando de ombros — Eu não conto.

Eu olhei para ela, boquiaberto, incrédulo — Como você consegue não contar? — eu perguntei. Uma nova arma ou sistema de defesa era uma grande conquista e dava motivos para se gabar. Todo desenvolvedor acompanhava isso.

— Bem, se nos atermos especificamente às armas e tecnologias tradicionais, então eu criei 78 novas armas, 113 melhorias ou acessórios para armas, 46 sistemas de defesa, 51 recursos de armadura, melhorias e acessórios — Ashara disse, presunçosamente — Mas se incluíssemos todo o resto, seria muito para contar.

Minha mente girava. Aos 33 anos, eu era dois anos mais velho que ela, e ela já havia feito mais do que eu. Por outro lado, eu havia projetado naves inteiramente novas, que exigiam muito mais tempo do que uma única arma.

— O que mais poderia haver? — eu perguntei, tentando esconder o quão chocado me senti ao entrarmos no refeitório.

— Nossas espadas e armaduras de celesium — Ashara respondeu, como se isso fosse evidente.

— Certo, isso eu quero muito ouvir — eu disse, com o sangue fervendo de empolgação — Como é que você consegue fazer elas serem tão espertas?

Ashara caiu na gargalhada — Até o fim, Gruuk tentou replicar nossas espadas e armaduras. Ele se esforçou para obter o metal celesium, pensando que era o ingrediente mágico, mas nunca conseguiu.

— Eu deveria saber — eu disse em um tom de rosnado, enquanto pegávamos a bandeja flutuante para duas pessoas que eu havia pedido para Ashara e eu — Eu estava entre os cientistas que trabalharam nesses projetos. Nós nunca chegamos perto.

— Vocês não poderiam — ela disse em um tom de desculpas — Você precisaria de uma de nós, as sussurradoras de metal, para fazer isso.

— O quê?! — eu perguntei, parando de repente para encará-la.

Ela acenou com as mãos na minha frente — Meu poder Verediano é sussurrar metal — ela disse antes de retomar nossa caminhada enquanto saíamos do refeitório em direção aos meus aposentos, seguidos pela bandeja flutuante — Qualquer metal que eu toque, eu simplesmente preciso desejar que ele assuma um determinado comportamento para que ele obedeça, dentro dos limites do metal ou de quaisquer habilidades que estejam vinculadas a ele.

— Estou perdido — eu disse.

Ela riu baixinho — É basicamente como dar ao metal uma série de comandos SE-ENTÃO — Ashara explicou — Se eu estiver trabalhando com um pedaço básico de metal, sem nanites para executar subrotinas mais avançadas, eu posso simplesmente ordenar que ele mude de estado com base em condições específicas. Por exemplo, se for uma espada, eu poderia dizer ao metal para se liquefazer se a mão que a segura não pertencer a uma Verediana, ou para retornar à sua forma sólida se uma de nós o tocar.

— E você pode ir ainda mais longe com nanites pré-programados — eu disse, entendendo.

— Exatamente — Ashara disse, assentindo — Cada nanite contém seu próprio programa avançado. Eu posso então sussurrar uma série de gatilhos no metal que ativarão um conjunto diferente de nanites. A razão pela qual usamos o metal celesium é porque ele é capaz de armazenar um número maior de sussurros e a maior quantidade de nanites sem perder sua extrema resistência. Então, enquanto o resto de vocês está preso a nanites capazes de lidar, em média, com três a quatro comandos, eu posso sussurrar um número quase ilimitado de comandos para o metal.

— Não é de se admirar que as Veredianas tenham conseguido armamentos tão incrivelmente avançados em tão pouco tempo — eu refleti em voz alta.

— Não subestime nossa proeza técnica — Ashara alertou, parecendo um pouco ofendida — Sussurradoras de metal como eu apenas refinam tecnologias que nós desenvolvemos anteriormente. Então, o trabalho está lá. Mas, uma vez terminado, nós começamos a nos perguntar quais são as coisas extras que gostaríamos que ele pudesse fazer. Nosso poder então entra em ação, e podemos criar uma reação em cadeia de comandos que faz certos sistemas quase se comportarem como uma inteligência artificial.

— Sabe, você e eu deveríamos trabalhar juntos em novas tecnologias — eu disse, pensativo — Nós poderíamos fazer coisas incríveis.

Em vez do entusiasmo que eu esperava, o humor de Ashara piorou um pouco.

— Coisas incríveis para quem? — ela perguntou, me lançando um olhar de lado — Para Guldar ou Veredia? Você nem nos deixou ajudá-lo a consertar os sistemas da sua nave com medo de roubarmos sua tecnologia.

— Você poderia me mostrar a sua? — eu desafiei — E os desertores Korletheanos que se juntaram a vocês, eles compartilharam a tecnologia deles com vocês?

— Eu não mostraria nossa tecnologia — Ashara admitiu — As coisas ainda estão muito incertas, e muitas vidas dependem da manutenção de nossos protocolos de segurança. Quanto aos Korletheanos, nós mostramos parcialmente nossa tecnologia a eles, já que vivem conosco. Mas isso também é bastante limitado. Por outro lado, não desenvolvemos nada em conjunto com eles.

— Entendo — eu disse, um pouco chateado quando chegamos aos meus aposentos.

Mesmo assim, eu entendi o que ela queria dizer. Eu abri a porta e deixei ela e a bandeja flutuante entrarem antes de segui-la.

— Além disso, você diz que está desertando — Ashara disse assim que a porta se fechou atrás de mim, a tensão transbordando em sua voz — Onde você pretende se estabelecer? Em Veredia?

— Não — eu respondi em tom firme e definitivo.

— Porém, se o que quer que esteja acontecendo entre nós tiver a menor chance, você espera que eu o siga — Ashara disse.

— Sim — eu admiti, não gostando nem um pouco do rumo que nossa noite agradável estava tomando — É o que faz mais sentido, e a única coisa que funcionaria nas nossas circunstâncias atuais.

— E a minha vida aqui? Minha carreira? Minha família e minhas aspirações? — Ashara perguntou com uma voz fria — Eu deveria largar tudo e colocar as suas necessidades acima das minhas?

Dito assim, eu parecia um idiota de proporções épicas. Mas a resposta permanecia a mesma. Eu não respondi com palavras, mas meu olhar, fixo no dela, disse tudo.

A decepção em seu rosto parecia uma facada no coração com uma lâmina serrilhada.

Ashara balançou a cabeça como se não acreditasse em mim — Típico Guldan — ela murmurou antes de se virar e seguir em direção à porta.

— Ashara! Espere! — eu gritei, aliviado quando ela parou e se virou para me olhar com uma expressão severa — Não é tão simples assim, e eu não estou menosprezando seus próprios desejos e aspirações. Sim, eu me considero um pouco arrogante quando se trata de papéis e direitos de gênero. Foi assim que eu fui criado. Mas tenho consciência disso e não acredito nem por um minuto que eu seja superior a você. Eu estou aberto e disposto – para não dizer ansioso – a mudar. Porra, você pode me dar uma surra, como fez tão lindamente na sala holográfica.

Para meu alívio, Ashara bufou, e seu rosto se suavizou com um sutil indício de sorriso.

— Você foi uma das primeiras Veredianas a reconquistar sua liberdade. E quando o fez, lutou para libertar suas Irmãs — eu disse cuidadosamente, percebendo que estava chegando a um ponto sem volta — Eu estou fazendo o mesmo por Guldar. Muitas mulheres como minha mãe foram usadas e abusadas, e continuam sendo. Com a obsessão do nosso Imperador em desafiar o Conselho Galáctico e promover a escravidão como elemento central da nossa economia – além da tecnologia – meu planeta natal está sendo deixado para trás. Nós estamos sob mais embargos do que consigo contar.

Eu dei alguns passos dentro da sala espaçosa, subitamente impressionado com o quão gravemente meu amado planeta estava se desintegrando enquanto todos continuavam de olhos fechados. Eu parei de andar e passei as mãos pelos meus chifres, segurando-os logo abaixo das pontas afiadas.

— Ardrak transformou Guldar em uma prisão para o nosso povo. Nós não podemos viajar a menos que os negócios justifiquem. E aqueles que o fazem são monitorados de perto —eu continuei com ódio na voz — Ardrak incentiva a população a espionar uns aos outros e recompensa generosamente os informantes. Há uma pressão intensa para que a maioria do nosso povo trabalhe no desenvolvimento de tecnologia e armas, pois é a única coisa que nos mantém competitivos, apesar dos embargos. Nosso Imperador quer a dominação galáctica, mas tudo o que ele nos trará é destruição. Muitos Guldans querem estar do lado bom da guerra e estão começando a se reagrupar. Ainda faltam alguns anos para a Grande Guerra. É tempo suficiente para a rebelião Guldan crescer.

— Então, eu estava certa — Ashara sussurrou, olhando para mim com novos olhos — Você é um rebelde.

Eu engoli em seco e sustentei seu olhar com firmeza — Estou mais para um dos dois líderes da rebelião — eu disse, esperando que Caldrik me perdoasse — Ter uma mulher forte como você ao meu lado seria uma mensagem poderosa e uma fonte de inspiração para as mulheres Guldans que vivem com medo e sem esperança.

— Uau, sem pressão — Ashara disse, parecendo repentinamente sobrecarregada.

Eu dei uma risadinha e a olhei como se pedisse desculpas — Sem pressa, querida — eu disse, diminuindo a distância entre nós. Para meu alívio, ela não puxou as mãos quando segurei as dela — Por enquanto, eu só quero que você se concentre em se apaixonar perdidamente por mim. Depois, nós resolvemos toda essa questão da moradia. Ah, sim, e você precisa alimentar o seu homem.

— Ora, seu pequeno... — Ashara disse em um rosnado.

Movendo-se na velocidade da luz, minha companheira soltou as mãos do meu aperto, passou a perna por trás dos meus joelhos e empurrou meu peito. Eu quase caí de bunda, mas fluí com o movimento, girando sobre mim mesmo para recuperar o equilíbrio. No entanto, a infeliz não havia terminado. Em uma onda de movimentos, Ashara tentou me derrubar no chão. Para minha vergonha, ela quase conseguiu mais algumas vezes. As Veredianas eram rápidas demais.

Felizmente, minha honra masculina permaneceu intacta quando consegui prendê-la no chão, embaixo de mim.

— Você não é tão forte sem sua armadura de celesium, não é, pequena Guerreira? — eu disse em um tom de provocação, meus lábios pairando perto dos dela.

— Eu não preciso da armadura. Eu só não queria te machucar. Seus sentimentos já estão feridos o suficiente por aquela surra na sala holográfica — Ashara retrucou, presunçosa — Mas me force, e eu te arrebento.

— Você já acabou comigo — eu sussurrei antes de capturar seus lábios em um beijo apaixonado.

CAPÍTULO 12
ERYON

Ao entrar no átrio do complexo de convenções, a inveja me consumiu ao ver Vahleryon dando um último treinamento de *kaa* para Faolen antes de sua partida iminente. Meu neto estava se afastando de mim. Demorou muito para acontecer, e ainda assim, doía. O fato dele não estar usando um Dhalla – o manto tradicional Korletheano que ele costumava usar, assim como eu – só me deixou ainda mais irritado.

Apesar da pouca idade, Vahl se tornou um homem anos antes. Ele nasceu com uma alma velha, e a hora de abrir suas asas já havia chegado. Eu nunca aprendi a me desapegar, pois meus próprios filhos cresceram longe de mim enquanto eu apodrecia nos complexos de reprodução. Eu me reencontrei com minha Amalia depois que ela já havia acasalado e tinha seus próprios filhos. De muitas maneiras, meus netos foram minha experiência mais próxima da paternidade. Não era assim que eu queria me separar deles.

Apesar da minha tristeza, o orgulho tomou conta do meu coração ao observar Vahl replicando os ensinamentos que eu lhe havia transmitido. Sentado na grama, com as pernas cruzadas sob o corpo e Faolen em posição semelhante à sua frente, ele lhe mostrava como se infundir com seu *kaa*. Mesmo de onde eu estava, a força da energia psiônica do

Sareniano me alcançava. Ela era caótica, de natureza alienígena, e ainda assim tão semelhante à de Vahl quando o conheci.

Quando o treinamento chegou ao fim, eu me aproximei lentamente deles enquanto se levantavam. Meu pulso acelerou, imaginando que tipo de recepção eu receberia. O único som que se ouvia naquele jardim interior vinha do discreto gotejar da água que jorrava da fonte à beira do pequeno lago. Sem ninguém além de nós três no átrio, se eles surtassem comigo, os próximos minutos poderiam ser extremamente desagradáveis.

Faolen não escondeu sua agressividade assim que notou minha presença. No entanto, *kaa* ainda o inundava, mantendo-o relativamente calmo. A vergonha queimava em minhas entranhas. Nós deveríamos ter ensinado os Sarenianos a recuperar a paz da qual nossos ancestrais os haviam privado. Vahl poderia muito bem ser uma muralha, de tão fechados para mim que estavam seus sentimentos.

— Muito bem, Vahl — eu disse em um tom casual — Você o ensinou bem. Eu pude sentir a força do *kaa* dele desde a entrada. Ele está imbuído disso. No entanto, ele não o está usando ao máximo.

Embora seu rosto permanecesse inexpressivo, Vahl inclinou levemente a cabeça para o lado, me incitando a continuar.

— Sarenianos são diferentes de nós — eu continuei, meu olhar pousando em Faolen — Embora vivam principalmente em terra firme agora, vocês são anfíbios. No seu caso, vocês deveriam meditar debaixo d'água em pequenos intervalos de trinta minutos. Para obter o efeito máximo, mastigar uma folha de alga marinha Sareniana agiria como um vryer para nós, Korletheanos. Isso os ajudará a alcançar a paz interior mais rapidamente, até que tenham fortalecido esse "músculo" o suficiente para conseguir invocá-lo quase à vontade.

— Interessante — Vahl disse.

— De fato — Faolen disse, com a voz tão dura quanto o olhar que me lançou — Você acha que essa informação o absolve?

— Eu não preciso de absolvição — eu disse, dando de ombros — Eu não lhe fiz mal algum. Não posso evitar um passado que aconteceu antes do meu tempo, apenas olhar para o futuro. Quaisquer que sejam seus sentimentos pessoais sobre meu povo e eu, você precisa se concentrar no que realmente importa também.

— Oh, ilumine-nos com sua sabedoria, Korletheano — Faolen disse com sarcasmo, cruzando os braços sobre o peito.

— Seu Príncipe Zerien desempenhará um papel fundamental nas guerras que se aproximam — eu disse com a mesma voz calma — É fundamental que meu neto e seu Príncipe se tornem amigos próximos.

Desta vez, tanto Vahl quanto Faolen demonstraram surpresa ao ouvir minhas palavras. No caso do Caçador, foi puro choque.

— Você está insistindo em uma aliança Verediana-Sareniana, sabendo que não queremos que os Korletheanos façam parte dela? — Faolen perguntou, incrédulo.

— O que você acha que quer agora é irrelevante — eu disse, dando de ombros, indiferente — Nada é preto no branco. Alianças não serão tudo ou nada. Seja qual for a sua visão, eu posso garantir que o Destino tem uma ideia muito diferente.

Faolen empalideceu enquanto Vahl enrijeceu.

— O que você viu? — Vahl perguntou.

Meus olhos perderam o foco quando a lembrança da minha visão mais recente passou diante dos meus olhos — Dor, desgosto, famílias desfeitas e alianças rompidas — eu refleti em voz alta — Todos os segredos, mentiras e traições estão sendo revelados. Às vezes, as coisas precisam ser quebradas para serem reconstruídas melhores, mais fortes — eu voltei a me concentrar em Faolen.

Uma imagem estranha em minha visão me incomodava. Agora, revendo-a mentalmente na presença do Sareniano, eu finalmente entendi. Eu mudei meu olhar e observei sua aura, confirmando a ironia de tudo. Eu chamei telepaticamente a Oráculo Deliah, pedindo-lhe que se juntasse a nós no Átrio.

— Apesar da difícil situação em que suas revelações nos colocaram, agradeço por tirar o peso desse fardo de mim... de nós — eu disse eu com sinceridade — Você nos fez um favor. Por mais que você não goste disso agora — eu disse a Faolen antes de me virar para Vahl — e por mais que você esteja decepcionado comigo, todos lutaremos do mesmo lado quando a guerra começar. Nós estamos ligados pelo sangue, pelos nossos objetivos e, acima de tudo, pelo Destino.

— E, no entanto, você guarda segredos de novo — Vahl disse com voz severa — Eu perguntei o que você viu, e você respondeu com frases vagas.

— Como de costume — Faolen retrucou — Os Videntes Korlethe-anos adoram fazer jogos mentais.

— Não há jogo. Eu respondi à sua pergunta — eu respondi com naturalidade — Vocês já presenciaram a primeira metade. Nós estamos sofrendo e nossas famílias estão sendo dilaceradas pelas revelações de Faolen. Veredianos e Xelixianos estão colocando nossa aliança em dúvida enquanto consideram se aliar aos Sarenianos. Mas mais sofrimento e mais segredos serão revelados em breve. Não são segredos Korletheanos. Não cabe a mim revelá-los. Eu só posso esperar que, em todos os casos, vocês façam seu julgamento com a mente aberta. Vocês conhecem a verdade do meu coração. Vocês sabem o quanto eu amo todos vocês.

Embora Vahl não tenha respondido, o brilho suave em seus olhos me deu esperança.

— *Estou aqui* — Deliah falou mentalmente comigo.

— *Espere* — eu respondi telepaticamente antes de encarar Faolen — Tem alguém que você precisa conhecer.

Sua expressão de surpresa, porém curiosa, transformou-se em choque no minuto em que Deliah entrou na sala. A cabeça de Faolen se contraiu como se tivesse levado uma ferroada na nuca. Ele colocou a mão na nuca antes de se virar para a porta. O choque deu lugar ao horror enquanto ele observava Deliah se aproximar lentamente de nós com um ar de admiração misturado à descrença.

— Pelo sangue de Gharah — Vahl disse, parecendo divertido e chocado ao mesmo tempo enquanto mudava sua visão para ver a aura de Deliah em perfeita harmonia com a de Faolen.

— Não pode ser — Faolen sussurrou — Nunca com uma Korletheana.

— A Deusa nunca comete erros — eu disse em tom áspero — Não deixe que a raiva por mágoas do passado arruíne sua vida e sua chance de verdadeira felicidade. Eu conheci minha alma gêmea no auge da minha vida, mas só consegui passar nove semanas por ano com ela durante treze anos antes dela morrer. Eu teria dado qualquer coisa – QUALQUER COISA – por um pouquinho mais de tempo com ela. Então, não ouse desperdiçar sua própria bênção. Tudo o que me resta da minha Sevina são Amalia e seus filhos.

Eu me virei para olhar para Deliah quando ela parou ao meu lado. Embora nenhuma espécie pudesse rivalizar a beleza dos Sarenianos, Deliah não deixava a desejar. Alta, esguia, com um rosto em formato de coração, nariz de botão, olhos verdes deslumbrantes e longos cabelos castanho-escuros, ela tinha uma graça etérea que chamava a atenção. Ao mesmo tempo em que meu coração se alegrava por ela encontrar o que estava perdido para sempre para mim, também se enchia de compaixão pelo caminho difícil que ela provavelmente trilharia para quebrar os muros de raiva de sua alma gêmea.

— Deliah, eu lhe apresento Faolen Velkis — eu disse em um tom suave antes de me virar para o Sareniano — Faolen, eu lhe apresento Deliah Pallas, sua alma gêmea.

Raiva e traição se chocaram com o desejo e o espanto estampados em seu rosto. Dominado por essas emoções conflitantes, e com seu *kaa* praticamente extinto, Faolen cedeu à emoção mais fácil: a raiva. Suas presas desceram enquanto ele mostrava os dentes para Deliah, e suas garras ferozes saltavam das pontas dos dedos. Protetor como sempre, Vahl imediatamente se dispôs a intervir. Antes que eu pudesse impedir meu neto, Deliah apertou o pulso de Faolen.

Um arrepio violento percorreu o Sareniano. Meu coração doía com as lembranças da minha Sevina, me lembrando que foi como se um raio nos atingisse exatamente onde nossas mãos se encontraram na primeira vez que nos tocamos. Faolen encarou a mão dela que o segurava com choque, substituído segundos depois por uma intensa sensação de paz. Deliah possuía poderes psiônicos respeitáveis, mas eu nunca os senti tão fortes enquanto ela empurrava seu *kaa* para dentro do companheiro. Ao contrário de Vahl – que não dominava as sutilezas do *kaa* em diferentes espécies – Deliah aplicou o seu corretamente para permitir que Faolen alcançasse o mais alto nível de paz.

Vahleryon observava com fascínio, enquanto fortes ondas de aprovação emanavam dele.

— Esta é a verdadeira profundidade da paz que sua espécie pode alcançar ao dominar adequadamente o *kaa* — eu disse a Faolen com uma voz gentil — Vahl está certo – nós deveríamos ter ensinado essa técnica ao seu povo há muito tempo, independentemente do risco que isso representasse para nós. Podemos não ter causado os erros de nossos ancestrais, mas poderíamos ter feito mais para corrigi-los. E estamos tentando fazer isso.

Faolen soltou o braço de Deliah. Seria preciso muito mais do que isso para que ele a aceitasse, mas a ausência de violência quando o fez me deu esperança.

— *Não se desespere, irmã. Ele ainda está em choque* — eu disse telepaticamente para Deliah.

— *Não se preocupe, meu irmão. EU adoro um bom desafio. Obrigada por me guiar até meu companheiro* — ela respondeu.

Eu lhe dei um leve empurrãozinho psíquico, aliviado pela sua resiliência. Ela seria uma ótima companheira para ele.

— Por que deveríamos acreditar em você? — Faolen perguntou.

— Nós renunciamos ao nosso mundo natal, às nossas famílias e ao nosso povo para fazer a coisa certa — Deliah disse suavemente.

— E ainda assim, vocês orgulhosamente se chamam de Korletheanos e seguem seus costumes — Faolen retrucou.

— Porque nós somos Korletheanos — Deliah disse com uma convicção que me encheu de orgulho — Eu sempre terei orgulho das minhas origens e da minha cultura. Isso não significa que eu tolere tudo o que meu povo faz. Nós saímos porque discordávamos veementemente da direção que a maioria estava tomando, mas isso não significa que devemos rejeitar tudo o mais que há de bom em nosso povo.

— Entenda que não falamos nem endossamos quaisquer ações que Korlethea esteja tomando — eu acrescentei — Nós só falamos pelos Korletheanos que estão aqui em Veredia.

Uma expressão preocupada, rapidamente dissimulada, surgiu no rosto do Sareniano. Ele abriu a boca para falar quando um bipe soou em sua braçadeira. Ele digitou algumas instruções na interface para silenciá-lo.

— Preciso partir — Faolen disse com a voz tensa.

— Então lhe daremos alguns momentos a sós para falar com sua alma gêmea — Vahleryon disse em um tom gentil.

— Não é necessário — Faolen respondeu com a voz endurecida — Eu não vou acasalar com uma Korletheana.

A expressão de raiva e dureza no rosto de Vahleryon me pegou de surpresa.

— Deliah não é a espécie dela — Vahl retrucou, encarando o Sareniano com um olhar duro — Ela é um indivíduo. Cuidado para não cuspir na bênção da Deusa, para que ela não lhe dê as costas.

Eu fiquei de queixo caído enquanto olhava para o meu neto, maravilhado. De todos os comentários que eu esperava dele, este não estava no topo. Mas Faolen não teve a chance de responder.

— Eu agradeço, Vahleryon. Mas está tudo bem — Deliah disse com uma voz agradecida — Faolen precisa de tempo para se conformar com a vontade da Deusa. A história entre nossos povos não é fácil.

— Eu posso responder por mim mesmo — Faolen resmungou, lançando um olhar descontente para Deliah.

Ela lhe lançou um sorriso indulgente, como se fosse uma criança mimada fazendo birra — Espero que sim — ela respondeu em um tom de provocação que quase me fez bufar — Mas essa resposta também era para você. Eu esperei quarenta e cinco anos para conhecê-lo. Agora que o conheci, esperarei ansiosamente o tempo que você precisar até estar pronto.

Seus olhos perderam o foco e seu rosto ficou flácido enquanto a energia psiônica girava ao seu redor. Faolen ficou tenso, enquanto Vahl estreitava os olhos para ela, ansioso.

Segundos depois, ela se concentrou em Faolen — Eu vejo três caminhos — ela disse com a voz solene que os videntes costumam usar ao revelar o conteúdo de suas visões — Em todos os três, duas luzes piscam e então a nave vermelha explode. Tudo dentro do raio da explosão será obliterado. Lembre-se bem disso.

— Você é uma maldita Oráculo? — Faolen perguntou, embora sua pergunta fosse mais uma declaração de espanto.

Deliah deu um sorriso irônico — Pode apostar. E, com o tempo, você ficará extremamente grato por isso — ela disse em um tom de provocação — Boa viagem, meu companheiro.

Faolen a encarou com uma estranha mistura de frustração, aborrecimento e desejo antes de nos encarar – embora principalmente Vahl – e nos despedir com um aceno firme. Então, sem dizer mais nada, ele saiu do átrio.

Sentindo o olhar pesado do meu neto sobre mim, eu me virei para encará-lo. Ele me encarava com uma expressão estranha. Seus olhos roxo-escuros se voltaram para Deliah antes de retornarem a mim, e um misterioso sorriso se formou em seus lábios.

— Vovô, Deliah — ele disse como único adeus com um leve aceno de cabeça, e então também saiu do jardim.

Enquanto eu olhava para suas costas se afastando, meu coração se encheu de esperança por ele dizer novamente aquela única palavra: "Vovô".

CAPÍTULO 13

ASHARA

E u nunca me arrependi tanto de quão monótonos os últimos dias tinham sido. Varreduras de longo alcance continuavam a nos mostrar bipes ocasionais de perseguidores se aproximando, mas eram raros e distantes entre si. Assim como eu, Tevek acreditava que nossos inimigos haviam detectado que os rastreávamos e estavam modulando suas frequências na tentativa de nos despistar. A nave inteira estava em alerta máximo, pronta para entrar em ação em uma fração de segundo. Até então, nós esperávamos. Mais cedo hoje, pensávamos que havia chegado a hora em que os bipes pareciam estar quase em cima de nós, mas acabou não sendo o caso. Suspeitei que eles estivessem enviando sinais fantasmas para nos enganar e nos fazer pensar que estavam em algum lugar diferente de sua posição real.

Enquanto isso, eu me mexia inquieta na cadeira da Capitã na ponte. Minha mente girava com tantas preocupações me puxando em todas as direções. Eu estava determinada a continuar meu relacionamento com Tevek, e ainda assim todas as mudanças que isso me forçaria a fazer me oprimiam. Eu não queria "me separar" de Veredia para começar uma nova vida como companheira de um líder da rebelião. Eu ainda tinha um longo caminho a percorrer para começar a "cuidar" de Guldar. Muita história ruim manchava meus sentimentos em relação àquele planeta e seu povo. E, no entanto, a ideia de ser um símbolo e modelo para as mulheres Guldans em conflito tinha um apelo inegável. Eu era uma grande admiradora de Mercy e de como ela, sozinha, ajudou a mudar as mentalidades misóginas em Braxia.

E então, houve aquela confusão em Veredia. Amanhã, minhas Irmãs fariam uma reunião geral para determinar o destino dos Korletheanos em nosso novo planeta natal, assim como nossa relação com o planeta deles. Eu não poderia estar mais aliviada por não estar de volta em casa agora. Eu odiava tensão e desconfiança. Eu tinha sentimentos contraditórios sobre os argumentos que ouvi até então. No fim, foi o segredo deles sobre tudo o que mais me incomodou, embora eu entendesse o porquê. Mas, no geral, eu não guardava rancor.

Por outro lado, eu tinha sido uma das sortudas que escaparam jovens dos complexos. Ao contrário de Aleina e Kamala, eu nunca fui forçada a acasalar com um Korletheano na esperança de dar à luz uma filha talentosa que Gruuk pudesse vender.

— Com licença, Ashara — Leya disse, me tirando do meu devaneio — Posso falar com você?

Atordoada, eu assenti e pulei da cadeira. Eu a conduzi em silêncio até meu escritório, ao lado do deck, e gesticulei para que ela se sentasse na cadeira do outro lado da minha mesa de vidro.

— O que foi, Leya? — eu perguntei com uma voz amigável.

A Oficial Korletheana respirou fundo e olhou para mim, deixando todos os meus sentidos imediatamente em alerta.

— Em vista das circunstâncias atuais e da votação que será realizada amanhã, você deseja que eu me demita do meu cargo atual? — Leya perguntou, indo direto ao ponto – uma qualidade que eu apreciava profundamente na ex-Agente Imperial.

— É isso que você quer? — eu perguntei, satisfeita por meu tom neutro esconder perfeitamente o choque que o pedido havia provocado. Ao mesmo tempo, eu queria me culpar por não ter previsto isso.

— Não, não quero — Leya admitiu — E embora ninguém a bordo tenha demonstrado agressividade comigo, eu entendo que a confiança entre nós foi quebrada e que nosso destino agora depende da reunião geral de amanhã.

Eu assenti lentamente — Diga-me, Leya, o que você acha que deveria acontecer? — eu perguntei em voz baixa — O que *você* faria no nosso lugar?

— Eu não puniria a nós, os inocentes — ela respondeu com firmeza — Mas exigiria reparação de Korlethea.

— Eu entendo — eu disse, enquanto a avaliava com um olhar — A tripulação se comportou de forma diferente com você ou desafiou sua autoridade?

— Não — Leya respondeu prontamente, balançando a cabeça — Elas não se comportaram comigo de forma diferente do que antes do nosso segredo ser revelado, embora eu tenha percebido alguns olhares pensativos em minha direção.

— Ótimo — eu disse com alívio genuíno — Para mim, você e os outros se redimiram desertando. Você agora é um membro valioso da minha tripulação e provou sua lealdade a nós inúmeras vezes. Do meu ponto de vista, nós estamos bem.

Leya chorou, e seu verniz profissional e estoico de Korletheana se rompeu pela primeira vez. Minha própria garganta se apertou ao vê-la lutando para se recompor. A extensão de seu alívio e gratidão me convenceu de que eu tinha feito a escolha certa.

— Eu rezo à Deusa para que suas Irmãs cheguem à mesma conclusão — Leya disse.

— Elas estão compreensivelmente bravas — eu concordei — mas não se esqueça de que vocês são da família. Nós brigamos, às vezes com mais força do que outras, mas no final, a gente se acerta.

Leya sorriu antes de soltar um suspiro de alívio. Eu me culpei por não ter tocado no assunto pessoalmente. Mas fiquei imensamente feliz por ela se sentir à vontade para falar sobre isso comigo. Então, ela se remexeu na cadeira e me lançou um olhar incerto. Meus olhos se estreitaram.

— Permissão para falar livremente? — Leya perguntou.

Eu assenti, imaginando o que mais aconteceria.

— Como você pode imaginar, a notícia de seu relacionamento florescente com o Guldan se espalhou como fogo por toda a nave — Leya disse timidamente.

Eu fiquei tensa, me perguntando onde aquilo ia dar. Como regra geral, as Veredianas não se intrometiam nos relacionamentos românticos umas das outras. Até então, os Korletheanos haviam demonstrado a mesma contenção. O fato dela sentir a necessidade de abordar esse assunto me deixou bastante nervosa.

— Eu consigo ver a preocupação e a tensão que esse relacionamento desperta em você — Leya continuou com compaixão — Perdoe-me se exagerei ao me intrometer em seus assuntos pessoais, mas eu me sinto obrigada a falar. Apesar da minha reação inicial ao ver o vínculo entre vocês dois, você está certa em buscar esse vínculo.

Eu recuei ao ouvir aquelas palavras inesperadas. Os Korletheanos odiavam os Guldans tanto quanto nós.

— Poucos têm a honra de encontrar sua alma gêmea — Leya disse — Sejam quais forem os desafios que você enfrentar, tudo se encaixará no devido tempo. Eu ainda me lembro do dia em que Xevius chegou a Korlethea com Kamala ao seu lado. A onda de choque que isso provocou em nosso planeta natal foi algo incrível de se ver — ela acrescentou, rindo.

— Eu imagino — eu disse com um bufo — A segunda em comando da força militar Verediana, em sintonia com o principal Assassino Real Korletheano, deve ter sido perturbador.

— Foi mesmo, e o fato dele ter demonstrado isso pública e orgulhosamente foi apenas uma das muitas sementes de mudança que nos incitaram a agir — Leya explicou, com todo o divertimento desaparecendo do rosto — Isso fez com que muitos dos meus irmãos, que haviam encontrado suas almas gêmeas entre suas Irmãs nos complexos, percebessem que não precisavam renunciar a elas só porque o Quórum se opunha à nossa mistura com a sua espécie. O discurso de Vahl no plenário do Quórum nos convenceu de que havia um caminho melhor e nos deu a coragem de finalmente romper os laços com Korlethea e reivindicar nossa liberdade. De muitas maneiras, Maheva e Gruuk pavimentaram o caminho para as gerações futuras.

Eu bufei — Gruuk? — eu perguntei, com desdém transbordando da minha voz.

Leya inclinou a cabeça para o lado e me lançou um olhar estranho

— As coisas nem sempre são o que parecem — ela disse com uma voz misteriosa — Seja qual for o ressentimento que você possa ter contra ele, o amor deles mudou a história. Maheva não é boba. Ela o amava por um motivo. Embora o amor deles estivesse fadado ao fracasso, o seu pode ser o padrão que redefinirá o relacionamento entre suas duas espécies.

— Entendo — eu disse, bastante perturbada pelas palavras dela, que ecoavam parcialmente as de Tevek — Obrigada por compartilhar seus pensamentos comigo.

— Obrigada por não me dar uma surra por me intrometer — Leya respondeu, impassível.

Eu comecei a rir e balancei a cabeça para ela enquanto ela se levantava. Eu a imitei e voltamos para o deck.

— Sua precisão não poderia ser mais perfeita — Jezaya disse com uma leve tensão na voz assim que nos viu — Estamos observando uma atividade significativa — ela acrescentou, apontando para o radar onde inúmeros pontos piscavam — Acredito que dois terços deles são falsos para esconder os verdadeiros. Com base em nossas leituras muito anteriores, desde a primeira vez que Tevek os apontou para nós, esses quatro pontos corresponderiam a uma rota de interceptação direta.

— Excelente trabalho — eu disse a Jezaya enquanto reassumia meu lugar na cadeira de Capitã — Escudos levantados. Assim que estiverem dentro do alcance, tentem travá-los.

Meu comunicador tocou. Eu atendi distraidamente.

— Verifique seus radares — Tevek disse no meu comunicador.

— Nós também os vimos. Obrigada. Preciso ir — eu disse, antes de desligar o comunicador e abrir o interfone — Todos aos postos de combate.

Momentos depois, três fragatas e um contratorpedeiro saíram de dobra. O fato de não terem se dado ao trabalho de se camuflar revelava seu excesso de confiança. Isso poderia nos causar sérios problemas ou nos beneficiar. No entanto, o fato deles terem uma Oráculo entre eles não era um bom presságio.

— Eles estão realmente se sentindo ameaçados por ele — Leya refletiu em voz alta, com a testa levemente franzida.

Quatro naves de combate para eliminar um Guldan diziam muito sobre a determinação deles em eliminá-lo. Que diabos eles temiam tanto?

— Estamos sendo contatados — Jezaya disse.

— Na tela — eu respondi.

O rosto de Glabius apareceu na tela, sua expressão quase amigável.

— Saudações, Veredianas — disse o assassino Korletheano em um tom casual — Como podem ver, nós equilibramos um pouco as coisas. Mais uma vez, eu gostaria de reiterar que não temos nenhuma desavença com vocês e preferimos não deixar que isso se transforme em um confronto desagradável. Entreguem-nos o Guldan e partiremos em paz.

— E mais uma vez, reiteramos que não o faremos — eu disse em um tom que não admitia discussão — Vocês podem ter quatro naves, mas nós temos um cruzador de batalha. Pensem bem antes do seu próximo passo. Nós também não lhes desejamos mal, mas os destruiremos se iniciarem hostilidades contra nós.

— E nós temos tecnologia Korletheana — Glabius respondeu com um aceno de mão desdenhoso — A galáxia pode tremer diante do poder dos Tuureanos, mas vocês não são invencíveis.

— Não somos, mas vamos esmagá-lo se você forçar a situação — eu disse presunçosamente.

A irrupção de Tevek no convés impediu Glabius de responder. A raiva me invadiu diante de tal demonstração presunçosa. Tevek sabia muito bem que não tinha nada a fazer na ponte, mesmo que os Korletheanos estivessem atrás dele. Nós mantínhamos nossas próprias relações diplomáticas com outras espécies.

No entanto, Glabius parecia completamente satisfeito em ver sua presa.

— Nos encontramos novamente, Sen Siddik — disse o assassino no tom amigável que se usaria ao reencontrar um amigo há muito perdido — Renda-se e poupe essas adoráveis mulheres de qualquer mal. Nós detestamos causar danos colaterais desnecessários.

— Que porra você quer de mim? — Tevek sibilou.

— Assim como com suas salvadoras, eu não tenho nenhuma desa-

vença pessoal com você — Glabius disse em um tom de desculpas —
No entanto, sua existência é uma ameaça para Korlethea. Me entristece
ainda mais saber que muitos de nós lhe devemos nossas vidas. Mas o
bem de Korlethea supera a consideração por qualquer indivíduo.
Portanto, você deve ser eliminado.

— A ameaça a Korlethea com a qual você deveria se preocupar é
os Sarenianos revelando seus segredos a todas as espécies que você
prejudicou — eu disse em um tom áspero — Neste momento, os
Conselhos de todas as espécies que foram manipuladas por seus ancestrais estão julgando Korlethea. Sanções são iminentes.

Glabius deu de ombros, imperturbável.

— Ele não se importa — Leya disse, com tristeza e desprezo na
voz — Ele se rebelou. Que porra aconteceu com você? Você era um
dos nossos melhores!

— Você tem razão — Glabius admitiu — Não só eu não me
importo, como me alegro com a notícia. O Quórum enfraqueceu. Isso
só facilitou nossas vidas. Enquanto os Omniatas estão ocupados
lidando com a difamação galáctica, nós vamos atacar e assumir o
controle.

— Quem é "nós"? — eu perguntei.

— Os verdadeiros defensores de Korlethea — Glabius respondeu
— Os Omniatas e sua liderança débil nos desviaram do caminho.
Precisamos retificar nossa mira e retomar o caminho certo para
alcançar o futuro de direito de Korlethea.

— Eu estou em uma missão para o Imperador Ardrak — Tevek
disse — Se você me matar, começará uma guerra com Guldar. É isso
mesmo que você quer?

— Korlethea não nos enviou. Seu Imperador não terá motivos para
retaliação — Glabius disse desdenhosamente — Mas mesmo que
tenha, nós salvaremos nosso planeta natal. No entanto, se você chegar
vivo a Braxia, Korlethea mudará para sempre. Não podemos permitir
isso.

— Vocês e suas profecias de merda — eu rosnei — Já que não quer
ouvir a razão, vamos te forçar a falar. Prepare-se para conhecer
Gharah.

Um único olhar para Jezaya foi suficiente para que ela encerrasse a comunicação.

— Lance o exoescudo — eu ordenei.

— Entendido — Jezaya disse.

Eu abri o interfone — Todos, preparem-se para a batalha — eu ordenei — Suspendam o fogo até que eles lancem a primeira salva. Depois, destruam-nos. Não atirem nas cápsulas de escape, tentem pegar uma. Eu quero capturar um deles vivo.

Eu desliguei o interfone, me virei para Tevek e o encarei — Nunca mais entre na minha ponte sem a minha permissão expressa — eu disse em um tom duro.

Ele se encolheu, cerrou os dentes e assentiu bruscamente — Me desculpe — ele disse em um tom neutro, mas com uma expressão bastante castigada.

Eu não queria humilhá-lo nem ostentar minha posição diante dele. No entanto, precisávamos estabelecer limites claros. Independentemente do que acontecesse entre nós, enquanto eu estivesse no meu papel de Capitã desta nave, ele não poderia reivindicar tratamento especial; as mesmas regras se aplicavam a todos. Muitas vidas dependiam da manutenção da ordem.

Ainda assim, sua expressão de espanto ao observar o exoescudo se desdobrar ao redor da nossa nave acariciou meu ego. De todos os meus projetos de armas – que também forneciam defesas fenomenais – este tinha sido um dos meus mais ambiciosos.

Os nodos do exoescudo – uma série de esferas blindadas – circundavam a nave a uma distância igual uns dos outros. Raios de energia saíam de cada um deles, conectando os nodos em triângulos. Cada um dos triângulos era preenchido por um campo de energia, formando uma esfera protetora ao redor da nave. A melhor parte? Embora o campo de energia nos protegesse dos mísseis, ele não nos impedia de atirar em nossos inimigos.

Os Korletheanos não perderam tempo em lançar seu ataque. Uma saraivada de torpedos de fótons avançou em nossa direção. Embora soubesse que meu exoescudo faria sua mágica, eu prendi a respiração enquanto os primeiros mísseis se aproximavam de nossas defesas.

Quando os nodos diretamente na trajetória de um dos torpedos se moveram, um sorriso triunfante floresceu em meu rosto. No entanto, o que realmente fez o meu dia foi a reação de Tevek quando o campo de energia absorveu os torpedos, contendo as explosões em "bolhas" antes de convertê-las instantaneamente em energia armazenada.

— Que porra é essa? — Tevek perguntou.

Eu dei uma risadinha — Observe e aprenda, Chifrinho — eu disse, presunçosa, antes de tocar seu chifre direito.

Embora ele me encarasse, o olhar demonstrava uma indignação falsa. Isso me agradou imensamente. Embora eu precisasse esclarecer a situação sobre sua intrusão na ponte, para mim, o assunto estava resolvido. Eu temia que ele fosse do tipo que guarda rancor ou faz beicinho indefinidamente.

— Preste atenção nas bolhas — eu disse a Tevek, enquanto elas continuavam a inchar com o fogo inimigo absorvido.

Eu apontei para uma que havia adquirido uma tonalidade esbranquiçada. Uma luz vermelha surgiu nos três nodos que formavam o escudo de energia naquela seção, agora repleta de energia. Esse era o sinal de que o vírus mais recente de Mercy estava sendo injetado na bolha. Então, agindo como um estilingue, o escudo lançou a bolha contra nossos inimigos.

— Você está usando as armas deles contra eles — Tevek sussurrou com admiração.

— Pior, estamos tornando-as mais letais antes de devolvê-las — eu disse com um sorriso maligno.

Os Korletheanos abateram o primeiro punhado de mísseis infectados com o vírus antes que pudessem chegar ao seu destino. Mas com várias bolhas sendo lançadas de volta e nossas estações de batalha bombardeando nossos oponentes, algumas bolhas conseguiram escapar das defesas inimigas e atingiram uma das fragatas. Em segundos, o vírus devorou seu escudo. Os Korletheanos lançaram um enxame de caças para derrubar as bolhas, mas outra ainda conseguiu explodir na mesma fragata.

Eu sabia que o vírus mais recente de Mercy agia no metal como ácido na carne, mas não esperava a destruição massiva que ele infligiu à fragata. O casco praticamente derreteu a uma taxa exponencial. Minha tripulação da ponte gritou de alegria, e Tevek quase babou de admiração. Mas eu estava ocupada demais franzindo a testa com a mudança de tática dos Korletheanos. Enquanto a tripulação da fragata abandonava a nave a bordo de naves auxiliares e cápsulas de escape – longe demais de nós para tentarmos capturar qualquer um deles – os caças concentraram seu fogo nos nodos.

Com tanto fogo, os nodos não conseguiam se mover para um local seguro, apenas para um onde sofressem o mínimo de dano. Um por um, eles estavam sendo destruídos.

— Postos de batalha — eu disse pelo interfone — concentrem-se nos caças. Protejam o escudo — eu me virei para Jezaya — Lancem nodos adicionais para tapar os buracos que estão se formando no exoescudo. Preciso que ele aguente por pelo menos mais vinte minutos.

— Entendido — Jez respondeu.

— Leya, quero os escudos dessas naves abaixados, especialmente o do contratorpedeiro — eu disse com urgência — Mandem toupeiras a estibordo. Não quero que elas mirem nos caças. Modulem a frequência de furtividade delas para evitar que sejam detectadas.

— Pode deixar — Leya respondeu.

— Uma das fragatas está se movendo em nossa direção — alertou Genovia.

— Mantenham a posição — eu respondi à nossa piloto — O exoescudo traseiro ainda está intacto.

Assim que eu pronunciei essas palavras, uma série de explosões perto do contratorpedeiro me fez praguejar por dentro. Tiros de sorte de nossos inimigos haviam eliminado às cegas alguns de nossos mísseis furtivos – mísseis furtivos com uma carga de vírus devorador de metal. Mesmo assim, alguns deles chegaram ao contratorpedeiro. Assim como na fragata, o vírus rapidamente destruiu o casco da nave, forçando a tripulação a abandoná-la. Desta vez, porém, eles pareciam mais preparados, pois menos cápsulas de escape e mais caças e perseguidores saíram da carcaça moribunda para se juntar à batalha.

— O que é isso? — eu perguntei quando uma espécie de porta se abriu sob a fragata à nossa frente.

— Parece quase uma espécie de hangar de naves — Jezaya disse.

— A fragata atrás de nós está fazendo a mesma coisa — Genovia disse.

Uma sensação de pavor, alimentada inteiramente pelo instinto, tomou conta de mim quando a fragata à nossa frente começou a se mover para se alinhar com a outra atrás de nós. Uma luz, cada vez mais intensa, gradualmente preencheu o "hangar" sob a nave.

— Não pode ser — Tevek sussurrou para si mesmo, com uma expressão horrorizada.

Mas eu não conseguia me concentrar nele agora.

— Isso não é aleatório — eu disse, embora sem saber exatamente o que eu temia — Genovia, tire-nos do caminho deles imediatamente! Não deixe que nos enquadrem assim em linha reta. Leya, quero aquela coisa embaixo daquela nave destruída o mais rápido possível. Posicione nossos perseguidores e caças.

— NÃO! — Tevek gritou, assustando a todos nós. Nossas cabeças se voltaram para Tevek — Não enviem suas naves. Elas serão massacradas. Vocês precisam se manter em movimento e aumentar seus escudos ao máximo. Eu conheço esta arma. Eu a construí!

CAPÍTULO 14
TEVEK

Raiva e uma sensação de traição me invadiram ao perceber como minha pesquisa não só havia sido usada, como também vazada. Fazia menos de três meses que eu havia entregue as especificações finais da Siren ao Ministro da Defesa. Eles me pagariam as taxas de licença para cada uma das naves de nossa frota militar equipadas com a arma. Agora, olhando para as fragatas com novos olhos, a bile subiu à minha garganta ao finalmente reconhecer o contorno das naves Guldans de nível militar disfarçadas de naves Korletheanas. Não era de se admirar que eu não tivesse reconhecido esses modelos "Korletheanos", eu que tinha tanto orgulho de conhecer todas as naves já construídas por qualquer espécie avançada que existisse.

Para meu alívio, a piloto, chamada Genovia, se bem me lembro – lançou um olhar inquisitivo para Ashara, que assentiu para prosseguir com a minha ordem. Mas minha companheira imediatamente se virou para mim, esperando que eu explicasse – como ela deveria.

— Eu não sei se Glabius roubou aquelas naves ou se está em conluio com membros de alto escalão dos nossos governos, mas essas "fragatas" são, na verdade, Falcons Guldans, uma nova linha de embarcações de nível militar. O que você presumiu ser um hangar é uma das minhas últimas invenções, chamada Siren. Ela é uma arma ultrassônica que cria um feixe de som focalizado. Qualquer estrutura que encontrar será usada para amplificar o sinal. Sozinha, uma única nave pode produzir ondas sonoras de altíssima potência que destruirão os tímpanos de uma pessoa, causarão dor intensa, náusea, desorientação e até mesmo a morte. Quando dois feixes se alinham, eles criam um cone de ressonância que amplificará o sinal um do outro a ponto de não apenas garantir que qualquer ser vivo a bordo da nave alvo morra de múltiplas rupturas de órgãos, como também que a própria estrutura da nave comece a ruir. A tripulação de qualquer um dos seus perseguidores ou caças que atravessar o feixe morrerá.

A expressão de horror no rosto de Ashara me revirou por dentro. Armas de guerra não foram feitas para serem doces ou bonitas. Mas isso seria assunto para outra hora.

— Eu sei como desativá-las — eu disse em um tom de urgência — Mas preciso da sua permissão para conectar meu perseguidor a um dos lançadores de torpedos do cruzador de batalha.

Ashara hesitou. A mesma cautela e inquietação podiam ser vistas nos rostos das sete mulheres que guarneciam a ponte. Embora eu não pudesse culpá-las, aquilo doía. E, mais importante, nós não tínhamos tempo para isso.

— Eu sei que é pedir muito, mas você precisa confiar em mim ou nos tirar daqui, porque eu prometo a você, nós não venceremos essa luta e todos nós vamos morrer.

Ashara trocou um olhar com Jezaya e depois com Leya. Para meu alívio, ambas as mulheres – as Oficiais Superiores de Ashara – concordaram com um aceno firme. Eu gostaria que minha companheira tivesse simplesmente concordado por confiar em mim, mas eu entendia a tênue linha que ela trilhava por causa do nosso envolvimento romântico. Ela não podia ser vista como tão cega pelo amor a ponto de colocar em risco a segurança de sua tripulação. Ainda assim, uma parte de mim queria acreditar que, sem tais restrições, Ashara não teria hesitado em me deixar prosseguir.

— Faça isso rápido — minha mulher me disse.

— Obrigado! — eu exclamei com genuína gratidão — Vou precisar de aproximadamente dez minutos. Por favor, fiquem fora do caminho do feixe e usem quaisquer táticas de distração que puderem inventar. E, acima de tudo, não enviem seus caças.

— Entendido. Agora vá — Ashara disse — Carmina, você vai com ele.

— Entendido — disse uma Verediana de aparência delicada, com a pele castanho-clara típica de sua espécie, olhos castanho-esverdeados e cabelos branco-prateados como os meus.

A princípio, eu me perguntei por que Ashara a designou para mim. Carmina deveria garantir que eu não as traísse? Mas eu me lembrei de Carmina como uma das Veredianas que ajudaram a consertar o casco da minha nave. Contudo, assim que chegamos ao hangar, seu propósito imediatamente se tornou evidente.

— Traga sua nave para cá — Carmina disse, apontando para uma parte discreta do hangar — Eu vou preparar a ponte de conexão para você.

Eu assenti, incerto sobre o que ela faria. Mas assim que subi no convés da minha nave, eu vi a mão de Carmina espalmada sobre os painéis de metal que cobriam as paredes do hangar. Como todas as Veredianas, ela possuía um poder psiônico único, ativado pelo toque. Ela era cinética, capaz de fazer qualquer matéria inerte se remodelar como bem entendesse. Ao contrário da minha Ashara, ela não conseguia mudar a natureza do material, como liquefazê-lo ou endurecê-lo. Mas podia remodelá-lo como argila. Nesse caso, ela estava abrindo a parede do hangar para alcançar a sala adjacente, onde cinco lançadores de torpedos podiam ser operados.

No entanto, por mais que observar Carmina fazendo sua mágica me fascinasse, eu tinha um trabalho urgente a fazer. Ter meu traseiro explodido em pedaços pelas minhas próprias armas definitivamente não fazia parte dos meus planos a curto prazo. Assim que eu liguei o computador da minha nave, uma mensagem apareceu confirmando que Jezaya havia me concedido permissão para me conectar à interface de rede de mísseis delas. Embora ela tivesse habilmente restringido meu controle ao lançador ao qual eu me conectaria, mais uma vez eu me dei conta do enorme ato de fé que as mulheres estavam dando ao me concederem esses direitos. Claro, elas fizeram Ephedra testar minhas boas intenções no dia da minha chegada, mas ainda assim era uma aposta arriscada.

Apressando-me, eu conectei meu sistema lançador de mísseis à interface do cruzador de batalha e o sincronizei com meu computador pessoal para usá-lo como controle remoto para lançar meu ataque. Mais alguns comandos me permitiram reconfigurar o padrão de lançamento e o alvo dos mísseis para causar o máximo de dano contra os pontos fracos da suposta fragata, especialmente sua arma Siren.

Concluída esta última tarefa, eu comecei a taxiar o perseguidor até o local onde Carmina havia efetivamente modelado dois conectores em forma de canos. Um tremor violento sacudiu a nave enquanto o som estridente de uma explosão ressoava pelo hangar. Uma rápida olhada para minha braçadeira indicou que já haviam se passado mais de treze minutos desde que eu havia deixado a ponte. Eu xinguei por dentro, me apressando, mas também tomando as precauções necessárias para não colidir com a parede. Com a orientação eficaz de Carmina, eu alinhei minha nave com seus conectores improvisados antes de sair correndo.

No momento em que eu descia a rampa correndo, o cruzador de batalha balançou novamente, quase me derrubando no chão. Eu consegui manter o equilíbrio e corri para a frente do perseguidor. Para minha surpresa, Deanna havia se juntado a Carmina. As mulheres trabalhavam em um dos conectores, com um ar de intensa concentração estampado em seus rostos enquanto suas mãos deslizavam sobre o metal. Além de fazer uma conexão perfeita com a minha nave, ambas sacaram um pequeno dispositivo que encostaram nos conectores enquanto continuavam a modificá-lo.

A nave balançou duas vezes em rápida sucessão, momento em que a voz de Ashara ressoou pelo interfone.

— Tevek, anda logo! Você tem mais dois minutos antes de mudarmos de planos. Estamos sendo atacados.

— Estamos ajustando os escudos térmicos, Capitã — Carmina respondeu antes que eu pudesse dizer uma palavra — Nós terminaremos em menos de um minuto.

— Bom trabalho — Ashara respondeu antes de encerrar a comunicação.

— Se você terminou, pode voltar para dentro e se preparar para atirar — Carmina me disse sem parar de trabalhar.

— Eu vou atirar remotamente — eu disse, mostrando a ela meu comunicador.

— Então volte para a ponte — ela ordenou, sem desviar o olhar do conector.

— Ok — eu disse antes de ir.

Com as pernas e os braços se movimentando, eu corri de volta para a ponte, pensando mais uma vez em como deveria ter registrado aquilo para apaziguar meus companheiros Guldans quanto à força das mulheres. Pelo menos quatro vezes, mísseis atingiram a nave, e em nenhum momento as Veredianas demonstraram o menor sinal de pânico. Nenhum grito de medo, nenhuma expressão de angústia, apenas o estoicismo de uma guerreira focado na batalha. Eu não tinha mãos suficientes para contar o número de homens Guldans que teriam se encolhido de terror à simples sugestão de um ataque.

Eu cheguei à ponte de comando em meio a um balé alucinante de mísseis, naves inimigas e o que eu só poderia chamar de sondas de desvio. Genovia manobrava habilmente a nave através de um enxame literal de naves de caça, mantendo-se fora do caminho do feixe. Ashara estava sentada na cadeira de Capitã com um visor holográfico diante do olho direito. Sua mão direita, segurando firmemente um manche que havia se projetado do braço do assento, movia-se com precisão impressionante. Simultaneamente, sua mão esquerda pairava sobre um painel holográfico, realizando gestos. Leya e outra mulher que eu não conhecia tinham uma configuração semelhante à sua frente.

Eu levei apenas um segundo para perceber que elas controlavam algum tipo de drone que emitia um flash direcional com base no gesto da mão esquerda no painel holográfico. Eu não consegui dizer se o flash era algum tipo de pulso eletromagnético ou disruptor, mas parecia afetar o padrão de voo das naves no raio da explosão e desativar os mísseis que nos miravam.

— Se você vai fazer alguma coisa, faça agora — Ashara disse sem se virar para me olhar ou parar o que estava fazendo.

Ela não precisou me dizer duas vezes.

Embora as fragatas estivessem um pouco próximas demais para o meu conforto, Genovia tinha a que estava à nossa frente em um ângulo perfeito para o meu ataque. Tocando na interface do meu comunicador, eu confirmei o alvo e lancei os mísseis.

Usando o lançador de torpedos do cruzador de batalha, minha nave disparou em rápida sucessão três rajada de vinte Aranhas. Os mísseis menores se moviam em um padrão espiralado e multifilar, o que os tornava extremamente difíceis de atingir. Desviando de obstáculos, eles miraram na fragata. Conforme minha configuração, eles atingiram a embarcação nos pontos mais vulneráveis. As grandes explosões múltiplas e o amplo raio de ação ao redor delas impediriam as Veredianas de identificar claramente os pontos fracos da nave.

— Ok, isso foi fofo? — Ashara disse decepcionada, pois a fragata parecia imperturbável diante das explosões enquanto outra atingia nossa própria embarcação.

— Espere, querida — eu disse, presunçoso — Esses mísseis são chamados de Aranhas por um motivo.

De fato, depois que o terceiro jato atingiu a nave e as luzes ofuscantes das explosões se apagaram, o nome da arma maligna assumiu todo o seu significado. Com o impacto, cada um dos mísseis lançou um disco de oito pernas. As Aranhas se espalharam, cravando suas garras no casco da nave enquanto as outras se acomodaram nas bordas da Siren. Segundos depois, as Aranhas emitiram um clarão intenso, e tentáculos elétricos se espalharam pela superfície da nave em um amplo raio ao redor dos dispositivos, formando uma teia eletromagnética que fritou todos os sistemas da nave naquele setor, desligando-os.

Tentáculos semelhantes apareceram sobre alguns dos caças que cruzaram o caminho do fluxo das Aranhas. Aqueles que exibiam múltiplos tentáculos explodiram. Os outros pararam e começaram a flutuar no espaço. Na fragata, as Aranhas se moveram em direção aos setores ainda ativos para fritá-los também. Como o sistema de propulsão havia sido um dos primeiros alvos, a nave estava morta no espaço.

— Uau! — Ashara exclamou, com os olhos brilhando de admiração, enquanto o resto da equipe aplaudia — Isso sim é sexy pra caramba!

Eu estufei o peito, orgulhoso como um pavão.

— Eu quero raios tratores em um bando desses caças — Ashara ordenou — Tragam-me alguns desses desgraçados vivos. Genovia, posicionem-nos para a outra fragata.

— Eu desaconselho capturar mais de uma nave — Leya alertou com a voz tensa — Uma nave de caça, de preferência. Se forem todos ex-agentes, eles não vão querer ser capturados vivos.

Mas eu não consegui lançar minhas Aranhas contra a última nave. Enquanto Genovia manobrava a nave, foi a vez da fragata restante nos evitar. Ao mesmo tempo, os caças e perseguidores ilesos retornaram à fragata. Algumas das naves menores fugiram, enquanto as danificadas nos atacaram com o poder de fogo que lhes restava. Momentos depois, a fragata se deformou, abandonando o punhado de naves danificadas demais para fugir.

Ao mesmo tempo, todos os caças ainda capazes de voar, por menor que fosse sua capacidade, avançaram sobre nós, colidindo com nosso escudo severamente enfraquecido. As outras naves incapacitadas, incluindo a fragata desativada pelas minhas Aranhas, explodiram todas.

— Poder máximo para o nosso escudo — Ashara gritou enquanto digitava uma série de comandos na interface no braço da sua cadeira de Capitã.

Uma luz ofuscante pulsava ao redor da nave. As naves que ainda não haviam colidido com nosso escudo foram fritas pela explosão de pulso eletromagnético, algumas explodindo quando o impulso eletro-magnético desencadeou uma reação em cadeia em seus sistemas já danificados.

— Filhos de Gharah! — Ashara sibilou enquanto olhava para o mar de destroços ao nosso redor.

— Como eu disse, Agentes Imperiais, até mesmo os mais intole-rantes como eles, não são capturados vivos — Leya disse em um tom de desculpas — Muito menos por Veredianas, que conseguiriam ler cada segredo em suas mentes.

— Certo — Ashara disse, franzindo o rosto em desgosto — Pelo menos, Glabius nos revelou a janela de visão que você mencionou.

Eles só querem impedir Tevek de chegar a Braxia. Precisamos saber por que eles o temem tanto, e por que seu desembarque em Braxia significa fim de jogo para eles.

— Com sua permissão, eu poderia perguntar a uma de nossas Oráculos — Leya ofereceu timidamente.

Durante um de nossos jantares juntos, Ashara explicou que, via de regra, as Veredianas não buscavam a previsão dos Korletheanos. Elas não queriam que suas vidas fossem governadas pelo medo do futuro. Eu podia entender isso. Os Korletheanos eram praticamente consumidos por visões. Toda a sua existência girava em torno de instigar o futuro, que ditava suas escolhas. Embora eu pudesse entender por que as Veredianas não queriam cair na mesma armadilha, saber o que estava por vir ou os riscos potenciais das próprias escolhas era uma ferramenta poderosa que eu não teria descartado tão rapidamente.

Ashara suspirou — Tudo bem — minha companheira disse com óbvia relutância — Mas passe o pedido para Kamala e diga a ela que eu apoio. Inclua um breve relato do ocorrido.

— Entendido — Leya disse, falhando miseravelmente em esconder o quanto aquela permissão a agradava.

— Jezaya, podemos tirar alguma coisa dessas carcaças? — Ashara perguntou sem muita convicção.

— Não parece bom. E, francamente, duvido que valha a pena correr o risco de ficar aqui — disse a Primeira Oficial.

— Entendido — Ashara respondeu — Genovia, tire-nos daqui e mantenha-nos em movimento na velocidade máxima. Eles voltarão.

— Entendido — Genovia respondeu.

— Carmina, eu quero um diagnóstico de toda a nave o mais rápido possível — Ashara disse à pequena mulher cujo retorno eu não havia notado, pois estava tão concentrado na batalha — Eu preciso que todos os postos de batalha sejam reabastecidos e que qualquer dano que possamos ter sofrido seja reparado.

— Deixa comigo — Carmina respondeu.

Minha companheirase virou para mim e examinou minhas feições com uma expressão estranha.

— Para um bando de garotas armadas, vocês não são tão ruins

assim — eu disse, sem conseguir resistir à vontade de provocá-las — Vocês têm brinquedos legais.

A tripulação no convés bufou, alguns olhares em tom de brincadeira me alertando para ter cuidado. Mesmo que eu mal tivesse falado com a maioria delas, um vínculo havia se formado durante a batalha. Era tênue, mas a semente de confiança que existia entre nós havia se enraizado firmemente.

— Seus brinquedos também não são ruins, Chifrinho — Ashara retrucou, provocante, enquanto se levantava da cadeira — Continue assim, e talvez eu te deixe tocar nos meus com mais frequência — minha mulher deu um tapa na minha bunda ao passar por mim a caminho da porta — Vamos — ela disse antes de olhar por cima do ombro — Leya, você fica com a ponte.

— Entendido — respondeu a mulher Korletheana.

Com um sorriso divertido, eu segui os passos da minha mulher.

CAPÍTULO 15
ERYON

Eu me sentei-me entre Xevius e Venya, à direita do palco do auditório, como os acusados que éramos. No centro do palco, Aleina, Lavenia e Zenavia ocupavam seus assentos como o Conselho Verediano. Kamala recusou o assento honorário que lhe foi oferecido por ter presidido a primeira reunião sobre a nossa desgraça. Em vez disso, ela escolheu se sentar na primeira fila do auditório com capacidade para 20.000 pessoas, ao lado de Khel, Lhor, Amalia e Ghan. Todos os cinco tinham uma expressão sombria que me embrulhou o estômago.

Eu tinha falado uma vez com a Amalia. Naturalmente, ela se sentiu magoada e traída por eu não ter revelado a verdade a ela depois de todo esse tempo. Minha filha sempre teve um coração enorme. Eu acreditava que ela já tinha me perdoado, mas ela estava dilacerada pela raiva que seus amigos – especialmente Khel – sentiram e pelo que seus filhos ainda sentiam por toda aquela confusão.

Ao lado deles, Valena e seu companheiro Zhul, Maheva e seu próprio marido, Dr. Minh, tinham uma expressão preocupada no rosto. Minh, sempre tão calmo, estoico e elegante, acabou comigo com a mais vil das diatribes. Meus ouvidos ainda zumbiam. Então, ele me disse para nunca mais mentir para eles, e foi o fim da história. Valena trocou palavras duras com seu pai, Thaddeus. Ele ficou arrasado com isso. Mas, na semana desde aquela revelação, eles voltaram a conversar com a cabeça mais fria e fizeram algum progresso.

Meu olhar percorreu as inúmeras fileiras do auditório, lotado até a borda, tanto no chão quanto nas duas fileiras da sacada. Os Titãs haviam preenchido a primeira sacada. Os filhos de Amalia ocupavam os assentos centrais na primeira fileira da sacada. Os filhos de Valena sentavam-se à esquerda e os filhos de Aleina à direita. Como párias, meus irmãos e irmãs Korletheanos sentavam-se bem no fundo da sala, no térreo.

Naquele instante, eu teria dado qualquer coisa para possuir a habilidade de leitura mental de Valena. Olhar para a aura da plateia também não ajudou. As emoções deles estavam conflitantes demais para me dizerem alguma coisa. Pelo menos, o conflito superava a fúria. Isso significava que ainda tínhamos uma chance.

Um conjunto de cinco telas gigantes atrás do palco se iluminou de repente. A que ficava logo atrás do Conselho mostrava uma visão ampliada do palco, com o Conselho no meio e nós, três Korletheanos, ao lado. As outras quatro telas, duas de cada lado do palco, mostravam outros moradores de Veredia que não cabiam no auditório ou estavam localizados em outras regiões do planeta, longe da capital, Haven. Isso marcou o início dos procedimentos.

Eu engoli em seco e troquei um olhar nervoso com meus companheiros enquanto Aleina se levantava para se dirigir ao seu povo.

— Povo de Veredia — Aleina disse em um tom solene — nós nos reunimos para discutir os fatos preocupantes que nos foram revelados recentemente. Todos vocês viram as gravações das acusações feitas pelo Sareniano chamado Faolen Velkis. Os Korletheanos não contestam essas palavras. Agora precisamos decidir quais repercussões consideramos apropriadas para o mal que nos foi feito.

Ela se virou para olhar para Xevius, Venya e eu, com uma expressão indecifrável no rosto, tão parecida com a da minha filha. As Veredianas quase veneravam Aleina – a quem continuavam a chamar carinhosamente de Almirante Lee. Ela só tinha que dizer uma palavra, e todas as suas Irmãs nos condenariam.

— Eryon, embora você já tenha respondido a algumas das acusações dos Sarenianos na gravação que vimos, nós estamos oferecendo a qualquer um de vocês três, como representantes do seu povo, a oportunidade de se dirigir a nós uma última vez. Depois, nós abriremos a palavra a qualquer Verediana que desejar opinar sobre a situação antes de prosseguirmos com a votação. Você deseja falar?

Eu troquei outro olhar com meu melhor amigo e sua tia. Xevius e Venya assentiram encorajadoramente antes de eu me levantar.

— Sim, Aleina — eu respondi, orgulhoso da ausência de tremor na minha voz, apesar do meu coração bater forte na garganta — Eu gostaria de dizer algumas palavras.

— A palavra é sua — ela respondeu, gesticulando para que eu fosse para o centro do palco.

Eu obedeci e caminhei com passo cadenciado até a posição indicada. Assim que parei, um disco translúcido, fino como papel, desceu do teto e pairou à minha frente, um pouco abaixo do meu queixo. O microfone suspenso projetaria minha voz por todo o auditório, sem perda de qualidade sonora, para as outras regiões que assistiam aos procedimentos remotamente.

— Povo de Veredia, eu não vou repetir o que vocês viram no vídeo e, sem dúvida, discutiram na semana passada — eu disse em um tom suave — Eu nunca me cansarei de me desculpar em nome dos nossos ancestrais pela dor que suas escolhas erradas causaram a vocês, aos seus próprios ancestrais e a tantas outras espécies. Eles tentaram consertar o que fizeram. Mas eles não só falharam, como também pioraram as coisas.

Quando eu parei para organizar meus pensamentos, o silêncio assustador na sala me deixou ainda mais nervoso. Embora a plateia ouvisse atentamente, a ausência de rostos solidários me encheu de uma ansiedade que me forcei a afastar.

— O Sareniano está certo. Nós não queríamos que os crimes dos nossos ancestrais se tornassem públicos porque temíamos a reação que enfrentaríamos por tragédias pelas quais não fomos responsáveis e que não poderiam ser desfeitas. Mas nós tentamos consertar os erros deles — eu acrescentei, com firmeza — Talvez se tivéssemos conversado antes, as coisas pudessem ter sido resolvidas mais rápido. Nunca saberemos. Mas nossas visões só mostraram que isso só pioraria as coisas.

Meu olhar percorreu as pessoas enquanto eu revelava meus sentimentos, esperando que elas vissem a sinceridade das minhas palavras.

— Por favor, lembrem-se de que nós também pagamos e continuamos pagando pelos crimes de nossos ancestrais — eu continuei — Depois que os Guldans capturaram as sobreviventes Veredianas, eles começaram a nos caçar também, já que éramos os únicos parceiros compatíveis com quem vocês se reproduziam com sucesso. Eu passei vinte e quatro anos da minha juventude aprisionado nesses complexos de reprodução com vocês, assim como todos os seus pais. A única coisa que me manteve vivo depois que minha alma gêmea morreu escrava foi a certeza de que um dia eu veria e abraçaria minhas filhas, mesmo que só depois que elas se tornassem adultas.

Por fim, algumas expressões preocupadas suavizaram os olhares duros que me lançavam. Eu ainda não os havia conquistado, mas as primeiras rachaduras já estavam aparecendo. Eu abaixei o olhar para o assento da primeira fila no chão e troquei olhares com Khel, o dele ainda desprovido de qualquer ternura.

— E quando chegou a hora de fazermos a diferença, todos nós aqui com vocês hoje atendemos ao chamado — eu disse com orgulho — Nós arriscamos nossas vidas para fazer o que é certo por vocês. Vocês estavam lá, nos concedendo asilo, enquanto nosso próprio povo tentava nos matar por desafiar nosso governo a trazer a cura para acabar com o sofrimento que nossos ancestrais lhes causaram.

Desta vez, minhas palavras pareceram atravessar a muralha de raiva que ainda enchia Khel. O destino do meu povo não estava em suas mãos, mas ele era o companheiro da minha filha legítima. Além de consertar as coisas com nossos anfitriões, eu queria consertar minha família, e o General Xelixiano era o chefe dela.

— Veredia é o nosso novo lar. Vocês são nossas companheiras, nossas filhas e nossas netas — eu disse, meu olhar pousado em minha nova companheira Rhaella, em Amalia e depois em Vahl — Nosso destino está em suas mãos. Demorou muito para acontecer, mas Korlethea precisa confessar e enfrentar a ira das vítimas do nosso passado. Mas lembrem-se de que, assim como nós, nossos irmãos e irmãs em nosso planeta natal não são os Colonizadores que conduziram aqueles experimentos séculos atrás. Korlethea também carrega as cicatrizes desse passado. As Guerras dos Titãs dizimaram nossa população e exterminaram algumas de nossas linhagens mais antigas. Nós ainda estamos pagando pelos erros de nossos antepassados. Por favor, tenham isso em mente ao fazer seu julgamento. Obrigado pela atenção.

Uma estranha sensação de paz tomou conta de mim ao pronunciar aquelas últimas palavras. Eu não sabia se os havia conquistado, mas havia dito o que precisava. E, no processo, eu também me reconciliei com a dor e a raiva que queimavam incessantemente em minhas entranhas desde que Korlethea me baniu como traidor por ter ido até minha filha. Finalmente eu entendi que, como uma vítima de trauma, as pessoas do meu planeta natal se abrigaram na segurança ilusória do segredo e do isolamento em vez de encarar a realidade para se curar. Mais dor os aguardava, mas este era o primeiro passo para a redenção.

Ao voltar a me sentar ao lado dos meus amigos, os olhos vazios de Venya me fizeram perceber que ela estava sondando o futuro. O que eu não daria para poder, como ela, sondar os possíveis resultados daqueles procedimentos. Mas, melhor ainda, eu teria dado tudo por uma visão minha, pois, ao contrário da de Venya, a minha não seria de possibilidades, mas de certezas.

Aleina se levantou — A palavra está aberta a todos. Por favor, manifestem seu desejo de falar.

Para minha surpresa, ninguém apertou o botão na interface embutida no braço de cada poltrona do auditório. Eu queria acreditar que minhas palavras os haviam comovido o suficiente para que os mais antagônicos entre eles reconsiderassem sua posição. Os segundos se passaram enquanto o olhar de Aleina deslizava sobre a plateia com a mesma expressão indecifrável no rosto. Eu mataria para saber que pensamentos preenchiam sua mente.

E então um sino ressoou. Todas as cabeças se voltaram para a primeira sacada. Meu estômago revirou ao ver a luz de Vahleryon brilhando, pedindo o direito de falar. Assim como sua tia-avó Aleina –

ou mais ainda – a palavra do meu neto poderia muito bem ser lei para as Veredianas. Ele poderia nos salvar ou nos destruir.

— Você pode falar, Vahleryon — Aleina disse, antes de voltar a se sentar.

Desta vez, eu poderia jurar que uma ponta de preocupação passou pelos olhos dela. Ela estava torcendo por nós ou era apenas um desejo meu? Enquanto o microfone pairava no ar, Vahleryon se levantou. Para nossa surpresa coletiva, assim que o microfone parou na frente de Vahl, Rhadames se levantou.

Assim como seus pais, Khel e Lhor, Vahleryon e Rhadames eram Gemas – uma única alma dividida em dois corpos. Como a Âncora, o primogênito do par, Vahl era mais agressivo e dominante. Mas, embora Rhad fosse mais pacífico e menos agressivo, não era fraco nem submisso. Ainda assim, eu fiquei atônito ao vê-lo segurar o braço do irmão mais velho em um gesto que indicava claramente que ele desejava ser o primeiro a falar. A mesma surpresa pôde ser vista no rosto de Vahl. No entanto, ele abaixou a cabeça em concordância, com uma expressão desconcertada e muito curiosa.

Rhad sorriu para sua Gema e fechou a mão em volta do microfone flutuante. Ele desapareceu imediatamente em um piscar de olhos, reaparecendo um segundo depois no meio do palco, na mesma posição que eu ocupei antes. Apesar da minha situação precária, meu coração se encheu de orgulho com aquela demonstração natural de sua maestria poderosa e seu incrível dom. Até hoje, Rhadames era o único Vorediano a possuir a habilidade de teletransporte, assim como Vahl era o único biocinético, Zhara a única sussurradora de almas e seu irmão mais novo, Tharek, a única Sombra. E naquele momento, Rhadames parecia um jovem deus olhando para seus súditos mortais.

Ele herdou a beleza estonteante de seu pai, Lhor – realçada pela de sua mãe – assim como seus hipnotizantes olhos azuis elétricos. Assim como Vahl, ele usava cabelos longos, que iam até a cintura, mas usava cores mais claras em vez dos tons mais escuros que Vahl tanto apreciava. Seu longo Dhalla branco, sem mangas, bordado com fios azuis elétricos que combinavam com seus olhos, realçava sua pele bronzeada e oferecia uma bela vista de seus braços já musculosos.

Meu neto soltou o microfone que havia pegado e ele se posicionou perto do seu queixo, como havia feito comigo.

— Meus irmãos e irmãs — Rhadames disse em sua voz suave, quase madura — eu estou aqui diante de vocês, decepcionado, magoado e me sentindo um tanto traído por esse segredo. Mas estou aqui para transmitir, para sua consideração, a conclusão a que os Titãs chegaram após muitas discussões. Primeiro, nós não queremos entrar em guerra com Korlethea. No entanto, queremos encerrar nossa aliança parcial com eles, incluindo todos os acordos comerciais, até que seu povo se reconcilie com todas as espécies que foram injustiçadas por seus ancestrais.

Meu coração disparou. Eu temia o pior, esperando que ele dissesse que queriam cortar os laços completamente. Mas isso... isso deixou a porta aberta para uma reconciliação, se meu povo teimoso finalmente conseguisse tirar a cabeça da bunda e encarar a realidade.

— Korlethea precisa, principalmente, fazer as pazes com os Sarenianos — Rhadames disse em um tom imperioso — Nós compreendemos muito bem o ressentimento deles pelo que lhes foi feito. Eu passei os primeiros anos da minha vida tentando impedir que minha Gema matasse nossos pais, especialmente seu pai. E não foi porque ele não o amasse, mas porque nossa natureza quase selvagem exigia isso. Na primeira vez que encontramos nosso Avô Eryon, antes mesmo que ele pudesse nos dirigir uma palavra, Vahl tentou matá-lo. Se ele não possuísse poderosas habilidades de defesa psiônica, nosso Avô teria morrido diante dos olhos de nossa mãe apenas alguns minutos depois de finalmente nos reunirmos.

A dor nos rostos de Khel, Lhor e Amalia dilacerou meu coração. Quando eu cheguei, eles estavam desesperados, temendo não conseguir ajudar seus filhos a silenciar o lado mais sombrio de sua natureza. E não teriam conseguido...

— A primeira coisa que nosso irmão mais novo, Tharek, fez depois de nascer foi tentar matar Vahleryon — Rhadames continuou com dor em sua voz — E ele continuou fazendo isso por dois anos, porque minha Gema era a única capaz de sobreviver ao ataque de uma

Sombra, e Tharek estava se afogando em uma fúria tão grande que *kaa* não era suficiente para controlá-la.

Um sorriso triste se formou nos lábios de Rhadames enquanto ele olhava para os rostos solidários das Veredianas presentes. Meu coração doeu ao me lembrar das lutas que meus netos e tantos outros jovens Titãs enfrentaram antes e depois da minha chegada.

— Como vocês sabem muito bem, todos os Titãs sofriam de sede de sangue em graus variados, até eu — ele acrescentou em autodepreciação — O que vocês não sabem é que cada um de nós, até mesmo o "doce" e pequeno Rhadames que vocês todos acreditam que eu sou, queria matar vocês, nossas mães, também.

Desta vez, a plateia ficou boquiaberta, enquanto todos nós encarávamos meu neto, incrédulos. Eu já havia sentido a fúria nele, mas nunca uma sede de sangue tão poderosa. Os Veredianos veneravam suas mães, e os Titãs, em particular, eram extremamente protetores com elas. Como não tínhamos visto isso? Muitas cabeças se viraram para os outros Titãs na sacada. A vergonha e a culpa em seus rostos jovens confirmaram a terrível revelação.

— Nós queríamos matar principalmente os Tuureanos, em particular minha tia-avó, o Almirante Lee — Rhadames acrescentou, olhando por cima do ombro com um ar de pesar para Aleina. Ela pressionou a mão contra o peito, com choque, descrença e desgosto evidentes em seu rosto — Sinto muito, tia Lee, mas você e as Guerreiras Veredianas eram ameaças ainda maiores do que o exército do nosso pai.

Ele se virou para encarar a plateia, com os ombros caídos. Eu lutei contra a vontade de dar-lhe um empurrãozinho psíquico para acalmá-lo – mas não sabia se ele aceitaria.

— O que nos permitiu nos conter naqueles primeiros anos foi o fato de que, ao contrário dos homens da Primeira Divisão, nossas mães Veredianas não eram territoriais. Vocês não aprimoravam suas habilidades de combate para conquistar, mas para nos proteger e proteger umas às outras — Rhadames disse com a voz trêmula — Apesar disso, nós estávamos perdendo a batalha contra nós mesmos. Eu estava perdendo a batalha contra a minha própria raiva. Você sabe como é querer machucar aqueles que você ama mais do que a si mesmo? Cada vez que os dois sóis nasciam sobre Xelix Prime, eu temia que fosse o dia em que todos os Titãs se banhariam no sangue dos nossos pais. E então o Vovô nos salvou.

Minha respiração ficou presa na garganta, e meu peito se apertou tanto que meus pulmões pareciam não conseguir respirar enquanto Rhadames se virava para mim, com amor infinito e raiva profunda guerreando em seu lindo rosto.

— Eu odeio que seu povo tenha feito isso conosco — Rhadames disse com uma voz torturada e raivosa — Eu odeio que você tenha escondido isso de nós. Mas seu amor por nossa mãe, por nossa família, nos salvou... a todos nós. Foi por sua causa, Vovô, que o Tio Xevius e os outros vieram nos ajudar antes que você fosse dominado pelos inúmeros outros Titãs que também precisavam da sua ajuda. Só por isso, eu sempre te amarei.

Eu só percebi que meus olhos estavam marejados quando senti as lágrimas escorrendo pelo meu rosto. Eu queria correr até ele e puxá-lo para o meu abraço. Mas me forcei a ficar parado. Ele não tinha terminado de falar.

— Mas você sentiu nossa dor e nossa angústia, consolou a tristeza que nos consumia por causa dos pensamentos vergonhosos e violentos que enchiam nossas mentes — Rhadames disse, com a voz novamente cheia de raiva — Como você e os outros Korletheanos não perceberam a agonia a que os crimes de seus ancestrais condenaram os Sarenianos? Se seu povo tivesse feito por eles o que você fez por nós, o trágico banho de sangue que eles enfrentaram teria sido evitado, assim como você evitou aquele que quase nos atingiu.

Eu estremeci, e Xevius também se encolheu diante da verdade de suas palavras. Nós tínhamos sido indiferentes demais porque eles eram estranhos para nós, sem laços de afeto que despertassem uma culpa merecida, ou pelo menos um mínimo de compaixão. A vergonha queimava em minhas entranhas. Nós devíamos ter agido.

— Os Titãs querem que os Sarenianos aprendam a usar seu *kaa*. Nós precisamos devolver a paz a eles. Eles não merecem viver assim. Ninguém merece — Rhadames continuou, voltando-se desta vez para a plateia — E queremos um vínculo mais estreito entre Veredia e Sarenia.

— Um vínculo formal com Sarenia significa romper todos os laços com Korlethea — Aleina interveio suavemente — É isso que os Titãs desejam?

Rhadames virou-se para encarar a tia-avó com uma expressão gentil — A Grande Guerra ainda está a muitos anos de distância — ele respondeu — Isso dá a Korlethea tempo de sobra para se redimir e reconquistar seu lugar, se assim o desejarem. Quanto àqueles que vivem entre nós — ele continuou, virando-se para encarar a plateia — ficamos magoados com o silêncio deles, que pareceu uma traição. Mas eles desistiram de tudo por nós e salvaram nossas vidas. Nós ouvimos muitas conversas sobre expulsá-los. Aqueles de vocês que pensaram ou disseram essas palavras deveriam se envergonhar.

Murmúrios de choque e espanto se ergueram da plateia. Enquanto Xevius e eu olhávamos para meu neto com descrença e alívio, Venya o encarou com um sorriso cúmplice, mas muito satisfeito.

— Nós os acolhemos, demos asilo, aceitamos de bom grado tudo o que tinham a oferecer e, após anos de lealdade comprovada, concede-mos-lhes a cidadania — Rhadames explicou — E então, eles fazem uma coisa que nos irrita e estamos prontos para expulsá-los como párias? Não se revoga a cidadania porque eles não se encaixam mais nos seus ideais. É como a adoção. Uma vez que os acolhemos, eles são nossos, para o bem ou para o mal, não importa quão grave seja a sua transgressão. Eles são família, nos bons e maus momentos.

Rhadames se virou para nós. Meu coração derreteu ao ver o sorriso gentil e infantil que ele nos deu e do qual eu tanto senti falta na última semana dolorosa.

— Os Titãs os perdoam e esperam que o resto do nosso povo faça o mesmo — ele disse em um tom gentil — Eu os perdoo e agradeço por nos salvar. Mas chega de segredos, Vovô. Nada pode ser tão ruim que a família não consiga resolver junto.

— Chega de segredos — eu disse, com o coração transbordando de amor.

Para meu choque, a plateia começou a aplaudir. Eles não estavam olhando para nós, mas para Rhadames. O jovem dominante e autoritário que ele foi segundos antes pareceu desaparecer. O doce e infantil Rhadames, o galã de todas as adolescentes Veredianas, voltou à tona enquanto se levantava, parecendo extremamente envergonhado com tais elogios.

Khel, levantando-se e subindo ao palco, silenciou o entusiasmo da plateia. Eu prendi a respiração enquanto ele contemplava o filho – embora Lhor tivesse gerado Rhadames – com uma expressão indefinível. Ele segurou a bochecha de Rhad e estudou suas feições como se o estivesse vendo pela primeira vez.

— Como diabos você ficou tão sábio? — Khel perguntou.

Rhad sorriu, suas covinhas, herdadas de Lhor, deixando seu lindo rosto ainda mais adorável — Eu tenho pais incríveis.

Uma emoção poderosa cruzou o rosto de Khel. Ele se inclinou e beijou o crihnin na testa de Rhadames — Você nos envergonha a todos, mas nos torna melhores por isso — Khel disse com uma voz cheia de amor — Estou orgulhoso de você, filho.

Eles se abraçaram. Emocionado, eu lancei um olhar para Amalia, que estava encostada em Lhor, ambos olhando para Khel e seu filho com amor e alegria.

Khel soltou Rhadames e olhou para seu Primeiro Oficial, Ghan, sentado ao lado de sua Gema. Ghan lhe deu um aceno quase imperceptível.

Puxando o microfone flutuante à sua frente, Khel se dirigiu à plateia — Meu planeta natal, Xelix Prime, imporá sanções a Korlethea por seu papel na Mácula que devastou nosso povo e pelo subsequente encobrimento — Khel disse com uma voz calma e objetiva — Quanto aos Korletheanos que desertaram de seu planeta natal e se juntaram aos Sentinelas, em vista de sua contribuição exemplar para nossos esforços de manutenção da paz, qualquer que seja a decisão que Veredia tomar, vocês são bem-vindos para permanecer na força.

Meu coração se encheu de alegria pelos meus irmãos e irmãs. Mesmo dali, eu podia ver a alegria em seus rostos. No entanto, embora cada um deles levasse dois dedos à testa em sinal de gratidão, eles permaneceram em silêncio, sem ousar gritar vitória tão cedo.

Khel curvou a cabeça em agradecimento a Aleina, expressando também que havia terminado. Seu olhar cruzou o meu, a raiva finalmente se dissipando. Meu coração se derreteu de gratidão quando, com um leve aceno de cabeça, ele confirmou que nosso relacionamento iria melhorar. Khel acariciou os cabelos do filho e desceu do palco. Minha filha estendeu a mão para ele, sorrindo para seu companheiro. Ele se inclinou para beijá-la antes de se acomodar em seu assento ao lado dela. Meu peito se aqueceu e eu agradeci silenciosamente à Deusa por ter abençoado minha filha com dois companheiros que a adoravam.

Rhadames se teletransportou de volta para a sacada, e Aleina se levantou.

— *Seus netos nunca deixarão de me surpreender* —Venya falou mentalmente comigo, me assustando — *Bom trabalho.*

Eu olhei fixamente para a Oráculo, mas ela apenas me deu seu habitual sorriso presunçoso e insuportável.

— Alguém mais deseja falar? — Aleina perguntou.

— Vamos votar! — gritou uma voz feminina que eu não reconheci de algum lugar no meio da sala.

Outra voz ecoou, logo seguida por inúmeras outras.

Aleina bufou e assentiu em concordância — Vamos votar.

CAPÍTULO 16
ASHARA

Eu me dirigi aos aposentos de Tevek com passos firmes. A maravilhosa notícia do resultado da votação tirou um peso enorme dos meus ombros. Eu teria um grande problema com a decisão de expulsar nossos Korletheanos ou expulsar Leya da minha tripulação.

Mas naquele momento eu tinha outras prioridades em mente.

Eu toquei a campainha e bufei ao me pegar arrumando minhas roupas que não precisavam de conserto e substituindo uma mecha rebelde do meu cabelo, que de outra forma seria trançado. É, um homem sexy, com chifres e uma língua irreverente, que era inteligente e sabia construir armas de destruição em massa, tinha um jeito de fazer minhas partes femininas gritarem por atenção.

Quando os segundos passaram, eu levantei a mão para tocar a campainha pela segunda vez, mas a porta se abriu de repente, revelando um Tevek nu, com uma toalha enrolada na cintura e os cabelos prateados ainda úmidos. Pela primeira vez, eu também tive uma visão perfeita das tatuagens tribais em espiral no lado direito do seu peito e na parte superior do braço direito.

— Ah, me desculpe! — eu exclamei, com o rosto queimando de vergonha e excitação — Devo voltar mais tarde?

— De jeito nenhum! — Tevek respondeu, dando um passo para o lado antes de me deixar entrar — Entre e aproveite o colírio para os olhos — ele acrescentou brincando.

Eu bufei para o ego – totalmente justificado – do meu companheiro. O corpo de Tevek era de matar. Mesmo enquanto o seguia, meus dedos tremiam de vontade de arrancar a toalha e me deliciar com ele.

Tevek me levou até sua área de estar e se acomodou no sofá de três lugares antes de tocar no lugar ao lado dele com um sorriso provocador. Eu levantei uma sobrancelha divertida, mas mesmo assim obedeci.

— Você não vai vestir nenhuma roupa? — eu perguntei.

Ele fez um gesto de desdém — Não estou com vontade — ele disse naquele tom ronronante que sempre me deixava de cabeça para baixo — Estou ficando sem ideias para seduzi-la — ele acrescentou sem rodeios — Então, vou explorar descaradamente qualquer oportunidade que se apresentar.

Eu comecei a rir antes de balançar a cabeça em descrença para ele.

— Além disso, meu corpo é seu, de qualquer forma — ele acrescentou, com um tom mais sério na voz — Tudo em mim pertence a você.

Eu lambi os lábios antes de morder o lábio inferior enquanto meu olhar se demorava em seu peito musculoso e abdômen definido. Encostado de lado no sofá, com o braço direito apoiado sobre o encosto, seu corpo estava aberto, me convidando a reivindicá-lo. Eu queria traçar cada linha de sua tatuagem com a língua. Mas, mesmo com a boca salivando, eu forcei meus olhos a se encontrarem com os dele.

— Espere aí — eu disse, com uma voz cheia de promessas — Vamos resolver isso em um minuto — eu mal contive a vontade de rir quando suas sobrancelhas se ergueram de surpresa — Primeiro, eu quero acabar logo com os negócios.

Apesar de seus hipnotizantes olhos azuis escurecerem daquele jeito sexy de sempre quando ele estava excitado, Tevek me dedicou toda a sua atenção. Por mais que seu autocontrole me agradasse, ele também estava começando a me frustrar pra caramba. Eu não queria um companheiro controlado por seus impulsos básicos, mas sua demonstração excessiva de contenção estava começando a me fazer questionar a profundidade de sua atração por mim. Eu queria meu homem obcecado, quase levado à loucura por sua fome por mim.

— Nós recebemos notícias das Oráculos em Veredia — eu disse, me forçando a voltar ao assunto — Elas foram irritantemente enigmáticas como sempre, mas o consenso geral é que você é uma espécie de catalisador. Algo que você fizer em Braxia desencadeará muitas coisas que mudarão o governo de Guldar.

Os olhos de Tevek brilharam, e um sorriso cheio de esperança e empolgação surgiu em seus lábios sensuais.

— Isso me parece uma excelente notícia — ele respondeu com entusiasmo — Eu quero mudar o governo de Guldar. Todos os outros rebeldes e eu estamos trabalhando para atingir esse objetivo específico. Mas ainda somos poucos. Provavelmente levará anos até que possamos ter algum impacto significativo.

— Todos os caminhos nas visões das Oráculos dizem que você terá um impacto muito mais cedo do que imagina — eu respondi em tom pensativo — Sua visita a Braxia será o ponto de virada. A questão é: por que os Korletheanos se importam tanto? Você quer uma Guldar melhor, que seja gentil com os outros. Isso significa paz no Quadrante Ocidental. Por que eles se oporiam a isso?

— Do ponto de vista tecnológico, Guldar é uma das espécies mais avançadas do nosso Quadrante, logo atrás das Veredianas, mas acima dos Korletheanos. E eles odeiam isso — Tevek explicou — Se não estivéssemos enfrentando tantos embargos, meu povo seria ainda mais avançado do que somos atualmente. Glabius faz parte de uma facção fanática que quer que Korlethea seja a raça dominante, como nos tempos dos Colonizadores, quando faziam experimentos em todo mundo.

— Essa época já passou há muito tempo — eu argumentei — Ela nunca mais voltará. Todos os Videntes de Veredia dizem isso.

Tevek balançou a cabeça em desacordo — Ainda há uma pequena janela de oportunidade para eles fazerem isso acontecer — ele retrucou.

— Ok, tudo bem — eu concordei — Mas ela é minúscula e está

diminuindo a cada minuto. As Oráculos têm sido inequívocas em sua crença de que isso não vai acontecer.

— Mas nós estamos lidando com fanáticos — Tevek me lembrou gentilmente — Eles se agarram à possibilidade mais improvável na esperança de alcançar o resultado que buscam.

Eu assenti lentamente, franzindo a testa — Você tem razão. E por esse motivo, estamos recebendo reforços para o resto do caminho até Braxia. Espero que isso os desencoraje a atacar novamente — eu disse — A julgar pelo ataque anterior, não podemos correr riscos, mesmo estando em plena recuperação e prontidão. Outro cruzador de batalha, duas fragatas e um contratorpedeiro se juntarão a nós nas próximas horas.

Tevek assobiou entre dentes, com um brilho de admiração e diversão nos olhos — É um poder de fogo e tanto para proteger um único homem Guldan — disse meu infeliz companheiro com um sorriso presunçoso — Não só eu me sinto especial, como também estou começando a achar que você realmente se importa!

— Você não é tão especial assim — eu retruquei, provocando — Mas se proteger sua bunda vai ajudar Guldar a se redimir, então você vale o esforço. A verdadeira questão — eu acrescentei, ficando séria — é o que acontece depois? Como nós garantimos que você permanecerá seguro depois de deixar Braxia?

Tevek ronronou e agarrou uma das minhas mãos, seu polegar acariciando suavemente meus nós dos dedos — Você parece estar com medo de me perder — ele disse com um sorriso excessivamente satisfeito — Talvez você devesse ficar por aqui então, bancar a guarda-costas da minha delicada pessoa para que assassinos cruéis não me façam mal.

— Talvez eu devesse — eu respondi, impassível — Eu não gosto de gente brincando com o que é meu.

O olhar de Tevek escureceu novamente, e seu rosto assumiu aquela expressão faminta e sensual que sempre fazia meus dedos dos pés se encolherem.

— Então você está me chamando de seu? — ele perguntou, com a voz grave.

— Não foi isso que você disse? — eu perguntei, desafiando-o a se retratar.

— Sim — ele disse com um aceno de cabeça — Mas você ainda não reivindicou o que é seu por direito. Reivindique-me, Ashara.

Desta vez, eu não resisti ao desejo que ardia em mim desde a primeira vez que o vi. Eu me inclinei para capturar seus lábios. Como de costume, a mão de Tevek, que estava apoiada no encosto do sofá, fechou-se em volta da minha trança, apertando-a contra minha nuca com uma possessividade que fez com que a umidade se acumulasse instantaneamente entre minhas coxas.

Enquanto sua língua explorava minha boca com maestria e uma fome desenfreada, minha palma fazia o mesmo com aquele corpo delicioso dele, exposto para o meu prazer. Deusa, ele era pura perfeição! Magro, duro e, ainda assim, flexível sob minhas palmas, os músculos de Tevek se contraíram em resposta ao meu toque. Sentindo-me encorajada, eu puxei sua toalha, abrindo-a e colocando a mão sobre meu prêmio. O corpo de Tevek estremeceu e ele encerrou o beijo.

Puxando minha trança, dando uma bela ardência no meu couro cabeludo, ele afastou minha cabeça para me olhar nos olhos. Meu companheiro não precisou falar para que eu entendesse a pergunta silenciosa. Ele estava me dando a chance de reconsiderar até onde eu queria ir, mas esse navio já tinha partido há muito tempo. Sem me intimidar, eu sustentei seu olhar com firmeza e dei um aperto possessivo em seu membro que endurecia rapidamente antes de esfregar delicadamente a palma da mão sobre ele.

— Eu estou reivindicando o que é meu, Chifrinho — eu sussurrei antes de morder seu lábio inferior.

Um rosnado triunfante escapou da garganta de Tevek – meu companheiro era um rosnador, o que eu achava sexy pra caralho. No entanto, assim que ele me puxou para seus braços, o quarto girou ao meu redor. Instintivamente, eu envolvi meus braços em volta do seu pescoço enquanto ele me carregava para a cama antes de me jogar por cima sem cerimônia.

Um suspiro de descrença escapou da minha garganta enquanto eu saltava sobre a almofada divina do colchão. Eu abri a boca para desaprovar ser jogada para todos os lados, mas ele enterrando o rosto entre as minhas coxas imediatamente me fez cantar em outro tom. Sim, eu não tinha vergonha nenhuma de admitir que usei deliberadamente um dos nossos uniformes de saia curta hoje, já que planejava seduzir meu companheiro, e era mais fácil de descartar. No entanto, meu companheiro rasgando minha calcinha quase me fez me arrepender de não ter ficado sem nada... Quase. Havia algo incrivelmente sexy em ter as roupas arrancadas por um amante no auge da paixão.

Mas tais pensamentos mesquinhos desapareceram da minha mente quando a língua ardente de Tevek pousou em meu âmago. Um gemido rouco escapou da minha garganta enquanto meu companheiro me lambia. Ao mesmo tempo, seus dedos deslizaram pelas minhas marcas Veredianas escurecidas ao longo das minhas pernas, alimentando ainda mais o fogo que havia irrompido na boca do meu estômago. Minhas pernas estremeceram em resposta ao toque sensual, e minhas mãos se fecharam em volta dos chifres de Tevek. Ele rosnou em aprovação, e o movimento de sua língua, me causando o tormento mais delicioso, acelerou.

Eu nem percebi quando Tevek me livrou dos sapatos. A textura áspera da sua língua roçando no meu clitóris estava me deixando louca de prazer. Por que diabos eu tinha demorado tanto para ceder à minha atração pela minha alma gêmea? Quando eu estava começando a atingir o ápice, eu apertei ainda mais seus chifres, querendo retribuir pelo menos um pouco do prazer que ele estava me dando. Tevek emitiu outro rosnado, uma de suas mãos apertando minha coxa enquanto os dedos da outra mergulhavam dentro de mim. Com sua boca e seus dedos, meu companheiro fez amor comigo até eu gritar seu nome.

Meu corpo ainda tremia com os espasmos de êxtase quando Tevek se apressou em me livrar do vestido e do sutiã. O calor escaldante do seu corpo envolveu o meu. Sua boca sugando meus mamilos e suas mãos acariciando minhas marcas me mantiveram à beira de outro clímax com um fluxo constante de prazer, me impedindo de me recuperar completamente do meu primeiro orgasmo.

Quando o peso do corpo dele sobre o meu me pressionou contra o colchão, minhas paredes internas se contraíram em antecipação.

— Você é minha, Ashara — Tevek rosnou no meu ouvido direito, sua voz quase ameaçadora enquanto ele começava a se empurrar para dentro de mim.

Uma excitação percorreu meu corpo. Abrindo bem as pernas para recebê-lo, eu envolvi seus braços em volta do corpo musculoso, minhas mãos arranhando e acariciando suas costas. Mesmo com o quão molhada meu companheiro havia me deixado, a espessura de seu membro queimou ao penetrar. Mas eu acolhi a dor, afogada pelo fluxo infinito de prazer que emanava da boca de Tevek sugando minhas marcas que agora estavam pretas como breu.

Micro-orgasmos estavam acontecendo por todo o meu corpo enquanto meu companheiro cuidadosamente tomava posse de mim até ficar completamente envolto.

— Segure meus chifres — ele ordenou, esfregando sua pélvis contra a minha enquanto eu me ajustava à sua circunferência.

Eu obedeci, sentindo um medo delicioso revirando meu estômago ao ver o brilho quase cruel em seus olhos, que agora estavam quase tão escuros quanto os meus.

— Eu vou te destruir — Tevek sussurrou com uma voz cheia de promessas.

E então ele o fez.

Tevek liberou sua paixão, me penetrando fundo, rápido e com força. Eu estava quase agarrada aos seus chifres como se minha vida dependesse disso, enquanto gritava seu nome em êxtase. Eu ardia de dentro para fora, cada estocada de seu eixo grosso perfurando meu ponto ideal, enviando descargas elétricas de prazer pela minha espinha e pelas minhas pernas. Mesmo enquanto me penetrava até o delírio, Tevek me lembrava que eu era dele, toda dele, em palavras, no jeito possessivo com que suas mãos me tocavam e no jeito autoritário com que sua boca reivindicava a minha.

Meu corpo se contraiu quando um orgasmo poderoso me atingiu. Eu gritei, minhas paredes internas se fechando sobre o pau do meu amante. Tevek rugiu, seu corpo inteiro tremendo e seus movimentos se tornando erráticos enquanto lutava contra a vontade de ceder ao próprio clímax. Mas ele se esforçou, mantendo o ritmo frenético enquanto eu me contorcia sob ele. Tevek não estava apenas saciando o desejo ardente que o assolava desde o nosso primeiro encontro. Ele estava me marcando como sua, me ligando irrevogavelmente a ele.

Rolando de costas, me arrastando consigo, ele segurou meu corpo firmemente contra o seu enquanto continuava a se balançar furiosamente para dentro e para fora de mim. Com a mão agarrando minha trança, ele pressionou os lábios contra minha orelha.

— Você vai gozar para mim de novo — ele sibilou em tom de comando — Você vai gozar para o seu companheiro.

Eu não sei com que energia me submeti à sua vontade, mas mesmo enquanto ele me penetrava por baixo, eu me balançava em contraponto ao seu movimento, indo de encontro a ele, estocada por estocada. Quando meu terceiro clímax me arrebatou, Tevek rugiu sua própria libertação, gritando meu nome enquanto se afundava profundamente em mim. Segurando-me no lugar com um aperto forte, meu companheiro derramou sua semente, me enchendo com jatos poderosos enquanto rosnava de prazer. Eu me agarrei ao seu corpo forte, escorregadio de suor e sacudido por espasmos de êxtase.

À medida que as batidas irregulares do seu coração e a respiração ofegante se acalmavam, o aperto quase doloroso de Tevek soltou meus quadris. Com seu membro ainda enterrado profundamente dentro de mim, ele passou os braços possessivamente em volta do meu corpo, uma mão apoiada na minha bunda e a outra segurando minha trança na nuca.

— Você é minha, Ashara — Tevek sussurrou — Eu nunca vou deixá-la ir.

CAPÍTULO 17
TEVEK

O resto da viagem se revelou perturbadoramente tranquilo. Glabius demonstrou tamanha determinação em me impedir de chegar ao meu destino que eu esperava que ele realizasse um ataque final, apesar dos nossos reforços. Eu fiquei nervoso por ele não ter feito isso. Fanáticos como ele não desistem tão facilmente. Isso só podia significar que ele havia encontrado outra maneira de atingir seu objetivo, e isso me assustou mais do que eu jamais admitiria.

No entanto, esse alívio me permitiu dedicar mais tempo à minha companheira. Ashara superou tudo o que eu sempre sonhei. Por mais que sua força e personalidade confiante às vezes me fizessem girar a cabeça, elas também me excitavam além das palavras. Meu lado dominante – e, admito, arrogante – ocasionalmente se irritava por ter que lembrar que agora eu vivia sob um sistema de regras de gênero diferente do de Guldar.

Eu ainda estava em carne viva por ela ter me colocado no meu lugar diante de sua tripulação durante o ataque. E, no entanto, ela estava certa em fazer isso. Um capitão homem teria sido muito mais cruel do que ela. Mas, por outro lado, me envergonhava admitir que, mesmo em circunstâncias tão terríveis, eu jamais teria invadido o local sem antes pedir a permissão de um capitão homem.

Esse período de adaptação estava se mostrando inestimável para mim como homem e como líder da rebelião Guldan. As mudanças que eu vinha promovendo cegamente estavam se mostrando muito mais difíceis na prática do que na teoria. Nossa criação era muito profunda e cada pequena mudança tinha um efeito dominó enorme. Por que diabos nossos homens concordariam em abrir mão de tantos privilégios só para garantir às nossas mulheres seu lugar de direito ao sol? As mudanças seriam lentas e dolorosas para muitos. Mas esse choque de realidade me ajudaria a estabelecer uma agenda realizável, com um impulso gradual por novas leis de equidade e direitos para torná-las mais palatáveis e fáceis de se adaptar.

Ashara se juntará a mim nessa jornada? Ela ainda não estava apaixonada por mim, mas seus sentimentos haviam se intensificado nos últimos dias, assim como os meus por ela. Desde que finalmente fizemos amor, Ashara passou todas as noites em meus aposentos comigo. A ideia de passar uma única noite sem ela ao meu lado era insuportável. Isso me atormentava sem trégua. Mas eu não via como poderíamos ter um futuro viável juntos. Minha companheira amava sua tripulação, e elas a amavam de volta. Seu trabalho como pacificadora não era apenas útil para a comunidade galáctica, como também a fazia se sentir realizada.

O que eu poderia oferecer a ela em vez disso?

Se ela viesse se estabelecer comigo em nossa base rebelde, juntos, minha companheira e eu poderíamos criar algumas das armas e sistemas de defesa mais incríveis já construídos em ambos os quadrantes da galáxia conhecida. Mas ela estava certa: eu iria querer guardá-los para Guldar, enquanto ela iria querer que fossem para Veredia. Caso contrário, o que ela faria? Como ela poderia encontrar um propósito significativo para sua vida além de se juntar aos nossos esforços de rebelião? Eu duvidava que essa fosse a praia dela.

Mesmo que ela trabalhasse secretamente em novas armas e defesas para Veredia enquanto eu trabalhasse separadamente em projetos para o meu povo, como ela os comunicaria a Veredia? Nós restringimos rigorosamente as comunicações de entrada e saída para reduzir os riscos de nossa base ser descoberta. Ashara não teria permissão para informar seu povo sobre sua localização. Eles não poderiam visitá-la, e nós limitaríamos o número de vezes que ela poderia viajar até eles para reduzir as chances de o tráfego de nossas bases atrair atenção indesejada.

Ashara e eu já havíamos discutido o assunto diversas vezes, sem encontrar uma solução. Ao contrário das nossas mulheres Guldan, ela jamais se contentaria em simplesmente administrar uma casa e criar os filhos – não que isso não envolvesse muito trabalho. Mas ela precisava de algo que fosse seu e que a satisfizesse intelectualmente, sem mencionar que saciasse sua sede por perigo.

Minha companheira tinha alguma flexibilidade quanto ao tempo que poderia ficar comigo em Braxia, mas estamos falando de dias, não semanas ou meses. Entre o reencontro com minha família e o estabelecimento de alguns acordos de colaboração com Mercy e os rebeldes, Ashara e eu precisaríamos tomar algumas decisões sobre nosso futuro. Eu estava desesperado o suficiente para começar a pensar em como poderia continuar meu trabalho enquanto morasse a bordo da nave dela.

No entanto, esses pensamentos sombrios precisariam ficar em segundo plano quando o cruzador de batalha atracasse no espaçoporto Braxiano. Assim que eu estava prestes a sair dos meus aposentos, uma mensagem criptografada soou no meu comunicador. Meu queixo caiu ao ouvir o nome do remetente: Embaixador Hartuk Tellin. Que porra ele queria de mim?

"O Príncipe Sareniano Zerien está em Braxia. Não aja antes da partida dele. Use todos os meios necessários para agraciar a si mesmo e a Guldar junto a ele."

Meu coração disparou ao ler aquelas palavras. Por mais que eu sofresse com a situação com minha companheira, esta mensagem era um lembrete claro do dever que pesava sobre meus ombros. Isso representava uma oportunidade única não apenas para testar as águas quanto a uma potencial aliança entre a rebelião e Sarenia, mas também para avaliar o homem que pretendia reivindicar minha irmãzinha. Eu teria que ir além com cuidado. Minha natureza Guldan possessiva e protetora estava emergindo. Nós não entregávamos nossas mulheres tão facilmente.

Embora Krygor a tivesse "adotado" como filha, pela Lei Galáctica, seguindo o exemplo do meu pai, eu era seu Guardião e podia proibir sua união com o Príncipe. Eu não pretendia fazer isso, pois isso só complicaria ainda mais as coisas. No entanto, se eu sentisse que ele representa a menor ameaça para ela, eu não hesitaria em exercer meus direitos para protegê-la.

A maior parte da tripulação desembarcou no espaçoporto para também descer à superfície do planeta escuro. Ashara e eu pegamos uma nave auxiliar separada, pilotada pela minha companheira, a caminho da cidade fortificada do Conselheiro.

Isso constituiu outra primeira vez que me incomodou pra caramba. No meu planeta natal, uma mulher não dirigia nem voava. Ela era a passageira sendo levada para onde quer que seu homem a deixasse ir. Era bobagem, considerando o alto nível de competência da minha companheira. E, no entanto, eu me sentia castrado. Como Ashara havia escolhido uma nave Verediana, eu sabia que não deveria pedir para pilotá-la. Mas alugar uma nave Braxiana no porto espacial me permitiria assumir o comando.

No Tempest, submeter-se a essas regras de igualdade tinha sido mais fácil, provavelmente porque a tripulação era composta exclusivamente por mulheres. Mas agora, com tantos homens Braxianos ao nosso redor testemunhando a vergonha de ser conduzido por uma mulher, isso me queimava as entranhas como ácido. Esses gigantes personificavam a masculinidade bruta. Apesar das mudanças culturais significativas pelas quais haviam passado nos últimos anos, desde o casamento de Magnar Ravik com Mercy, os homens ainda dominavam.

Pela primeira vez, eu me perguntei se talvez a Deusa tivesse cometido um erro ao me unir a Ashara. Eu não conseguia me imaginar desejando outra mulher além da minha impetuosa Verediana. Mas também não achava que poderia me tornar o tipo de homem que ela queria e merecia. Minha criação Guldan estava muito mais arraigada em mim do que eu imaginava.

— Ephedra mencionou que você planejava ficar com Mercy

durante nossa estadia aqui. Eu quero que você fique comigo no complexo — eu disse, me recusando a desistir de nós apesar de tudo.

Ashara se mexeu inquieta em seu assento.

— É uma boa ideia? — ela perguntou em um tom hesitante — Parece um pouco estranho ser apresentada à sua família quando ainda não sabemos o que vai acontecer entre nós.

— Nós somos almas gêmeas — eu respondi em um tom que não admitia discussão — Nós vamos dar um jeito. Eu não vou deixá-la ir. Estou obcecado por você. Você é a minha droga.

Toda aquela confusão era enlouquecedora. Eu tinha acabado de passar os últimos dez minutos me torturando com todos os motivos pelos quais não conseguíamos resolver isso. Mas a simples ideia dela dormir sob um teto diferente tornava a situação insuportável. Ashara era minha. Se eu tivesse que sequestrá-la e fugir com ela para a minha base, que assim fosse.

Ela me deu um sorriso triste — Drogas costumam ser uma coisa ruim.

— Você não. Você nunca — eu respondi, com firmeza — Me beija.

Ashara virou a cabeça bruscamente em minha direção, com os olhos arregalados de surpresa e diversão — Eu estou pilotando — ela argumentou.

— Piloto automático, ativar — eu ordenei.

— Piloto automático ativado — respondeu a voz feminina sintética da inteligência artificial da nave — Destino: Complexo do Clã Aldriss. Tempo estimado de chegada: dezoito minutos.

— Eu não acredito! — Ashara disse com uma mistura de indignação e um toque de diversão.

— Você deveria. Agora me beije — eu exigi.

Minha companheira franziu a testa, seu rosto assumindo uma expressão teimosa que desencadeou algo selvagem e sombrio dentro de mim que eu não conseguia me lembrar de já ter sentido antes.

— Você não me dá ordens, Guldan — Ashara disse em desafio, seu olhar demonstrando um desafio que fiquei muito feliz em responder.

— Me faça repetir, e eu vou puni-la — eu disse com a voz rouca.

— Pode vir, Chifrinho — ela retrucou.

Nós saltamos dos nossos assentos quase simultaneamente. Eu tentei segurar o braço dela, mas ela me deu um tapa para me afastar enquanto corria para longe de mim, em direção ao espaço um pouco mais amplo atrás dos assentos de quatro passageiros, reservado para pequenas cargas. Ela se virou para mim, pronta para lutar, mas eu não diminuí o ritmo, jogando-a contra a parede com um pouco mais de força do que pretendia. Embora isso a tenha deixado sem fôlego, minha mulher não era uma florzinha delicada. Ela chutou meus pés, quase me fazendo cair. Isso lhe deu a oportunidade de se soltar e girar atrás de mim para tentar torcer meu braço em submissão. Mas eu fluí com o movimento dela, negando sua vitória e, em vez disso, usei descaradamente a tática mais dissimulada.

Eu agarrei sua longa trança e a enrolei uma vez em volta do meu braço enquanto ela se virava para mim e esmaguei seus lábios com um beijo antes que ela pudesse reagir. Se ela estivesse usando seu traje de combate Tuureano, espinhos ferozes teriam se projetado da armadura que cobria sua trança, decepando meu braço. Indignada, Ashara agarrou meus chifres e puxou minha cabeça para trás com força. Eu rosnei de dor com aquele gesto nada terno, que não tinha a intenção de proporcionar o prazer habitual que puxar meus chifres normalmente proporcionava.

Mas eu não desisti.

Com a cabeça inclinada para trás e o pescoço exposto, eu apertei sua trança com mais força e deslizei meu braço livre por trás de suas coxas. Levantando-a, eu a esmaguei mais uma vez contra a parede, prendendo-a com meu corpo. Minha mulher incendiária envolveu suas pernas em volta da minha cintura e apertou com força, esmagando minhas entranhas. Rangendo os dentes de dor, eu forcei minha cabeça a se inclinar para a frente, enquanto Ashara continuava a puxar meus chifres para trás com selvageria. Eles pareciam prestes a serem arrancados do meu crânio.

— Beije-me, maldita seja — eu rosnei em um grunhido quase ininteligível antes que minha boca se conectasse com a dela novamente.

E assim, como se um interruptor tivesse sido ligado, os lábios de Ashara se abriram, acolhendo minha língua invasora. Mas os dela não se submeteram ao meu domínio como normalmente faziam. Minha companheira lutou comigo pelo controle, nenhum de nós disposto a ceder. Uma espécie de loucura tomou conta de nós quando ela deslizou a mão entre nós, agarrando meu pau brutalmente e acariciando-o com tanta violência que você pensaria que ela queria arrancá-lo. Eu sibilei contra sua boca, mas não fiz nenhum esforço para impedi-la. Em vez disso, eu soltei sua trança por tempo suficiente para puxar sua saia para cima e empurrar o tecido fino e encharcado de sua calcinha para o lado.

Eu não precisei falar para que ela soubesse o que fazer. Ashara mal tinha terminado de libertar meu pau às cegas quando eu já a estava penetrando. Ela jogou a cabeça para trás com um grito estrangulado pela minha dolorosa posse. Ardia como uma porra, mas nenhum de nós se importava: nós estávamos possuídos. Sem dar tempo para ela se ajustar ou permitir que meu próprio pau se recuperasse da entrada brutal, eu meti na minha mulher de modo imprudente enquanto ela me estimulava, arranhando minhas costas com uma mão e agarrando meu chifre direito com a outra.

Rosnados animalescos saíam da minha garganta em um fluxo interminável enquanto eu chupava as marcas Veredianas pretas como breu em seu pescoço. Uma poça de lava na minha virilha me consumia de dentro para fora. Eu me sentia à beira da combustão enquanto a loucura continuava a me dominar com força. Eu não conseguia me aproximar o suficiente da minha mulher, me aprofundar o suficiente dentro dela. Eu queria quebrá-la, destruí-la, mesmo enquanto me perdia dentro dela. Eu precisava dela, de tudo, e que nos tornássemos um, sem começo, sem fim, uma única alma para a eternidade.

O clímax de Ashara me atingiu como uma tonelada de tijolos. Ela gritou meu nome, suas unhas cravando-se tão selvagemente em mim que eu senti umidade nas costas. Uma luz ofuscante explodiu diante dos meus olhos enquanto as paredes internas da minha mulher se fechavam sobre meu pau. Eu me enfiei com força e rugi minha liberação enquanto meu sêmen jorrava em jorros felizes como lava líquida irrompendo do inferno em minhas entranhas.

O quarto girou, e meus joelhos tremeram enquanto minha companheira tremia em meus braços. Eu nos desci cuidadosamente até o chão, com medo de deixá-la cair. Eu me deitei atordoado, olhando para o teto até que ele finalmente parou de girar.

— Bom trabalho — Ashara murmurou por fim — Eu estou uma bagunça.

Sentindo-me completamente destruído, eu precisei de toda a minha força de vontade para virar a cabeça e olhar para ela.

— Da próxima vez, é só me beijar quando eu pedir — eu murmurei de volta.

Ela me deu um soco nas costelas e se levantou rapidamente, enquanto eu rosnava de dor.

Eu abri a boca para reclamar daquele abuso gratuito, mas palavras muito diferentes saíram da minha boca enquanto eu olhava para minha mulher.

— Porra, você é linda — eu sussurrei, incapaz de resistir.

Ashara estava me tirando o fôlego, mesmo estando completamente descabelada. Seu cabelo estava desgrenhado, seu rosto vermelho pelo esforço, seus lábios inchados pelos beijos selvagens e suas marcas Veredianas escuras como o pecado pela excitação persistente. A saia do vestido subindo expunha suas coxas brilhando com o meu sêmen escorrendo. Minha mulher tinha sido completamente fodida... por mim. Ela era minha, marcada pelo meu cheiro e pelo meu sêmen. Toda minha...

— Você me possui, Ashara — eu disse, meu olhar penetrante no dela — Eu sou louco por você.

A irritação em seu rosto desapareceu, e ela me olhou como se eu fosse um caso perdido. Mas, acima de tudo, ela me olhava com amor, um sentimento que ela ainda não havia expressado em voz alta, mas que vinha crescendo entre nós. Ele se manifestava cada vez mais na maneira como ela dizia meu nome, me tocava, acariciava distraidamente meu chifre e, muitas vezes, como agora, na maneira como me olhava.

— Você será a minha morte, Tevek Siddik — ela disse com uma voz suave enquanto estendia a mão para me ajudar a levantar.

Embora eu tenha aceitado, eu confiei principalmente na minha própria força para me levantar.

— É melhor nos apressarmos e limparmos tudo — Ashara disse, com a ansiedade transparecendo em sua voz — Nós vamos pousar em breve.

Sem esperar pela minha resposta, ela se dirigiu para a sala de higiene na parede oposta. Este modelo menor de nave não tinha um chuveiro de partículas como as naves maiores que o resto da tripulação havia escolhido para chegar à superfície. Eu quase me senti culpado ao ver minha mulher se esforçar para ficar apresentável. Na verdade, eu fiquei um pouco triste com o quão bem ela conseguiu fazer o trabalho. Pelo menos, seus lábios inchados e meu cheiro por toda parte dela denunciariam que nós éramos acasalados.

Era tolice minha querer marcar meu território, mas, visceralmente, eu precisava gritar para o mundo que aquela mulher deslumbrante, forte e confiante era minha. Em Guldar, ela usaria minha coleira. Ashara jamais consentiria com tal coisa – outro aspecto da minha criação Guldan que eu jamais imaginaria desejar observar.

Nós retomamos nossos assentos na frente do ônibus espacial menos de um minuto antes do pouso.

Mas, ao nos aproximarmos da plataforma de pouso, uma única coisa chamou minha atenção: um grupo de boas-vindas com três enormes homens Braxianos elevando-se sobre duas delicadas mulheres Guldans. Minha garganta se apertou dolorosamente e lágrimas arderam em meus olhos enquanto uma onda de amor enchia meu coração até explodir. Finalmente, eu as havia encontrado.

Ao longo da minha viagem aventureira para chegar até aqui, uma ponta de dúvida pairava no fundo da minha mente, acompanhada da sensação incômoda de que, de alguma forma, minha mãe e minha irmã já teriam ido embora quando eu chegasse. Fazia cinco anos, quase seis, desde que eu comecei minha busca desesperada por elas por dois quadrantes da galáxia, sabendo que as chances de sucesso eram quase nulas.

Antes mesmo do ônibus espacial pousar, eu já estava fora do meu assento e em pé perto das portas de saída. Nos segundos agonizantes que a rampa levou para abaixar antes que as malditas portas se abrissem com segurança, eu quase bati no botão de ativação manual na parede para forçá-las a abrir mais cedo. Elas obedeceram, com a rampa apenas pela metade, mas eu não podia esperar mais.

Eu desci correndo pela plataforma ainda em movimento – e com uma inclinação – e saltei o restante da distância antes de continuar a correr em direção à minha mãe. A Deusa me poupou de fazer um espetáculo ainda maior. Eu poderia ter escorregado, caído e me machucado gravemente em minha impaciência. Que demonstração humilhante isso poderia ter sido. Mas eu não dei atenção a tais pensamentos fugazes. Eu só tinha olhos para as duas beldades com os mesmos cabelos branco-prateados que os meus, também correndo em minha direção.

Siona me alcançou primeiro, quase me derrubando ao se jogar em meus braços. Deusa toda poderosa! Quando diabos ela tinha se transformado nessa jovem deslumbrante? Onde estava a criança magricela com rosto de boneca e chifres grandes demais para a cabeça, que costumava me seguir como uma sombra sempre que podia? Ela me abraçou com uma força extraordinária e enterrou o rosto no meu peito. Eu envolvi meu braço esquerdo em volta dela, estendendo o direito para minha mãe, que também quase se chocou contra mim.

Ela estava tremendo, agarrada a mim como uma pessoa que está se afogando agarraria ao único pedaço de destroços à vista.

— Meu bebê, meu filho lindo — minha mãe disse como uma prece, com o rosto enterrado no meu pescoço — Obrigada, Deusa. Obrigada!

Dominado pelas emoções, eu pressionei meus lábios no topo de sua cabeça, entre seus lindos chifres. Fazia tanto tempo que eu não sentia aquele abraço maternal único, ao qual nada jamais poderia se comparar. Seu aroma delicado reacendeu uma onda de ternas lembranças da minha juventude. Deusa, como eu sentia falta dela!

Minha mãe finalmente se afastou de mim, praticamente empurrando minha irmã para o lado para que ela pudesse me ver melhor. Siona e eu rimos enquanto nossa mãe fazia aquele exame maternal e minucioso, me vasculhando e virando minha cabeça para um lado e para o outro, como se estivesse procurando por um ferimento aleatório ou se certificando de que eu não estava com um membro faltando.

— Eu estou bem, mãe — eu disse, ainda rindo — Eu como bem. Durmo o suficiente. Faço o meu melhor para ficar longe de problemas. Tenho um emprego que paga bem e, sim, tenho roupas íntimas limpas.

Siona bufou enquanto minha mãe me lançou um olhar confuso.

— De acordo com um dos meus maiores clientes humanos, essas são as perguntas habituais com as quais as mães terráqueas bombardeiam seus filhos — eu disse, provocando, enquanto fazia uma análise minha.

Minha irmã era a cara da nossa mãe, só que em versão mais jovem. Seus olhos esmeralda brilhavam de alegria. Suas maçãs do rosto proeminentes exibiam um rubor saudável sob o bronzeado dourado impecável da pele. Os cachos brilhantes de seus cabelos branco-prateados e suas silhuetas perfeitas indicavam que elas também estavam bem alimentadas, descansadas e prosperando em seu ambiente atual.

— Vocês duas estão tão lindas, tão saudáveis e felizes — eu disse, com a voz levemente trêmula revelando o quanto eu me sentia emocionado e eufórico — Vocês estão radiantes. E minha pequena Siona, você está toda crescida.

— Ela está — mamãe disse orgulhosamente, lançando um olhar amoroso para minha irmã — E nós estamos — ela acrescentou, olhando para mim com um sorriso radiante — Nós somos amadas, respeitadas e muito bem protegidas aqui. Você era a única coisa que faltava para a nossa felicidade completa. Você precisa conhecer meu marido — mamãe acrescentou, nervosa, antes de lançar um olhar por cima do ombro para as três montanhas de músculos atrás dela.

Quando começaram a se aproximar, de repente eu me lembrei da minha companheira. Eu senti vergonha ao me virar para olhar para a nossa nave. Ashara havia saído, mas estava a uma distância respeitável para dar privacidade a mim e à minha família. Mas não havia condenação nos belos olhos da minha companheira. Apenas compaixão diante do nosso reencontro emocionante e algo que se assemelhava à timidez. Eu estendi a mão para ela, e Ashara lambeu os lábios nervosamente antes de caminhar em nossa direção.

Ela chegou ao mesmo tempo que os Braxianos. Parado no meio, eu reconheci o mais imponente dos três homens como o Conselheiro Krygor Aldriss. Ele era uma fera, com pouco menos de 2,4 metros de altura, e bíceps maiores que a minha cabeça. Seu rosto bruto, com a típica testa proeminente dos Braxianos, sobrancelhas grossas que pareciam travadas em uma carranca permanente, e seu nariz largo e achatado de leão, fariam qualquer um tremer. Nossas mulheres ficariam aterrorizadas com sua visão. Mas minha mãe o olhava com adoração.

Seus olhos negros como breu me avaliaram rapidamente antes de se virar para Ashara. Suas narinas se dilataram, sem dúvida sentindo meu cheiro na minha companheira. No entanto, a vontade de estufar o peito havia diminuído. Por algum motivo bobo, eu senti que ela tinha sido julgada e considerada inferior. Pelas Leis Galácticas, o Conselheiro Braxiano era quem deveria tentar me agradar. Mas não era preciso ser um gênio para perceber que Krygor Aldriss não dava a mínima para leis. Ele fazia suas próprias regras. Ai de qualquer tolo que o contrariasse.

— Saudações, Ashara — Krygor disse com uma voz tão grave e retumbante que o próprio chão pareceu tremer em resposta — Obrigado a você e à frota Verediana por trazer de volta à minha companheira seu amado filho são e salvo. Nós somos gratos a você — ele acrescentou com o que presumi ser sua versão de um sorriso gentil.

Sorrir deixou Krygor ainda mais assustador, como se ele estivesse imaginando o som que os ossos de seu oponente fariam ao rachá-los e se estilhaçar sob seu punho enorme.

— Não há dívidas, Krygor — Ashara disse com um sorriso amigável — A honra foi nossa.

— Obrigada, de verdade — minha mãe disse, com os olhos esmeralda cheios de gratidão — Um milhão de vezes obrigada.

— Foi um prazer — Ashara disse timidamente.

Quando Ashara me disse que conhecia bem Krygor, depois de lutar ao lado dele algumas vezes – a primeira vez durante uma missão de resgate usando a lista de clientes que eu lhes dei –eu não imaginava que eles tivessem um relacionamento tão confortável. No entanto, me pareceu surreal que ela se sentisse tão à vontade falando com o gigante que era Krygor Aldriss, mas se sentisse intimidada falando com a mulher gentil e amorosa que era minha mãe. Será que ela temia que minha mãe a achasse indigna de mim?

— Caso ainda não a conheça — eu disse, pegando ousadamente a mão de Ashara — Mãe, esta é Ashara Marres, Capitã do cruzador de batalha Verediano Tempest. Ela não só me trouxe em segurança até você, como também roubou meu coração.

Apesar da pele morena, a vermelhidão que inundava as bochechas da minha mulher era inconfundível. Ela provavelmente me daria um chute na bunda mais tarde por tornar nosso relacionamento público quando ainda havia tanta incerteza, mas tudo bem. Seja qual for o resultado, eu tinha orgulho de reivindicá-la como minha e deixar o mundo inteiro saber que eu pertencia a ela.

O rosto da minha mãe se derreteu em uma expressão de pura alegria — Meu filho com uma Verediana! — ela exclamou, me lançando um olhar cheio de admiração antes de se voltar para Ashara — Então eu sou ainda mais grata por você e honrada em reivindicá-la como filha. Você é tão adorável.

Ashara se contorceu de vergonha enquanto minha mãe e minha irmã a abraçavam entusiasticamente, cada uma delas.

Krygor observou a cena com uma expressão divertida antes de se virar para mim — Saudações, Tevek, filho de Hope. Bem-vindo ao meu domínio — ele bateu no peito com seu punho enorme e gesticulou para as versões levemente menores dele – mas também assustadoramente impressionantes – que o ladeavam — Estes são meus filhos, meu herdeiro Dheran e o caçula Gorav.

Eles repetiram o gesto de saudação muito viril que seu pai havia feito.

— Saudações, Conselheiro Aldriss — eu disse com uma voz educada — Eu saúdo você e seus filhos, e agradeço pela hospitalidade e, acima de tudo, por resgatar minha mãe e minha irmã. Nenhuma palavra jamais poderá expressar a profundidade da minha gratidão.

Minha mãe sorriu e se virou para olhar com adoração para o companheiro. Ela o abraçou e acariciou seus bíceps, sua mão parecendo minúscula em comparação.

— Ele nos salvou — minha mãe disse com uma voz cheia de amor — Ele é a melhor coisa que já nos aconteceu. Eu agradeço à Deusa por ele todos os dias.

— Não foi nada fácil, meu amigo — Krygor respondeu.

Naquele instante, quaisquer reservas que eu ainda tivesse sobre a felicidade da minha mãe e as condições de vida neste planeta considerado primitivo e selvagem se dissiparam. Ela era louca por aquela fera, e ele claramente a adorava. Observar aquele bruto enorme olhar para minha mãe com infinito amor e acariciar seus cabelos e chifre esquerdo com uma suavidade, cuidado e ternura incríveis me roubou as palavras. Nunca, em um milhão de anos, eu teria acreditado que esses gigantes sanguinários pudessem lidar com suas mulheres com tanta delicadeza.

— Vamos entrar — Siona disse, entusiasmada — Tem mais uma pessoa que você precisa conhecer!

— Mostre o caminho, irmãzinha — Derhan disse, olhando para minha irmã com afeição fraternal.

Uma pontada de ciúmes me percorreu ao ver a maneira confiante e brincalhona com que Siona envolveu o braço de Dheran e o puxou enquanto se dirigia para o enorme edifício que poderia muito bem ser chamado de castelo dentro da cidade fortificada. Isso ecoava as interações que ela e eu costumávamos ter. Mesmo que ele não tivesse me substituído em seu coração, ele sem dúvida havia assumido meu papel ao seu lado. Aquilo doeu além das palavras.

Minha mãe passou o braço em volta da minha cintura, e eu envolvi o meu em seus ombros enquanto os seguíamos, Gorav caminhando ao nosso lado e Krygor fechando a marcha atrás de nós. Eu podia sentir seu olhar intenso, da mesma cor negra como breu da minha companheira, queimando minhas costas. Krygor não confiava em mim nem um pouco, e eu não podia culpá-lo por isso. No lugar dele, eu também receberia alguém como eu com extrema cautela ao voltar para a vida da minha companheira. A história deu aos Braxianos muitos motivos para não confiarem no meu povo.

Assim que entramos no prédio, um grande número de Braxianos, homens e mulheres – incluindo servos – nos cumprimentaram. Uma das mulheres segurava a mão de uma jovem notável, com os deslumbrantes olhos verdes e chifres negros da minha mãe, um nariz delicado, mais largo e achatado que o de um Guldan, mas não tão pronunciado quanto o de um Braxiano, uma boca em formato de coração e longos cabelos negros como os de seu pai.

— E aqui está minha outra irmã — eu sussurrei, encantado com a belezinha exótica. Quando Mercy mencionou a filha mais nova da minha mãe, eu não sabia o que esperar. Mas, Deusa, ela era adorável!

— O nome dela é Ameka — Siona disse orgulhosamente enquanto estendia a mão para a menina.

Ameka, a deusa Guldan do lar e da felicidade familiar. Que apropriado...

A mulher Braxiana que segurava a mão de Ameka a soltou, e minha irmãzinha caminhou sozinha com passos impressionantemente confiantes. Ela não devia ter mais de dezoito meses, mas ainda assim parecia uma criança de três anos. Ameka, sem dúvida, cresceria muito.

Embora ela segurasse as mãos de Siona, o olhar de Ameka permaneceu fixo em mim. Eu me agachei diante dela e abri os braços. Para minha alegria, a pequena veio de bom grado até mim. Eu a abracei e me levantei enquanto suas mãozinhas agarravam meus ombros.

— Ameka, este é seu irmão mais velho, Tevek — minha mãe disse, acariciando os cabelos macios da minha irmãzinha antes de acariciar minha bochecha.

— Ewek — repetiu a garotinha com voz de bebê antes de me abraçar.

Eu retribuí o abraço, com o coração derretido. Meu olhar pousou na minha companheira, que nos observava com tanto desejo que meu peito se apertou. Nós também teríamos nossos próprios pequenos híbridos. Eu mal podia esperar para falar com Mercy e acertar os detalhes.

Nós ainda não resolvemos nossos problemas de moradia.

Meu estômago deu um nó com esse pensamento indesejado. Muitas coisas se acumulavam contra nós. Mas seria preciso mais do que isso para me derrotar.

Depois de me apresentar aos seus companheiros de clã e servos presentes, Krygor nos levou para um tour pela residência principal de seu complexo. Em Braxia, cada clã possuía seu próprio complexo, que era essencialmente uma cidade fortificada com seu próprio conjunto de regras e vastas terras, onde mais residências de membros do clã – ocasionalmente fazendas também – se espalhavam ao redor. Nos dias seguintes, nós visitaríamos o restante da cidade e áreas vizinhas.

Krygor nos levou de volta ao seu grande salão, onde minha mãe e minha irmã supervisionavam um banquete insano que estava sendo preparado para nós. Normalmente, o chefe de cada linhagem que fazia parte do Clã Aldriss e seus herdeiros jantavam conosco no salão, sentados em mesas circulares em frente à mesa honorária em forma de U onde Krygor e sua família se sentavam. De cada lado do salão, um pouco atrás da mesa de Krygor, mesas retangulares eram dispostas para esposas, concubinas e filhas.

Hoje, todas as outras mesas estavam vazias. Com Ameka indo dormir, apenas nós sete nos sentamos à mesa principal, que havia sido reconfigurada para que todos pudéssemos sentar frente a frente. Os três Braxianos se sentaram à nossa frente: minha mãe à minha esquerda, Ashara à minha direita e Siona ao lado de Ashara.

Depois de terminarem de servir nossos pratos de acordo com nossas preferências, um único olhar de Krygor bastou para que todos os servos se retirassem discreta, porém rapidamente. Nós começamos a comer em um ambiente bastante animado, enquanto Siona contava sua aventura épica em Sarenia e como Krygor havia sido um guerreiro durão na arena onde foi torturado antes de espancar seus algozes e destruir a fera mais selvagem que ela já viu.

Apesar do entusiasmo, Siona não estava embelezando nada, o que tornava tudo ainda mais impressionante. Minha mãe, sempre a companheira Guldan tradicional, enchia meu prato e o do seu companheiro assim que começávamos a esvaziá-los. Em algum momento, eu precisei implorar por misericórdia.

— Sua fortaleza é impressionante, Krygor, e bem defendida — eu disse com sinceridade depois de empurrar meu prato para trás, mais do que saciado — Estou extremamente aliviado. Nos últimos anos, desde que minha mãe e minha irmã partiram, eu me preocupava com a segurança delas. Mas agora, vejo que elas não poderiam estar mais protegidas.

— O suficiente para que você não sinta necessidade de exercer seu direito de tutela? — Krygor perguntou de forma casual, embora a intensidade de seus olhos escuros desmentisse seu aparente distanciamento.

Siona enrijeceu-se, virando a cabeça bruscamente em minha direção com um vislumbre de preocupação. Minha mãe também ficou tensa enquanto observava minhas feições.

Eu bufei e me joguei no encosto da minha enorme cadeira de madeira acolchoada — Se eu achasse a segurança em torno da minha mãe e da minha irmã inadequada, eu teria exercido esse direito sem hesitar — eu admiti, meu olhar fixo no dele sem vacilar — Mas elas superam minhas expectativas. Então, não, não tenho intenção de exercê-lo.

O alívio que emanou da minha mãe e da minha irmã era quase palpável. Mas a intensidade com que os três Braxianos continuavam a me observar deixava claro que tudo precisava ser esclarecido antes que pudéssemos ter qualquer tipo de confiança. Por mais desconfortável que as coisas parecessem naquele momento, eu adorava o quanto eles protegiam minha mãe e minha irmã. Qualquer tolo que lhes desejasse mal seria obliterado.

— Verdade seja dita, Braxia e seu complexo são o lugar mais seguro para minha mãe e Siona estarem agora — eu acrescentei.

— É mesmo? — Krygor perguntou, enquanto minha mãe e minha irmã me lançavam olhares confusos.

— A Rainha Braxiana não falou com você? — eu perguntei.

— Ela mencionou certas coisas, mas estou curioso para ouvir o que você tem a dizer — Krygor respondeu.

—Tevek? O que está acontecendo? — minha mãe perguntou com a voz preocupada.

— O Imperador Ardrak e o Embaixador Hartuk me disseram onde vocês estavam — eu disse, mantendo o olhar fixo na minha mãe.

Ela empalideceu e recuou, o medo brilhando em seus olhos verde-escuros e uma expressão suplicante tomando conta de seu rosto enquanto esperava que eu dissesse que não a havia traído.

— Sim, mãe — eu respondi com uma voz gentil, porém firme —

Eles me mandaram aqui para que eu trouxesse vocês duas de volta para Guldar. Na verdade, eles querem que eu as sequestre.

— Não! — Siona exclamou, com mágoa e descrença nos olhos, idênticos aos da nossa mãe — Você não faria isso! Eu te conheço!

— Você tem razão, irmãzinha — eu disse com a mesma voz suave, enquanto os olhares furiosos dos três Braxianos me atravessavam — Eu não faria e não farei isso. Mas Ardrak e Hartuk estão determinados a pôr as mãos em você para controlar o seu Príncipe.

— Aquelas cobras! — Siona sibilou, o rosto se contraindo de raiva — Devíamos ter matado aquele embaixador quando o tínhamos à nossa mercê.

Eu sorri, divertido ao ver a pequena guerreira que parecia ter despertado em minha irmã — Ele vai receber o castigo que merece — eu disse, tranquilizando-a, antes de me virar para Krygor, que, assim como seus filhos, ainda me observava como se tentasse decidir se continuava me ouvindo ou me espancava até virar polpa — E é por isso que seu complexo é o lugar mais seguro para minha mãe e minha irmã. Apesar disso, se elas estivessem infelizes morando aqui com você, eu teria exercido meus direitos de tutela, mas não para levá-las comigo. Eu teria pedido asilo às Veredianas.

— O quê? — minha mãe e minha irmã exclamaram ao mesmo tempo.

Ashara recuou um pouco, e então seu rosto se iluminou com compreensão. Krygor estreitou os olhos para mim e inclinou a cabeça para o lado, analisando meus motivos.

— Você não acha que consegue mantê-las seguras — Krygor avaliou com razão.

— A curto prazo, eu definitivamente sei que não posso — eu respondi honestamente — Não posso retornar a Guldar sem entregá-las a Ardrak, o que está fora de questão.

— Você não precisa voltar — minha mãe disse, com a voz cheia de esperança e entusiasmo — Você poderia ficar aqui conosco em Braxia. Mercy tem alguns dos melhores laboratórios tecnológicos e farmacêuticos de toda a galáxia, bem aqui em Braxia. Tenho certeza de que ela ficaria feliz em providenciar algo para você. Você poderia trabalhar como freelancer, como sempre sonhou.

Eu abri a boca para discutir, mas ela continuou rapidamente, em uma tentativa de me convencer.

— E há muitas Veredianas que trabalham aqui ou vêm de passagem — minha mãe acrescentou antes de se virar para Ashara — Mercy mencionou que seu povo queria enviar mais patrulhas de manutenção da paz no Quadrante Oriental, já que a maioria dos traficantes de escravos e piratas se mudou para esta região. Sua tripulação poderia se juntar a esse esforço. Você ainda estaria em contato frequente com suas Irmãs, eu teria meu filho e... eventualmente, meus netos também.

Ashara engoliu em seco antes de me lançar um olhar de lado. Eu cerrei os dentes e me mexi desconfortavelmente na cadeira, odiando o que estava fazendo com as mulheres que eu mais amava no mundo. Sim, o cenário que minha mãe havia descrito era um que Ashara já havia sugerido várias vezes. Seria ideal também, se eu não estivesse coliderando aquela maldita rebelião.

— Eu adoraria, mãe, mas não é possível — eu disse com uma voz gentil — Outros deveres me exigem, os quais não posso cumprir aqui. Eu só vim a Braxia para garantir que você estivesse segura e porque senti sua falta. Mas preciso voltar logo.

— Que negócio tão importante você tem? — minha mãe perguntou confusa — Seu pai está tentando...?

— Não — eu interrompi em um tom firme — Meu pai também deixou Guldar e não retornará até que a Grande Guerra termine... se é que retornará. Mas se sobrar algo em Guldar quando a poeira baixar, as coisas precisam mudar, e eu tenho que fazer a minha parte nisso.

Minha mãe recuou, com uma expressão horrorizada no rosto — Guldar não é sua guerra, meu filho! — ela exclamou — Você não é um político. Você é uma mente científica brilhante!

— E minhas armas e tecnologia são o que manterão os rebeldes seguros e nos ajudarão a ganhar impulso até que possamos derrubar o governo — eu disse energicamente — Guldar está ficando cada vez mais isolada. O despotismo de Ardrak está tornando os muito ricos ainda mais ricos e todos os outros caindo na mais abjeta pobreza. Há embargos demais, inimigos demais. E agora, até os Sarenianos estão formando laços com as Veredianas. Quando a guerra começar, nosso povo será aniquilado.

— Por que deveríamos nos importar? — minha mãe sibilou, demonstrando pela primeira vez um ódio e uma raiva que jamais ousaria demonstrar em nosso planeta natal. Era ao mesmo tempo assustador e fascinante — O que Guldar fez por mim além de tortura e abuso? Eles vão merecer o que receberem!

— As outras mulheres que não conseguiram escapar como você merecem o que estão recebendo? O que elas receberão quando a Grande Guerra começar? — eu perguntei com uma voz gentil.

Minha mãe estremeceu, seus ombros caíram e seus olhos começaram a brilhar.

— Oh, mãe — eu disse, puxando-a para perto de mim — Eu não quero te chatear, mas eu sou Guldan – um Guldan orgulhoso, aliás. Nosso planeta natal pode estar ferrado de muitas maneiras, mas eles ainda são nosso povo. Nós podemos mudar para melhor. No entanto, alguém precisa se levantar e aceitar os desafios e provações que surgirão disso. Braxia é a prova — eu acrescentei, me virando para olhar para Krygor — Seu povo aboliu a escravidão e as inúmeras leis que tornavam as mulheres nada mais do que gado e propriedades que podiam ser livremente usadas e abusadas sem o seu consentimento.

Ele assentiu, com um brilho estranho nos olhos enquanto me olhava — É um processo lento e doloroso que exige um compromisso inabalável para ser concluído, apesar dos inúmeros obstáculos que surgirão — Krygor disse, como se perguntasse se eu tinha coragem — A resistência tentará prejudicar você e aqueles que você ama. E mesmo depois que as mudanças forem implementadas, sempre haverá um grupo radical que não medirá esforços para trazer o passado de volta, mesmo que isso não seja mais possível.

— Eu sei muito bem, mas o sacrifício vale a pena — eu disse com convicção e me virei para olhar para minha mãe — Os sacrifícios que os Braxianos fizeram são a razão pela qual você, Siona e a pequena Ameka conseguem viver aqui em segurança e liberdade, e pela qual os filhos da Rainha Mercy não estão sendo caçados por serem híbridos.

Não faz muito tempo que um Braxiano era proibido de se casar com uma estrangeira e que híbridos eram considerados abominações. Este é o futuro que eu quero para Guldar.

— Um nobre esforço, jovem Tevek — Krygor disse enquanto enchia minha taça de vinho antes de encher a sua.

Ele ergueu o copo, mantendo o olhar fixo em mim. Meu coração disparou ao perceber que ele queria que eu bebesse com ele. Eu peguei meu copo e bebi ao mesmo tempo. Seus filhos seguiram o exemplo, a dureza e a desconfiança desapareceram de seus olhos, substituídas por um sentimento completamente diferente.

Eu havia conquistado o respeito deles.

— Você precisará de aliados para que sua rebelião prospere — Krygor continuou — Eu sei que você já está sob ataques cruéis.

— Por Korletheanos E Guldans — Ashara acrescentou, com a voz preocupada — E acho que eles ainda não terminaram.

Eu suspirei e encarei minha mulher. Minha mãe não precisava ouvir isso.

— Me poupe do olhar feio — Ashara disse com a voz severa — Eles quase enviaram uma maldita armada só para acabar com você por causa de alguma profecia. Esses desgraçados não estão brincando.

— Profecia? — Krygor perguntou enquanto minha mãe e minha irmã ofegavam em choque.

— Os Korletheanos afirmam que a vinda de Tevek para Braxia desencadeará uma série de eventos que quase garantirão um resultado positivo para Guldar — Ashara disse — Eles precisavam impedi-lo de chegar aqui. Eles falharam. Mas, como parte de sua tecnologia recente foi disponibilizada aos fanáticos Korletheanos que o perseguem, estou começando a achar que um oficial de alto escalão de Guldan, talvez Hartuk ou o próprio Ardrak, descobriu que Tevek é um dos co-líderes da rebelião.

— Co-líder!? — minha mãe exclamou, pressionando a mão contra o peito.

Eu revirei os olhos, irritado, e encarei minha companheira, incrédulo — Sério, Ashara?!

— Sério — ela retrucou — Como o próprio Krygor disse, se você quiser ter sucesso com toda essa coisa de rebelião, vai precisar de alia-dos. Você está do lado das Veredianas com a lista que nos deu. Os Braxianos devem ser as próximas pessoas a quem você deve recorrer. E, olha só, seu padrasto é um conselheiro Braxiano de alto escalão. Então, fale com ele. E se você me disser que Braxia não estava na sua lista de potenciais aliados, então você e eu precisamos conversar sobre como liderar uma rebelião eficiente.

Eu encarei minha mulher, sem conseguir decidir se queria estran-gulá-la ou beijá-la. Em Guldar, tal comportamento com um homem – seu companheiro, aliás – lhe renderia uma punição bárbara por demonstrar tamanho desrespeito em público.

— Ohhh, merda — Siona "sussurrou" deliberadamente alto o sufi-ciente para ser ouvida.

— Siona! — minha mãe exclamou, enquanto os filhos de Krygor bufavam.

Minha infeliz irmã abriu os olhos arregalados e inocentes antes de piscar.

Krygor balançou a cabeça para minha companheira — Essa boca... Você é igualzinha à nossa Dagna — ele disse para Ashara em tom de zombaria — Isso é coisa da raça das Guerreiras Veredianas?

— O atrevimento? — Ashara perguntou com um sorriso irônico que me fez querer colocá-la no meu colo — Talvez. E obrigada pelo elogio.

Krygor bufou novamente e balançou a cabeça antes de olhar para mim — Meus pêsames, filho — ele acrescentou com exagerada comi-seração — Mesmo assim, ela tem razão. Eu respeito e apoio a sua causa. Um homem deve sempre lutar pela sobrevivência e evolução de seu planeta natal, mesmo que precise quebrar muitos crânios para incutir algum senso na população. Você encontrará muitos ouvidos compreensivos em Braxia, e especialmente os da nossa Dagna. Fale com Mercy.

— Por que Mercy iria querer ajudar Guldar? Eles tentaram capturá-la para forçá-la a um casamento horrível e reivindicar sua herança — Ashara perguntou surpresa.

— Porque ela é Guldan — Krygor respondeu com naturalidade.

— Não, ela é Verediana — Ashara respondeu, franzindo o rosto como se ele tivesse dito algo ofensivo.

Isso realmente me incomodou.

— E Guldan — Krygor repetiu energicamente, lançando à minha companheira o mesmo olhar intenso que me lançou antes. Ashara piscou, parecendo subitamente inquieta — As Veredianas podem não valorizar muito sua herança Korletheana, mas outros híbridos honram sua segunda linhagem. Xelixianos acasalados com suas Irmãs garantem que seus descendentes conheçam sua cultura Xelixiana, mesmo que vocês se refiram a esses híbridos apenas como Veredianos. Da mesma forma, Mercy tem muito orgulho de sua ancestralidade Guldan e Verediana, mesmo discordando das regras sociais e políticas vigentes. Dois de seus filhos híbridos com nosso Magnar carregam o sobrenome Guldan de seu pai, Vrok.

Um profundo sentimento de orgulho queimou em meu peito ao ouvi-lo falar assim da filha de Gruuk. Pouquíssimos tinham o tipo certo de orgulho quando se tratava do nosso planeta e do nosso povo. Ela seria uma aliada formidável.

Krygor se virou para olhar para minha mãe com uma ternura tão profunda que me deixou de pernas para o ar. A alegria encheu meu coração novamente por minha mãe, por ela finalmente ter encontrado a felicidade que merecia.

— Minha companheira e minha filha mais velha são Guldans de sangue puro, e nossa pequena Ameka é uma híbrida, assim como qualquer outro descendente que minha Hope possa me dar no futuro — Krygor continuou — Enquanto Siona provavelmente nos deixará para se estabelecer em Sarenia, Ameka conhecerá sua cultura Guldan. Quando ela florescer e se tornar uma jovem adulta, eu ficaria imensamente feliz se ela pudesse falar de sua outra ancestralidade com orgulho, porque ela finalmente evoluiu. Então, sim, eu apoiarei os esforços para redimir aquele planeta e nos livrar do câncer que o assola.

CAPÍTULO 18

ASHARA

A conversa durante o jantar continuou a me incomodar, especialmente os comentários de Krygor sobre o orgulho Guldan de Mercy e a falta de reconhecimento das Veredianas por nossa ancestralidade Korletheana. Tinha sido tolice minha – e, francamente, de todo o meu povo – não perceber isso. Com nossa espécie à beira da extinção, nosso único foco era nossa sobrevivência e a continuação de nosso modo de vida. No entanto, não havia mais Veredianas "puras", exceto as poucas anciãs restantes da geração de Maheva e mais velhas. O restante de nós era composto apenas por mestiças, principalmente de Korletheanos. Mas todas as Veredianas se esforçavam para manter a influência Korletheana ao mínimo, especialmente no que diz respeito à sua dependência do Destino e de visões.

Exceto nossos Titãs.

Isso me fez refletir. No início, Vahl havia adotado o estilo Korletheano. Ele frequentemente usava dhallas em vez das calças justas e blusas assimétricas ou túnicas largas na altura dos joelhos, presas na cintura por uma corda trançada, que nossos homens costumavam usar antes da morte de nosso planeta natal original. Embora os Veredianos também usassem cabelos longos, nossos homens normalmente os mantinham no meio das costas, presos em um coque bagunçado, um rabo de cavalo ou entre uma e três tranças. Mas Vahl mantinha seus cabelos soltos e curtos, como um Korletheano.

E o que quer que Vahl fizesse, os outros Titãs o seguiam; ele era o Alfa máximo deles.

Teria sido essa a maneira deles de nos dizer que queriam abraçar ambos os lados de sua ancestralidade? Certos Korletheanos com filhos pequenos vinham transmitindo um pouco de sua cultura aos seus descendentes, muitas vezes por meio de cenários na sala holográfica, como a caçada aos Flanix que Tevek me levou. Xevius era o principal entre os Korletheanos que organizavam tais cenários. Ele havia construído uma biblioteca impressionante que compartilhava com seu povo em Veredia para uso próprio ou com seus próprios filhos.

Sim, os sinais estavam lá. Nós apenas fomos cegas a eles – ou escolhemos não vê-los. Como refugiados em nosso novo planeta, os Korletheanos estavam em uma posição de fraqueza. Não é de se admirar que não tivessem insistido muito. A história tinha sido completamente diferente com os Xelixianos, que vieram conosco como iguais e exigiram que sua cultura e língua fossem parte obrigatória da educação das crianças, além das viagens regulares de volta a Xelix Prime para manter um forte vínculo com aquela metade de suas origens.

Seja qual for a nossa atual disputa com Korlethea, ela possuía uma cultura rica e bela que constituía um direito inato de nossos filhos, gerados por seu povo. Nós falhamos com as crianças em nossa obsessão por reconstruir nosso velho mundo. Isso precisava ser corrigido.

Uma batida discreta na porta do quarto real que havia sido designado para Tevek e eu pôs fim às minhas reflexões. Krygor e seus filhos levaram meu companheiro para um passeio por seu complexo. Como eu já o havia visitado, muito antes de seu casamento com Hope, eu aproveitei a oportunidade para registrar alguns relatórios.

Para minha agradável surpresa, Hope entrou quando eu pedi à visitante que entrasse. Ela era uma mulher adorável com quem me identifiquei instantaneamente. Algo nela despertou meu lado protetor. Embora claramente submissa, Hope não era fraca. Força e determinação – especialmente no que dizia respeito aos filhos e à família – brilhavam intensamente dentro dela. Eu não duvidei por um instante que, se sua prole fosse ameaçada de alguma forma, ela se transformaria em uma fera feroz.

— Desculpe incomodá-la, Ashara — Hope disse com um sorriso tímido — Eu estava louca por uma oportunidade de falar com você em particular. Como não sei quanto tempo você ficará aqui e com tudo o que está acontecendo, eu pensei em te atacar descaradamente agora.

Eu dei uma risadinha — Não é incômodo nenhum — eu disse com um sorriso caloroso — Entre, por favor. Eu adoraria conversar com você. Você pode contar todos os segredos constrangedores do Tevek para que eu possa torturá-lo com eles.

Hope caiu na gargalhada e aceitou alegremente o lugar que eu lhe ofereci no confortável sofá da área de estar do meu quarto.

— Primeiro, eu queria te dar isso — Hope disse, estendendo um hipospray para mim — Sei que é um pouco abrupto, mas quero ter certeza de que teremos tempo para discutir isso e responder a quaisquer perguntas que você possa ter antes de sermos interrompidas — ela acrescentou, com um rubor adorável surgindo em suas bochechas.

— Isso é...? — eu perguntei, com a voz embargada enquanto olhava com admiração para o injetor.

— Sim — Hope disse com um sorriso — Aplique a injeção logo abaixo do umbigo, uma vez por semana. Não deve haver efeitos colaterais, além de possivelmente te deixar com um pouco de fome logo depois. Então, tomá-la antes do café da manhã ou de qualquer refeição seria uma boa ideia. Este injetor serve pelos próximos dois anos. Ele contém cem doses para serem administradas assim que a gravidez for confirmada. Tecnicamente, você poderia começar imediatamente, mas seria um desperdício.

— Uau — eu disse, animada e assustada ao mesmo tempo — Isso é impressionante.

Tevek e eu tínhamos sido bastante ativos, mas minha temporada – as três semanas durante as quais uma Verediana era mais fértil a cada quatro meses – só chegaria no mês seguinte. As chances de eu engravidar até então eram mínimas.

— Eu não quero parecer rude ou ingrata, mas o que exatamente isso faz? E como eu posso ter certeza de que vai funcionar? — eu perguntei, me remexendo inquieta no sofá onde estava sentada ao lado dela.

— Não é nada rude — Hope respondeu, apertando minha mão com um sorriso tranquilizador — Você seria irresponsável se não questionasse isso. Mercy usou amostras de células endometrióticas dela e minhas para derivar este tratamento. Como híbrida Verediana-Guldan, as dela são mais compatíveis com você. Mas como Guldan puro-sangue, as minhas são mais fortes. Mercy as combinou usando sua magia. Ciência não é meu forte — Hope acrescentou rindo.

Eu sorri, compreendendo. Mercy era um gênio científico, em muitos aspectos, assim como meu companheiro. No entanto, ela não dominava apenas armas e sistemas de defesa, mas também biologia. Pensar que ela tinha admiração por seu irmão Varrek, que aparentemente era ainda mais brilhante, me deixou atordoada.

— A injeção revestirá seu útero com nossas células reforçadas, mas codificadas em seu DNA — Hope continuou.

— Ao meu DNA? — eu desafiei, surpresa com o comentário.

— Assim que você chegou, Thesala trouxe algumas amostras do seu DNA para Mercy. Ela completou a preparação enquanto jantávamos — Hope explicou.

Meu queixo caiu, o que fez Hope rir ainda mais.

— Mercy imaginou que você não gostaria que seus assuntos fossem discutidos publicamente quando você e Tevek visitarem nosso Rei e Rainha amanhã, então ela mandou que a mensagem fosse enviada.

Eu sorri, sentindo o coração se encher de ternura ao pensar na mulher que sempre admirei como modelo — Com essa língua irreverente dela, as pessoas muitas vezes não percebem o quão doce e atenciosa Mercy é — eu disse.

— Ela é a melhor — Hope concordou — Minha Siona praticamente idolatra o chão que ela pisa.

— Eu consigo entender isso — eu respondi.

— Eu provavelmente deveria deixar a explicação técnica para a

Mercy, porque provavelmente vou traumatizá-la — Hope acrescentou com um sorriso tímido — Tudo o que eu entendi foi que funciona como um vírus, mas do tipo bom — ela acrescentou rapidamente quando meus olhos se arregalaram — Cada injeção introduz algumas das células endometrióticas com um comando para se reproduzirem até que todo o seu útero esteja coberto. As injeções semanais substituem e fortalecem qualquer célula que possa ser danificada ao longo do tempo pelos chifres do bebê que as arranham.

Fazia sentido. Não é de se espantar que Mercy tenha dito que essa não era uma "cura" universal, já que precisava ser codificada no DNA específico da futura mãe e exigia a habilidade psiônica única de Mercy.

— Obrigada — eu tranquilizei Hope — Você fez um ótimo trabalho explicando. Eu não tenho palavras para agradecer por ajudar a Mercy a criar isso para mim.

— Não me agradeça, Ashara — Hope disse com a voz emocionada — Eu só doei algumas células. Três das suas Irmãs que trabalham nos laboratórios da Mercy se ofereceram como cobaias para testar esta versão aprimorada, calibrada com o próprio DNA delas, para que tivéssemos certeza de que não haveria problema para você.

— Oh, Deusa! — eu exclamei, sem palavras ao perceber o quanto elas se esforçaram por mim e por Tevek.

— Isso também foi egoísmo — Hope continuou com um sorriso envergonhado — Eu quero netos. Eu sonhei com uma companheira perfeita para o meu filho. Nunca, em um milhão de anos, eu imaginei que a Deusa o abençoaria com uma Verediana. Muito menos uma tão incrível quanto você.

Meu rosto esquentou, e Hope acariciou minha bochecha com tanto carinho maternal que meu coração derreteu.

— Seu povo fez tanto por nós. Quando eu escapei de Guldar, meu mestre havia arrancado meus chifres para sempre — Hope continuou, passando a mão distraidamente pelo chifre esquerdo — Thesala os restaurou para mim. Sem eles, eu me sentia incompleta. Imagine como seria para você acordar uma manhã sem suas marcas Veredianas.

Eu estremeci e uma expressão de horror tomou conta do meu rosto.

— Exatamente — Hope disse em resposta à minha expressão — Eu nunca poderei agradecê-la o suficiente por isso, nem ao meu Krygor por ter pedido isso em meu nome, em primeiro lugar. Mercy está ensinando minha Siona a ser uma mulher feroz, uma guerreira implacável e uma Rainha perfeita para o Príncipe Zerien. Eu posso ensinar minha filha a ser a dama perfeita para administrar uma grande propriedade, mas não a governar um planeta ao lado de seu Imperador.

— Deve ser difícil para você saber que em poucos anos sua filha primogênita irá deixá-la para viver tão longe com sua alma gêmea — eu disse com simpatia.

Uma expressão estranha passou pelo rosto nobre de Hope — Os filhos sempre deixam o ninho familiar para criar o seu próprio — ela respondeu com sua repentina intensidade sugerindo um significado muito mais profundo — Você não deixaria o seu para ficar com o meu Tevek?

Eu me contorci, incomodada com o rumo que a conversa estava tomando. No entanto, meu silêncio lhe deu a resposta que ela buscava.

— Eu vejo o jeito como você olha para o meu filho e como ele olha para você — Hope disse em voz baixa quando não consegui responder à sua pergunta — Vocês ainda estão se conhecendo, e mesmo assim o amor entre vocês dois é inegável. Eu daria qualquer coisa para que Tevek ficasse aqui comigo. Eu acabei de recuperar meu filho e estou prestes a perdê-lo novamente. Dói, mas é o jeito da vida. Imagino que Maheva sinta o mesmo por perder Mercy para Braxia tão logo após reencontrar sua primogênita.

Eu assenti lentamente. Muitos de nós questionamos a saída de Mercy de Xelix Prime poucos dias depois de conhecer sua mãe pela primeira vez em quase cinquenta anos desde seu nascimento. Eu especulei que ela se sentiu sobrecarregada tentando se integrar à família recém-reunida, composta por mãe, irmãs, sobrinha e filhos. Então, conhecer e se casar com Magnar Ravik a manteve permanentemente em Braxia. Mas eu estava começando a acreditar que havia algo mais por trás de seu isolamento autoimposto.

— É difícil para mim me identificar realmente com o que impulsiona e motiva mulheres alfas como você — Hope disse em um tom melancólico — Durante toda a minha vida, eu fui criada e treinada para desejar apenas criar o lar perfeito para meu companheiro e meus filhos. Isso me traz verdadeira felicidade e realização. Eu não tenho ambições nem desejos além disso. Mas esse não é o caso da minha Siona, e posso ver que também não é o caso com você.

— Você tem razão — eu concordei com um aceno de cabeça — Eu jamais poderia ser uma dona de casa em tempo integral. Não está no meu DNA. Mas eu sou assim. Assim como você, muitas das minhas Irmãs encontram realização nesse papel. É a vocação delas, assim como o desenvolvimento tecnológico e a manutenção da paz são a minha.

— Eu só espero que você e Tevek cheguem a um acordo que permita que ambos prosperem. A ladeira que ele tem que escalar é incrivelmente íngreme para ser um bom companheiro para você — Hope disse, a intensidade em seu olhar deixando claro que ela estava me dando uma dica — Homens Guldans não são criados para tratar mulheres como iguais. Você pode não perceber, mas a maioria das interações dele com você exige que ele reescreva quase tudo o que já conheceu. Isso deve ser extremamente difícil para ele e para sua autoestima. Por favor, lembre-se disso quando ele fizer algo que te irritar.

Eu assenti lentamente enquanto os últimos dezoito dias com Tevek passavam pela minha mente. Sua expressão de espanto quando eu não o servi durante o jantar em seus aposentos no dia de sua chegada foi o primeiro sinal. Ao longo das duas semanas de nossa jornada até aqui, muitos outros sinais surgiram. A cada vez, ele lutava contra isso, mas engolia o descontentamento e se adaptava. Eu aplaudi silenciosamente, considerando normal – para não dizer seu dever – que ele mudasse seus hábitos "bárbaros". Será que eu estava esperando demais, rápido demais? Será que eu tinha sido cega e insensível demais à sua dor?

— O tipo de mudanças que meu filho quer trazer ao nosso planeta natal e ao nosso povo não acontecerá da noite para o dia — Hope continuou — Até aquela conversa durante o jantar, eu não tinha percebido que, apesar de tudo, eu também quero o melhor para Guldar. Minha Siona também. Mas agora ela também se considera Braxiana e Sareniana. No dia em que ela se casar com Zerien, o povo dele também se tornará dela.

Com um movimento do queixo, Hope gesticulou para o hipospray que ainda estava em minha mão.

— Isso lhe concede a capacidade de gerar filhos Guldans — Hope disse cuidadosamente — Pode não ser o que você quer ouvir, mas os Guldans agora também são seu povo. Tevek está embarcando em uma nobre missão para garantir que metade do legado de seus descendentes continue a prosperar. Como minha Siona fará em alguns anos, talvez seja hora de você deixar o ninho.

Sem esperar minha resposta, Hope segurou meu rosto entre as mãos, inclinou-se e beijou minha testa como minha mãe costumava fazer quando eu era criança.

— Eu já tomei bastante do seu tempo — Hope disse, se levantando. Eu a imitei — Vou deixá-la terminar suas tarefas. Os próximos dias serão bem corridos. Mal posso esperar para que você conheça o Príncipe Zerien. Ele é um jovem adorável.

Eu a observei se afastar graciosamente, minha mente fervilhando com muitos pensamentos disparando em todas as direções.

— Hope! — eu gritei assim que ela entrou pela porta. Ela me olhou por cima do ombro. Eu lhe mostrei o hipospray — Obrigada... por tudo.

Seu rosto se suavizou e ela piscou para mim antes de sair.

A fortaleza de Magnar Ravik era ainda mais incrível que a de Krygor. Como todos os complexos de clãs, muralhas maciças e fortificadas cercavam a grande cidade construída em pedras escuras, assim como os edifícios em seu interior. Várias torres serviam como torres equipadas com algumas das melhores tecnologias de defesa, cortesia da Mercy. O olho destreinado nem as notaria. Mas qualquer nave inimiga tola o suficiente para se aproximar seria destruída.

Eu me encontrei procurando sinais de mais tecnologias ofensivas e defensivas incorporadas no ambiente. Com a predileção dos Braxianos por cores escuras, com predominância de cinzas escuros e marrons, era fácil fazer as coisas se misturarem. Uma coisa logo se tornou evidente:

Magnar Ravik estava se preparando para um ataque massivo. A questão era descobrir quando ele esperava por isso. Seriam preparativos preventivos para a Grande Guerra iminente ou medidas de segurança reforçadas contra os moradores locais? Alguns clãs ainda questionavam as mudanças que Braxia havia sofrido. Com crianças híbridas sob seu teto, faria sentido que Ravik e Mercy desejassem maior proteção.

Gorav – o filho mais novo de Krygor – que também trabalhava como guarda-costas pessoal de Mercy, nos trouxe de avião até ali. Enquanto o seguia para dentro, eu flagrei Tevek fazendo a mesma coisa que eu. Seus olhos azuis se moviam de um lado para o outro, impressionado com a forma como Mercy havia elevado essa espécie, antes tecnologicamente ineficiente, ao nível – se não acima – de muitas das espécies mais modernas. Era ainda mais admirável que ela tivesse conseguido fazer isso respeitando o estilo e a arquitetura ancestrais de seu novo povo.

Mercy nos recebeu, cercada por seus três filhos. Enquanto seus filhos mais velhos, os gêmeos fraternos Lissy e Garruk, apresentavam características Braxianas, além das marcas Veredianas e dos chifres Guldans, seu filho mais novo, Dregor, poderia se passar por um híbrido Verediano-Guldan puro. O único sinal de sua ascendência Braxiana era seu tamanho, já prenunciando o gigante enorme que ele se tornaria. Os olhos do pequeno Dregor brilhavam com um mundo de sabedoria. Nada surpreendente, considerando que ele era da raça dos Estudiosos.

Meus filhos seriam parecidos com Dregor. E pela forma como Tevek olhava para o garotinho com admiração, os mesmos pensamentos sem dúvida lhe passaram pela cabeça. Mercy e eu nos abraçamos. Para minha surpresa – e alegria – ela concedeu ao meu companheiro o cumprimento reservado a amigos e parentes muito próximos.

— Do meu coração para o seu, Tevek Siddik, filho de Hope — Mercy disse, levando a palma da mão ao coração antes de pressioná-la contra o peito de Tevek — Bem-vindo à Casa Xeldar. Meu lar é o seu lar.

— Você me honra, Dagna Mercy — Tevek disse, curvando a

cabeça em respeito.

— É só Mercy, lembra? — respondeu nossa anfitriã com um brilho travesso nos olhos —Ravik também teria cumprimentado vocês, mas ele está no meio de negociações acirradas com o Príncipe Sareniano Zerien. Vocês o conhecerão quando terminarem. Crianças, este é Tevek. Tevek, apresento-lhes meus diabinhos, Lissy, Garruk e Dregor. Eles nunca encontraram um homem Guldan puro em carne e osso desde que a proibição entrou em vigor, antes de seus nascimentos. Eles estão morrendo de curiosidade e querem fazer um milhão de perguntas sobre o nosso planeta natal. Tudo bem?

— Seria uma honra! — Tevek disse com entusiasmo genuíno.

— Maravilha! Eu vou sequestrar sua dama enquanto isso — Mercy respondeu, me lançando um olhar de lado — Crianças, vocês têm dez minutos. Comportem-se mal, e Gorav me dirá.

— Não, ele não vai — Lissy disse com um sorriso irritante que gritava alto e claro o quão encrenqueira ela era.

— Certamente que sim — Gorav respondeu, encarando a garotinha com um rosto aterrorizante que faria até o guerreiro mais experiente correr para as colinas.

— Se você diz — Lissy respondeu em tom de dúvida, o que fez seus irmãos rirem. Ela piscou para ele de um jeito que revelava o quanto se sentia confiante por ter o pobre garoto na palma da sua mão.

Mercy também encarou a filha com a testa franzida — Talvez eu deva te castigar independentemente do que o Gorav diga, só por precaução.

Lissy engasgou e olhou para a mãe, incrédula. Tevek e eu caímos na gargalhada. Nossa, eu queria uma pirralha igual a ela para deixar Tevek louco. Dando um sorriso irônico para a filha, Mercy passou o braço por baixo do meu para me levar.

— Ah, e Tevek, você pode responder honestamente. Eu não minto nem escondo a realidade dos meus filhos — Mercy acrescentou.

— Entendido — Tevek respondeu.

De braços dados, eu deixei Mercy me levar a uma espécie de sala de reuniões a uma curta distância do Salão Principal. A julgar pela decoração masculina, eu suspeitei que fosse a Câmara do Conselho particular de Ravik. Armas e crânios de feras aterrorizantes decoravam as paredes altas da sala, ocupadas principalmente por uma enorme mesa de pedra no centro.

— Então... um Guldan? — Mercy disse com uma voz divertida no minuto em que a porta se fechou atrás dela.

— Um Guldan — eu respondi com um ar de falso desespero – embora não fosse totalmente falso.

— E eu achei que a Deusa estava me sacaneando quando percebi que ela tinha me colocado com um Braxiano — Mercy disse, rindo baixinho — Eu não sou exatamente do tipo submisso.

— Não brinca — eu respondi, rindo também.

— Você vai se divertir muito apresentando seu companheiro às Irmãs — Mercy disse provocando.

No entanto, algo em seu tom de voz chamou minha atenção. Era sutil, mas inegavelmente presente. Amargura me veio à mente.

— Tevek nos dar essa lista torna as coisas muito mais fáceis — eu disse, acenando com a cabeça — Mas morar com ele em Veredia provavelmente seria... estranho para ele por um tempo.

— Nem me fale — Mercy disse, a mesma amargura transparecendo em sua voz enquanto um brilho duro perpassava seus olhos. Ele desapareceu quase tão rápido quanto surgiu, e ela sorriu para mim, me fazendo pensar se eu tinha imaginado — Domar um Guldan dominante vai te manter alerta.

— Você não tem ideia! — eu exclamei com um ar exagerado de desespero — E ainda assim, você conseguiu fazer funcionar com a sua fera. Como diabos você conseguiu isso? — eu perguntei, tentando parecer indiferente — Esses Braxianos levam a dominância a um nível totalmente novo.

Naturalmente, Mercy percebeu o que eu estava pensando, mas me poupou da humilhação de apontar. Ela sorriu de um jeito um tanto excêntrico, seu olhar ficando vago por um minuto antes de se concentrar novamente em mim.

— Você tem que se comprometer — Mercy disse com o olhar penetrante no meu — Eu não sou submissa, mas agora vivo em Braxia, onde a definição de papéis de gênero é horrenda há séculos. Eu não posso esperar virar tudo de cabeça para baixo da noite para o dia. Embora eu não concorde com certas coisas, eu faço concessões em todos os lugares que posso e não me mantenho firme apenas por princípios.

— Por exemplo? — eu perguntei com mais entusiasmo do que pretendia.

— Por exemplo, aqui, as mulheres devem se sentar depois que os homens o fizerem — Mercy disse — Isso é estúpido, e está mudando aos poucos, mas não me custa nada deixar isso para o Ravik. E daí se eu me sentar dois segundos depois dele, se isso pode fazer aqueles grandões se sentirem melhor consigo mesmos? Quando estou irritada com algo que ele fez, na medida do possível, eu o repreendo em particular. Fazer isso em público é o mesmo que castrá-lo diante dos outros Braxianos. Mesmo que eu esteja certa, será mais difícil para ele perdoar essa humilhação. Mas, mais importante, Ravik é o nosso Rei. Se o povo acreditasse que ele foi chicoteado por uma mulher, ele perderia sua autoridade e seus inimigos tentariam depô-lo.

— Ok, isso eu posso fazer — eu disse.

— Mas você também precisa pensar e antecipar coisas que são menos óbvias — Mercy insistiu — Os homens são tolos quando se trata do que consideram ser o papel de um homem em comparação ao de uma mulher. Aposto que se você perguntasse ao Tevek como ele se sentiu em relação a você trazê-lo para cá enquanto ele estava sentado no banco do passageiro, a resposta dele te chocaria. Para eles, um homem só é conduzido ou pilotado por uma mulher porque é criança, porque ela o está ensinando a pilotar ou porque ele está incapacitado. Você assumir o comando porque a nave é sua é como se você tivesse acabado de cortar as bolas dele.

— Você está falando sério? — eu exclamei, estupefata.

— Extremamente — Mercy disse, assentindo — Especialmente com um Guldan. Em público, não o leve de carro, não pague por ele, não ostente o fato de que consegue se virar bem sem ele. Isso o castra. E quando ele demonstrar vulnerabilidade em particular, não diga que não tem problema demonstrar fraqueza, porque não é isso. Essa é a máxima demonstração de confiança. Diga a ele que você se sente honrada por ele compartilhar seus pensamentos e sentimentos com você, e que você sempre estará ao lado dele.

— Nossa. Eu não tinha pensado nisso — eu disse, agora me perguntando quantas coisas eu havia considerado insignificantes que poderiam tê-lo magoado ou o estavam consumindo — Com certeza vou manter tudo isso em mente. Mas deixar Veredia...

— O universo está mudando, Ashara — Mercy disse com a voz endurecida — As Veredianas não estão mais à beira da extinção. Essa história de "Veredianas não saem de Veredia" precisa acabar. É hora de nossas Irmãs abrirem suas asas. Nós não passamos todo esse tempo libertando todas só para que pudessem se autoaprisionar em nosso novo planeta natal.

— Eu entendo o que você está dizendo — eu respondi, um pouco magoada e sentindo a necessidade de me defender e defender as outras — No entanto, nós não somos cosmopolitas como você. A maioria de nós passou a existência inteira "abrigada" nos complexos. O universo é intimidador.

— Vocês não eram — ela retrucou — E as outras nunca aprenderão sendo mimadas. Quando as Veredianas se mudaram para Nova Veredia, a galáxia entendeu a necessidade de privacidade enquanto colonizá-vamos o planeta, colocávamos o governo em funcionamento e estabe-lecíamos a segurança adequada para o nosso povo. Mas isso foi há anos. Agora, você sabe como as pessoas falam das Veredianas?

Eu balancei a cabeça, perplexa com o comportamento estranho de Mercy. De onde vinha toda essa raiva?

— Eles dizem que somos elitistas — Mercy disse com naturalidade — Eles acreditam que nos consideramos superiores às outras espécies. Que nosso mundo é bom demais para permitir que pessoas de fora venham nos visitar. Já se passaram oito anos e ainda não há turismo aberto?

— Nós temos turismo! — eu objetei.

— Pelos templos Korletheanos! — Mercy retrucou — Os visitantes passam pelas medidas de segurança mais ridículas só para poderem consultar as Oráculos, e apenas em horários rigorosamente controla-dos. Todos os outros são confinados nos Complexos de Convenções perto do espaçoporto, sem nunca terem acesso às nossas cidades ou a qualquer um dos maravilhosos marcos do nosso mundo. Seria de se esperar que temêssemos que um deles nos transmitisse a peste!

Eu fiquei boquiaberta, sem palavras. Com a mente a mil, eu tentei encontrar pelo menos um lugar em Veredia que fosse de fato aberto a estrangeiros, mas não consegui. As pessoas já tinham visto nosso planeta por meio de gravações e documentários, mas nunca o visitaram de fato. Não havia mais motivo. Nós tínhamos apenas nos acostumado com o jeito atual e nunca olhamos para trás.

— Me desculpe — Mercy disse de repente, com uma expressão envergonhada no rosto — Eu não queria desabafar. Estou um pouco emotiva ultimamente.

— Alguém está prestes a entrar na temporada? — eu perguntei, provocando.

Mercy bufou — Não, ainda falta um mês.

— Assim como eu — eu respondi com simpatia — Falando nisso, obrigada pelo hipospray.

— Não foi nada — Mercy disse com um sorriso — Alguma pergunta sobre ele?

— Não. A Hope fez um ótimo trabalho explicando — eu respondi. Eu abri a boca para dizer mais alguma coisa, mas hesitei.

— O quê? — Mercy perguntou, estreitando os olhos para mim.

Eu hesitei novamente antes de mergulhar — Você sabe que pode me contar qualquer coisa, né? Se precisar conversar, eu estou aqui, e isso não será repetido.

A expressão de profunda tristeza que se refletiu em seu rosto me assustou. Algo sério estava de fato corroendo Mercy. O que poderia ser? Ela recuperou a compostura e diminuiu a distância entre nós. Para minha surpresa, ela examinou minhas feições como se estivesse tentando memorizá-las antes de acariciar delicadamente minha bochecha.

— Você é uma garota adorável, Ashara. E está no alvorecer de uma vida nova e emocionante — Mercy disse com intensidade — As coisas nem sempre são o que parecem. Às vezes, você precisa fazer escolhas muito difíceis que os outros podem não entender, mas que são para o bem maior. Prometa que você lutará pelo seu companheiro e pelo futuro de vocês juntos, contra todas as probabilidades. Prometa!

Eu nunca tinha visto Mercy tão emotiva e intensa — Eu prometo — eu respondi com sinceridade. Apesar de todos os obstáculos que Tevek e eu enfrentávamos, ele era minha alma gêmea. Eu não conseguia imaginar me separar dele.

— Durante a maior parte da minha vida, eu fui uma anomalia, uma estranha híbrida Verediana-Guldan que precisava permanecer escondida para minha própria segurança — Mercy disse — Quando eu conheci a filha de Aleina, Lenora, pela primeira vez, eu não me senti mais sozinha ou como se tivesse sido um erro. Havia outra como eu. E me conhecer fez o mesmo com Lenora. Meus filhos e a pequena Ameka de Krygor não se sentem como aberrações, porque existem outros como eles no mundo. Seus descendentes com Tevek aumentarão ainda mais essas fileiras. Essas guerras e divisões entre espécies precisam acabar. E isso começa conosco ensinando aos nossos filhos que a raça não importa, os indivíduos sim.

Eu recuei um pouco e arregalei os olhos, pois não esperava que a conversa tomasse esse rumo.

— Todos estão buscando alianças, este planeta contra aquele. Isso é um absurdo — Mercy disse — Braxia ficará com as Veredianas e Sarenianos, mas ainda há um terço da nossa população que se apega aos velhos costumes e se aliaria a Guldar e Ardrak. E então você tem o seu Tevek, que ficaria com todos nós e derrubaria Ardrak. Nada é preto no branco, minha irmã. Quando a Grande Guerra chegar, serão pessoas com ideias semelhantes lutando lado a lado pelos mesmos ideais – não planetas. A questão será se essas pessoas com ideias semelhantes serão capazes de se reconhecer em todos os seus tons de cinza.

Com essas últimas palavras enigmáticas, ela beijou minha testa, quase como Hope havia feito, depois pegou minha mão e me puxou atrás dela em direção à porta.

— Vamos ver o quanto seu companheiro traumatizou meus filhos... ou o quanto eles o traumatizaram — Mercy disse com um sorriso.

Eu a segui, sabendo que Mercy tinha acabado de prenunciar revelações mais traumáticas que viriam.

CAPÍTULO 19
TEVEK

De pé no Grande Salão Xeldar, eu mal conseguia tirar os olhos do Príncipe Zerien. Sua pele azul-clara, olhos azul-prateados, longos cabelos azul-escuros e o rosto de um anjo também cativaram as outras mulheres presentes – esposas, filhas, concubinas e servas. Seu traje, um tradicional manto Sareniano sem mangas, com uma gola em V bem baixa que não escondia seus braços e peito musculosos, tornava ainda mais difícil para as mulheres não babarem. No entanto, não era sua beleza estonteante que atraía meu olhar de volta para ele, mas o jeito predatório com que ele encarava minha irmã.

Ele estava de pé no piso de pedra marrom do salão, bem em frente a uma das janelas altas. Os raios de sol que entravam pareciam fazê-lo brilhar com uma auréola quase divina enquanto conversava com Keran, o primogênito de Ravik e futuro herdeiro do trono de Braxia. Com rumores de que Ravik abdicaria em seu favor nos próximos dois anos, fazia sentido que Keran estabelecesse uma relação com o futuro Imperador e seus potenciais aliados.

Mas, mesmo enquanto conversavam, o olhar do Príncipe Sareniano continuava se voltando para Siona. Ela conversava a poucos metros de distância com um grupo de mulheres Braxianas, filhas dos líderes dos poucos Clãs Anciões que haviam sido convidados para a pequena festa.

A maneira como Zerien a despiu com os olhos me deu vontade de dar um soco na garganta dele.

Sem dúvida sentindo o peso do meu olhar sobre ele, o Príncipe de repente virou a cabeça para me encarar. Seus olhos podem ter se estreitado, mas foi sutil demais para que eu tivesse certeza. No entanto, o sorriso discreto que se abriu em seus lábios me irritou além das palavras. Incapaz de me conter, eu marchei em direção a eles. Ashara me daria um chute se me visse prestes a sabotar a chance da rebelião de uma possível aliança com Sarenia. Mas o bem-estar da minha irmã vinha em primeiro lugar.

Zerien disse algo a Keran. A maneira como o Príncipe Braxiano ergueu a cabeça para olhar em minha direção deixou claro que Zerien lhe contou algo sobre mim. Keran arqueou uma sobrancelha, divertido, ao me ver aproximar, respondeu algo a Zerien que não consegui ouvir e então se retirou. O Sareniano se virou para me olhar, seus dois guarda-costas, parados a uma curta distância, dando alguns passos em nossa direção. Eu mal contive a vontade de mostrar os dentes para eles. Apesar da minha vontade de incutir algum respeito em seu Príncipe, eu não era suicida. Além disso, atacar um hóspede sob o teto de um Braxiano era uma ofensa grave que exigiria que Magnar Ravik quebrasse alguns dos meus ossos para me ensinar boas maneiras.

— Relaxe, Guldan — disse o Príncipe Zerien preventivamente, antes que eu pudesse dizer uma palavra.

Nós tínhamos sido brevemente apresentados antes, quando ele saiu da reunião com Magnar Ravik. Mas a chegada da minha irmã e dos outros convidados nos impediu de conversar mais. Desde então, o olhar lascivo que ele tinha para a minha Siona me deixou quase morrendo de vontade de cometer um assassinato.

— Eu farei isso depois de lembrá-lo que Siona ainda é uma criança — eu disse em um tom seco, embora aliviado por perceber que tinha mais controle do que esperava.

— Se você não fosse irmão de sangue dela, eu ficaria seriamente ofendido se você pensasse que pode se intrometer nos meus assuntos com minha alma gêmea — Zerien disse em um tom calmo e comedido.

Mas o brilho severo em seus olhos me dizia que ele também

exercia bastante autocontrole. De repente, eu me lembrei de que os Sarenianos eram muito raivosos. Uma vez que seu temperamento se exaltava, a situação podia ficar extremamente feia, rapidamente. Isso me fazia preocupar ainda mais com o bem-estar da minha irmã.

— Eu tenho plena consciência da idade da minha Siona — Zerien continuou, sustentando meu olhar com firmeza — Pelas leis Sarenianas, ela é mais do que um alvo fácil para mim. Mas eu prometi aos pais dela que honraria os padrões intergalácticos e esperaria para reivindicá-la. E é isso que estou fazendo.

— O que certamente nos faz sentir gratos — eu admiti com certa relutância — Mas o jeito como você olha para ela...

— Eu não deveria cobiçar minha companheira? — ele sibilou, desta vez dando um passo raivoso em minha direção, as pontas afiadas de suas presas começando a descer — Eu não deveria ter fome do que é meu? Você acha que seu olhar para sua mulher é menos ardente do que o meu para minha Siona?

Isso me tocou profundamente. Eu não precisava de uma foto para saber como eu olhava para a minha mulher. Ashara era a minha droga. Até mesmo agora, só de pensar nela me deixava louco de tesão.

— Ashara é adulta — eu retruquei — Você tem dezessete anos, quase na maturidade legal. Siona mal completou quatorze. Eu me lembro bem dos impulsos hormonais que eu sentia na sua idade. Talvez você devesse...

— O quê? Talvez eu devesse trair minha alma gêmea para aliviar uma coceira? — Zerien interrompeu, com desgosto e desprezo iluminando seus olhos.

A vergonha me invadiu o estômago. Eu realmente pretendia sugerir que ele se envolvesse com outras mulheres mais velhas até Siona atingir a maioridade. Mas, dito assim, era um pensamento repulsivo.

— Me desculpe — eu disse, devidamente repreendido.

Uma expressão estranha cruzou o rosto ridiculamente bonito do Príncipe, e toda a agressividade pareceu esvair-se dele.

— Eu amo Siona — Zerien disse com a voz aflita — Eu estou obcecado por ela e pela fome de reivindicá-la. Mas minha necessidade de protegê-la supera qualquer instinto básico que ela possa despertar em mim. Se você conhece alguma coisa sobre Sarenianos, sabe que nós somos um povo sensual, muito aberto com nossa sexualidade. E, no entanto, durante dois anos eu permaneci celibatário por respeito à minha companheira. E eu continuarei esperando até que ela atinja a maioridade.

— Você vai esperar mais dois anos por Siona, apesar de como se sente agora? — eu perguntei com uma mistura de admiração e descrença.

Zerien bufou — Mais dois anos? Não, Tevek Siddik. Eu não esperarei dois anos para que ela atinja a maioridade sexual, mas quatro para que ela atinja a maioridade legal e a idade de consentimento formal para o acasalamento. Assim que eu reivindicar minha Siona, ela partirá comigo para governar ao meu lado.

Ele se virou para Siona, que nos observava com um ar preocupado. Como se estivéssemos pensando a mesma coisa, nós dois sorrimos para ela de forma reconfortante. Embora um pouco da tensão tenha se dissipado de seus ombros, Siona, com razão, não se sentiu totalmente tranquilizada. Apesar de odiar a ideia de um homem – qualquer homem – cobiçar minha irmã, eu percebi que devia um pedido de desculpas ao Príncipe. Eu estava me esforçando para encontrar as palavras quando ele voltou seus olhos azul-prateados para mim.

— Eu sei da missão que o trouxe até aqui — Zerien disse com uma voz calma e carregada de uma ameaça inconfundível — Leve minha companheira ou a mãe dela para longe daqui e, assim que eu o encontrar, o matarei da maneira mais atroz.

— E eu pensei que precisava aprimorar minhas habilidades diplomáticas — eu disse em um tom de zombaria. O Príncipe não pareceu achar graça e apenas inclinou a cabeça para o lado, esperando minha resposta — Relaxe, Sareniano — eu disse, ecoando suas palavras anteriores — Eu não tenho tais intenções. Caso contrário, não teria dado essa informação a Krygor. Braxia é o lugar mais seguro para minha irmã e minha mãe.

— Então quais são suas intenções? — Zericn insistiu — Você não pode voltar para Guldar sem a minha Siona. O que vai fazer? Ficar aqui?

De repente, eu percebi que Zerien se preocupava com minha influência sobre Siona se eu ficasse aqui. Depois da nossa breve conversa, ele tinha todos os motivos para pensar que eu poderia tentar virar Siona contra ele se vivesse aqui com ela.

— Não, não vou — eu respondi com um sorriso irônico — Eu partirei em breve. Até lá, e depois disso, eu não interferirei nos cuidados com Siona. Você pode achar isso surpreendente, mas eu não poderia estar mais feliz por ela não ser criada de acordo com os costumes repressivos Guldans. Mercy é uma mentora e um modelo incrível para minha irmã.

— Um Guldan a favor da emancipação feminina? — Zerien perguntou, erguendo uma sobrancelha duvidosa.

— Um Guldan em favor de uma Guldar melhor, com seu povo — especialmente as mulheres — livre de opressão, e nosso planeta nova-mente em boa posição com o resto da galáxia — eu disse, meu olhar penetrante no dele.

Zerien estreitou os olhos ao ouvir aquelas dicas nada sutis.

— Bons sentimentos — Zerien respondeu em um tom neutro — Mas seria necessário abolir a escravidão em Guldar e fazer uma mudança completa de governo para que isso acontecesse.

— Meus amigos e eu sabemos muito bem — eu disse com um sorriso enigmático.

Zerien franziu os lábios e assentiu lentamente. Pelo jeito como suas engrenagens giravam, ele havia entendido minha mensagem. Eu não insistiria por enquanto. A semente havia sido plantada. Eu daria um tempo para que ela criasse raízes. Antes da minha partida, eu tentaria conversar mais com ele. No entanto, eu queria ter algo um pouco mais firme com Mercy antes de ter aquela conversa com Zerien. Um acordo tangível com os Braxianos me colocaria em uma posição de negoci-ação mais forte com o futuro Imperador Sareniano.

Uma parte de mim quase se arrependeu do meu desabafo inicial sobre a forma como ele olhava para Siona. Mesmo assim, eu não conseguia me arrepender de ter cuidado da minha irmã e ter uma ideia melhor de suas intenções em relação a ela. Sua intensidade ainda me incomodava, e eu me preocupava com seu temperamento. No entanto, eu apreciei o autocontrole que ele demonstrou. Krygor cuidando da minha irmãzinha também acalmou bastante algumas das minhas preocupações. A maneira possessiva e paternal com que ele tratava Siona me garantiu que ele literalmente enlouqueceria se alguém sequer pensasse em machucá-la.

— Estou ansioso para aprender mais sobre você e seus amigos — respondeu o Príncipe Zerien antes de olhar por cima do meu ombro com um sorriso caloroso.

Eu me virei para ver quem havia chamado sua atenção e vi Mercy e minha companheira vindo em nossa direção. A admiração flagrante no rosto de Ashara ao contemplar o jovem Príncipe me fez sentir inveja instantaneamente. Isso não deveria ter provocado tal reação em mim. Apesar de ser um homem hétero, até eu fiquei impressionado com sua beleza extrema.

— Gostou do que viu? — Zerien perguntou a Ashara em um tom sedutor.

Eu lancei um olhar furioso para o Sareniano, e todos os sentimentos positivos que eu comecei a sentir por ele se evaporaram. O miserável me ignorou, seu sorriso se alargando, sabendo que sua provocação havia funcionado. Demonstrando mais controle do que eu, minha companheira ergueu uma sobrancelha e lançou a Zerien um olhar lento e apreciativo, com uma expressão divertida.

— Com certeza — Ashara respondeu com uma atitude atrevida — A Deusa se esforçou ao moldar vocês, Sarenianos. Vocês definitivamente não são feios para os olhos. Sorte da Siona que eu não gosto de roubar berços.

Zerien caiu na gargalhada, enquanto Mercy bufou.

— Eu posso ser jovem, mas não sou criança — Zerien respondeu, fingindo-se ofendido — Eu ficaria magoado se você não estivesse perfeitamente sintonizada com esse Guldan rabugento.

Os olhos de Ashara se arregalaram com a mesma surpresa que eu senti.

— Como você sabe que estamos sintonizados? — Ashara perguntou.

— Apesar de todo o mal que nos fizeram —Zerien disse — os

Korletheanos nos transmitiram algumas características benéficas, incluindo a capacidade de ler auras e ver a Sintonização.

— Então, você estava tentando provocar meu companheiro de propósito, dando em cima de mim? — Ashara disse com uma ousadia que me deixou atordoado.

Em vez de ofender o Príncipe, isso o divertiu, e ele seguiu a brincadeira.

— Com certeza. É muito divertido provocar seu companheiro — Zerien disse sem vergonha.

— Isso é verdade mesmo — Ashara admitiu, me lançando um olhar provocador que me fez querer dar uma palmada nela.

— Parem de implicar com o Tevek, vocês dois — Mercy disse, vindo em meu socorro, embora seu sorriso parecesse indicar que ela estava gostando de me ver sendo abusado.

— Você não é divertida, Dagna — Zerien disse — Eu só estava me aquecendo. Tenho certeza de que Ashara e eu encontraremos outras ocasiões para importuná-lo durante a viagem a Veredia.

— Como é? — Ashara perguntou, ecoando meus pensamentos.

— O Conselho Verediano atendeu ao nosso pedido de um diálogo aberto entre o nosso povo — Zerien disse com o rosto completamente sem graça. O futuro Imperador em que ele se transformava veio à tona, revelando a alma ancestral que se escondia por trás de sua aparência deslumbrante — Eu achei que seria melhor que esse primeiro encontro acontecesse pessoalmente. Eu apenas aproveitei a oportunidade para visitar minha Siona no caminho. Podemos viajar com vocês quando partirem.

— Seria maravilhoso! — Ashara disse com entusiasmo — Isso nos dará a oportunidade de conhecê-lo melhor. Seu povo ainda é um mistério para nós.

— Assim como os seus, em muitos aspectos — Zerien respondeu — Devo admitir que também estou extremamente ansioso para conhecer Vahleryon Praghan. Ele me fascina.

— Ele é um jovem fenomenal — Ashara disse.

— É sim — Mercy disse, pensativa — De muitas maneiras, você

me lembra dele. De alguma forma, tenho a sensação de que vocês se tornarão melhores amigos ou se odiarão profundamente.

— Ah, tenho certeza de que ele vai me odiar — Zerien disse com um sorriso predatório — Mas nos tornaremos melhores amigos.

— Então, os rumores sobre os Sarenianos não estarem interessados em se aliar a Guldar são verdadeiros — eu disse, com naturalidade.

Zerien se virou para mim, com uma expressão indecifrável — Eu não confio no Imperador Ardrak, e muito menos naquela cobra, o Embaixador Hartuk — disse o Príncipe com frieza — A forma como eles tentaram apunhalar os Braxianos pelas costas nos revelou tudo o que precisávamos saber sobre a lealdade deles. Portanto, eu não tenho planos de forjar uma aliança com os atuais governantes de Guldar. Mas, com o tipo certo de Guldans, talvez eu esteja disposto a reconsiderar.

Meu coração disparou e eu precisei de toda a minha força de vontade para manter uma expressão neutra.

— Estou descobrindo que as mulheres Guldans não são as únicas boas — Ashara disse, acariciando meu braço com uma possessividade que me fez querer estufar o peito de orgulho por ser reivindicado.

— Deve ter sido um choque para uma Verediana se encontrar sintonizada com um Guldan — Zerien disse a Ashara antes de me lançar um olhar avaliador — Eu adoraria ver como você a abordou com seu interesse.

Eu bufei e soltei um suspiro sofrido — Ela não facilitou. Ainda não facilita — eu murmurei — Considerando seus sentimentos sobre o governo do meu povo, eu consigo imaginar que você não ficou tão feliz ao descobrir que sua própria companheira é Guldan.

— Eu odiei — Zerien disse, sua brusquidão me surpreendendo — Eu não queria ter nada a ver com Guldans. Sem querer ofender — ele acrescentou em um tom de desculpas para Mercy.

Ela sorriu, indicando que não ficou ofendida — Eu também não queria nenhuma delas aqui e tive grande prazer em destruir os idiotas que vieram nos perturbar.

— Foi o que eu ouvi dizer — Zerien disse com admiração indisfarçável — Cortejar Siona foi ainda mais desafiador, já que um dos meus a sequestrou para me dar de presente no meu décimo quinto aniversário.

— Isso ainda me deixa perplexo — eu disse, olhando para ele com espanto — Como você conseguiu cortejá-la enquanto mantinha ela, minha mãe e Krygor cativos, e o jogava em uma arena para ser torturado?

— Meu charme irresistível — Zerien disse como se fosse evidente.

Todos nós bufamos e reviramos os olhos, enquanto ele sorria. Seu olhar se fixou em Siona, e seu rosto se suavizou com uma ternura e um orgulho desprovidos da luxúria anterior. Naquele instante, qualquer dúvida que eu ainda pudesse ter sobre seu amor genuíno pela minha irmã voou pela janela.

— Eu odiava que ela fosse Guldan — ele repetiu, como se estivesse refletindo em voz alta — Eu esperava acasalar com uma Verediana para forjar um vínculo entre o nosso povo, assim como a união de Mercy com os Magnar criou essa amizade entre o seu povo.

— Por que você não seguiu esse caminho? — Ashara perguntou em voz baixa — Não é incomum que reis e imperadores se casem por motivos diplomáticos e políticos, em vez de por amor.

— Não — Zerien respondeu com a voz severa — É um crime renunciar à própria alma gêmea. Esta é uma bênção rara que deve ser honrada, nutrida e valorizada. De qualquer forma, sua espécie não a define. Siona foi feita para mim — ele acrescentou, virando-se para olhar para minha irmã com a mesma expressão de adoração — Eu a amo. Todo o resto é irrelevante.

Suas palavras ressoaram profundamente em nós, enquanto minha companheira e eu trocávamos olhares. Ela deslizou a mão na minha, e eu a apertei de leve.

— Você tem mais poder do que imagina — Zerien, olhando para Ashara e para mim — A união entre uma Verediana e um Guldan envia uma mensagem poderosa tanto para a sua espécie quanto para o resto da galáxia. Seu amor é a prova de que tudo é possível. Você e... seus amigos não poderiam ter um símbolo melhor para a sua causa.

— Concordo plenamente — Mercy disse — Eu vou com todos

vocês para Veredia. Também tenho negócios lá, sem mencionar que faz muito tempo que não vejo minha mãe.

— Quanto mais, melhor — Zerien disse com um sorriso — Agora, se me dão licença. Eu negligenciei minha Rainha por tempo demais — ele acrescentou, inclinando levemente a cabeça antes de se dirigir à minha irmã.

— Boa jogada, irmão — Mercy disse — Você conquistou a aprovação daqueles que mais importavam. Minha fera será sua audiência cativa durante nossa viagem de duas semanas a Veredia. Nós conversaremos. Esteja bem preparado.

— Sim — eu disse — Obrigado.

Mercy piscou para mim, acariciou o braço da minha companheira e então foi prestar um pouco de atenção nos outros convidados.

CAPÍTULO 20
ASHARA

As mãos de Tevek traçavam um caminho ardente na minha pele nua enquanto ele se movia suavemente para dentro e para fora de mim. Nós raramente fazíamos amor e geralmente transávamos como feras no calor da paixão desenfreada que nos consumia. Isso era agradável, terno e afetuoso. Mas mesmo em meio à onda de prazer que os cuidados gentis do meu parceiro me despertavam, minha mente se recusava a se concentrar naquele momento, em nós.

Interrompendo o beijo, Tevek levantou a cabeça para me olhar e parou de fazer amor comigo.

— O que foi, meu amor? — ele perguntou com uma voz gentil — Seu corpo está aqui comigo, mas seu espírito não.

— Desculpe — eu disse, me sentindo culpada, enquanto minha mão acariciava seu rosto e depois seu chifre direito — É que... nós vamos embora em alguns dias e nada foi resolvido.

Deixar as coisas para a última hora não poderia ser mais fora do meu feitio. Embora tivéssemos discutido nosso futuro algumas vezes, nós nunca havíamos chegado a uma conclusão. Por outro lado, os últimos três dias foram dedicados a Tevek passar um tempo com sua família, pois só a Deusa sabia quando ele a veria novamente.

Visitar Braxia tinha sido emocionante como eu nunca tinha feito antes, desde caçar feras montando karvelis – aquelas montarias de seis patas que pareciam um cruzamento entre um cavalo e um dragão – até competir uns com os outros surfando nas costas de reavers – criaturas marinhas gigantes parecidas com arraias-manta. Ver Siona lutar com o irmão e quase derrubá-lo algumas vezes com alguns dos movimentos característicos de Mercy tinha sido épico. Mas também houve momentos mais íntimos, com todos nós apenas trocando histórias sobre nossas vidas. Embora Tevek e eu tivéssemos conversado muitas vezes sobre sua vida em Guldar no caminho para cá, foi maravilhoso – e esclarecedor – ouvir mais sobre os pequenos momentos da vida que o moldaram até se tornar quem ele é hoje.

— De qualquer forma, você tem que voltar para Veredia — Tevek disse, afastando uma mecha de cabelo do meu rosto — Eu preciso voltar para a base rebelde e conversar com Caldrik para discutir a nossa situação. Sei que você ama sua tripulação e detesto pedir isso, mas a melhor solução seria você renunciar à sua patente e se estabelecer comigo na base.

Cada vez que ele tocava no assunto, meu coração se partia. Até mesmo agora, meu peito se apertava de tristeza. Eu havia trabalhado tanto para isso e reunido a equipe perfeita. Continuaria doendo por um tempo, mesmo que eu tivesse me conformado com isso. Não havia outras opções.

— Sim, eu sei — eu respondi com a voz levemente trêmula. A tristeza e a culpa em seu rosto me comoveram e, de uma forma estranha, aliviaram um pouco da minha dor. Ele entendeu o sacrifício que isso representava para mim — Mas o que eu farei lá?

— Eu esperava que você quisesse fazer o que a Mercy faz — Tevek disse com um entusiasmo mal contido. Ele se moveu sobre mim, apoiando-se nos antebraços para não me esmagar. Seu membro, ainda enterrado dentro de mim, roçou no meu ponto sensível. Era bastante perturbador — Ela domina a arte de desenvolver tecnologias para Veredia, Braxia e seus clientes sem sobrepor ou criar conflitos. Você poderia fazer o mesmo. Ou se concentrar em Veredia, mas, idealmente, fazer algumas também para os rebeldes. Nós a recompensaríamos por isso.

— Ah, por favor — eu disse com o último comentário — Créditos não são um problema. Eu só quero ter um propósito significativo.

— Isso seria significativo, sem mencionar que você poderia fazer o que Mercy faz com as mulheres Braxianas — Tevek continuou — Muitas delas buscaram educação mais avançada e desenvolveram habilidades comerciais graças aos programas que Mercy implementou em seus laboratórios. Ela também deu a elas algumas aulas básicas de autodefesa e treinamento avançado de combate para as mulheres Braxianas mais entusiasmadas. Nós somos a rebelião. Ter você ensinando as mulheres que estamos resgatando a serem autossuficientes no novo mundo que construiremos em Guldar seria inestimável.

— Você anda conversando muito com a Mercy, não é? — eu perguntei, olhando-o com desconfiança.

— Ela é uma mulher alfa independente que se desenraizou, deixou tudo para trás para ficar com sua alma gêmea e fez dar certo — Tevek disse com uma voz intensa — Quem melhor para me aconselhar sobre maneiras de garantir que eu possa te fazer tão feliz quanto ela, apesar dos sacrifícios que estou pedindo?

— Awww Tevek... — eu disse, deslizando meus dedos pelos seus cabelos, meu coração se enchendo de amor por ele — Eu tive essas mesmas conversas com ela, mas as coisas serão diferentes com você. Em Braxia, ela pode se comunicar livremente conosco, vir nos visitar ou nos deixar visitá-la. Como sua base é secreta, eu não estarei efetivamente isolada do resto do mundo?

— Eu não posso prometer que você conseguirá vir até Veredia quando quiser — Tevek admitiu, franzindo a testa — Há muitas vidas em risco. Pode haver algumas soluções alternativas se o sinal passar por vários retransmissores, mas isso também multiplica os riscos, com mais portas que podem ser hackeadas. Isso faz parte dos assuntos que eu desejo discutir com meu co-líder Caldrik enquanto você estiver a caminho de Veredia. Nós vamos dar um jeito de você poder se movimentar com relativa liberdade sem chamar atenção para nós. Prometo que não será uma prisão.

Uma parte de mim se alegrava com a perspectiva dessa nova aventura. A outra queria fugir para as montanhas. Mas Tevek era minha alma gêmea. Como ele disse, nós daríamos um jeito.

— Certo — eu sussurrei — Eu vou levar ao Tempest de volta para Veredia, arrumar minhas coisas e te encontrar em um ponto de encontro para que você possa me levar ao nosso novo lugar.

Tevek congelou, seus olhos se alternando entre os meus como se não conseguisse acreditar no que eu tinha acabado de dizer — Sério? Você está falando sério?

— De que outra forma você vai vencer sua rebelião? — eu perguntei, provocando-o — Se eu te deixar por conta própria, você provavelmente vai alienar todos com quem precisar se aliar.

— Você pode estar certa nisso — Tevek disse com uma risada antes de ficar sério.

A gratidão e o amor em seus olhos me convenceram de que eu tinha feito a escolha certa. Na verdade, ter falado isso em voz alta me deu uma sensação de paz e aceitação há muito esperada.

— Você não vai se arrepender, Ashara — Tevek disse com fervor — Com a Deusa como minha testemunha, eu farei tudo ao meu alcance para te fazer muito feliz.

— É melhor você fazer isso — eu disse — Ou eu te espanco até a morte. Agora, você vai terminar o que começou?

Tevek continuou examinando minhas feições por alguns segundos antes de sorrir — Com certeza, meu amor.

Ele capturou meus lábios em um beijo ardente que anunciou em alto e bom som que não voltaríamos a fazer amor com ternura como antes dessa pequena interrupção. Ainda enterrado dentro de mim – embora tivesse amolecido – meu parceiro poderia muito bem ser um Braxiano, considerando a velocidade com que endureceu novamente enquanto me acariciava e beijava. Segundo rumores, os gigantes podiam ficar eretos à vontade.

Em segundos, meu parceiro estava se movimentando dentro de mim novamente, acelerando o ritmo. Desta vez, nenhuma ansiedade interrompeu meu prazer com seu corpo musculoso entrando e saindo de mim, mais forte e mais rápido a cada estocada. Tevek sabia como me tocar com a intensidade certa para me manter no limite sem transformar isso em dor. Na cama, eu adorava como ele me dominava, focando primeiro no meu prazer.

Prendendo meus dois pulsos acima da cabeça com uma única mão, ele deslizou o outro braço por baixo da minha perna e a levantou, me abrindo ainda mais para ele. Desamparada, eu me rendi ao seu ataque sensual. Cada estocada do seu pau grosso atiçava as chamas do vulcão que se preparava para entrar em erupção dentro de mim. A cada poucas estocadas, Tevek esfregava sua pélvis contra a minha, esfregando meu clitóris do jeito certo, enviando raios por todo o meu corpo.

Eu estava gritando o nome do meu companheiro enquanto o inferno que me envolvia me levava ao limite quando o toque de emergência do meu comunicador disparou, quebrando a névoa feliz que estava a segundos de me levar embora.

— Tevek, pare! — eu disse, meu torpor lascivo se dissipando rapidamente, substituído pelo medo. Ninguém me mandava uma mensagem naquela frequência para brincar.

— O quê? Não! — Tevek sibilou, seu rosto contorcido com uma mistura de prazer e descrença enquanto ele continuava a me penetrar.

— Eu disse para parar! — eu gritei, lutando para me libertar do aperto que ele me segurava.

Percebendo que eu realmente queria receber a mensagem, Tevek soltou meus pulsos e rolou para longe de mim enquanto eu praticamente o empurrava para longe.

— Você está falando sério? — ele perguntou em choque, com uma ponta de raiva transparecendo em sua voz enquanto eu me sentava na beira da cama para pegar meu comunicador.

— É uma mensagem de emergência — eu respondi distraidamente enquanto a abria. Meu sangue gelou ao ver o título da mensagem.

— O que houve? — Tevek perguntou, a preocupação transparecendo em seu rosto quando eu olhei para ele com horror.

— É uma mensagem de Eryon — eu disse, digitando alguns comandos para projetar a gravação de vídeo na tela gigante do nosso quarto.

Devido à grande distância entre Veredia e Braxia, pelo menos cinco ou seis horas se passaram desde que ele me enviou isto. Eu só esperava que não fosse tarde demais para o que quer que fosse.

O rosto de Eryon apareceu na tela. Enquanto ele encarava a câmera com preocupação, seus olhos cinza-claros pareciam se destacar ainda mais contra a pele morena, assim como as tatuagens douradas na testa e ao redor dos olhos. Por alguma razão boba, me ocorreu a ideia fugaz de que seu longo cabelo azul-escuro era quase idêntico ao de Zerien.

— Ashara — disse o Korletheano com a voz tensa — eu acabei de receber uma visão que se realizará em exatamente sete dias a partir desta gravação. Uma grande frota atacará uma base em um planeta ou lua com céu roxo.

— Não! — Tevek sussurrou, horrorizado.

— Na minha visão, homens e mulheres Guldans tentavam fugir — Eryon continuou — Eu vi Glabius armando bombas em paredes de metal cinza-claro. Algumas delas com inscrições em Guldan. Eu não vi a base sendo arrasada. Portanto, não tenho ideia se as bombas vão detonar ou se o local sobreviverá à batalha. Como Glabius tem caçado seu companheiro nas últimas semanas, presumimos que esta base possa estar relacionada a Tevek de alguma forma.

Eu me senti fraca, com o coração partido por Tevek enquanto ele assistia à gravação, parecendo completamente devastado. Apesar do choque, eu achei estranho que Eryon soubesse sobre mim e Tevek. Kamala não teria dito nada. Será que Leya lhes contou algo sobre isso? Mas tais especulações teriam que esperar.

— Venya e outras três Oráculos analisaram o futuro dele — dizia a gravação de Eryon — Há uma janela muito pequena para salvar pelo menos algumas pessoas naquela base. Mas vocês precisam agir rápido. E precisarão dos Sarenianos para ter sucesso. Sinto muito pelas notícias terríveis. Boa sorte.

— Sete dias — Tevek sussurrou para si mesmo, com a mente a mil — Acho que não é tempo suficiente para chegarmos lá.

— As Oráculos dizem que há uma chance — eu retruquei com uma voz que não admitia discussão enquanto agarrava suas roupas e as jogava nele — É só isso que importa. Presumo que seja a sua base rebelde?

— Sim — Tevek disse, pegando suas roupas e imediatamente começando a se vestir enquanto eu fazia o mesmo — Ela fica na Lua de Mexxes, no Quadrante Ocidental.

Eu estremeci. Era mesmo bem longe. Mesmo se partíssemos em menos de uma hora, sete dias seriam incrivelmente curtos. Mas nós não tínhamos escolha.

— Eu preciso enviar-lhes um aviso — Tevek disse enquanto terminava de se vestir e pegava seu comunicador.

— Ótimo, eu vou reunir os outros enquanto você faz isso — eu disse.

— Obrigado — ele respondeu distraidamente.

— Tevek — eu gritei, fazendo-o desviar o olhar do comunicador para me olhar interrogativamente, com o rosto tenso de preocupação. Diminuindo a distância entre nós, eu segurei seu rosto entre as mãos — Nós vamos salvá-los, ouviu? Você não está sozinho. Eles também são meu povo agora. Nós recebemos um aviso prévio o suficiente para fazer a diferença. Não se desespere.

Embora a tremenda tensão que esmagava seus ombros não tenha desaparecido, um pouco dela diminuiu, e ele me olhou com gratidão, se inclinou e me beijou gentilmente.

— Eu te amo, minha companheira — Tevek sussurrou contra meus lábios.

— Eu também te amo — eu respondi.

Acariciando suas bochechas uma última vez, eu o soltei e saí correndo do nosso quarto. Eu levei alguns minutos para despertar o complexo e enviar uma mensagem para Mercy. Quarenta minutos depois, nós estávamos reunidos na Câmara do Conselho particular de Ravik, na fortaleza do Clã Xeldar. Hope e Siona nos acompanharam até lá para aproveitar ao máximo o pouco tempo que lhes restava com Tevek. No momento, elas estavam esperando no Grande Salão, enquanto os homens de Ravik se ocupavam em preparar suas naves para a partida imediata.

Mercy, Ravik, Krygor e Zerien se juntaram a Tevek e a mim. Eu repassei a mensagem de Eryon para eles.

— Esses são os amigos de quem você estava falando? — Zerien perguntou quando a gravação terminou.

— Sim — Tevek respondeu com a voz tensa — Há pouco mais de quinhentas pessoas naquela base. Elas têm conexões e influência nos círculos certos e têm me ajudado a organizar a rebelião. As outras são vítimas de tortura que conseguimos resgatar de Guldar. A maioria delas não é guerreira. Nossos combatentes ainda estão em Guldar, reunindo o grosso das nossas tropas e avançando nossa causa diretamente em campo. Se a base for invadida, todos os nossos contatos, aliados, locais seguros e recursos ficarão comprometidos.

— Quão protegida é a base? — eu perguntei.

— A base possui muitas defesas — Tevek respondeu — Ela consegue se manter firme por um tempo. Mas, a julgar pelo tipo de ofensiva que encontramos no caminho para cá, o desgraçado do Glabius vai com tudo para cima deles. Meu povo não pode vencer apenas com ataque e defesa terrestres.

— Sete dias vai ser uma tarefa árdua — Ravik disse, franzindo a testa — Você conseguiu contatá-los?

— Eu enviei uma mensagem por um canal criptografado — eu respondi — Assim que estiver a bordo do Tempest, eu tentarei estabelecer comunicação direta. Por enquanto, levará horas até que a recebam ou respondam.

— Eu tenho algumas naves no Quadrante Ocidental — Zerien disse pensativo — Elas não conseguirão enfrentar uma frota sozinhas, mas poderiam se encontrar conosco para ajudar na luta. Se chegarem lá antes, elas podem tentar interferir e criar desvios suficientes para retardar os atacantes e nos dar mais tempo para chegar.

— As Veredianas podem não ter condições de disponibilizar outra nave — eu disse, me desculpando — As que deveriam estar patrulhando aquele setor nos escoltaram até aqui depois do ataque.

— Entre todas as nossas naves, devemos ter o suficiente — Mercy disse — Mesmo assim, eu vou cutucar Khel para perguntar se os Sentinelas podem ceder alguém.

— Boa ideia — eu respondi.

— A questão é como eles descobriram a sua base? — Zerien perguntou.

— A Oráculo de Glabius — eu disse sem hesitar — Desde que Eryon nos enviou aquele aviso, eu tenho me perguntado quem poderia tê-los dedurado. Em sua visão, Eryon conseguiu ver que a base estava localizada em um planeta ou uma lua com céu roxo. Isso teria facilitado a localização deles. A Oráculo que vinha aconselhando Glabius sem dúvida vasculhou o futuro de Tevek em busca de todas as maneiras possíveis de destruir o que ele está tentando construir para Guldar. Eles não conseguiram pegá-lo, então estão perseguindo a rebelião como um todo. Eles querem que Guldar permaneça como está.

— Eles vão falhar — Mercy disse em um tom imperioso.

Ravik sorriu, dando-lhe um ar ainda mais aterrorizante que o de Krygor — Hora de quebrar uns crânios. Vamos lá.

A viagem à Lua de Mexxes se arrastou para sempre. A tensão aumentou ainda mais porque, nos primeiros quatro dias, não conseguimos contatar a base rebelde. A comunicação com nossas Oráculos em Veredia confirmou que o caminho positivo por onde resgatamos os rebeldes ainda existia. Foi somente no quinto dia que Tevek conseguiu contatar seu co-líder, Caldrik.

Uma série de ataques cibernéticos os forçou a bloquear todas as comunicações recebidas enquanto reforçavam seus firewalls, executavam diagnósticos e se certificavam de que nenhum dado havia sido violado, corrompido ou baixado. Até mesmo agora, os ataques persistiam. Isso os tornou cegos à frota inimiga que se aproximava, impedindo-os de executar varreduras de longo alcance. Embora Caldrik tenha se esforçado para esconder isso, o choque e o pânico ao perceber o que estava por vir o atingiram duramente. O assassino havia garantido que eles não poderiam pedir ajuda até que fosse tarde demais.

Pior ainda, os ataques cibernéticos impediram efetivamente os rebeldes de fazer backup de todo o seu trabalho e dados recentes em um servidor seguro fora do planeta. Em vez disso, eles copiaram as informações importantes em discos portáteis, mas não tinham para onde levá-los. Sua base de backup – ainda em fase inicial de construção – não era habitável naquele momento. Nós também não podíamos ter certeza de que uma emboscada não os aguardaria caso deixassem a relativa proteção de sua localização atual.

No final, nós concordamos que os rebeldes permaneceriam no local, reforçariam suas defesas ao máximo e se preparariam para um ataque. E então, outra enxurrada de ataques cibernéticos tentando derrubar seus servidores forçou Caldrik a interromper todas as comunicações novamente. Eles permaneceram no escuro pelos últimos dois dias de nossa estressante jornada.

Com menos de uma hora até o nosso destino, todos nos preparamos para o combate enquanto acertávamos os últimos detalhes do nosso plano de batalha. A Lua de Mexxes tinha sido um local inteligente para sua base secreta. Com um campo de asteroides bloqueando o acesso direto a ela, naves maiores não conseguiriam passar sem gastar muito tempo abrindo caminho ou sofrendo uma quantidade significativa de danos para passar por entre aqueles obstáculos. Apenas naves menores, como caças, perseguidores e invasores, conseguiam chegar à superfície ilesas. Isso significava nada do poder de fogo insano de contratorpedeiros e fragatas.

Jezaya assumiria o comando do Tempest. Leya e uma dúzia das minhas garotas desceriam à superfície comigo e com Tevek. Mercy, Ravik e um punhado de Braxianos viriam junto. Eu fiquei extremamente preocupada com a insistência do Príncipe Zerien em se juntar à batalha dentro da base. Sua fome raivosa de matar Guldans e Korletheanos me perturbava profundamente, considerando tudo.

Mas o mais importante: apesar de ser uma alma velha, Zerien continuava sendo um garoto de dezessete anos que, por acaso, também era o herdeiro do trono de uma espécie com a qual estávamos considerando uma possível aliança. Se algo acontecesse com ele, Aleina – sem mencionar seu pai, o Imperador Nemrox – arrancaria minha cabeça. No entanto, o jovem Sareniano não se deixaria abater. Pelo menos, seus Guardas Imperiais praticamente tomariam conta dele durante a luta.

Quando Tevek terminou de se preparar, ele franziu a testa para seu traje, percebendo finalmente a pequena adulteração que eu havia feito nele.

— Eu conversei com o seu traje — eu disse, passando as palmas das mãos sobre o seu peito.

A textura macia da armadura de couro grosso enganava. Reforçada com fios metálicos entrelaçados, isso a mantinha flexível para não atrapalhar os movimentos, ao mesmo tempo em que aumentava as defesas.

— Você fez aquela coisa de sussurradora de metal? — Tevek perguntou, surpreso e emocionado.

— Mmhmm — eu disse, concordando — É um truque muito bacana que nós incluímos em nossas armaduras de celesium. Se você for atingido por um disparo, os fios de metal tentarão distribuir o dano para diminuir a dor do impacto e convertê-la em energia para recarregar seu escudo.

O queixo de Tevek caiu, e ele olhou para sua braçadeira que também servia como um escudo de energia.

— É aqui que você os conecta — eu disse, conectando na braçadeira o pequeno gancho que eu tinha adicionado na manga do terno dele para esse propósito específico.

— Eu já te disse o quanto você é incrível e o quanto eu te amo? — Tevek perguntou, me puxando para seu abraço.

— Você pode ter mencionado isso uma ou duas vezes — eu respondi, me derretendo contra ele — Mas eu não fiz isso por você.

Suas sobrancelhas se ergueram enquanto ele me encarava com um olhar duvidoso, mas curioso.

— Eu não estou pronta para perder sua sensualidade — eu provoquei — Preciso proteger minha propriedade. Chame isso de seguro contra sua potencial falha em se esquivar de tiros.

Tevek bufou e balançou a cabeça para mim — Obrigado, meu amor. Agradeço sua previdência em me proteger de mim mesmo.

Meus esforços para distraí-lo só funcionaram parcialmente. Ele estava morrendo de preocupação, e o silêncio da base o estava deixando louco. Não pela primeira vez desde o início de toda esta aventura, eu lamentei a ausência de uma Oráculo em nossa nave. As

Veredianas faziam questão de não confiar em visões para influenciar nossas decisões, com medo de nos tornarmos tão dependentes delas quanto os Korletheanos. Mas, graças a essas visões, nós tínhamos uma chance de talvez salvar o povo de Tevek. Minha amiga estava certa: por que não aproveitar as ferramentas à nossa disposição?

O alarme soando pôs fim às minhas táticas de distração. Nós trocamos um olhar antes de corrermos para o hangar da nave enquanto a voz de Jezaya pelo interfone chamava todos para seus postos de batalha. Nossos inimigos logo estariam à vista.

— Varreduras de longo alcance confirmam intensa atividade na superfície — Jezaya disse — Pelo menos uma dúzia de naves foram detectadas ao redor da base. Um cruzador de batalha inimigo, três fragatas e dois contratorpedeiros estão estacionados ao redor do cinturão de asteroides. Duas naves Sarenianas estão se aproximando, com previsão de chegada de vinte minutos. Nosso tempo de chegada é de dez minutos.

Nós corremos para a nave de Tevek com mais três Veredianas, enquanto Leya abordava um de nossos perseguidores com uma tripulação de cinco. Assim que o Tempest saiu de dobra, nós alçamos voo em modo furtivo, acompanhados por um punhado de caças também camuflados. O cruzador de batalha Sareniano havia saído de dobra antes de nós, e a nave camuflada de Zerien já liderava o caminho para a superfície. Eu só esperava que ele não atacasse imprudentemente antes que o resto de nós pudesse alcançá-lo e oferecer-lhe reforços. Os encouraçados Braxianos e nossas outras duas naves Veredianas chegaram segundos depois de nós.

Assim que entramos no campo de asteroides que nos separava da Lua de Mexxes, a batalha começou entre a frota inimiga e a nossa. Eu odiava perder aquela ação. Nada me excitava mais do que brincar com armas pesadas e destruir naves enormes. Mas eu confiava que minha tripulação nos deixaria orgulhosos. Além disso, fazia muito tempo que eu não tinha o prazer de decapitar um inimigo com minha armadura trançada.

— O que é isso? — eu perguntei a Tevek, apontando para um objeto flutuando entre os asteroides.

Ao mesmo tempo, Zerien nos chamou. Eu atendi antes de perceber que ele também havia conectado o chamado com as outras embarcações que vinham conosco para a superfície.

— Há um monte de minas espalhadas pelos asteroides — Zerien disse — Estou compartilhando um mapa das que encontramos até agora. Cuidado ao sobrevoar. À primeira vista, parece que detonar uma delas criará uma reação em cadeia que definitivamente não vamos gostar.

— Entendido — eu respondi, abrindo o mapa, e a outra embarcação me repetiu.

Em segundos, mais minas apareceram no mapa, à medida que cada embarcação contribuía com o que estávamos encontrando pessoalmente. Com uma simples linha de comando, Tevek integrou o mapa ao seu sistema de navegação, que emitia alertas automaticamente caso ele se aproximasse demais de uma mina enquanto voava pelo campo.

Sendo menores, nossos caças ziguezagueavam pelos obstáculos com muito mais facilidade e velocidade. Nós passamos por eles e entramos na atmosfera lunar ao mesmo tempo que Zerien. Para meu alívio, todos conseguimos atravessar o campo de asteroides ilesos e sem que nossos inimigos os detonassem. Eu não soube dizer se era porque nossos escudos furtivos os haviam enganado, fazendo-os não perceber que estávamos atacando em duas frentes, ou porque nossos cruzadores de batalha os mantinham ocupados demais para pensar em uma missão de resgate à superfície.

Mas também poderia ser uma armadilha.

Mas eu não perdi tempo especulando. Assim que saímos da atmosfera lunar, clarões e fumaça de explosões lá embaixo exigiram toda a minha atenção. O perseguidor de Zerien, um punhado de invasores Sarenianos e nossos próprios caças estavam focando nas naves que atacavam a base. Enquanto Tevek pilotava nossa nave – e disparava alguns tiros – minhas Irmãs e eu ocupávamos os postos de batalha para fazer chover morte sobre os atacantes.

Elas eram naves híbridas interessantes, construídas como tanques para suportar danos enormes – o que as tornava um pouco mais lentas – mas com o poder de fogo insano de um contratorpedeiro. Elas já estavam atacando a base há algum tempo antes da nossa chegada. E então...

— Eu esperava que a base estivesse muito mais danificada — eu pensei em voz alta enquanto tentava mirar no sistema de navegação de um dos "tanques" inimigos que estava tentando abater um de nossos caças.

— Eles não estão tentando destruí-la ainda — Tevek disse, desviando da trajetória de um míssil — Precisamos pousar e entrar. Glabius está atrás dos nossos dados para nos eliminar de uma vez por todas. Destruir a base corta a cabeça e o caule, mas as raízes permanecem fortes. Elas se espalharão pelo subsolo antes de florescer novamente. Se ele conseguir nossos contatos e nossos agentes ativos e adormecidos, ele acabará com a rebelião.

— Vamos fazer isso — eu disse.

Eu comuniquei rapidamente nossas intenções aos Braxianos e Sarenianos. Com nossos caças nos protegendo, Tevek nos levou ao hangar da base. Para minha surpresa, apesar de nossa incapacidade de nos comunicarmos com a base, o conjunto triplo de portas reforçadas do hangar se abriu ao nos aproximarmos. Seria necessária uma bomba nuclear para destruí-las. E mesmo assim... Para minha surpresa, alguns Guldans aterrorizados, a maioria mulheres, mas também um número considerável de homens, amontoaram-se no hangar, prontos para embarcar nas naves estacionadas lá dentro, se necessário. A esperança e o alívio que iluminaram seus rostos ao reconhecer as naves de Tevek me comoveram profundamente.

Mercy, Ravik, Krygor e mais alguns Braxianos nos seguiram para dentro, a bordo de uma nave auxiliar furtiva, enquanto seu perseguidor continuava a batalha. O Príncipe Zerien e alguns Guardas Imperiais fizeram o mesmo. Assim que suas naves passaram pelas portas, Tevek as selou novamente e saiu correndo de sua nave.

Eu o segui, seguida pelas minhas Irmãs. Assim que meu companheiro pôs os pés fora de sua embarcação, uma mulher veio correndo em sua direção, com lágrimas de alívio escorrendo pelo rosto. Ela se jogou em seus braços, balbuciando a uma velocidade insana em Guldan. Eu silenciei a pontada de ciúmes com a forma como ela se agarrava ao meu Tevek enquanto ele tentava acalmá-la em sua língua.

Desvencilhando-se delicadamente do abraço dela, ele segurou a mulher pelos ombros e a bombardeou com uma série de perguntas. Ela respondeu rapidamente, embora seu olhar se voltasse para mim, cheio de admiração e descrença, como se eu fosse algum tipo de aparição. Não era surpreendente. Para muitas espécies, nós ainda éramos consideradas criaturas um tanto míticas que haviam ressurgido das cinzas depois que a galáxia nos considerou extintas por meio século.

Mesmo assim, irritada e inquieta por não entender, eu mordi a língua para não exigir que falassem em Universal. A mulher estava claramente em choque. Aumentar o trauma poderia fazê-la se fechar completamente. Assim que os outros nos alcançaram, Tevek finalmente se virou para mim.

— Os outros estão lutando lá dentro, tentando conter os invasores — Tevek disse — Precisamos...

— Rainha Braxiana! — a mulher Guldan sussurrou em Universal, interrompendo Tevek.

Ela o empurrou para o lado para que ele não bloqueasse sua visão enquanto encarava Mercy com os olhos arregalados. Seria de se esperar que a própria Deusa tivesse aparecido diante dela. As mesmas palavras ecoaram das outras mulheres entre os rebeldes que estavam ao fundo, quase como uma prece. A mulher deu alguns passos à frente de Mercy e caiu de joelhos.

— Não! — Mercy correu até a mulher e a forçou a se levantar — Você não se curva a ninguém – seja homem ou mulher. Você se mantém firme e orgulhosa.

— Sim, Rainha Braxiana — a mulher disse com a voz trêmula — Nós resistimos.

— Mercy, irmã. Pode me chamar de Mercy — ela respondeu antes de beijar a testa da mulher — Precisamos ir ajudar nossos irmãos antes que os invasores os machuquem.

A mulher respondeu algo em Guldan enquanto apontava para as portas internas que davam para o complexo. Mercy respondeu à mulher também em Guldan. Era assustador ouvi-la falar com um sotaque impecável. Com sua armadura de celesium cobrindo-a do pescoço para baixo, escondendo suas marcas Veredianas, Mercy parecia uma Guldan puro-sangue. Essa era a imagem que ela havia projetado para o mundo inteiro durante os primeiros quarenta e oito anos de sua vida. Como uma híbrida Verediana-Guldan ultrarrara, ela teve que esconder suas marcas para não ser abduzida e vendida a um colecionador. Quão Verediana ela realmente se sentia?

A mulher assentiu em resposta às instruções de Mercy, que Tevek pareceu aprovar em um breve comentário. Após um olhar um tanto cauteloso para Ravik e o outro Braxiano, e um olhar reverente para os Sarenianos, ela correu de volta para os outros rebeldes.

— Vamos — Tevek disse.

Quando começamos a nos mover, eu percebi que Mercy provavelmente havia instruído os rebeldes a entrarem nas naves enquanto todos começavam a abordá-las. Foi uma decisão sábia. Além de oferecer proteção adicional, eles estariam prontos para a decolagem se – ou melhor, quando – precisássemos fugir.

Enquanto os Braxianos se preparavam para entrar em ação, eles aguardavam, permitindo que Tevek assumisse a liderança, pois conhecia a disposição do local. Mercy e eu ativamos nossos capacetes, os nanites de nossa armadura de celesium entrando em ação para cobrir completamente nossas cabeças com o metal reforçado, nossa trança com uma armadura mortal com uma lâmina cruel na ponta, e nossos rostos com uma viseira preta à prova de balas que escondia completamente nossas feições por fora, mas fornecia uma exibição tática avançada por dentro.

Assim que as portas se abriram, o fedor de fumaça e sangue invadiu meu nariz, enquanto os gritos abafados da batalha, das espadas se chocando e das armas disparando enchiam meus ouvidos. Com um grito de guerra, meu companheiro avançou.

Nós seguimos.

CAPÍTULO 21
TEVEK

Nós corremos pelos corredores ainda imaculados até esta seção da base, impelidos pelo som da batalha à nossa frente. O scanner de curto alcance em meu bracelete indicava vários focos de batalhas. Sobrevoando a base, eu avistei três locais onde os invasores haviam rompido nossas muralhas externas. Felizmente, o maior deles se abria para a sala de recreação, cercada por várias salas não críticas.

Nós dividimos nossas forças em três grupos: Krygor liderava o ataque em direção à sala de recreação, Leya liderava o ataque em direção à área de armazenamento e ao gerador de energia, enquanto Ravik, Mercy e o Príncipe Zerien me seguiam enquanto eu seguia direto para a seção leste da base, onde ficavam o arsenal, o laboratório de pesquisa e o centro de controle. Ao entrarmos no corredor principal, com o laboratório a poucos metros de distância, a voz de Caldrik me atraiu. Meu co-líder se posicionou no ponto mais crítico. Fazia todo o sentido que sua voz viesse do centro de controle da base, localizado mais adiante naquele corredor.

Eu saquei minha arma e ergui o punho esquerdo em frente ao tórax. O escudo de energia embutido na minha braçadeira se abriu diante de mim. Ashara também invocou seu escudo, mas se armou com sua espada de celesium em vez de uma pistola.

Mas, ao nos aproximarmos da porta do laboratório, um disco flutuante saiu voando da sala e nos atingiu com uma luz ofuscante acompanhada de uma explosão sônica. Sem a proteção fornecida por nossos trajes, nós ficaríamos cegos e surdos. Apesar disso, não estávamos totalmente imunes. Embora Ashara parecesse completamente imperturbável, meus ouvidos zumbiam um pouco e minha visão ficou levemente turva. Eu atirei no pomo de ouro para impedi-lo de nos atingir uma segunda vez. Antes mesmo que sua casca queimada terminasse de cair, uma esfera de luz atingiu o chão à nossa frente, erguendo uma parede de energia bidirecional.

Três Korletheanos e cinco Guldans saíram do laboratório e nos bombardearam com tiros, protegidos por sua parede de energia. Embora permitissem que os disparos passassem pelo lado deles, eles desviavam ou absorviam os nossos.

Uma sensação desagradável de formigamento percorreu minha cabeça. Apesar do meu disruptor psíquico, uma pequena parte do poderoso ataque psiônico de um dos Korletheanos conseguiu penetrar. Felizmente, não foi o suficiente para me incapacitar, mas me irritou profundamente. Ashara imediatamente colocou a mão na minha nuca, sua armadura agindo como um disruptor psíquico aprimorado. Uma agradável sensação de formigamento se espalhou por todo o meu crânio e os efeitos irritantes do ataque psiônico em mim desapareceram.

— Mercy! — Ashara gritou, afastando-se para deixá-la passar.

Mas Mercy já estava em movimento. Para minha surpresa, a armadura de celesium em volta de sua mão direita havia recuado, expondo sua palma, na qual repousava uma pequena esfera. Ela fechou a mão em volta dela por um segundo antes de arremessá-la em nossos inimigos. A esfera explodiu bem em frente à parede de energia, cobrindo-a com nanites que pareciam meras partículas de poeira. Em um piscar de olhos, eles atravessaram a parede, permitindo que nossos tiros passassem.

Nós os atacamos.

Um dos Guldans tentou lançar outra esfera de luz. Com uma mira perfeita, Ashara lançou uma lâmina em seu pulso. Ela se cravou entre os ossos, então a lâmina se alargou, tornando-se quase circular, dece-pando sua mão. Meu pé, acertando firmemente seu peito, o deixou sem fôlego, transformando seu grito de agonia em um som sufocante. Antes que ele pudesse se recuperar, eu o agarrei pelo chifre direito e quebrei seu pescoço.

Em um piscar de olhos, Ravik passou correndo por mim. Imediata-mente, uma onda de energia fluiu por mim, inundando meu sistema, me fazendo sentir mais forte, mais rápido e sedento por sangue: a aura berserker de Ravik que aprimorava todos os guerreiros aos quais ele se aliava. Com um golpe selvagem de seu escudo, ele derrubou o que seu oponente Korletheano segurava com tanta força que deslocou o ombro do alvo – o mesmo filho da mãe que havia me atingido com um golpe psiônico. Mas essa merda não funcionava com Braxianos, que eram naturalmente imunes a ataques psíquicos. Ele agarrou o outro braço do Korletheano empunhando uma arma, levantou-o pelo antebraço como se fosse uma boneca de pano e o jogou no chão com um som nause-ante, úmido e esmagador.

Enquanto eu pegava o colar de disruptor psíquico do Guldan que eu havia acabado de matar para usar, Zerien passou zunindo por mim, seus olhos azul-prateados brilhando. Por um momento, eu temi que ele mirasse inutilmente em um dos Guldans, que pareciam ter colares de disruptor psíquico, mas ele estava indo atrás do outro Korletheano. Como sua espécie possuía defesas psíquicas naturais, os Korletheanos não usavam tal proteção. Mas os Sarenianos eram sua fraqueza. Suas maiores habilidades de controle mental haviam expulsado os Korlethe-anos de seu planeta gerações atrás.

O assassino piscava furiosamente, tentando combater a compulsão do jovem Príncipe. O sorriso malicioso no rosto de Zerien, expondo suas presas cruéis, era aterrorizante enquanto ele brincava com sua vítima. Enquanto suas espadas se chocavam, sangue começou a escorrer do nariz, orelhas e olhos do Korletheano, devido à violência do ataque psíquico que ele sofria. O Sareniano poderia tê-lo livrado rapidamente de seu sofrimento. Em vez disso, assim que arrancou o escudo da mão do oponente, Zerien alternou entre infligir ferimentos com sua espada e com suas garras, dilacerando sua vítima em pedaços.

Percebendo que logo seriam subjugados, os Guldans e Korletheanos restantes recuaram para o centro de controle. Nós os perseguimos, invadindo a sala onde reinava o caos total. Meu coração se partiu ao ver alguns dos meus amigos mortos em uma poça do próprio sangue, ao lado dos cadáveres dos inimigos que haviam derrotado. Eles haviam mantido a linha pelo máximo de tempo possível, mas agora estavam sendo dominados.

— *O inimigo fechou o acesso ao gerador de energia ao derrubar o corredor* — Leya disse no meu fone de ouvido através do comunicador da nossa equipe — *Algum tipo de disruptor está bloqueando nossos scanners, mas nossos detectores de calor indicam que eles fugiram. Carmina abrirá caminho para avaliar os danos que causaram. Enquanto isso, vamos ajudar Krygor.*

— Entendido — eu respondi enquanto corria para resgatar Caldrik.

Meu co-líder lutava contra dois inimigos. A julgar pelo número de ferimentos sangrentos por todo o corpo, ele estava ficando sem fôlego. Eu troquei minha pistola pela espada e me choquei contra um dos oponentes de Caldrik, derrubando-o. Em combates corpo a corpo com tantos corpos por toda parte, as lâminas eram frequentemente preferíveis para evitar fogo amigo. Nós mal tínhamos começado a trocar golpes quando Ashara passou correndo por mim, parando a um metro de nós para esfaquear a barriga de outro Guldan que vinha em direção a Caldrik pela lateral.

A ponta de sua espada de celesium projetava-se das costas da vítima. Ela puxou a lâmina de volta e a jogou para trás sem olhar. Fluindo com o movimento, Ashara agarrou sua trança blindada, bem na base da ponta da lâmina, e a cravou no pescoço do oponente com um movimento ascendente, matando-o instantaneamente. Minha companheira se virou para encarar o local onde havia jogado a espada.

Com precisão mortal, ela cravou na lateral de um Korletheano que tentava atacar Mercy por trás. Chorando de dor, o tolo agarrou o cabo para puxá-la, acionando o mecanismo automático de defesa da espada de celesium. Uma dúzia de pontas afiadas saíram do cabo, perfurando carne e ossos, transformando sua mão em uma massa sangrenta. Elas então foram reabsorvidas pelo cabo. Enquanto minha companheira recuperava sua espada ensanguentada, Ravik desferiu seu punho maciço sobre a cabeça do Korletheano que gritava, esmagando sua cabeça e pescoço contra o ombro. O Korletheano desabou silenciosamente no chão.

Foi um massacre.

Eu finalmente consegui ver uma Verediana usando sua trança blindada para decapitar um inimigo, mas foi obra da Mercy. O Príncipe Zerien tinha um Korletheano lutando contra sua compulsão enquanto também lutava contra um Guldan. Um terceiro oponente tentou se unir contra ele. Enquanto lutava com a espada contra um Guldan, Mercy chicoteou a cabeça de modo que sua trança se enrolou no pescoço do recém-chegado. Assim como o mecanismo de defesa da espada, espinhos foram disparados, cortando sua espinha e deixando sua cabeça pendurada por fios de carne e ossos esmagados. Os espinhos foram reabsorvidos e a trança se desfez, sua ponta afiada cortando os tendões restantes, decepando a cabeça.

Apesar do frenesi sangrento ao meu redor e da aura berserker de Ravik alimentando a minha, eu lutei contra a vontade de massacrar o Guldan com quem lutava. Em vez disso, eu o espanquei até quase matá-lo antes de atordoá-lo com minha arma. Eu conhecia suficiente a loucura de Krygor no campo de batalha para saber que não haveria sobreviventes do seu lado. A batalha finalmente terminou, e eu forcei meu prisioneiro Guldan a se ajoelhar para interrogatório.

Auxiliado por Mercy e Ashara, Caldrik correu até o painel de controle para desabilitar os rastreadores que os invasores haviam conectado ao nosso sistema para recuperar e baixar os dados confidenciais que haviam sido apagados antes do ataque.

— Quem diabos te enviou? E por que você está trabalhando com os Korletheanos? — eu perguntei ao Guldan.

— Vá se foder, traidor. Seus esforços para destruir nosso planeta natal falharam — ele respondeu antes de cuspir em mim.

Eu dei um tapa nele, mal resistindo à vontade de quebrar seu pescoço.

— Permita-me — Zerien disse, aproximando-se de mim. Ele agarrou o chifre esquerdo do Guldan e puxou sua cabeça para trás, forçando-o a encará-lo — Obedeça-nos. Fale a verdade — ordenou o Príncipe em um tom imperioso.

Seus olhos brilharam intensamente assim que ele pronunciou essas palavras. Raiva e impotência tomaram conta do rosto do Guldan, que mostrou os dentes para Zerien.

— Eu te fiz uma pergunta. Quem o enviou? — eu repeti.

— Embaixador Hartuk, a mando do Imperador — ele respondeu entre os dentes.

— Por quê? — eu perguntei, estupefato — Por que vocês se aliariam aos Korletheanos que querem a destruição de Guldar?

— VOCÊ quer a nossa destruição — retrucou o Guldan — Nossos aliados em Braxia confirmaram que você estava forjando alianças pessoais e que deixou Braxia sem a puta da sua mãe ou a vadia da sua irmã. Nós...

Dessa vez, foi Zerien quem deu um tapa no idiota, mas com tanta força que eu temi que ele tivesse deslocado o maxilar.

— Não — eu disse ao Príncipe, colocando uma mão apaziguadora em seu ombro — Nós precisamos dele vivo. Você pode acertar as contas com ele depois.

Eu entendia e compartilhava sua raiva e desejo de defender a honra da minha mãe e irmã. Mas agora não era o momento. Zerien mostrou as presas para o nosso prisioneiro, seus dedos se contraindo com a óbvia vontade de dilacerar o rosto do homem com suas garras. Felizmente, ele se controlou.

— Mas vocês uniram forças com os Korletheanos antes mesmo de eu chegar a Braxia —eu argumentei — Minha tecnologia foi usada e disfarçada como naves Korletheanas. Por que Guldar se voltou contra mim mesmo naquela época?

— O Embaixador Hartuk deu essa ordem — o homem respondeu — Ele não se importa com as prostitutas Guldans. Ele as quer mortas. Ele diz que Ardrak é um idiota por buscar uma aliança com os Sarenianos. O nanico do Imperador Nemrox deixou claro que não está interessado.

O desgraçado estava deliberadamente provocando Zerien a matá-lo, provavelmente para evitar revelar mais segredos sob a influência de sua compulsão. Apesar da raiva visível, o Príncipe não caiu nessa.

— Você não faz parte do nosso exército — eu disse, compreendendo — Você faz parte da milícia pessoal de Hartuk. Ele está tentando um golpe?

— Eu não entendo nem ligo para política — ele retrucou com desdém — Hartuk aponta para um alvo, eu o mato.

— Qual era a sua missão? — eu perguntei.

— Matar você, matar a Rainha Braxiana e fazer os rebeldes Korletheanos levarem a culpa.

Um rosnado raivoso escapou da garganta de Ravik enquanto ele dava um passo ameaçador em direção ao Guldan, que estava ajoelhado. Ao mesmo tempo, tendo aparentemente completado sua tarefa, Caldrik, Mercy e Ashara voltaram em nossa direção, cercando-o.

— Por quê? — Ravik perguntou.

— A Oráculo dos rebeldes Korletheanos alertou Hartuk sobre a traição de Tevek, mesmo antes de sua partida de Guldar — disparou o homem — O traidor precisava morrer. Quanto àquela vagabunda com quem você se casou, ela servirá de exemplo para qualquer outro idiota que pense em se elevar acima de sua posição. As mulheres têm seu lugar. Ela não será algum tipo de modelo. As mulheres foram feitas para servir seus mestres. O único momento em que elas têm permissão para abrir a boca é para dizer "sim" e engolir o pau de um homem. Enquanto falamos, Veredia está recebendo uma mensagem dos rebeldes Korletheanos sobre o segredinho da mestiça. Ouviu isso, vadia? — o Guldan perguntou, virando o rosto para o lado para olhar para Mercy.

Ravik tentou agarrar o homem, mas Mercy segurou seu antebraço enquanto nivelava o prisioneiro com um olhar duro que fez um arrepio percorrer minha espinha.

— As Veredianas saberão tudo sobre suas décadas de traição, e você nunca terá a chance de contar mentiras para tentar se redimir — o prisioneiro disse com uma risada maligna — Seu nome será insultado por eles da mesma forma que o do seu pai. Eu deveria lhe agradecer, Tevek Siddik, por nos permitir eliminar todos os nossos inimigos de uma só vez — ele continuou, trocando olhares comigo — A prostituta Guldan, sua besta Braxiana e o pirralho Sareniano, todos mortos pelo explosivo que os rebeldes Korletheanos colocaram na base. Eu estarei sentado na primeira fila assistindo Gharah foder o cuzinho apertado da vagabunda Braxiana por toda a eternidade.

Antes que eu pudesse reagir, Mercy agarrou a ponta afiada de sua trança e a cravou no rosto do Guldan. Eu não soube dizer se a lâmina se partiu dentro da cabeça dele ou se espinhos saíram dela, mas seu rosto explodiu de dentro para fora. No entanto, minha mente já estava nas minas. Eu mantive os olhos abertos em busca delas durante o caminho até aqui e não encontrei nenhuma.

— Carmina, você chegou à central de energia? — Ashara perguntou pelo comunicador da equipe, antecipando o que eu pretendia fazer.

— *Quase. Preciso de mais alguns minutos* — ela respondeu — *Os disruptores deles estão bloqueando meus scanners.*

— Apresse-se e procure por bombas — Ashara respondeu.

— *Não há bombas que possamos ver aqui* — Krygor disse — *Os retardatários estão recuando. Os caças inimigos restantes lá fora também começaram a recuar há um minuto. Algo está acontecendo.*

— O que poderia...?

— Os dados — Caldrik respondeu, me interrompendo com o rosto pálido — Nós removemos as chaves deles. Não há mais nada que eles possam obter de nós.

Como se confirmasse sua avaliação, uma série de explosões abalou a base. Por um segundo aterrorizante, eu pensei que as bombas tivessem explodido. Mas eram explosões de mísseis na superfície.

— *Terminei!* — Carmina disse pelo comunicador — *A central elétrica está equipada com explosivos e mísseis perfurantes. Este lugar vai explodir. Precisamos evacuar, AGORA!*

Ela não precisou dizer duas vezes.

Enquanto voltávamos em disparada para o hangar da nave, Caldrik ordenou ao nosso povo que decolasse imediatamente. Ao entrarmos no corredor que levava ao hangar, o alívio me inundou ao ver a equipe de Krygor e também a de Leya já à nossa frente. À medida que descíamos a reta final, Mercy lançou algumas esferas de luz atrás de nós, criando algumas camadas de paredes de energia. Elas não conteriam o tipo de explosão que abalaria a base, mas ajudariam a amortecer o que logo nos atingiria.

Nós estávamos a apenas dez metros do hangar quando as bombas explodiram. Os mísseis perfuradores perfuraram paredes e destroços para detonar em pontos específicos da base, garantindo a destruição máxima mesmo onde os invasores não conseguiram instalar bombas. Uma delas explodiu na sala de equipamentos adjacente ao corredor em que estávamos. As paredes explodiram para fora, e a explosão nos lançou contra a parede oposta. Entulho e metal retorcido bloquearam nosso caminho enquanto o teto acima de nós desabou.

Eu puxei Ashara para meus braços, com a culpa e o horror dilacerando meu coração ao pensar que eu a havia matado, aos governantes Braxianos e ao Príncipe Sareniano em meu sonho tolo de salvar meu miserável planeta natal. Mas nossas mortes, esmagados por escombros, nunca chegaram. Rosnando sob o tremendo esforço que exerciam, Ravik e seus dois companheiros Braxianos seguravam a pesada laje de cimento e metal do teto acima de nós.

Karyna, uma cinética Verediana, abriu caminho entre nós até a frente. As luvas de sua armadura de celesium se desfizeram e ela bateu as palmas das mãos nos escombros. A pedra, o cimento e o metal que formavam a montanha de destroços à nossa frente imediatamente começaram a se mover para o lado, criando uma abertura. Mais explosões abalaram a base. Fumaça e calor crescente ameaçaram tornar nossa situação ainda mais insustentável enquanto os Braxianos continuavam sendo nossa salvação. Nós não podíamos nem ajudá-los, pois eles seguravam o teto alto demais para que pudéssemos alcançá-los. Se eles vacilassem antes que Karyna terminasse sua tarefa, estaríamos todos perdidos.

Quanto mais profunda ela criava sua abertura, mais infinita parecia a distância sobre a qual os destroços haviam desabado. Mesmo com a viseira abaixada, meus olhos e garganta ardiam. O sistema de filtragem de ar do meu traje não havia sido projetado para isso. Em breve, os

Braxianos e meus colegas Guldans rebeldes morreriam asfixiados, pois não tinham capacete algum.

Justo quando o desespero estava prestes a se instalar, a passagem se abriu para o ar fresco do hangar. Carmina, do outro lado, também estava trabalhando para limpar nosso caminho.

— Vá — eu gritei, empurrando Ashara para frente.

As Veredianas, Sarenianos e meus irmãos Guldans que sobreviveram saíram correndo, mas Karyna voltou sua atenção para os Braxianos.

— Vá — ela gritou para mim antes de remodelar alguns dos escombros ao lado dos gigantes para sustentar parte do peso do teto.

Com muita relutância, eu obedeci. Quando embarquei no meu perseguidor, os Braxianos já estavam correndo para fora do túnel improvisado. Para minha surpresa, eles carregavam três Guldans que eu acreditava estarem mortos, esmagados sob os escombros. Eles pareciam estar em péssimo estado, mas, com sorte, conseguiríamos salvá-los.

— Depressa — Ashara disse enquanto eu me acomodava na cadeira do piloto — A situação está piorando lá em cima. Precisamos ir ajudar...

Ashara congelou, uma expressão de horror tomando conta de seu rosto enquanto eu começava a correr.

— O que foi? — eu perguntei, minha ansiedade já elevada aumentando ainda mais quando duas das vigas metálicas de suporte do hangar começaram a se torcer.

— Salve as naves rebeldes, AGORA! — Ashara exclamou — Elas não devem entrar no campo de asteroides.

— O quê...?

Eu nunca terminei minha pergunta. Um medo frio me percorreu ao entender o que Ashara temia. Era tão óbvio que eu deveria ter percebido. Eu chamei as naves, incluindo aquela que Caldrik e nossos irmãos sobreviventes haviam tomado, para dizer-lhes que esperassem.

Enquanto isso, Ashara pediu a Leya, Zerien e Mercy que dessem o mesmo aviso.

— O campo minado é uma proteção contra falhas — Ashara disse pelo nosso canal de comunicação conjunto — Eles querem todos nós mortos. A Oráculo deles provavelmente viu a possibilidade de escaparmos da explosão. Se atravessarmos o campo, eles vão nos exterminar, eliminando os rebeldes e também os governantes Braxianos e Sareniano. É por isso que eles não detonaram as minas quando estávamos entrando.

— *A única maneira de ficarmos seguros é explodi-las* — Zerien respondeu — *Eu posso mandar meus Caçadores cuidarem disso do outro lado. Faolen e alguns outros Sarenianos se juntaram à batalha.*

— Isso seria perfeito — Ashara respondeu.

— *Estou transferindo o mapa para eles agora* — Zerien disse.

Nós pairamos a uma distância segura das outras naves enquanto esperávamos. Menos de um minuto depois, um anel de fogos de artifício magenta iluminou o céu roxo da Lua de Mexxes, seguido por uma chuva flamejante de estrelas cadentes enquanto os escombros queimavam ao entrar na atmosfera.

— Esse garoto é legal — Ashara disse pensativa — Sua irmã não se saiu nada mal.

Eu bufei e assenti lentamente — Ela poderia ter feito pior.

Mas quando as combatentes Veredianas que ainda estavam aqui conosco deram sinal verde para se juntarem à frota, a tristeza e uma sensação de desespero me abateram. Eu não sabia quantas pessoas havia perdido lá embaixo, mas agora tinha mais de quatrocentos sobreviventes sem um lugar para chamar de lar. O que eu faria com eles? Como eu poderia garantir a segurança deles?

No entanto, outra confusão nos aguardava com a frota. Um enxame de inimigos mantinha nossos aliados em alerta. Embora nossa equipe tivesse conseguido derrubar um contratorpedeiro e uma fragata, e danificado gravemente outra, essa maldita batalha poderia durar um bom tempo. Eu não estava mais no clima para essa merda.

Um dos cruzadores de batalha Veredianos e o encouraçado Braxiano ofereceram refúgio às nossas embarcações rebeldes. Embora equipados para esse tipo de batalha, nossas naves não tinham tripulação qualificada para enfrentá-la. Caldrik, ex-militar, havia voado em um caça semelhante ao meu com nossos homens que lutaram ao seu lado. Embora as fragatas inimigas estivessem equipadas com minha tecnologia Siren, elas não podiam usá-la devido ao grande número de seus próprios caças, perseguidores e invasores voando ao redor. Nós precisávamos destruir o cruzador de batalha deles.

Como se tivesse lido minha mente, o Sareniano chamado Faolen falou através do comunicador conjunto da nossa aliança.

— *Antes de eu deixar Veredia, uma Oráculo me disse que duas luzes brancas piscariam e então a nave vermelha explodiria, destruindo tudo ao meu alcance* — Faolen disse — *Eu não sabia do que ela estava falando, mas suspeito que seja aquele cruzador de batalha.*

Eu fiquei de queixo caído, repentinamente tomado por uma ideia. Como nossos aliados já haviam feito um bom trabalho, poderíamos facilmente derrotar nossos inimigos. Se Caldrik e eu coordenássemos nosso ataque, atingindo o sistema de escapamento do cruzador de batalha nos ângulos corretos, poderíamos explodir seu núcleo de energia. O raio da explosão seria impressionante.

— Isso é brilhante — eu respondi — Eu sei como explodir aquela nave. Atraia as outras embarcações inimigas para mais perto do cruzador de batalha, mas mantenha-se a uma distância segura dele. Caldrik e eu vamos entrar. Precisaremos da cobertura de todos para abrir caminho para nós.

Eu odiava que Ashara e as outras Veredianas estivessem a bordo. Aquela missão poderia ser suicida. Ao mesmo tempo, tê-las guarnecendo os postos de batalha da minha nave aumentava nossas chances de sucesso. Eu comuniquei meu plano a Caldrik, que imediatamente o reconheceu.

Abrir caminho até o cruzador de batalha vermelho foi desafiador. Em algumas ocasiões, Caldrik e eu fomos forçados a nos desviar na direção oposta ao nosso objetivo sob o ataque dos inimigos. Mas a habilidade quase sobrenatural dos invasores Sarenianos de atrair caças e perseguidores de nossos oponentes abriu caminho para nós, ainda mais aberto pelo fogo concentrado de nossos aliados em qualquer coisa que pudesse impedir nosso avanço.

— Alvo travado — eu disse a Caldrik pelo comunicador.

Com o pulso acelerado, eu prendi a respiração enquanto esperava Caldrik responder que também havia travado o seu. Nós precisávamos atirar simultaneamente para que essa estratégia funcionasse. Com minha nave ainda em movimento, eu logo perderia a trava e seria forçado a dar a volta e torcer para conseguir o ângulo certo novamente sem ser atingido.

— Caldrik! — eu disse com uma voz urgente quando o silêncio se prolongou.

— *Quase lá* — ele respondeu pelo comunicador, com a tensão transbordando de sua voz.

Eu xinguei sem parar quando perdi meu alvo. No entanto, eu não podia culpar Caldrik. Três naves o estavam atacando. Quando dois caças Braxianos os despacharam, ele também foi forçado a dar a volta. No entanto, isso aumentou as suspeitas dos nossos inimigos. Vários deles começaram a se aproximar do cruzador de batalha para protegê-lo. Embora isso tenha impedido nossos esforços para atingir nosso alvo, também serviu ao nosso objetivo final.

Foram necessárias mais duas tentativas até Caldrik declarar que seu alvo estava travado. Eu ainda estava a uma curta distância, fora de alcance. Uma estranha sensação de paz me invadiu enquanto as mulheres a bordo da minha nave, guarnecendo os postos de batalha, obliteravam as naves que vinham em nossa direção. Todos os meus sentidos se concentraram na minha única tarefa, todo o resto se turvou. A própria Deusa parecia ter traçado o caminho perfeito para eu voar entre os inimigos que tentavam nos abater. E então a luz azul acendeu na minha interface.

— Alvo travado! — eu repeti para Caldrik — Atire!

As rajadas gêmeas de Aranhas foram disparadas simultaneamente de ambas as nossas embarcações, cada uma avançando com fúria selvagem em direção ao cruzador de batalha vermelho.

— RECUEM! — eu gritei em nossa comunicação conjunta para todos os nossos aliados.

Nossa frota correu de volta para nossos cruzadores de batalha e naves de guerra enquanto eles cobriam nossa retirada. Enquanto corríamos de volta, um enorme clarão iluminou a escuridão do espaço quando as Aranhas dispararam seu primeiro pulso eletromagnético, seguido momentos depois pelo segundo.

Como basicamente não havia som no espaço, nós não ouvimos a explosão massiva do cruzador de batalha, nem a reação em cadeia de explosões de todas as naves próximas, mas sentimos as ondas de choque. O raio da explosão quase nos fez colidir com nossas próprias naves aliadas. Avisos acenderam no meu painel de navegação. Assim que eu estava estabilizando meu perseguidor, destroços ou uma nave inimiga nos atingiram.

— Rompimento no casco do porão de carga — disse a inteligência artificial da nave — Incêndio na sala de máquinas.

— Karyna! — Ashara gritou enquanto apoiava as palmas das mãos no sistema de computador da nave.

Eu não sabia o que minha companheira estava fazendo, nem me importava. Recuperar o controle do perseguidor antes de batermos em alguma coisa prendeu toda a minha atenção.

— Vamos lá — Karyna respondeu, saltando de seu posto de batalha.

Depois de alguns minutos que pareceram uma eternidade, Karyna selou a brecha no casco com sua habilidade cinética, o que foi quase uma sensação física quando a nave parou de lutar contra mim. Junto com as outras naves da nossa aliança, nós voltamos mancando para o hangar de nossas respectivas naves, enquanto nossos cruzadores de batalha eliminavam os inimigos que se desgarravam.

A batalha foi vencida, mas diante de tudo que havíamos perdido, a vitória deixou um gosto amargo na minha boca.

CAPÍTULO 22
ASHARA

Reunidos na sala de reuniões do Tempest, Mercy, Ravik, Krygor, Zerien, Tevek, Himeria, Caldrik e eu sentamos ao redor da longa mesa de pedra polida que ocupava a maior parte do amplo salão retangular. Apesar de seus melhores esforços para parecerem positivos, meu companheiro e Caldrik estavam devastados. A mesma preocupação compreensível os consumia. Até eu me sentia impotente em como ajudá-los. Com cerca de uma dúzia de rebeldes sobreviventes, eu poderia ter convencido Aleina e o Conselho a recebê-los em Veredia. Mas quase quatrocentos e cinquenta era uma história completamente diferente.

— Primeiramente, Caldrik e eu queremos agradecer a todos por virem nos ajudar em tão pouco tempo — Tevek disse com a voz carregada de gratidão — Vocês mal me conhecem e têm ainda menos motivos para acreditar que nossas intenções são realmente o que eu declarei. E, no entanto, largaram tudo de uma hora para outra para nos ajudar, arriscando suas próprias vidas no processo. Vocês salvaram muitas pessoas boas. Por isso, estamos em dívida com vocês.

— Você é irmão da minha companheira — Zerien disse com a voz calma — Isso faz de vocês uma família.

— Você ajudou a libertar meu povo, incluindo minhas irmãs

gêmeas mais novas, e é a alma gêmea de Ashara — Mercy disse em um tom amigável — Só por cada um desses motivos, eu já teria te ajudado. Mas também acredito e apoio sua causa.

— Assim como nós, por termos vivido isso e por continuarmos lutando por um futuro melhor para o nosso povo — Ravik disse.

Krygor grunhiu concordando com as palavras do Rei enquanto assentia.

— Eu agradeço. Levamos anos para construir o que temos, e nosso movimento estava ganhando força — Tevek disse — Este é um grande revés. Mas, graças a você, Mercy, e à minha querida companheira, Caldrik acredita que nossos atacantes não conseguiram recuperar nenhum dado sensível. Ainda estamos enviando avisos a todos os rebeldes em Guldar, mas o desastre foi evitado.

— Não acho que isso tenha sido um revés — Mercy rebateu — Vocês precisavam de aliados, e agora os têm. Precisavam saber quem eram seus inimigos e o quanto eles sabiam sobre vocês. Agora sabem. A Lua de Mexxes era uma boa ideia para uma base temporária, mas vocês estavam isolados demais. Em vez de trabalhar na rebelião, vocês estavam desperdiçando tempo e recursos construindo a infraestrutura.

— Ele tinha suas falhas — Tevek admitiu — mas era o lugar mais seguro onde podíamos manter aqueles que não podiam mais permanecer em Guldar. Agora...

— Agora, você pode ter algo muito melhor — Mercy continuou quando a voz de Tevek sumiu.

Eu virei a cabeça bruscamente em sua direção, intrigada com a presunção em sua voz. Será que ela teria uma solução para meu companheiro? Eu não ousei ter esperanças, mas meu pulso acelerou enquanto eu observava suas feições como se a resposta pudesse ser encontrada ali.

— Como você sabe, eu herdei toda a propriedade do meu pai, incluindo a do meu irmão — Mercy disse — Eu tenho um monte de fortalezas de última geração, autossuficientes, com energia renovável e defesas robustas com armamento de alta tecnologia. A maioria delas só precisa de uma pequena limpeza para ficar como nova e pode ser imediatamente habitável. Algumas estão localizadas a uma curta distância de Veredia ou Braxia, caso você precise de ajuda no futuro.

Enquanto os rostos de Tevek e Caldrik se iluminavam de admiração e empolgação, meu coração afundava e meu peito se apertava. Eu havia me esquecido de que ela realmente possuía essas coisas. Seria a solução perfeita para meu companheiro e a rebelião. Gruuk não poupou gastos na construção dos complexos de reprodução onde Veredianas e Korletheanos foram mantidos em cativeiro por duas gerações. Quando Mercy se reencontrou com sua mãe, Gruuk garantiu que todos os guardas fossem embora, permitindo-nos libertar as Veredianas ainda presas em seus complexos sem a necessidade de lutar para entrar. Isso significava que a maioria de suas fortalezas permanecia intacta.

Desde o dia em que Aleina me libertou do complexo, na minha adolescência, eu dediquei minha vida a garantir que nenhuma outra Verediana fosse condenada a viver ali. Será que eu ia mesmo escolher voluntariamente uma daquelas fortalezas como meu novo lar e o lugar onde criaria meus filhos?

— Esta é uma oferta extremamente generosa — Tevek disse cautelosamente, seus lindos olhos azuis se voltando cautelosamente para mim.

Mercy assentiu, embora seu olhar negro como breu, tão parecido com o meu, pousasse intensamente em mim.

— Eu sei os pensamentos perturbadores que passam pela sua cabeça — Mercy disse com uma voz gentil — Certamente não posso culpá-la por isso, nem vou lhe dizer o que fazer. Esta é uma oferta gratuita que, na pior das hipóteses, pode ser uma solução temporária até que você encontre novas acomodações. Mas essas pessoas precisam de um lugar para ir, agora mesmo, e isso está disponível.

Eu assenti rigidamente. Ela tinha razão. Essa solução tiraria um peso enorme dos ombros dos rebeldes. Minha angústia pessoal não deveria forçá-los a vagar pelo espaço à mercê de mais ataques em potencial.

— Eu gostaria também de deixá-los com este pensamento para refletirem — Mercy acrescentou cuidadosamente — Uma fortaleza é apenas uma construção. Muitos lugares terríveis foram transformados em algo novo e benéfico para sua comunidade. Por exemplo, a antiga Prisão de Golomar tornou-se Arvena, o refúgio internacional para vítimas da escravidão e do tráfico de carne que precisam de terapia e ajuda para se reintegrarem à sociedade normal. Seja qual for o seu passado, cabe a quem vive em um lugar dar-lhe um novo propósito, memórias mais felizes e um futuro mais brilhante. Uma construção não tem vontade própria. Nós a fazemos ser o que é. Prisão ou refúgio, a escolha é sua.

Eu engoli em seco e assenti novamente. Seu raciocínio continha uma verdade inegável. Mas a mente muitas vezes tinha uma vontade própria que desafiava qualquer lógica.

— Como você disse, neste momento, os rebeldes precisam de um lugar seguro para ir — eu disse, orgulhosa da firmeza da minha voz enquanto falava — Se você tiver um mapa de todos os locais disponíveis, podemos analisá-los com Caldrik e Tevek para ver qual faria mais sentido do ponto de vista estratégico, para que nosso povo possa ajudar quando necessário.

— Obrigado, meu amor — Tevek disse, com gratidão brilhando em seus olhos enquanto acariciava meu cabelo.

Eu sorri para ele, mas foi a emoção intensa que Mercy tentava esconder que mais me afetou. Minha aceitação da oferta dela significou muito para ela. Isso ia além de querer ajudar um aliado. Era pessoal. Mais uma vez, me ocorreu que nenhum de nós realmente entendia Mercy. Como poderíamos? Ela carregava um mundo de dor dentro de si. Ela amava um pai que toda a sua espécie odiava.

— No entanto, o caso de Ardrak permanece — Ravik disse — Ele tentou abertamente assassinar minha Dagna e o Príncipe.

— E você, Magnar — Krygor acrescentou — não podemos ignorar essa ofensa.

— Não se preocupe com Ardrak — Zerien disse em um tom áspero — Ele já passou dos limites ao tentar sequestrar minha Siona.

— E quem lhe deu a ideia de enviar Tevek em primeiro lugar, eu me pergunto — Ravik desafiou.

Zerien bufou e curvou a cabeça em concordância — A meu pedido, Faolen plantou na mente do Embaixador Hartuk a ideia de enviar Tevek para Braxia — Zerien confessou — No entanto, ele o enviaria para lá como "espião" para coletar informações em nome deles. Nós tínhamos todos os motivos para acreditar que Tevek era um rebelde e que ele os alimentaria com informações falsas. Minha companheira e a mãe dela sentiam falta dele. Eu só me certifiquei de reuni-los.

— E Hartuk deu uma reviravolta — Krygor disse — Não é surpresa. Ele odeia minha companheira e minha filha. Ele faria qualquer coisa para tê-las à sua mercê.

— De fato. E este último ataque selou o destino dele, assim como o de Ardrak — Zerien disse com uma frieza que me arrepiou — Primeiro, Ardrak tentou usar minha companheira para me chantagear. Depois, tentou assassinar vocês dois quando os avisamos expressamente para deixarem os Braxianos em paz. Já chega.

— O que você vai fazer? — eu perguntei.

Zerien voltou seus olhos azul-prateados para mim, e um sorriso lento, quase malicioso, se abriu em seus lábios — Eu? Nada — ele respondeu com a voz menos inocente — Mas ambos receberão o castigo merecido.

Eu abri a boca para insistir mais quando o comunicador de Mercy disparou. Ela olhou para ele e sua espinha enrijeceu. A tensão que emanava da Rainha Braxiana parecia uma entidade viva preenchendo o ambiente.

— O que foi, Mercy? — eu perguntei, preocupada.

— Estou sendo convocada pelo Conselho Verediano — Mercy disse em um tom neutro — Preciso ir correndo para Veredia.

A pena nos olhos de Tevek e a comiseração nos rostos de Zerien e dos Braxianos me fizeram perceber que todos ao redor da mesa, além de Himeria e eu, sabiam o motivo daquela convocação.

— Por quê? O que está acontecendo? — eu insisti.

Mercy suspirou — Seu companheiro pode te passar todas as informações — ela respondeu distraidamente — Eu voltarei para a minha nave e lhe darei as especificações e a localização das fortalezas para que vocês possam escolher uma.

— Minhas naves e eu podemos ficar com os rebeldes para garantir a segurança deles até chegarem ao novo lar — Zerien ofereceu — Só me esperam em Veredia pelos próximos dez dias.

— É muita gentileza sua — Caldrik disse — Obrigado.

— Meu cruzador de batalha também só deve se apresentar na próxima semana — Himeria disse — Teremos prazer em escoltá-los também.

— Obrigada, Himeria — eu disse à minha irmã.

— É isso aí — ela respondeu com uma piscadela.

Nós saímos da sala de reuniões com uma certa sensação de desconforto. Depois de escoltar nossos convidados até as naves que os levariam de volta às suas respectivas naves, Tevek e eu voltamos para meus aposentos, que ele agora compartilhava. A tensão aumentou até se tornar quase palpável. Além de me preocupar com o motivo da convocação de Mercy, me incomodava profundamente que todos soubessem, inclusive meu companheiro, mas eu estava por fora. Eu estava cansada de todos aqueles segredos. Não precisávamos de outro golpe.

A lembrança dos Guldans rindo por revelar algum segredo obscuro que Mercy nos escondia me revirava as entranhas de ansiedade. Eu amava Mercy. Assim como Aleina e Kamala, ela era uma das pessoas que eu considerava inspiração e modelo. A maneira como as rebeldes reagiram ao ver a "Rainha Braxiana" me fez perceber a extensão do impacto que eu poderia ter na vida delas. Eu também poderia me tornar uma inspiração e um modelo se assumisse meus deveres como companheira do co-líder da rebelião.

Quando entramos nos meus aposentos, Tevek gesticulou para que eu me sentasse no sofá da sala de estar. Ele se acomodou ao meu lado, esticando o pescoço para aliviar a tensão.

— Você está me assustando — eu disse quando ele hesitou, como se estivesse procurando uma maneira de me dar uma notícia terrível.

— Desculpe — ele disse, pegando minhas mãos — O que eu vou lhe dizer vai soar muito ruim. Mas, por favor, ouça até o final antes de julgar. Certo?

Eu assenti e engoli em seco. Pelos minutos seguintes, eu ouvi em choque enquanto meu companheiro me explicava como a mulher que eu havia elevado a um pedestal havia projetado a tecnologia que mantinha minhas Irmãs e eu prisioneiras nos complexos de reprodução de seu pai. Isso incluía as coleiras que os Korletheanos usavam para impedi-los de usar seus ataques psíquicos contra os guardas, seus braceletes para que não pudessem projetar suas garras para lutar e as luvas miseráveis que minhas Irmãs Veredianas e eu fomos forçadas a usar 24 horas por dia desde o momento em que nossa habilidade psiônica se manifestava, por volta dos cinco anos de idade. ELA havia criado tudo isso.

Eu soltei minhas mãos do aperto do meu companheiro e me levantei de um salto. Eu abracei minha barriga, me sentindo chocada, traída e manipulada. Durante todos aqueles anos, aquele lindo sorriso dela havia escondido uma cobra que havíamos acolhido em nosso meio. Toda aquela tecnologia que ela havia compartilhado teria sido apenas uma armadilha que ela estaria armando, esperando o momento certo para acioná-la, ou um meio de apaziguar sua consciência culpada – se é que ela tinha alguma? Talvez ela só tivesse se comportado bem por desespero, agora que seu pai e irmão monstro haviam morrido. Sem ninguém para protegê-la, Mercy imaginou que se esgueiraria para as boas graças de suas antigas vítimas enquanto fingia ser uma delas.

— Aquela vadia! — eu sibilei baixinho, antes de me virar para encarar Tevek — E você sabia?!

— Pare, Ashara — Tevek disse em um tom severo enquanto se levantava. Ele ergueu as palmas das mãos em um gesto apaziguador quando o encarei, incrédula de que ele ousaria me negar o direito de ficar indignada — As coisas não são o que parecem. Mercy tinha bons motivos para fazer o que fez, e foi para proteger o resto de vocês. Não a condenem antes de ouvirem a história toda.

Eu recuei e olhei para ele com novos olhos.

— O quanto você realmente a conhece? — eu perguntei, desconfiada — O que vocês dois andaram aprontando? Nós achamos extremamente estranho que vocês tivessem ressurgido ao mesmo tempo em que os Sarenianos fizeram o primeiro contato conosco. E agora, por acaso, vocês todos sabem do segredo dela?

— Eu não conheço Mercy — Tevek disse energicamente — Eu falei com ela pela primeira vez quando você estabeleceu essa conexão comigo. Eu conhecia o pai dela. Ele foi gentil comigo. Eu também não sabia do segredo dela até Hartuk e Ardrak me enviarem nesta missão. Como os Sarenianos descobriram está além da minha compreensão. Pelo que sabemos, Zerien pode ter obtido essa informação de Hartuk, voluntariamente ou não. Eu não falo por eles.

Ele deu alguns passos em minha direção, mas sabiamente manteve as mãos longe de si. Naquele instante, eu não queria ser tocada.

— Olha, você conhece a Mercy melhor do que eu — Tevek admitiu em voz baixa — Mas, pelo pouco que vi, ela ama você e as Veredianas como um todo. Não entramos em muitos detalhes sobre o como e o porquê. Ela disse que não teve escolha para proteger as Veredianas e pareceu sincera. Tudo o que peço é que você reserve seu julgamento até ouvir toda a história. Dê a ela uma chance de se explicar e depois decida, ok?

— Se ela era tão inocente, por que manteve isso em segredo todos esses anos? — eu desafiei, querendo desesperadamente acreditar nele.

— Provavelmente porque ela sabia como vocês reagiriam — Tevek disse gentilmente, dando mais um passo em minha direção — Se eu não tivesse lhe dado aquela lista alguns anos atrás, as Veredianas teriam se mostrado tão ávidas para me ajudar na minha hora de necessidade? Não, teria sido uma tarefa árdua para mim conquistar uma pequena fração da sua confiança, por causa do que eu sou.

Eu franzi os lábios e esfreguei o braço em busca de conforto. Ele tinha razão. Se nós teríamos respondido a um pedido de ajuda de qualquer outro Guldan além dele era algo incerto. Nossa reação instintiva teria sido presumir que era uma armadilha. E certamente não teríamos nos esforçado para escoltá-lo até um lugar seguro, como fizemos com Tevek.

— Mercy é filha de Gruuk. Tenho certeza de que ser Verediana também não foi suficiente para que todos vocês a recebessem de braços abertos. No lugar dela, eu provavelmente teria esperado para ganhar a confiança de vocês e dado tempo para vocês me conhecerem antes de revelar algo assim — meu companheiro continuou em um tom razoável — Quer dizer, os Korletheanos também mantiveram silêncio sobre o próprio segredo, mesmo sem terem sido eles os responsáveis pelos atos que tiveram consequências tão terríveis para todos vocês. Vocês ouviram os argumentos deles e os perdoaram. Por favor, façam o mesmo por Mercy.

Foi um pedido justo, embora eu ainda estivesse magoada.

— Por que você não me contou antes? — eu perguntei, meus olhos alternando entre os dele.

— Não era meu segredo para contar — Tevek disse sem pestanejar — Eu também sabia que a verdade viria à tona a qualquer momento. Meu pai é leal à família Vrok desde que Gruuk salvou sua vida. Suas palavras de despedida para mim foram que nossa linhagem estava destinada a proteger os Vroks, que enquanto permanecêssemos leais a eles, nós prosperaríamos. Graças à Mercy, você e eu poderemos ter filhos sem nenhum risco à sua saúde. Meus rebeldes sem-teto agora terão um novo lar. Ela não precisava fazer nada disso. Ela ofereceu tudo de graça.

Eu franzi a testa levemente ao ouvir essas palavras. Elas tinham mérito, mas...

— Você é minha companheira. E eu a honro acima de todas as outras — Tevek disse, colocando cuidadosamente as mãos em meus quadris — Se você não achar os motivos dela justificáveis e quiser romper laços com ela, eu manterei sua decisão. Eu não demonstrarei lealdade a um monstro. E quanto aos meus rebeldes, sempre há soluções. Mercy me fez perceber que existem outros complexos e fortalezas abandonados que eu poderia comprar. Créditos não são um problema. Eles exigirão mais trabalho para se tornarem confortáveis, mas temos opções se chegar a esse ponto, ok?

Eu assenti, com a garganta apertada de gratidão e tristeza. Eu descansei a cabeça em seu peito e o abracei com força, grata pelo abraço. Por mais magoada e irritada que me sentisse por mais um segredo, eu queria acreditar que Mercy consertaria tudo. Eu precisava acreditar que ela consertaria.

~

Nossa chegada a Veredia foi extremamente constrangedora. Eu não tinha falado com Mercy na semana que levamos para chegar ao nosso planeta natal depois daquele encontro. Eu ainda reservava meu julgamento, mas nos sete dias desde que Tevek me revelou o segredo de Mercy, eu rezei para que eu pudesse de fato perdoá-la. Eu amava Mercy. Daqui para frente, ela e Hope seriam meus pilares na minha nova vida como esposa e mãe Guldan, e no trabalho com mulheres Guldan traumatizadas.

Como meu cruzador de batalha tinha um local de atracação reservado, enquanto o encouraçado Braxiano não, eu já estava dentro do hangar, indo em direção à saída, quando a nave de Mercy pousou. Embora Tevek tenha recebido alguns olhares desconfiados e inquietos, a atmosfera sombria se intensificou ainda mais quando a delegação Braxiana desembarcou de sua nave auxiliar do porto espacial. Desafiadora e majestosa como a Rainha que era agora, Mercy manteve o queixo erguido e o rosto isento de qualquer culpa enquanto marchava sob os olhares duros que lhe eram dirigidos.

Encontrar seis Tuureanos esperando na entrada do hangar da nave para escoltá-la diretamente ao auditório realmente me magoou por ela. Isso era desnecessário. Mercy foi quem solicitou um discurso público sobre o assunto. Ela veio por livre e espontânea vontade e, acima de tudo, era da família. Nem mesmo os Korletheanos haviam recebido tal tratamento. O que aconteceu com a inocência até que se prove o contrário? É verdade que Mercy não negou as acusações, mas merecia a chance de se defender.

Ravik, Krygor e os dois guardas que os acompanhavam cercaram sua Dagna, parecendo extremamente nervosos. Mesmo sem chance alguma de vencer uma batalha, se chegasse a esse ponto, essas montanhas de músculos perderiam a cabeça com qualquer um que ousasse ameaçar Mercy.

Na última etapa da jornada até aqui, eu liguei para Kamala para saber como as coisas estavam por aqui. Não estava nada bom. Aleina estava devastada e furiosa. Mas era a mãe delas, Maheva, que estava mais do que desolada. Aleina nunca perdoou a mãe por amar Gruuk, que escravizou a todos e indiretamente causou a morte de sua irmã mais velha, Sevina. Apesar de tudo o que Gruuk havia feito para facilitar nossa liberdade após sua morte, ela ainda o odiava. O segredo de Mercy apenas confirmou o que ela sempre acreditou: não se podia confiar em Guldans.

Como ela reagiria ao ver minha alma gêmea?

Assim como na votação sobre o destino dos Korletheanos, o auditório estava lotado, e telões gigantes permitiram a presença de nossas Irmãs em cidades distantes da capital. Mais uma vez, os Titãs ocuparam a sacada. Mas, desta vez, os Korletheanos estavam espalhados pela sala com suas famílias. Os Praghans sentaram-se na primeira fila, como de costume, com Amalia espremida entre seus companheiros. No entanto, Maheva havia desocupado seu lugar para esperar a filha no palco.

Eu esperava encontrá-la murcha, diminuída por este último golpe. Mas não, nem um pouco. Se não fosse por seus cabelos castanho-avermelhados com mechas prateadas e manchas amareladas nos olhos, em vez dos cabelos e olhos pretos da filha, Maheva poderia ter sido uma réplica de Mercy, pela forma como se mantinha orgulhosa e desafiadora enquanto todos os outros se mostravam taciturnos e condenatórios. Isso me deu um fio de esperança enquanto descia os poucos degraus até a área de estar do auditório.

Kamala havia guardado dois assentos ao lado de Xevius e dela para Tevek e eu. A dor em seu rosto ecoava a dor em meu coração. No entanto, quando eu me sentei e meu olhar pousou em Aleina sentada no palco ao lado dos outros dois membros do Conselho, meu sangue congelou nas veias. Eu conhecia aquela expressão dura e inflexível. Aleina se foi, o Almirante Lee estava de volta. Era a mesma expressão que Lee usou durante todo o tempo em que Amalia, Vahleryon e Lhor desapareceram quando Varrek os sequestrou junto com Valena e Zhul Dervhen. Se não tivessem sido devolvidos, Lee teria queimado Xelix Prime sem pestanejar. Fazia muito tempo que eu não a via tão fria e dura.

— Ela está sofrendo — Kamala sussurrou quando me pegou olhando para sua meia-irmã — Ela está rezando para que Mercy conserte isso, mas passou a semana se preparando mentalmente para ter o coração arrancado do peito. Assim como todos nós.

Eu peguei a mão de Kamala e a apertei.

Um silêncio ensurdecedor desceu sobre a sala enquanto as conversas sussurradas que eu nem havia registrado cessaram abruptamente. Mercy entrou na sala seguida por suas quatro feras. Elas se posicionaram ao lado da parede do lado esquerdo do palco enquanto Mercy continuava avançando em direção à mãe. Maheva segurou o rosto da filha com as duas mãos e estudou lentamente suas feições como se procurasse a resposta que buscava. Mercy segurou os pulsos da mãe, mas não tentou se afastar. Maheva sussurrou algo que não conseguimos ouvir e beijou a testa da filha. Ela então a soltou, mas foi a vez de Mercy puxar a mãe para perto e lhe dar um abraço de esmagar os ossos, que ela retribuiu.

As duas mulheres finalmente se separaram. Maheva acariciou a bochecha da filha uma última vez antes de descer até o chão para voltar a se sentar perto de nós. Durante todo o tempo, Mercy observou a mãe com uma expressão terna. Mas isso desapareceu imediatamente quando ela voltou o olhar para o resto da plateia. Um arrepio percorreu a sala, emanando tanto da postura firme de Mercy quanto da plateia. Ela lançou um olhar para a sacada, e uma emoção estranha percorreu seu rosto. Eu me virei para olhar naquela direção e percebi que ela estava olhando para Lenora.

A filha adotiva de Aleina, uma híbrida Guldan-Verediana, venerava Mercy. A criança seria ainda mais destruída se a Rainha Braxiana fosse expulsa como traidora e pária.

Erguendo o queixo, Mercy se virou para encarar o painel do Conselho.

— Vocês me convocaram — Mercy disse com uma voz fria.

Lavenia levantou-se com a expressão mais áspera que eu já tinha visto no rosto daquela mulher gentil. Surpreendeu-me que Aleina não estivesse liderando o "interrogatório" como normalmente fazia. No entanto, dadas as circunstâncias, talvez fosse mais sensato. Um microfone flutuante voou para se posicionar na frente de Mercy para que suas respostas às perguntas pudessem ser ouvidas por todos.

— Você foi convocada para responder à grave acusação contra você — Lavenia disse — O Embaixador Guldan Hartuk nos enviou uma mensagem afirmando que você, Ravena Mercy Vrok, projetou, construiu e aprimorou todos os dispositivos disruptivos que garantiram que Veredianas e Korletheanos permanecessem prisioneiros indefesos nos complexos de reprodução de seu pai, Gruuk Vrok. Cópias de patentes concedidas a você ao longo de várias décadas parecem confirmar suas declarações. Como você responde a essas acusações?

Mercy abriu levemente as pernas enquanto cruzava as mãos atrás das costas. Levantando o queixo e inclinando a cabeça para o lado com uma postura desafiadora – se não arrogante – ela encarou Lavenia.

— Em primeiro lugar, esta mensagem pode ter sido transmitida a vocês pelo Embaixador Guldan, mas na verdade vem dos rebeldes fanáticos Korletheanos que estão caçando Tevek — Mercy respondeu em um tom provocativo — Em segundo lugar, essa afirmação é verdadeira. Eu criei as restrições psíquicas tanto para Veredianas quanto para Korletheanos.

Mesmo sabendo disso, ouvi-la confirmar isso partiu meu coração.

— Não! — Kamala sussurrou, sua mão esmagando a minha em sua tristeza.

A sala explodiu em gritos de raiva, forçando Lavenia a exigir silêncio diversas vezes antes que todos se aquietassem.

— Como você pôde fazer isso conosco? — Aleina perguntou em uma voz pouco mais alta que um sussurro, cheia de dor, raiva e descrença.

— No começo, eu não sabia que estava sendo usado em vocês — Mercy respondeu com naturalidade — Existem muitas feras psíquicas. Quando eu comecei, meu pai estava envolvido com uma mulher Xelixiana com quem costumava caçar algumas das criaturas mais selvagens dos Anéis de Kaliboros. Eu havia desenvolvido o tratamento que lhe permitiu levar meu irmão Varrek até o fim da gravidez. Portanto, eu presumi que essas restrições também eram para que ela se dedicasse a essas atividades de caça. Eu criei a tecnologia, meu pai a fabricou em qualquer forma final que fosse usada.

O brilho de esperança que surgiu nos olhos de Aleina ecoou aquele que havia surgido em meu coração – e sem dúvida no coração de todas as nossas Irmãs na sala.

— Quando você descobriu? — Aleina insistiu.

Mercy deu de ombros — Dois ou três anos depois. Não me lembro bem.

As expressões desanimadas, rapidamente escondidas, nos rostos do Conselho refletiam aquela que sem dúvida estava estampada no meu.

— Dois ou três anos? — Lavenia repetiu — Mas as pesquisas e melhorias continuaram por décadas depois disso. Eles se apropriaram do seu trabalho e o aprimoraram, ou...?

— Não. Fui eu quem continuou nas décadas seguintes — Mercy admitiu.

Desta vez, a indignação que explodiu na sala saiu como um rugido ensurdecedor, cheio de palavrões inapropriados.

— Ah, calem a boca! — Mercy gritou para a multidão pelo microfone, o som amplificado doendo aos ouvidos. Um suspiro geral seguido por um silêncio atordoante se ergueu da sala enquanto todos a encaravam, incrédulos — Vocês me chamaram aqui para responder a essas acusações, então calem a boca e escutem — Mercy disparou, encarando a multidão.

Eu deveria estar com raiva, mas a autojustificação em seu tom e postura reacendeu a centelha de esperança dentro de mim.

— Quando eu descobri para que minha pesquisa estava sendo usada, eu fiquei louca — Mercy continuou em um tom mais neutro — Eu me senti usada e traída. Por mais de um mês depois disso, eu me recusei a falar com meu pai ou a trabalhar em qualquer outra coisa que ele pedisse. Mas ele finalmente me convenceu de que eu tinha que fazer aquilo pelo bem de todas nós. Se eu parasse, as Veredianas seriam extintas.

— E você acreditou nele! — Aleina exclamou como se Mercy tivesse sido burra por isso.

— Sim — Mercy sibilou.

Lavenia pousou a mão no braço de Aleina, apaziguando-a, antes de se dirigir a Mercy — Você era uma criança prodígio na época, como seu falecido irmão — a Conselheira disse em um tom tranquilizador —

O pai que você amava disse algo que você queria – talvez até precisasse – ouvir para garantir que ele não era um monstro que a traiu. Mas, à medida que você cresceu, certamente soube que não era verdade?

— Sim, eu era muito jovem, tinha doze ou treze anos na época. Mas não era ingênua — Mercy disse — Se não fosse pelo que eu fiz, um punhado de Veredianas sobreviventes estariam dando seus últimos suspiros neste exato momento.

Zenavia revirou os olhos, enquanto Lavenia balançou a cabeça, ambas sem esconder a descrença, enquanto Aleina apenas encarava a irmã com uma raiva misturada à dor. Pelos murmúrios atrás de mim, ninguém acreditou nela.

— Ela fala a verdade — gritou uma voz feminina do lado direito da sala.

Todas as cabeças se voltaram para lá. Para minha surpresa, Venya havia se levantado de seu assento e começado a caminhar em direção ao palco. Os murmúrios se transformaram em sussurros confusos. Uma rápida olhada para a plateia revelou que todas as Veredianas sentadas com os Korletheanos perguntavam o que eles sabiam sobre aquilo. Embora a maioria parecesse igualmente sem palavras, nenhum dos Videntes e Oráculos demonstrou surpresa.

Eles sabiam o tempo todo.

Venya parou a uma curta distância de Mercy, com um ar de compaixão em seu rosto enquanto um segundo disco de microfone pairava perto de seu queixo.

— Eu fui uma das Oráculos que alertou Gruuk sobre o que aconteceria se a jovem Ravena parasse – como a chamávamos na época — Venya disse — Para aqueles que se lembram dos primeiros dias, a tecnologia anterior que os Guldans usavam para nos conter nos irritava. Ela era literalmente uma tortura. Ravena não inventou amortecedores psíquicos, ela simplesmente revolucionou a tecnologia desajeitada que existia para que pudéssemos ter uma qualidade de vida decente.

A Oráculo se virou para Aleina, e eu prendi a respiração, sabendo que suas próximas palavras validariam a fé em Mercy que eu tinha, apesar da minha raiva inicial.

— Sem os esforços contínuos de sua irmã para aprimorar os amortecedores psíquicos, as Veredianos e Korletheanos cativos teriam tentado escapar, como seu pai fez — Venya continuou — Embora houvesse um caminho pelo qual eles teriam sucesso, em todos os casos – e nós exploramos muitos – a espécie Verediana era completamente extinta em um século. Sua geração, Aleina Delphin, seria a última da sua espécie. Nenhum de seus filhos existiria, e as Veredianas seriam exterminadas nos próximos cinquenta anos, aproximadamente. Mercy salvou seu povo.

— Eu te disse — Tevek sussurrou, sua voz cheia de alívio e alegria que também borbulhavam dentro de mim.

Eu me virei para olhá-lo, radiante. Ele beijou minha testa, seus olhos azuis brilhando. Eu percebi então que seu alívio ia além de não ter que se esforçar para encontrar um novo lar para seu povo. Ela era um símbolo poderoso que a rebelião poderia apoiar, mas também a filha de um homem que ele admirava muito. Tevek não manteria o juramento de seu pai à linhagem Vrok apenas por dever, mas por convicção pessoal.

Enquanto o frio na sala se dissipava e a raiva se transformava em espanto e choque, Mercy não se acalmou. Na verdade, para minha total confusão, ela pareceu ficar ainda mais irritada. Seu olhar percorreu a sala com algo próximo ao desdém, me deixando perplexa.

Ela bufou — Olha só vocês, de repente apaziguados ao descobrir que a mestiça Guldan não era uma traidora, afinal — Mercy disse com desprezo.

Eu estremeci, enquanto muitos recuaram e engasgaram.

— Não foi assim, Mercy — Aleina disse.

— NÃO FOI O CARALHO! — Mercy gritou, virando-se para Aleina com fúria nos olhos — Eu nunca fui Verediana o suficiente para você ou qualquer uma das outras. Qualquer uma das *Irmãs* teria falado e vocês teriam acreditado — Mercy continuou, colocando o máximo de sarcasmo que pôde na palavra — Mas eu, a filha do Guldan, falo a verdade e minhas palavras são descartadas. No entanto, uma Korletheana repete a mesma coisa que eu disse e vocês todos engolem como se fosse ambrosia. VÃO SE FODER! VÃO SE FODER TODOS!

Eu estremeci novamente. Eu não conseguia nem contestar suas palavras. Embora eu tivesse acreditado quando ela falou – em grande parte porque queria acreditar – a dúvida persistente que eu não havia percebido que ainda pairava no fundo da minha mente só desapareceu quando Venya a confirmou. A vergonha me consumiu. O mal-estar nos rostos ao meu redor não fazia mistério de que muitos sentiam o mesmo.

— Vocês estão sempre tão ansiosos para odiar a bastarda do Guldan que as escravizou e tornou a vida de vocês um pesadelo. Principalmente vocês — Mercy sibilou, com o olhar fulminante em Aleina, que ergueu o queixo em desafio.

— Nós temos todos os motivos para odiá-lo! — Aleina gritou — Tudo bem, ele indiretamente salvou nossa espécie a usando para nos manter acorrentadas. Mas ele não fez isso por bondade. Nós éramos propriedade dele. Ele estava protegendo seu investimento. Então, peço desculpas por pensar que você pudesse estar em conluio com ele, mas tínhamos motivos válidos!

Mercy balançou a cabeça e lançou um olhar lento e desdenhoso para a irmã. Isso partiu meu coração. Um olhar para Maheva só piorou a situação. A pobre mulher apertava o coração, com lágrimas escorrendo pelo rosto enquanto observava as filhas mais velha e mais nova se despedaçando.

— Vocês deviam se ajoelhar e venerar a memória dele — Mercy disse — Meu pai deu a vida por vocês, suas vadias ingratas. Vocês se perguntam por que eu fui embora tão cedo depois de reencontrar minha mãe? Porque eu estava farta de ouvir vocês falando mal dele sem saber de nada.

Aleina bufou, incrédula. Eu olhei para Mercy, boquiaberta. Claro, eu entendi a parte sobre ela não querer ouvir o ódio que nossas Irmãs sentiam por seu pai, mas que ele deu a vida por nós? Isso soava extremamente improvável.

— Todas vocês poderiam ter sido libertadas cinquenta anos atrás — Mercy continuou — Mas esses Korletheanos que vocês tanto amam e confiam mentiram para ele. Quando mamãe engravidou de mim, meu pai ia desmantelar toda a sua organização, libertar todas vocês e ir para o Quadrante Oriental com minha mãe e eu para vivermos como uma família. Ele já tinha mais créditos do que precisaríamos em dez vidas. Mas a porra da Oráculo mentiu. Ela disse que se fôssemos embora uma tragédia se abateria sobre todos nós. Ela insistiu que mamãe tinha que acasalar com Korletheanos para que qualquer um de nós tivesse um futuro. Diga a eles! — ela ordenou a Venya, enquanto gesticulava com raiva para nós — Eles devoram suas palavras como se fossem verdade, mas não as dos mestiços.

Venya suspirou, uma expressão de dor tomando conta de seu rosto enquanto olhava culpada para Aleina e o Conselho antes de se virar para o público.

— Mais uma vez, ela fala a verdade — disse a Oráculo.

Eu pressionei a mão contra o peito enquanto murmúrios de choque e descrença se espalhavam pela sala. Por mais que eu amasse Mercy, eu odiava o pai dela pelo que ele fez ao meu povo. A possibilidade dele ter se sacrificado por nós não fazia sentido.

— Nos primeiros anos, Gruuk capturou uma jovem Oráculo chamada Nemue — Venya disse — A princípio, ela honrou seu juramento como Oráculo de apenas falar a verdade sobre suas visões, independentemente de crenças, desejos ou aspirações pessoais. Portanto, Gruuk não tinha motivos para duvidar de suas palavras. Quando Maheva engravidou de Mercy, ele perguntou o que aconteceria se ele libertasse as Veredianas e fugisse com Maheva e sua filha ainda não nascida.

A Oráculo se virou para olhar para Maheva, que parecia tão chocada quanto o resto de nós.

— Nemue disse que em todos os caminhos que via, tanto Maheva quanto sua filha morreriam jovens, e que as Veredianas seriam extintas — Venya disse, com o olhar vago ao relembrar — Ela acrescentou que a única maneira de salvar Maheva e sua filha era forçá-la a dar à luz duas vezes por meio do programa de reprodução. Gruuk acreditou nela. Ele se casou secretamente com Maheva para que sua filha fosse legítima. E então, para proteger sua esposa e filha, ele entregou Maheva a Saren.

— E nenhum de vocês falou nada?! — Aleina exclamou.

— Nós não sabíamos — Venya disse, virando-se para encará-la — Nós estávamos todos presos em locais diferentes. Todos sabíamos que ele estava apaixonado por Maheva. Nós tínhamos visto os verdadeiros caminhos alternativos. Então, o curso de ação que ele escolheu não fazia sentido para nós. Mas como ele não nos questionou sobre seu destino pessoal, apenas sobre outros empreendimentos comerciais, esse assunto nunca foi abordado. E então Gruuk suspeitou que havia sido enganado. Eu não tenho ideia do que o motivou, mas então ele perguntou a mim e a outras duas Oráculos qual o futuro que aguardava a ele e Maheva. Quando eu lhe contei, ele enlouqueceu. Eu pensei que ele fosse me matar e a todos os outros prisioneiros — Venya acrescentou com um arrepio.

— Quando isso aconteceu? — Lavenia perguntou.

— Enquanto Maheva estava grávida de gêmeas — Venya respondeu — Gruuk queria saber se, agora que Maheva estava completando sua segunda gestação através do programa de reprodução, ele poderia finalmente desmantelar seu negócio e se aposentar com a esposa e a filha. Mas eu lhe disse que a janela para um final feliz para eles havia passado no minuto em que Maheva engravidou de um Korletheano pela segunda vez. Depois do nascimento de Sevina, ainda havia uma chance, mas agora não existia mais.

Murmúrios se espalharam pela sala enquanto lágrimas de raiva enchiam os olhos de Maheva. Como devia ser horrível para ela perceber que toda a sua vida havia sido arruinada por uma mentira. Mas ainda mais doloroso era olhar para seu novo companheiro, o Dr. Minh, ouvindo tudo isso enquanto tentava apoiar a esposa. Minh era a alma gêmea de Maheva, então ele não deveria se sentir ameaçado pela lembrança de um fantasma. No entanto, no lugar dele, eu estaria sofrendo.

— Só lhe restavam três opções — Venya continuou — A primeira era ir em frente e fugir. Ele e Maheva teriam uma longa vida juntos.

Mas tanto Mercy quanto a segunda filha que conceberiam morreriam jovens, e as Veredianas seriam extintas.

Ela se virou para olhar para Aleina, que parecia em choque.

— A segunda opção era manter as coisas como estavam e garantir que Maheva concebesse uma segunda cinética – você, Aleina – por meio do programa de reprodução — Venya disse em voz baixa — Isso não só garantiria a sobrevivência e prosperidade da espécie Verediana, como também que Maheva e sua linhagem viveriam muito, livres e felizes. Mas, para isso, ele teria que morrer. E o terceiro caminho era vendê-la. Mais uma vez, as Veredianas teriam sido extintas, mas ele se tornaria o traficante de escravos mais rico e poderoso da história e viveria até uma idade avançada para desfrutar de tudo isso com seu filho Varrek.

— E como demonstrado pela história, meu pai forçou nossa mãe a acasalar novamente com Saren, o homem que ela odiava acima de todos os outros, para que você pudesse nascer, Aleina — Mercy disse com uma voz que misturava tristeza e raiva — Ele abriu mão de sua vida, da vida de sua única filha, e da chance de um futuro feliz para que todos nós pudéssemos estar aqui hoje, livres, prosperando.

Ela se virou para olhar para a plateia, com o ressentimento estampado no rosto. Eu me senti pequena e envergonhada. É verdade que eu não sabia o sacrifício que ele havia feito, mas também nunca tentei descobrir mais sobre o que havia motivado o pai dela, mesmo depois dele ter voluntariamente nos dado uma maneira pacífica de libertar as outras.

— Sim, meu pai era um traficante de escravos, mas não era um monstro — Mercy disse orgulhosa — O comércio de carne era uma profissão honrosa na cultura dele, assim como era comum na cultura Braxiana até recentemente. Eu nunca esperei que vocês o amassem, mas dêem a ele o que lhe é devido. Todos vocês, Tuureanos e Pacificadores, quantas naves de escravos vocês interceptaram ao longo dos anos? Em que condições viviam os escravos deles? Vocês realmente ousam comparar o tratamento que receberam com o deles?

Meu rosto queimava de vergonha, e eu me contorci no assento, um gesto imitado por muitos outros, incluindo Aleina. Eu já tinha visto muitas, muitas naves de escravos. Os escravos que resgatávamos frequentemente viviam em condições precárias. As mulheres eram frequentemente usadas de forma tão selvagem pela tripulação durante o transporte que, quando chegavam aos mercados de escravos, mal valiam os trapos fedorentos em suas costas.

— Vocês tinham camas confortáveis, roupas limpas, bastante comida — Mercy continuou — Os guardas eram proibidos de usar ou abusar de vocês, ou enfrentariam a ira rápida e implacável do meu pai. Vocês tinham permissão para educar suas filhas de acordo com a nossa cultura. Contanto que não envolvesse batalhas ou maneiras de ajudá-las a escapar, vocês recebiam qualquer material de aprendizado ou artesanato que precisassem. Fora as três semanas de suas temporadas, três vezes por ano, vocês eram basicamente deixadas em paz para viver suas vidas. A vida cotidiana nos complexos era tão confortável que Sevina implorou ao meu pai que a deixasse ir morar com o resto de vocês porque ela estava feliz lá!

Tudo verdade. Em retrospecto, tirando aquelas nove semanas no total, a vida nos complexos tinha sido boa. Se não fosse pelo fato dos guardas nos impedirem de sair, teria sido praticamente como viver em nossas atuais aldeias Veredianas nos arredores da nossa capital.

— Mas ele vendeu as nossas filhas! — retrucou alguém na plateia — Deveríamos simplesmente esquecer isso?

— Sim, ele vendeu suas filhas — Mercy admitiu — É isso que traficantes de escravos fazem. Eu não vou inventar desculpas para isso nem esperar que vocês me perdoem. Mas lembrem-se de que ele garantiu que todas vocês tivessem um jeito de recuperá-las após a morte dele. Sim, vocês foram forçadas a acasalar com Korletheanos, mas essa é a única razão pela qual existe uma terceira geração de nós hoje. E ele foi além, tentando emparelhá-las com homens com os quais vocês pudessem se Sintonizar. Não lhe pareceu extremamente estranho o alto número de ocorrências como essa? Um monstro teria se dado tanto trabalho para facilitar a vida de vocês?

Eu fiquei de queixo caído. Eu olhei por cima do ombro para a plateia atrás de mim. Muitos dos Korletheanos que haviam desertado o fizeram não apenas para se reunir com suas filhas, mas também com a alma gêmea que encontraram nos complexos de reprodução. Até mesmo agora, eles se entreolhavam em choque, percebendo que seu encontro não havia sido acidental, afinal, mas orquestrado pelo homem que odiavam há anos.

— Eu não tolero algumas das coisas que meu pai fez, mas reconheço as boas. Primeiramente, eu sou eternamente grata por seu sacrifício para garantir que a metade Verediana de mim prospere — Mercy disse — No entanto, eu *também* sou Guldan. E tenho *orgulho* dessa herança também. *Vocês* podem dispensar sua metade Korletheana, mas *eu* lutarei por AMBAS as minhas heranças – odeiem-me se quiserem. O que eu fiz, faria de novo sem hesitar. O que eu *não* farei é tolerar ouvir qualquer um de vocês menosprezar meu pai novamente. Vocês *devem* a ele a sua existência.

Com essas palavras finais, Mercy girou nos calcanhares e saiu pisando duro do auditório, seguida por seus Braxianos. O orgulho selvagem estampado em seus rostos brutos revelava seu apoio à sua Dagna.

Com razão.

Maheva também se levantou, com amor e orgulho brilhando em seu rosto. Ela acariciou a bochecha de seu companheiro e saiu apressada do auditório atrás de sua primogênita.

Aleina se levantou de um salto, parecendo querer chamar Mercy de volta. Ela abriu a boca, mas depois ficou em silêncio. Como todos nós, a visão de Aleina sobre as últimas décadas havia sido abalada profundamente pelas palavras de Mercy. Por outro lado, a nossa visão de nós mesmas também. Não haveria votação. Nenhuma era necessária. Mercy havia se justificado além do necessário. Mas as conversas ao meu redor me irritavam.

Assim como Khel havia feito algumas semanas antes da votação sobre os Korletheanos, eu subi até a beira do palco e me levantei para exigir o direito de falar. Atordoado, o Conselho me concedeu a palavra, estendendo o microfone flutuante enquanto Venya retornava ao seu lugar.

Um silêncio curioso tomou conta da sala enquanto todos voltavam sua atenção para mim.

— Assim como vocês, quando eu soube do segredo da Mercy há uma semana, eu fiquei furiosa — eu disse com a voz realista — Mas, ao contrário de muitos de vocês, eu aproveitei aqueles sete dias para me acalmar e me lembrar de que ela era nossa Irmã, que havia permanecido lealmente ao nosso lado. Que ela merecia ser considerada inocente até que se prove o contrário. No fim das contas, ela era culpada... de nos proteger.

Muitas confirmações e expressões de culpa me acompanharam. Mas o que mais me importou foi o rosto radiante de Lenora. Ela, mais do que todas, precisava ouvir isso. Aleina adorava sua filha adotiva, com chifres e tudo. Mas, assim como minhas outras Irmãs, ela estava falhando em cuidar da outra metade de sua filha.

— Até conhecer minha alma gêmea, eu não tinha percebido o quão preconceituosos e elitistas nós, Veredianas, tínhamos nos tornado — eu disse com firmeza, o que fez muitos recuarem — Me envergonha pensar em todas as maneiras pelas quais, sem querer, eu magoei Mercy. Ela tem razão. Nós temos uma dupla herança que descartamos completamente. Nós não referimos a nós mesmas como híbridas, mas puramente como Veredianas. E quanto aos nossos pais? Nós somos 50% Korletheanas. E, no entanto, torcemos o nariz para a cultura deles e sua obsessão pelo Destino. No entanto, estamos bastante ansiosos para ouvir o que eles têm a dizer quando se trata de salvar os nossos. Será que é porque eles vieram até nós como refugiados que demonstramos tanto desdém por sua cultura?

Apesar dos murmúrios de desaprovação que acolheram minhas palavras, elas tocaram em algo sensível. A intensidade dos olhares dos Korletheanos sobre mim confirmou que eles esperavam uma oportunidade para abordar o assunto.

Eu olhei para Khel e sua família sentados na primeira fila da plateia antes de lhe dar um sorriso respeitoso.

— Os Xelixianos vieram até nós como iguais. Eles exigiram que sua cultura fosse parte intrínseca da educação de seus filhos. Ninguém fez alarde sobre isso — eu disse, trocando olhares com algumas das pessoas que haviam murmurado mais alto sobre minha declaração anterior — Nós temos um Centro Cultural Xelixiano. Onde fica o

Korletheano? A língua e a história Xelixianas fazem parte das aulas obrigatórias dos nossos híbridos Xelixianos no currículo. Onde estão as aulas de história e língua Korletheanas? — eu bati na testa como se faz ao se lembrar de algo de repente — Ah, é! Que idiota, eu esqueci. No dia em que chegaram, nós os avisamos para manterem seus costumes Korletheanos para si mesmos em cantos reservados, mas que todo o resto deveria ser Verediano até o fim.

— Isso não é bem verdade — Lavenia defendeu fracamente.

— É sim — Aleina respondeu em um tom seco, com um ar de tristeza no rosto — Tudo o que Ashara e Mercy disseram está correto. Nós queríamos recriar a Veredia que perdemos. Se os Xelixianos não tivessem insistido que sua cultura fosse preservada, nós também a teríamos descartado — ela balançou a cabeça, envergonhada e culpada, antes de olhar para Lenora e seu filho Yhanos, da sacada — Nós falhamos com nossos filhos.

— Ainda não é tarde para consertar as coisas — eu disse a Aleina, com o coração disparado. Ela era uma voz tão forte entre o nosso povo. O fato de termos conseguido trazê-la para o nosso lado abriu a porta para reunir as outras — Só precisamos abrir os olhos e ver que estamos no caminho errado. Nós mudamos, e não para melhor. O que aconteceu com as Veredianas serem doces, amorosas e acolhedoras?

Eu me virei para olhar para o salão.

— Nós agimos como se fôssemos as únicas vítimas das últimas gerações — eu continuei — mas nossos pais, os Xelixianos e os Sarenianos, também foram. Nossas três espécies enfrentaram a extinção, embora a nossa tenha chegado perto. Mas esse não é mais o caso. Nós estamos prosperando. E, no entanto, nós nos fechamos para o resto do universo com tanta firmeza como se temêssemos que todos tivessem a peste. Eryon foi o único estranho que acolhemos abertamente porque precisávamos desesperadamente dele. Xevius e os outros tiveram que trabalhar duro por vários anos para conquistar seu lugar. E mesmo assim, ao primeiro sinal de transgressão, nós estávamos prontos para expulsá-los. A mesma coisa aconteceu com a nossa própria Irmã.

Eu fiz um gesto para que Tevek se levantasse. Embora um pouco atordoado, ele obedeceu, atraindo todos os olhares.

— Esta é minha alma gêmea, Tevek — eu disse, acenando para ele — Todo mundo vive dizendo que, quando se trata de almas gêmeas, a Deusa nunca comete erros. E, no entanto, no minuto em que ele desembarcou, muitos de vocês não conseguiram esconder sua desconfiança. O que ele fez para merecê-la? Ele nos deu a lista que nos permitiu libertar todas as nossas Irmãs, e mesmo assim vocês ainda o julgam com base em sua raça. Embora ninguém tenha dito isso abertamente, estão me fazendo me sentir uma desertora por querer partir para ficar com meu companheiro. Vocês se sentiriam confortáveis com ele e outros como ele se estabelecendo aqui em Veredia?

Mais contorções me deram todas as respostas de que eu precisava. Eu estendi a mão para o meu companheiro para que ele se juntasse a mim no palco. Assim como eu, ele subiu no palco e veio segurar minha mão. Eu olhei para ele, deixando o amor que ardia em meu coração por ele brilhar intensamente.

— Eu nunca pensei que seria pareada com um Guldan. Isso me assustou. Na verdade, no começo, eu não queria nada disso. Mas a Deusa não comete erros. Ela escolheu Tevek para mim, e eu também o escolhi para mim — eu disse, meu olhar fixo no dele.

A profundidade da emoção em seus olhos me derreteu de dentro para fora. Apertando sua mão com mais força, eu olhei para a plateia.

— Vocês deveriam ter me apoiado, não me fazer se sentir culpada — eu disse — Assim como nossos desertores Korletheanos e os Braxianos de Mercy, os rebeldes de Tevek estão tentando fazer a coisa certa por seu povo. Ele quer levá-los a uma nova era de tolerância, justiça e igualdade. As últimas semanas têm sido uma tortura para mim, tentando descobrir onde meu companheiro e eu poderíamos morar. As Veredianas não fariam com que ele e outros como ele se sentissem bem-vindos, e as Veredianas praticamente me envergonharam por deixar nosso planeta natal. É esse o exemplo que queremos dar aos nossos Titãs?

Eu olhei para a sacada onde as crianças nos observavam com uma inteligência e um foco que transcendiam seus anos de juventude.

— Olhem só para eles! — eu disse, gesticulando para a sacada — A maioria se veste como Korletheanos e usa o cabelo como eles. Eles perseguem Xevius e os outros para que continuem postando cenários holográficos de Korlethea porque têm fome de aprender mais sobre essa parte de si mesmos. Meus futuros filhos com Tevek serão meio-Guldans e vão querer saber sobre seu outro mundo natal. Nós precisamos acordar e parar de olhar para o próprio umbigo.

Meu olhar voltou-se para a plateia, me sentindo eufórica ao ver minhas palavras chegarem a algumas das minhas Irmãs, mas também extremamente irritada porque alguns rostos provaram que mais trabalho seria necessário.

— Veredia não está mais morrendo, e as únicas Veredianas puro-sangue que restam são as poucas Anciãs que ainda estão entre nós — eu disse com voz severa — Nós nunca seremos realmente completas até que abracemos cada uma de nossas partes. Vocês ficaram felizes o suficiente quando seus companheiros Xelixianos e Korletheanos as seguiram até aqui. Desta vez, serei eu quem seguirá o meu. Minha lealdade a Veredia jamais vacilará. Mas minha lealdade aos meus filhos virá em primeiro lugar. E isso incluirá a herança Guldan deles. Vocês podem decidir como será nosso relacionamento no futuro.

Com essas últimas palavras, eu saí do auditório de mãos dadas com meu companheiro.

CAPÍTULO 23
ERYON

Os últimos meses foram bastante dolorosos... para todos. Mas hoje, todos os segredos finalmente foram revelados. Chega de mentiras, chega de enganos e, acima de tudo, chega de medo. Apesar da dureza, as palavras de Mercy e Ashara já deveriam ter sido ditas há muito tempo. Elas feriram profundamente, o que foi bom. Às vezes, era preciso abrir aquelas feridas invisíveis para liberar o pus que infeccionava sem o conhecimento do hospedeiro.

Foi uma pílula difícil de engolir para muitos e um rude despertar para todos. No entanto, isso abriu o diálogo entre Veredianas e Korletheanos. Nós percebemos que os Titãs abraçavam parte da nossa cultura, mas até Ashara apontar isso, não tínhamos percebido até que ponto. Eles estavam divididos, tentando entender sua verdadeira identidade. Todos nós precisávamos nos unir para garantir que as crianças não sentissem mais a necessidade de ser sorrateiras ao descobrir suas origens e abraçar todas as partes que as moldaram.

Nós entendíamos bem o medo das Veredianas de que visões tomassem conta da vida de seus filhos, como fizeram com o meu povo. Mas encontrar o equilíbrio certo era algo que todos precisávamos alcançar. Esconder-se de um problema em potencial nunca resolvia nada. Tomar um gole ocasional de álcool não garantia que alguém se tornaria um alcoólatra. A moderação era sábia em tudo.

Embora as Veredianas provavelmente continuassem reticentes em abrir suas portas para estrangeiros, a semente da mudança havia sido plantada e estava criando raízes. Nos três dias desde aquela reunião, muitas discussões ocorreram sobre o tema do turismo em geral. No entanto, medidas concretas nessa direção ficariam em segundo plano em relação à solução da crise de identidade de nossos filhos.

A princípio, eu temi que o discurso de Mercy ao seu povo tivesse criado um abismo permanente entre ela e Aleina. Questões muito mais profundas alimentavam o ódio de Aleina por Gruuk. Com o passar dos anos, eu percebi que o desprezo do pai por sua mãe e suas filhas Veredianas a marcou profundamente. Quem imaginaria que o grande Almirante Lee sempre se sentiu indesejado?

Seu pai não queria nada com ela. Quando ela começou a exibir suas habilidades psiônicas, Gruuk manteve Sevina, que possuía o mesmo poder, mas mandou Aleina para os complexos. Quando ela finalmente se reencontrou com sua mãe depois de todos aqueles anos, no dia em que Gruuk morreu, Maheva escolheu ir morar com minha querida Amalia em Xelix Prime em vez de ficar com Aleina e as outras Veredianas. E então ela conheceu sua irmã mais velha, Mercy, que também acabou indo embora, muito antes de conhecer Ravik.

Aleina nunca entendeu que era necessário que ela se tornasse a líder que levaria seu povo à liberdade. Nunca se tratou de não ser desejada, mas de ser forte o suficiente para seguir sozinha. Afinal, no topo, é sempre solitário.

Felizmente, Mercy e Aleina conversaram bastante nos últimos três dias. Eu teria dado tudo para presenciar essas conversas. Mas Aleina havia amolecido bastante ao longo dos anos. Quando Mercy saiu do palco, Aleina já sabia que precisava fazer as pazes.

E agora, observando as irmãs entrarem de braços dados no hangar, meu coração se encheu de afeto e orgulho. Seus respectivos companheiros as ladeavam, com Krygor acompanhando Ravik, e Khel e Lhor ao lado de Ghan. O Conselho, meus três netos mais velhos, Xevius,

Venya e eu, formamos o comitê de boas-vindas para receber a delegação Sareniana. Considerando o vínculo de amizade que haviam desenvolvido com o Príncipe Sareniano, Ashara e Tevek também se juntaram a nós.

Quando suas naves aterrissaram, minha ansiedade aumentou ainda mais. Eu não fazia ideia de como o Príncipe reagiria à nossa presença. Mas nós éramos a única esperança do meu povo de iniciar o processo de cura da espécie dele.

A rampa da nave do Príncipe desceu. Eu engoli em seco e levantei o queixo. Um empurrãozinho psíquico de Xevius ajudou a aliviar um pouco da tensão que me apertava por dentro. Não pela primeira vez, eu me perguntei se deveríamos ter esperado até que a delegação fosse recebida e acomodada antes de nos apresentarmos.

Hipnotizantemente belo e gracioso em seu andar predatório, o Príncipe Zerien desceu a rampa com um sorriso de tirar o fôlego em direção ao Conselho. Ao contrário de Faolen, que usou um traje de couro de Caçador quando visitou Veredia, Zerien usava uma túnica negra, em muitos aspectos semelhante à Dhalla Korletheana, exceto pela ausência de mangas e pela gola decotada em V, que revelava um físico musculoso. O bordado azul-prateado cintilante ao redor da gola e da bainha de sua túnica combinava com seus olhos deslumbrantes. Aos dezessete anos, Zerien parecia um adulto de vinte e dois.

Atrás dele, Faolen e dois Guardas Imperiais o seguiam. No entanto, apenas alguns passos abaixo, o sorriso de Zerien desapareceu abruptamente, e sua cabeça se virou bruscamente para a minha esquerda. Simultaneamente, um rosnado ameaçador surgiu daquele local. Todos nos viramos para olhar para Vahleryon, a mesma preocupação percorrendo todos enquanto ele mostrava os dentes para o Príncipe, suas presas descendo e suas garras se projetando. Os lábios de Zerien se esticaram em um sorriso ameaçador, suas próprias presas e garras se mostrando.

Com o coração disparado, eu observei os dois alfas de ápice se aproximando lentamente. A vontade de intervir me consumia, mas aquele era um teste que eles precisavam superar sozinhos. Eu levantei a mão em um gesto de detenção quando Khel fez menção de intervir. Apesar de ser três anos mais novo que o Príncipe, Vahleryon estava na mesma altura que ele. Ele também tinha ombros levemente mais largos, herdados de seu pai. Quando amadurecesse completamente, Vahleryon seria um homem feroz.

A energia psíquica que girava ao redor deles me arrepiou. Felizmente, eles não estavam usando suas habilidades uns contra os outros, mas apenas exibindo poder.

— *É isso, Eryon!* — Venya falou mentalmente comigo — *Este é o momento da verdade!*

— *Ele não falhará* — eu disse com convicção, apesar da voz aterrorizada no fundo da minha cabeça que tentava me enervar.

Um olhar rápido para Zhara e Rhadames mostrou suas garras enquanto encaravam o Príncipe com intensidade e uma estranha espécie de fascínio. Apesar disso, e para meu grande alívio, nenhuma agressividade raivosa emanava deles. Eles haviam reconhecido uma verdadeira ameaça em Zerien; o primeiro que realmente tinha chance de derrotar Vahleryon em combate individual.

Os jovens pararam a uma curta distância um do outro. Embora o rosnado de Vahleryon tivesse desaparecido, pela forma como examinaram suas respectivas feições, parecia que eles eram amantes finalmente reunidos.

— Você tem ideia do quanto eu quero te machucar? — Vahleryon perguntou suavemente, com uma voz grave que deveria pertencer a um homem muito mais velho.

— Provavelmente tanto quanto eu quero te machucar — Zerien respondeu de forma semelhante. Seu olhar azul-prateado baixou para os lábios carnudos de Vahl, levemente entreabertos, que deixavam entrever seus caninos afiados — Belas presas.

— Ela injeta venenos ainda mais belos — Vahl respondeu, impassível. Zerien bufou em resposta — Mas você é bonito. Quase tão bonito quanto a minha Gema.

Zerien lançou um olhar para Rhadames, examinando-o lentamente. Imperturbável, Rhad ergueu uma sobrancelha, desafiador.

— Ele é bonito — Zerien admitiu — Quase o suficiente para se qualificar como um Sareniano. Quase.

Xevius se mexeu, atraindo a atenção do Príncipe. Toda a diversão desapareceu do rosto de Zerien enquanto ele encarava Xevius com algo próximo ao ódio.

— Korletheanos — Zerien sibilou.

— Paz — Vahl disse, colocando a mão no antebraço do Sareniano.

Zerien enrijeceu-se, o choque e a indignação tomando conta de suas feições por Vahleryon tê-lo tocado sem pedir. Mas a expressão desapareceu imediatamente, e uma expressão comparável à felicidade sensual tomou conta de seu rosto deslumbrante. Seus guardas, que estavam prestes a intervir, pararam, lançando olhares desconfiados entre seu Príncipe e meu neto.

— É uma sensação boa, não é? — Vahl perguntou.

— O que você está fazendo comigo? — Zerien perguntou quase em um sussurro, seu olhar baixando para a mão de Vahl sobre ele.

— Compartilhando meu *kaa* com você — Vahl respondeu.

— Ah, sim, Faolen mencionou isso — Zerien admitiu.

— Você e seu povo precisam aprender — Vahl ordenou, soltando o Príncipe. O olhar de Zerien se ergueu para encontrar o do meu neto, toda a calma perdida ao receber ordens — Os horrores que aconteceram em Sarenia gerações atrás quase aconteceram conosco há apenas alguns anos. Vovô Eryon e o Tio Xevius nos salvaram — Vahl acrescentou, nos lançando um olhar de lado antes de se voltar para o Príncipe — Controlar sua raiva não basta. Você precisa dominá-la. Deixe que eles façam o que é certo por vocês, como deveriam ter feito décadas atrás.

— Eles? — Zerien disse com desprezo, quase cuspindo a palavra em nós.

— Não foram eles que o injustiçaram — Vahl disse com uma voz quase paternal que soava estranhamente parecida com a de Khel sempre que tentava argumentar com ele — Eles lhe devem esta paz. Deixe-os reparar os danos causados por seus ancestrais. Não deixe que o orgulho roube você e seu povo do poder de estar no comando. Domine a fera interior.

Zerien franziu o rosto como se tivesse mordido algo nojento. Eu observei com admiração o Príncipe Sareniano nos lançar um olhar ressentido, uma série de emoções percorrendo seu rosto enquanto ele se conformava com o pedido, antes de assentir com firmeza para Vahleryon. O rosto do meu neto se fundiu novamente em uma expressão quase paternal – o que não fazia sentido, já que ele era o mais novo dos dois – mas também de respeito. Algo poderoso passou entre os alfas, e Vahl sorriu.

— Eu realmente quero muito te machucar — Vahl disse.

Zerien riu baixinho, seus olhos azul-prateados brilhando de alegria — Você me lisonjeia, General.

Meu neto sorriu, encarando o Príncipe por mais um instante antes de ficar sério, seu rosto assumindo uma expressão solene. O tempo pareceu parar de repente quando Vahleryon levou a palma da mão ao peito, pressionando-a contra o coração antes de colocá-la contra o de Zerien.

— Do meu coração para o seu — Vahl disse na saudação tradicional reservada à família e aos amigos muito próximos.

Zerien pareceu chocado, mas profundamente tocado pelo que reconheceu como um grande sinal de respeito e uma oferta de amizade. Recuperando-se, o Príncipe colocou a mão sobre a de Vahl, pressionando-a ainda mais contra o próprio peito.

— E do meu para o seu, irmão — respondeu o Sareniano.

Eles sorriram e então se abraçaram.

Minha visão ficou turva e meus joelhos cederam. Suspiros distantes e gritos de choque ecoaram pela sala enquanto mãos poderosas me seguravam, me impedindo de cair no chão. Enquanto me colocavam de joelhos, eu instintivamente me sentei sobre os calcanhares, entregando-me ao tsunami de imagens de uma visão.

Lhor aperta a mão do híbrido Braxiano Gavin Aldriss. Lenora e Ashara treinam um batalhão de mulheres Guldans em combate. Os gêmeos Dervhen e inúmeros outros Titãs em meio a um enorme exército composto por Veredianos, Braxianos, Korletheanos e Sarenianos atacando seus oponentes. Xevius, Zerien e Khel lutam lado a lado, e uma dúzia de Sarenianos maduros planam acima com suas nadadeiras em forma de asas, trazendo morte do alto. Ravik e seu exército de gigantes atropelando a horda de inimigos enquanto tentam invadir sua fortaleza.

As imagens se desvaneceram com o fim da profecia, mas minha visão permaneceu turva pelas lágrimas que escorriam pelo meu rosto. Eu não conseguia ver minha própria linhagem nas minhas visões. Mas havia outras pistas suficientes para eu saber que eles estariam lá.

— Irmão, o que você viu? — Xevius perguntou com a voz preocupada enquanto me ajudava a ficar de pé.

— O caminho está selado — Venya sussurrou, com lágrimas também escorrendo pelo rosto — Você também viu, certo? Está selado?

— Vovô? — Vahl perguntou, olhando para mim com preocupação.

— Meu amado neto — eu disse, com a voz trêmula — Você conseguiu. Você escolheu ser o Grande General e não a fera. O caminho está selado. Eu vi os Titãs lutando ao lado da maior aliança que a galáxia já viu. Meu povo não acreditava que você conseguiria, mas eu sabia. Eu sempre soube — eu disse, puxando-o para o meu abraço.

Killian e Deliah correndo para o hangar me forçaram a soltar meu neto, que me encarou com uma expressão atordoada.

— Você também viu? — Killian me perguntou sem rodeios. Eu assenti, incapaz de tirar o sorriso bobo do rosto. Killian se virou para olhar para Vahl como se ele não pudesse existir naquele plano — Ele conseguiu — o Vidente disse, incrédulo — O garoto conseguiu, porra.

— Quando isso vai acontecer? — Zerien perguntou.

— Daqui a oito anos — eu respondi.

— Ótimo, isso nos dará tempo para nos prepararmos — Vahl disse, recuperando a compostura — e para os Korletheanos lhe ensinarem o *kaa*.

Zerien franziu os lábios e me encarou — Então, você vai nos dar seu Vovô e Xevius?

Vahl bufou — Não! Eu vou ficar com eles. Mas há outros que vocês podem ficar — ele disse, lançando um olhar significativo para Deliah e Killian.

Zerien olhou na direção deles e viu Deliah encarando Faolen, que também a encarava. Os olhos do Príncipe se estreitaram e ele recuou levemente, estupefato, ao perceber que estavam perfeitamente sintonizados.

— Sério? — ele sussurrou, incrédulo.

— Algumas coisas são destinadas a acontecer — Vahl disse ironicamente — Você pode não pensar assim agora, mas em breve será grato por ter uma Oráculo em sua corte.

Zerien bufou, mas não discutiu mais. Aqueceu meu coração ver que esse curto período longe de sua companheira aparentemente ajudou Faolen a se conformar com o fato deles estarem destinados.

Enquanto o resto do nosso comitê de boas-vindas comemorava a notícia, Khel e Lhor se aproximaram do filho, ambos apertando um de seus ombros, com orgulho estampado em seus rostos.

— Todos nós sempre soubemos que você teria sucesso — Khel disse com a voz carregada de emoção — Nós estamos muito orgulhosos de você.

Embora tentasse permanecer estoico, o rosto de Vahl traiu sua emoção enquanto abraçava seus dois pais, um de cada vez, sob o olhar divertido de Zerien. Depois que Zhara e Rhadames também abraçaram o irmão, o Príncipe foi finalmente apresentado ao Conselho.

Enquanto todos se dirigiam à sala de audiências, onde começariam as primeiras discussões sobre uma aliança, Killian, Xevius, Venya e eu ficamos para trás.

— O que mais você viu? — Xevius perguntou a Killian assim que ficamos sozinhos.

Assim como ele, eu suspeitava que meu colega Vidente tivesse visto apenas parte das imagens que eu, mas também imagens completamente diferentes. Killian naturalmente tinha visões de natureza política.

— Você tinha razão, Xevius — Killian disse pensativo — Sempre foi uma questão da linhagem de Maheva, não da de Eryon. Tevek deu a Zerien a desculpa que ele procurava para derrotar Ardrak. Trinta minutos atrás, eu vi Hartuk assassinando o Imperador.

— Controle mental? — Xevius perguntou.

— Sim — Killian disse — Mas não tenho ideia de quem deu a ordem. Na visão, o comunicador de Hartuk tocou, ele ficou com os olhos vidrados e matou Ardrak de forma bastante selvagem. O Imperador tentou revidar, o que causou muita comoção. Os guardas entraram e o viram acabar com Ardrak.

— Todos os caminhos mostram o Embaixador sendo executado por isso — Venya disse, seu olhar ainda vago enquanto ela cutucava o futuro de Hartuk.

— Foi isso também que Deliah disse — Killian confirmou.

— O que isso tem a ver com Maheva? — eu perguntei.

Killian me deu aquele sorriso irônico que sempre o precedia quando ele soltava uma bomba sobre o futuro.

— Quando a Grande Guerra terminar, Tevek e seus rebeldes colocarão o neto de Maheva no trono de Guldar. O filho mais novo de Mercy, Dregor Xeldar Vrok, será o novo Imperador Guldan — Killian respondeu.

— Não devemos contar a eles, ou isso pode afetar indevidamente as escolhas que farão daqui para frente — eu disse, pensativo — Deixe o Destino levá-los para onde quiser.

EPÍLOGO
ASHARA

O que deveria ter sido o primeiro contato sobre uma potencial aliança com os Sarenianos tornou-se, na verdade, uma longa discussão sobre comércio e colaboração entre nossos povos. Vahl e Zerien, abraçando-se em vez de lutarem até a morte, selaram a aliança e nosso futuro. Ainda me perturbava o quanto de poder o jovem Titã possuía sobre todos nós, sem nunca tê-lo pedido. Era ainda mais irônico que uma profecia anunciada muito antes de seu nascimento ter feito todos se alinharem. Ainda assim, foi um milagre ver a criança selvagem que ele era desabrochar em um magnífico jovem adulto, com uma sabedoria muito além de sua idade.

Killian, Deliah e Thaddeus – pai de Valena – foram os três primeiros Korletheanos a ir para Sarenia. Eu nem preciso dizer que as coisas não foram fáceis no início. Deliah, sendo a alma gêmea de Faolen, contribuiu muito para apaziguar um pouco a desconfiança que eles enfrentavam. Assim como nós, os Sarenianos consideravam o vínculo de almas gêmeas sagrado. Mas Zerien, ao se submeter publicamente ao treinamento dos Korletheanos, deu o tom de todo o experimento. Em poucos meses, e à medida que um número crescente de Sarenianos começava a elogiar as maravilhas da invocação de seus *kaa*, mais Korletheanos se juntaram a eles para fornecer treinamento a uma parcela maior de sua população.

Isso não significava paz com Korlethea... Longe disso.

Com a situação já em seu pior momento entre os Sarenianos, Korlethea simplesmente optou por não se incomodar, pelo menos aparentemente. Eu suspeitei que fosse mais o fato deles já estarem ocupados com o pesadelo diplomático e as relações públicas com as alianças existentes – ou melhor, antigas – com Veredia e Xelix Prime, sem mencionar a guerra civil em curso. O fato de Sarenia estar localizada na outra extremidade do Quadrante Oriental também os tornava um problema menos iminente a ser enfrentado.

Depois de todas as deserções, a perda da frágil aliança de Korlethea conosco doeu ainda mais por causa da nossa influência significativa no Conselho Galáctico. Embora o Conselho e Veredia – ao contrário de Xelix Prime – não tenham imposto nenhum embargo formal contra Korlethea, nós rompemos todos os acordos comerciais com eles. O Conselho Galáctico também os removeu da lista de planetas, naves e mercadores protegidos pelo Acordo Galáctico, deixando-os vulneráveis a ataques de planetas rivais e piratas. Como Braxia e Dantor só haviam sofrido consequências benéficas com os Colonizadores Korletheanos mexendo com seu DNA, ambos os planetas ignoraram a revelação e se contentaram em alertar os Korletheanos para não repetirem aquela merda no futuro.

Para a sorte deles, o planeta que constituía sua única ameaça real havia se transformado em um caos próprio. Com o assassinato de Ardrak e a execução de Hartuk, uma sangrenta guerra civil eclodiu em Guldar. Em sua paranoia, Ardrak eliminou todos os seus herdeiros no minuto em que atingiam a maioridade. Apenas um de seus descendentes vivos era legítimo, mas também jovem demais para assumir o governo de seu povo. Os rebeldes de Tevek, que operavam clandestinamente em Guldar, tornaram-se mais expressivos sem se revelarem. Não contentes em empurrar o discurso na direção que apoiava sua causa, eles também pressionaram por candidatos em potencial que pudessem ajudar a estabelecer as bases de seus ideais.

No caos e na desordem que se seguiram, muitos Guldans fugiram de seu planeta, especialmente os antigos defensores incansáveis de Ardrak, que agora enfrentavam ameaças de morte de suas vítimas iradas ou de suas famílias. Aproveitando a oportunidade, os rebeldes organizaram vários voos para transportar mulheres em perigo e outros rebeldes que precisavam escapar de Guldar às pressas. Para deleite de Tevek e Caldrik, vários membros do exército e ex-guardas imperiais desertaram, recusando-se a obedecer às ordens despóticas e genocidas que alguns dos oficiais de alta patente davam para tentar assegurar o trono para si.

Com esse grande afluxo de sangue novo, as fortalezas de Mercy se mostraram mais do que uma bênção. Além de nos proporcionar novas moradias e bases de operação seguras, modernas e confortáveis, elas também deram aos rebeldes um nível de legitimidade e organização que tranquilizou aqueles que buscavam se juntar ao nosso lado.

Em sua generosidade, Mercy concedeu a Tevek não uma, mas duas fortalezas, uma em cada quadrante. A fortaleza do Quadrante Ocidental tornou-se mais uma base de operações militares e estratégicas. Como estava localizada a uma distância equitativa entre Veredia e Xelix Prime, todos os novos membros tinham que se submeter a um teste realizado por ums de nossss leitorss de mentes para garantir que não fossem espiões ou sabotadores vindo nos destruir de dentro ou buscando usar a base como ponto de partida para lançar um ataque traiçoeiro contra nossos aliados.

A segunda fortaleza ficava no Quadrante Oriental, não muito longe do planeta santuário Haven e próxima de Braxia. Tevek e eu dividíamos nosso tempo entre as duas fortalezas, o que nos permitia visitar sua família e meu povo em casa. No entanto, sendo um ex-militar, Caldrik comandava principalmente a base do Quadrante Ocidental, enquanto Tevek comandava a base do Quadrante Oriental. Fazia sentido, já que meu companheiro e eu éramos desenvolvedores de alta tecnologia e nossa proximidade com Braxia significava trocas e colaborações mais lucrativas com os laboratórios de Mercy.

Eu havia oficialmente me afastado do meu cargo de Capitã da Tempest. Eu ainda sentia uma sensação de aperto de vez em quando, mas minha nova vida não poderia ser mais gratificante. Enquanto continuava a dedicar uma quantidade considerável de tempo ao desen-volvimento de novas armas e sistemas de defesa – incluindo minha versão imponente de uma arma bumerangue para guerra – eu me juntei integralmente aos esforços de rebelião em Guldar.

Além de auxiliar Tevek com parte do material de propaganda demonstrando as grandes conquistas femininas, grande parte do meu trabalho se concentrou em ajudar as mulheres Guldans a encontrarem suas vozes e ganharem confiança. Algumas delas carregavam profundas cicatrizes mentais e físicas de seu tempo em Guldar.

A caminho de visitar Mercy em Braxia, Maheva passou pela base para curar completamente os ferimentos incuráveis de algumas das mulheres, desde a pele para sempre marcada por chicotadas violentas até membros amputados. Valena, por sua vez, veio por um mês inteiro para ajudar as mulheres, usando suas habilidades de leitura de mentes e controle mental. Ela não ordenou que elas se recuperassem, mas deu-lhes as ferramentas mentais para superar o trauma que as impedia de seguir em frente.

Com a ajuda de Mercy e Hope, além de algumas mulheres Braxia-nas, eu criei uma série de programas de treinamento e educação para prepará-las para uma nova vida, esperançosamente em uma Guldar melhorada no pós-guerra, ou em um novo planeta natal, se assim o desejassem. Hope, e especialmente Siona, tornaram-se um grande símbolo de dias melhores por vir. Enquanto a maioria das mulheres Guldans se identificava mais com Hope, que – como muitas delas – era uma submissa nata cuja aspiração genuína era ser a dona de casa e mãe perfeita, Siona personificava as infinitas possibilidades do futuro.

A pequena explosiva era forte, ousada, assertiva e esperta pra caramba. Mas, por baixo dessa dureza, pulsava o mais bondoso dos corações. Siona não se mostrava superior a essas mulheres, mas demonstrava o mesmo respeito que se demonstraria por uma mãe, uma irmã mais velha ou uma anciã. Ela até se ofereceu para me ajudar a dar aulas básicas de autodefesa.

Embora inicialmente eu tenha usado um tradutor, eu acabei apren-dendo Guldan. Apesar do som um pouco gutural, ela acabou se reve-lando uma língua muito romântica e sensual.

No entanto, as coisas não eram apenas alegria, com lindos arco-íris e amor por toda parte. Embora Veredia estivesse indo bem, ela dedicou muito tempo a lidar com sua crise de identidade e paranoia em relação aos outros, o que gradualmente levou nosso povo a se isolar, excluindo-o do resto do mundo. Embora Gruuk não tenha sido repentinamente aclamado como herói, ele conquistou um lugar em nossos livros de história e museus, que não o retratam mais como um monstro, mas como uma figura importante em todos os seus tons de cinza.

Xelix Prime ainda lutava com a necessidade de redefinir a si mesma, suas classes sociais e sua economia. O que começou como uma preocupação nos meses seguintes à descoberta da cura para a Mácula, degenerou em uma grave crise econômica e social. Por gerações após o surgimento da doença, os Maculados – o segmento gravemente infectado da população – foram os resquícios da sociedade. Mal pagos, sobrecarregados e privados de acesso a empregos com melhor remuneração, eles constituíam a espinha dorsal da economia. Com todos sendo curados e exigindo oportunidades, salários e benefícios iguais, seu planeta estava agora em alvoroço. Depois de todos esses anos desde a cura, a situação continuava a piorar. E isso alimentou em grande parte a ferocidade com que exigiam reparações de Korlethea.

As tensões estavam crescendo novamente em Braxia. Embora 70% da população tivesse se submetido a contragosto às mudanças radicais de Ravik, os outros continuaram a se opor e tentaram combatê-las por todos os meios necessários. Essa nova "aliança" com uma facção Guldan, quando uma aliança oficial com Ardrak havia sido categoricamente rejeitada, reacendeu as paixões erradas. As crescentes especulações sobre a iminente abdicação de Ravik em favor de seu filho Keran alimentaram ainda mais a crescente agitação. Era uma situação volátil que nós precisávamos acompanhar.

Em Sarenia, algumas tensões também se intensificaram. Embora seu povo o amasse, a população começou a questionar algumas das decisões de Zerien, como a de não iniciar uma guerra contra Korlethea quando os Korletheanos continuaram a ignorar os Sarenianos após seus crimes terem sido tornados públicos. Também preocupante era a crescente preocupação com a quantidade de influência e poder que Siona exercia sobre seu Príncipe e futuro Imperador. Mas o mais preocupante eram os pedidos cada vez menos sutis para que Veredia, Braxia e Xelix Prime cortassem nossos laços com o Conselho Galáctico.

Embora ainda fossem apenas rumores, inúmeras conversas sobre corrupção nos mais altos escalões começaram a levantar muitas questões. Embora o Conselho tivesse sido originalmente criado por uma aliança de planetas do Quadrante Ocidental, seu poder e influência haviam crescido, estendendo-se ao Quadrante Oriental. Seu propósito inicial era promover a cooperação e a paz entre planetas com ideias semelhantes. No entanto, seu papel se expandiu ao longo dos anos, estabelecendo regras justas para o comércio galáctico e formando uma força de manutenção da paz intergaláctica com assistência garantida a todos os planetas membros.

No início, cinco planetas fundadores definiram as regras para a adesão: Terra, Dantor, Xelix Prime, Korlethea e Avea. No entanto, à medida que mais e mais planetas se uniram, o Conselho Galáctico tornou-se uma entidade independente, com seu próprio sistema eleitoral, regras e leis. Ultimamente, os membros começaram a ter menos voz nas novas regras que governavam o Conselho, ou nas novas leis que ele instituia. Ao mesmo tempo, o Conselho começou a usar sua considerável influência política e comercial para "coagir" planetas a se juntarem às suas fileiras e se conformarem às suas regras. Isso causou certa desconfiança. Nós também precisamos ficar de olho nisso.

No entanto, outras coisas me interessaram. Três meses depois de Eryon confirmar que Vahleryon não se converteria ao lado sombrio, nós celebramos meu casamento Verediano com Tevek em Veredia. Como meus pais haviam morrido anos atrás – não que meu pai se importasse – Hope se ofereceu para abençoar nossa união. Normalmente, essa responsabilidade recaía sobre a mãe da noiva, mas ninguém se importou. Bem, exceto Hope e eu, em uma tentativa de conter nossas lágrimas de felicidade.

Um mês depois, durante a minha temporada, Tevek e eu concebemos nosso primeiro filho. Apesar da minha confiança no tratamento da Mercy e de tomar religiosamente a injeção de hipospray, eu estava com medo de que algo desse errado. Embora as gestações Veredianas normalmente durassem apenas seis meses, as Guldans duravam oito, assim como as Xelixianas. Mas enquanto a gestação de um híbrido Xelixiano-Verediano se estabelecia em média em sete meses, meu bebê durou a duração total de um Guldan, provavelmente por causa dos chifres.

E como eles me assustavam.

Meu bebê devia ser algum tipo de acrobata, porque se recusava a ficar parado. Ele se revirava o tempo todo – aparentemente, uma característica comum entre os Guldans. Muitas vezes eu me maravilhava ao ver um pequeno membro pressionando de dentro para fora na minha barriga inchada. Mas ver o formato dos chifres pontudos do meu bebê empurrando minha pele para cima enquanto ele se mexia e se virava era hipnotizante. No começo, eu prendia a respiração, temendo o momento em que minha pele se rasgasse e seus chifres me despedaçassem. Mas o tratamento da Mercy funcionou. Eu não senti dor, apenas uma sensação estranhamente agradável de estiramento.

Tevek estava fora de si de tanta empolgação. Ele ficava constantemente ao meu redor, conversando e cantando para o nosso filho, e acariciando minha barriga, especialmente quando os pequenos chifres cutucavam suas pontas.

Duas semanas antes da minha data prevista para o parto, Thesala veio ficar conosco na base do Quadrante Ocidental, caso algo desse errado durante o parto. Mas minha cesárea correu perfeitamente. Eu estava preocupada que meu bebê pudesse ter se enrolado no cordão umbilical, como aconteceu com Mercy. Em sua luta para se soltar enquanto sufocava, a bebê Mercy infligiu ferimentos graves à mãe. Mas meu pequeno e inquieto Korath saiu calmamente, seus grandes olhos azuis, idênticos aos do pai, olhando o mundo com curiosidade.

Ele não gritou nem chorou, contentando-se em tossir algumas vezes enquanto Thesala o limpava antes de estendê-lo para mim. Tevek me envolveu com um braço enquanto eu embalava nosso bebê. Ele era magnífico, com pequenas mechas do meu cabelo de obsidiana entre um impressionante conjunto de chifres castanho-escuros, delicadas orelhas pontudas e um rosto adorável, a mistura perfeita de seu pai e eu. Ele possuía a pele dourada do pai, adornada com marcas Veredianas da raça Estudiosa. Quão apropriado para o filho de dois viciados em tecnologia?

— Ele é perfeito, como a mãe — Tevek disse com a voz carregada de emoção, enquanto seus dedos acariciavam cuidadosamente os delicados fios de cabelo de Korath — Um ano atrás, quando eu deixei Guldar naquela missão para me reunir com minha mãe e irmã, eu nunca imaginei que acabaria tendo uma família. Minha Ashara, você já era um sonho impossível se tornando realidade. E agora, você adicionou mais uma bênção à minha vida. Eu te amo muito.

— Eu também te amo, Tevek — eu disse com a voz embargada — A Deusa não comete erros. Você disse que encontraríamos um jeito, e encontramos. Juntos, não importa o que a vida nos reserve, sempre encontraremos um jeito.

— Sempre — Tevek repetiu antes de me beijar.

FIM.

OUTROS LIVROS DE REGINE ABEL

GUERREIROS XIAN
Doom

Legion

Raven

Bane

Chaos

Varnog

Reaper

Wrath

Xenon

Nevrik

Rogue

AGÊNCIA PRIME
Casei Com Um Homem-Lagarto

Casei Com Um Naga

Casei Com Um Homem-Pássaro

Casei Com Um Minotauro

Casei Com Wonjin

Casei Com Um Tritão

Casei Com Um Dragão

Casei Com Uma Fera

Casei Com Krogal

Casei Com Um Dríade

Casei Com Um Íncubo

Casei Com Uma Mariposa

Casei Com Um Homem-Gato

Casei Com Amreth

CRÔNICAS VEREDIANAS
Escapando do Destino

Destino Cego

SOBRE O AUTOR

A autora bestseller do *USA Today*, Regine Abel, é uma viciada em fantasia, paranormal e ficção científica. Qualquer coisa com um pouco de magia, um toque de inusitado e muito romance a fará pular de alegria. Ela adora criar guerreiros alienígenas gostosos e heroínas radicais que evoluem em novos mundos fantásticos enquanto embarcam em aventuras repletas de mistério e reviravoltas que você nunca imaginou.

Antes de se dedicar como escritora em tempo integral, Regine havia se entregado a outras paixões: a música e os videogames! Depois de uma década trabalhando como Engenheira de Som em dublagem de filmes e shows, Regine tornou-se Designer de Jogos Profissional e Diretora Criativa, uma carreira que a levou de sua casa no Canadá para os EUA e vários países da Europa e Ásia.

Facebook
https://www.facebook.com/regine.abel.author/

Website
https://regineabel.com

Grupo de leitura *Regine's Rebels*

https://www.facebook.com/groups/ReginesRebels/

Newsletter

http://smarturl.it/RA_Newsletter

Goodreads

http://smarturl.it/RA_Goodreads

Bookbub

https://www.bookbub.com/profile/regine-abel

Amazon

http://smarturl.it/AuthorAMS

Loja Etsy

http://rapublishing.etsy.com

www.ingramcontent.com/pod-product-compliance
Lightning Source LLC
Chambersburg PA
CBHW072106020726
47501CB00003B/737